EIN RETTER FÜR LILLY

Das Bergungsteam vom Eagle Point, Buch 1

SUSAN STOKER

Besuchen Sie Susan im Netz!
www.stokeraces.com
facebook.com/authorsusanstoker
twitter.com/Susan_Stoker
bookbub.com/authors/susan-stoker
instagram.com/authorsusanstoker
Email: Susan@StokerAces.com

EBENFALLS VON SUSAN STOKER

1

Die Befreiung von Chloe
Die Befreiung von Morgan
Die Befreiung von Harlow
Die Befreiung von Everly
Die Befreiung von Zara
Die Befreiung von Raven (1 Apr 2022)

Ace Security Reihe:
Anspruch auf Grace
Anspruch auf Alexis
Anspruch auf Bailey
Anspruch auf Felicity
Anspruch auf Sarah

Die Delta Force Heroes:
Die Rettung von Rayne
Die Rettung von Emily
Die Rettung von Harley
Die Hochzeit von Emily
Die Rettung von Kassie
Die Rettung von Bryn
Die Rettung von Casey
Die Rettung von Wendy
Die Rettung von Sadie
Die Rettung von Mary
Die Rettung von Macie
Die Rettung von Annie

Delta Team Zwei
Ein Held für Gillian
Ein Held für Kinley
Ein Held für Aspen
Ein Held für Jayme (1 Mai 2022)
Ein Held für Riley (1 Juni)

EIN RETTER FÜR LILLY

Ein Held für Devyn
Ein Held für Ember
Ein Held für Sierra

SEALs of Protection:
Schutz für Caroline
Schutz für Alabama
Schutz für Fiona
Die Hochzeit von Caroline
Schutz für Summer
Schutz für Cheyenne
Schutz für Jessyka
Schutz für Julie
Schutz für Melody
Schutz für die Zukunft
Schutz für Kiera
Schutz für Alabamas Kinder
Schutz für Dakota

KAPITEL EINS

»Wer Bigfoot schon mal gesehen hat, Hand hoch.«

Lilly Ray schaffte es, nicht verächtlich zu schnauben ... gerade so.

Wenn ihr Vater oder ihre Brüder sie jetzt sehen könnten, würden sie sich bestimmt über sie lustig machen. Aber ein Job war ein Job, und dieser hier, als eine von vier Kameraleuten für eine brandneue Sendung, die im Herbst ausgestrahlt werden sollte, war einer der besser bezahlten Jobs, die sie in letzter Zeit gehabt hatte.

Als sie den Vertrag unterschrieben hatte, wusste sie allerdings nicht genau, worum es in der Sendung ging. Wenn sie ehrlich zu sich selbst war, musste sie jedoch zugeben, dass das auch keinen Unterschied gemacht hätte. Sie brauchte einen Job, nachdem sie ihren letzten gekündigt hatte, da der Regisseur nicht aufhören wollte, sie sexuell zu belästigen. Es gab immer mehr weibliche Kameraleute, aber anscheinend nicht genügend, um manche Männer, mit denen sie arbeitete, davon zu überzeugen, dass sie ihren Job genauso ernst nahm wie jeder andere Mann – und dass sie nicht für Sex mit jedem offen war, der Interesse an ihr zeigte.

Lilly war nicht prüde. Sie mochte Sex. Nur nicht mit eingebildeten Idioten, die meinten, sie hätten ein Recht darauf, mit jeder zu schlafen, die sie haben wollten.

Also hatte sie gekündigt und war nach Hause nach West Virginia gezogen, wo sie bei ihrem Vater wohnte, um Geld zu sparen, aber auch, um sich neu zu orientieren und herauszufinden, was sie mit ihrem Leben anfangen wollte. Mit vierunddreißig fühlte es sich komisch an, wieder zu Hause zu wohnen, aber ihr Vater war begeistert. Etwa einen Monat lang lief es gut, bis sie anfing, sich eingeengt zu fühlen ... und sie erinnerte sich daran, warum sie so froh gewesen war, nach dem Highschool-Abschluss auszuziehen.

Ihr Vater war großartig. Er unterstützte und ermutigte sie. Aber er beschützte sie auch ein wenig zu sehr. Jedes Mal wenn sie das Haus verließ, wollte er wissen, wohin sie ging und wann sie zurückkam. Und so langsam fühlte sie sich von diesem Verhalten sehr eingeschränkt.

Ihre vier älteren Brüder waren Kopien ihres Vaters. Lance war vierzig, Leon neununddreißig, Lucas siebenunddreißig und Lincoln fünfunddreißig. Als »Baby« der Familie und einziges Mädchen hatte Lilly ihr Leben damit verbracht zu beweisen, dass sie auf sich selbst aufpassen konnte. Deshalb war es ziemlich hart gewesen, nach ihrem letzten Job nach Hause zurückzukehren.

Also hatte Lilly den ersten Job angenommen, den sie finden konnte, für eine neue Sendung namens *Paranormal Investigations*. Es hatte sich interessant angehört, was ein Pluspunkt war. Sie hatte schon bei vielen Sendungen gearbeitet, die sie zu Tode gelangweilt hatten.

Leider wäre der Job attraktiver gewesen, wenn nicht alles, was in der Sendung gezeigt wurde, so unecht gewesen wäre wie die Brüste der Frauen in der letzten Realityshow, die sie gedreht hatte.

Lilly war super fasziniert gewesen, als sie nach Mexiko gefahren waren, um den berüchtigten Chupacabra zu erforschen, aber nachdem sie dem Produzenten – einem schleimigen Mann namens Tucker Ward – und den vier »Ermittlern« dabei zugesehen hatte, wie sie eine Aufnahme nach der anderen gestellt und manipuliert hatten, um die Existenz der berüchtigten Bestie zu »beweisen«, war sie schnell desillusioniert und angewidert gewesen.

Die Betrügereien gingen weiter, als sie die Nacht in einem angeblich von Gespenstern heimgesuchten verlassenen Hotel in Nevada verbrachten. Die Geräusche, die sie gehört hatten, und das Stück Holz, das durch die Luft flog, waren von einem der Angestellten der Sendung verursacht worden.

In Area 51 wären sie beinahe von der Regierung verhaftet worden, als sie der berühmten Forschungseinrichtung in der Wüste, die die Existenz von Außerirdischen beweisen sollte, zu nahe gekommen waren. Und der zweiwöchige Aufenthalt in Roswell, New Mexico war wirklich schlimm gewesen, denn sie hatten die Häuser und Orte angeblicher Entführungen durch Außerirdische besucht.

Sie waren sogar in Point Pleasant, West Virginia gewesen und hatten die Existenz des Mothman »untersucht«. Lilly hatte sich für ihren Heimatstaat geschämt.

Es war nicht so, dass sie nicht glaubte, dass es in der Welt Dinge gab, die unerklärlich waren. Das tat sie. Aber nachdem sie gesehen hatte, wie Tucker Leute dafür bezahlte, dass sie vor der Kamera ihre »Erlebnisse« erzählten – die alle frei erfunden waren –, war sie viel zynischer geworden.

Aber das Paranormale war ein großes Geschäft, mit dem viel Geld verdient wurde, weshalb sie derzeit einen Job hatte. Es gab unzählige Sendungen über das Paranormale, angefangen bei Serien wie der, an der sie arbeitete, über Serien wie *The Walking Dead* bis hin zu Kinohits.

Der Aufbau jeder Folge von *Paranormal Investigations* war immer ungefähr gleich. Tucker und seine drei Assistenten reisten im Voraus in die Städte, um sich einen Überblick zu verschaffen. Er arrangierte einen Ort für die »Bürgerversammlung«, bei der sie die Einwohner um Geschichten über das zu untersuchende Thema baten. Dann suchte er ein paar Leute, die er dafür bezahlen konnte, diese Geschichten zu erzählen – die, die Tucker sich bereits ausgedacht hatte. Dann trafen die Darsteller und das Team ein, die Bürgerversammlung fand statt und die »Untersuchung« begann.

Lilly war eine von vier Kameraleuten, einer für jeden Ermittler. Michelle Becker, Chris Carr, Trent Morrison und Roger Kerr waren die Schauspieler, die wegen ihres guten Aussehens ausgewählt worden waren – nicht wegen ihrer wissenschaftlichen Erfahrung im Bereich des Paranormalen.

Trent war die treibende Kraft bei der Entstehung der Sendung. Gerüchten zufolge hatten er und sein Freund Joey Richards – einer der Kameraleute – eines Nachts im Vollrausch die Idee zu der ganzen Sache gehabt.

Und so waren sie also hier in Fallport, Virginia gelandet. Die kleine Stadt befand sich mitten in den Appalachen im Südwesten des Staates. Sie lag etwa eine halbe Stunde von der Interstate 81 entfernt, der Hauptverkehrsader, die durch Virginia führte. Die Leute kamen nicht zufällig nach Fallport; der Ort lag abseits der ausgetretenen Pfade, sodass jeder Besuch absichtlich stattfand.

Es erinnerte Lilly sehr an die Kleinstadt, in der sie aufgewachsen war. Urig und altmodisch ... es gab zwar einen Walmart, aber der lag am Stadtrand, an der I-480, in der

Nähe eines Dollar Stores und eines Sonic Restaurants, wie es sie überall in Kleinstädten in Amerika gab.

Die Vorbereitungen für diese besondere Bürgerversammlung hatten länger gedauert als sonst. Tucker hatte offenbar Schwierigkeiten, Leute zu finden, die bereit waren, für Geld vor der Kamera zu lügen. Kein Wunder – in dieser Folge drehte sich alles um Bigfoot. Trotz des mangelnden Interesses der Einheimischen musste Lilly zugeben, dass Tucker einen perfekten Ort gewählt hatte. Es war wahrscheinlich, dass jeder, der die Sendung sah, glauben würde, dass Bigfoot sich in diesem dicht bewaldeten Gebiet verstecken könnte. Ringsherum gab es Hügel und Berge, der höchste war Eagle Point, ein majestätischer Gipfel, der der Stadt ein postkartenähnliches Aussehen verlieh.

Die Turnhalle der Highschool war heute Abend bis auf den letzten Platz gefüllt. Die Stadtbewohner waren zwar nicht glücklich darüber, dass die Sendung dort gedreht wurde, aber sie waren neugierig genug, um nachzusehen, was genau vor sich ging.

Als Chris fragte, ob jemand Bigfoot gesehen habe, ging etwa die Hälfte der Hände im Raum in die Höhe. Auch hier war Lilly nicht überrascht. Sie hatte diese Szene in den letzten Monaten schon oft beobachtet.

Trent und Chris wählten abwechselnd Leute aus und baten sie, aufzustehen und ihre Geschichten zu erzählen. Die Einzigen, die sie auswählten, waren natürlich diejenigen, die Tucker bereits im Voraus bezahlt hatte, aber anstatt bei den haarsträubenden Geschichten mit den Augen zu rollen, blieb Lillys Gesicht eine leere Maske. Wie ihr der Produzent schon oft gesagt hatte, war es ihre Aufgabe, nur zu filmen. Sie sollte keinerlei Aufmerksamkeit auf sich lenken. Sie sollte keinen Laut von sich geben, keine Fragen stellen und sich niemals in das Geschehen der Sendung einmischen.

Das war leichter gesagt als getan, vor allem, wenn jemand verletzt wurde oder sich in einer gefährlichen Situation befand ... was von Zeit zu Zeit vorkam. Erst kürzlich hatte Michelle in Roswell jemanden über Außerirdische interviewt, und der war aus heiterem Himmel auf sie losgegangen und hatte sie so heftig geschubst, dass sie auf dem Hintern gelandet war. Lillys Brüder hatten ihr beigebracht, wie man sich verteidigt – genug, um sich im Notfall aus einer gefährlichen Situation zu befreien und Hilfe holen zu können –, aber sie wusste, wenn sie versucht hätte, Michelle zu helfen, wäre Tucker durchgedreht. Er liebte Konfrontationen oder wenn die Schauspieler verletzt wurden. Er sagte, das gäbe eine bessere Sendung ab.

Die Haare in Lillys Nacken stellten sich auf – und plötzlich wusste sie, dass jemand sie beobachtete. Es war ein unangenehmes Gefühl; sie mochte es nicht, nicht zu wissen, wer sie im Visier hatte. Sie riskierte es, kurz den Blick vom Sucher abzuwenden, um zu sehen, ob sie feststellen konnte, wer sie anstarrte.

Sie stand auf der einen Seite des Raumes und die meisten der Stadtbewohner schauten entweder auf Roger, Trent, Chris und Michelle – die auf einem leicht erhöhten Podest an einem Ende des Raumes standen – oder auf denjenigen, der gerade seine Bigfoot-Geschichte erzählte. Sie ließ den Blick langsam zum hinteren Teil des Raumes wandern, wo mindestens zwei Dutzend Leute standen und das Geschehen beobachteten.

Da war ein Mann mit einer Polizeimarke, der mit verschränkten Armen und einem Stirnrunzeln im Gesicht dastand. Zu seiner Linken stand ein weiterer Mann, der in einem schmutzigen Hemd, einer zerrissenen Hose, abgewetzten Schuhen und einer tief über die Stirn gezogenen Baseballkappe, unter der sein fettiges, strähniges, zu langes schwarzes Haar hervorlugte, ungepflegt aussah. Eine auffällig wirkende Frau, vermutlich Mitte fünfzig, die ein wallendes schwarzes Kleid und etwa zehn Ketten trug, beobachtete das Geschehen mit einem amüsierten Grinsen.

In der Gruppe waren noch einige andere Männer und Frauen, die interessiert zusahen ... aber es waren die sieben Männer, die etwas abseits von den anderen in der Nähe der Tür standen, die Lillys Aufmerksamkeit erregten.

Sie waren alle ziemlich groß, gut gebaut und hatten unterschiedlich lange Bärte. Männer, die wahrscheinlich die meiste Zeit im Freien verbrachten und die Lilly als »verwegen« bezeichnen würde. Sie hatte keine Ahnung, wer sie waren oder was sie von dem Geschehen hielten ... aber ein kleiner Schauer lief ihr bei ihrem Anblick über den Rücken.

Wer immer sie waren, was immer sie in der Vergangenheit gesehen und getan hatten, es hatte sie geprägt. Sie sahen wie harte Männer aus. Männer, die sich nicht um jeden Blödsinn scherten. Die sich definitiv nicht mit der Art von Unfug abfinden würden, die Tucker und der Rest der Crew in ihre Stadt gebracht hatten.

Lilly wusste instinktiv, dass sie sich nicht mit ihnen anlegen wollte ... aber nach dem finsteren Blick zu urteilen, den ein besonders gut aussehender Mann ihr zuwarf, sah es so aus, als wäre genau das der Fall, nur weil sie mit der Serie in Verbindung gebracht wurde. Der Mann hatte kurzes schwarzes Haar und dunkelbraune Augen, die sie an das erdige Ufer des Flusses erinnerten, an dem sie und ihr Vater gern angelten. Er hatte ein markantes Kinn, das von einem Schnurrbart und einem gestutzten Bart umrahmt wurde. Er starrte sie mit gerunzelter Stirn an, als versuchte er, sie besser einzuschätzen. Auf seinem rechten Bizeps konnte sie ein Tattoo erkennen und auf seinem Unterarm waren Worte eintätowiert.

Ein Schauer durchlief sie, und aus Selbstschutz richtete Lilly die Aufmerksamkeit wieder auf die Kamera. Sie konzentrierte sich auf Michelle, die jetzt irgendeine schwachsinnige Statistik vortrug, die sich Tucker wahrscheinlich ausgedacht hatte.

Lillys Herz schlug schnell und sie biss sich auf die Lippe, als sie durch die Linse starrte. Sie wollte sich zu dem Mann umdrehen, um zu sehen, ob er sie immer noch beobachtete, aber sie zwang sich, sich auf das zu konzentrieren, was sie gerade tat. Tucker würde den Verstand verlieren, wenn sie die Aufnahme vermasselte. Die Gemeindeversammlungen waren das Einzige, was sie nicht wiederholen konnten, wenn etwas schiefging. Er hatte sie, Kate, Andre und Joey, die anderen Kameraleute, immer wieder ermahnt, aufmerksam zu sein und niemals die Kamera auszuschalten, egal was passierte.

Sie hatte keine Ahnung, warum der Mann sie anstarrte. Sie hatte nichts getan, um seine Aufmerksamkeit auf sich zu lenken. Sie hatte nur an der Seite gestanden und gefilmt. Sein Gesichtsausdruck war nicht feindselig gewesen ... nicht im eigentlichen Sinne. Er war eher forschend gewesen. Als könnte er sie so irgendwie durchschauen und ihre Beweggründe für ihre Anwesenheit herausfinden.

Sie schnaubte praktisch. Ihr Beweggrund war ein Gehaltsscheck. Sie sparte das Geld, das sie in diesem Job verdiente, um sich eine eigene Wohnung zu kaufen, sobald die Dreharbeiten vorbei waren. Sie wollte einen festen Wohnsitz, einen Ort, an den sie zwischen den Aufträgen zurückkehren konnte. Sie hatte bereits beschlossen, dass sie nicht nach Kalifornien zurückgehen würde. Hollywood hatte ihr das Leben aus den Knochen gesaugt. Ja, sie hatte feste Jobs gehabt, aber die waren den Tribut, den die Stadt auf ihre Psyche gefordert hatte, nicht wert. Ganz zu schweigen von den Männern, die jede Frau, die sie sahen, für Freiwild hielten.

Lilly wollte an die Liebe glauben, aber mit jedem Jahr,

das verging, schien der Traum von einer eigenen Familie unwahrscheinlicher zu werden. In Kalifornien hatte sie die Liebe jedenfalls nicht gefunden. Es schien, als müsste sie sich damit begnügen, Tante Lilly für die Kinder ihrer Brüder zu sein.

Als Roger mit seiner Rede über die bevorstehenden aufregenden Tage begann und wie sehr er und seine Kollegen alle Anwesenden zu schätzen wussten, wusste Lilly, dass das ihr Stichwort war, um ihre Kamera anzuwerfen. Als die Stadtbewohner anfingen, die Stadthalle zu verlassen, nahm sie die Kamera auf die Schulter und ging auf Trent zu. Sie war ihm heute Abend zugeteilt worden. Die Schauspieler sollten sich unter die Stadtbewohner mischen und sich im Grunde wie Politiker verhalten ... lächeln und die richtigen Dinge sagen.

Sie hängte sich an Trent, obwohl sie sich immer bewusst war, dass die sieben Männer im hinteren Teil des Raumes sich nicht von ihren Plätzen an der Wand bewegt hatten. Offenbar hatten sie vor, alles bis zum Ende des Treffens genauestens zu beobachten.

Trent bewegte sich auf den hinteren Teil des Raumes zu und Lilly wurde flau im Magen. Sie wollte nicht in die Nähe der Männer gehen, vor allem nicht zu dem, der sie so aufmerksam beobachtet hatte, aber da Trent dorthin ging, musste sie ihm folgen. Sie hatte keine Angst, dass die Männer sie oder Trent angreifen würden, aber ihre aufmerksame Beobachtung machte sie definitiv nervös.

Trent ging auf Chris zu, der dem Polizeibeamten die Hand schüttelte.

»Danke, dass Sie heute gekommen sind«, sagte Chris.

»Ich will nur sichergehen, dass ich genau weiß, was in meiner Stadt los ist«, entgegnete der Mann ohne auch nur den geringsten Anflug eines Lächelns.

»Das ist Simon Hill, der Polizeichef«, stellte Chris den Mann Trent vor.

»Ich freue mich, Sie kennenzulernen«, entgegnete Trent lächelnd.

»Haben Sie sich schon entschieden, wo Sie Ihre alberne Sendung drehen werden?«, fragte der Polizeichef.

Lilly musste sich wahnsinnig zusammenreißen, um nicht zu grinsen. Sie mochte diesen Typen. Er hatte den Mut, das zu sagen, was, wie sie vermutete, viele der Anwesenden heute Abend dachten.

Trent schaute sie an und schüttelte leicht den Kopf. Lilly hatte lange genug mit ihm zusammengearbeitet, um zu wissen, dass das bedeutete, dass sie die Kamera weglegen sollte. Sie nahm sie von ihrer Schulter und blieb etwas unbeholfen in der Nähe stehen. Sie wollte sich abwenden, um etwas anderes zu filmen, aber sie blieb wie angewurzelt stehen.

Andre hatte seine Kamera ebenfalls sinken lassen, aber er schien kein Problem damit zu haben, sich von der etwas angespannten Szene zu verabschieden.

»Sie glauben vielleicht nicht an das Übernatürliche, doch ich kann Ihnen versichern, nach allem, was wir gesehen haben, dass es durchaus real ist«, erklärte Trent.

Lilly konnte sich nicht verkneifen, die Augen zu verdrehen. Zum Glück hatte sie den Kopf gesenkt und niemand sah sie an.

Zumindest dachte sie das. Sie blickte auf und bemerkte, dass der Mann, der ihr vorhin aufgefallen war, sie direkt anstarrte. Als ihre Blicke sich trafen, zuckten seine Lippen amüsiert. Es war eine leichte Regung, die fast so schnell wieder verschwand, wie sie gekommen war. Hatte er sich über ihre Reaktion amüsiert?

Sie wagte es nicht, ihn danach noch einmal anzuschauen.

Stattdessen sah sie sich im Raum nach einer Ablenkung um – und stellte überrascht fest, dass alle weg waren. Alle bis auf den Polizeichef, die sieben Männer, die Crew und die Darsteller der Serie.

»Da Sie ja anscheinend wirklich vorhaben, diese lächerliche Farce durchzuziehen, sollte ich Ihnen wohl besser die Männer vorstellen, die Sie suchen und retten werden, sollten Sie sich in den Bergen verlaufen«, erklärte der Polizeichef.

Tucker gesellte sich genau in diesem Moment zu ihnen und erklärte etwas hochnäsig: »Hier verläuft sich niemand.«

Einer der Männer schnaubte amüsiert und Lilly musste sich wahnsinnig zusammenreißen, um nicht zu lächeln.

»Ja, natürlich. Das sagen sie alle, bevor sie in den Wäldern verschwinden«, erwiderte der Polizeichef. »Das sind die Männer unseres Bergungsteams vor Ort. Sie werden gerufen, wenn jemand verschwindet. Darf ich Ihnen Ethan, Cohen, Zeke, Drew, Brock, Talon und Raiden vorstellen.«

Ethan. Das war also der Name des Mannes, der sie den ganzen Abend über beobachtet hatte. Momentan war seine Aufmerksamkeit auf Tucker gerichtet. »Bitte teilen Sie uns ganz genau mit, wo Sie vorhaben zu filmen«, bat er streng.

Tucker zuckte mit den Achseln. »Ich kann Ihnen gern sagen, wo wir ganz allgemein vorhaben zu filmen, doch wir folgen unseren Ermittlungen. Es ist ja nun nicht so, als könne man genau voraussagen, wo Bigfoot auftauchen wird.«

»Ich kann Ihnen garantieren, dass Sie sich verlaufen werden, wenn Sie einfach planlos in den Wald aufbrechen«, warnte Ethan.

»Und wir werden vom Arbeitsplatz weggerufen, um nach Ihnen zu suchen«, entgegnete der Mann neben ihm. Lilly glaubte sich zu erinnern, dass er Cohen hieß.

»Nur damit Sie es wissen, es macht uns nichts aus, gerufen zu werden, wenn es einen wirklichen Notfall gibt, doch wenn wir Sie suchen müssen, weil Sie uns keinen anständigen Plan Ihres Aufenthaltsortes mitgeteilt haben, dann sind wir ... nennen wir es mal alles andere als glücklich«, erklärte Zeke.

Lilly stimmte schweigend zu. Sie hatten recht. Natürlich hatten sie das. Und es war auch nicht gerade von Vorteil, dass Tucker es vorzog, die meisten Ermittlungen bei Nacht durchzuführen. Es war einfacher, das Publikum auszutricksen und im Dunkeln falsche Fährten zu legen als bei Tageslicht. Aber in einer so weiten Wildnis wie den Appalachen herumzulaufen war etwas ganz anderes als in den Wüsten des Südwestens oder in einem Gebäude.

Dank ihres Vaters und ihrer Brüder, die es ihr bei der Jagd eingebläut hatten, wusste sie besser als die meisten anderen, wie gefährlich es war, vom Weg abzukommen. Es war sehr leicht, sich zu verirren und die Orientierung zu verlieren ... besonders in der Dunkelheit.

Tucker hob versöhnlich die Hände. »Wir werden uns nicht verlaufen, ganz besonders nicht, wenn dort draußen Kreaturen wie Bigfoot lauern. Wir sind vorsichtig. Und ich werde mir auf jeden Fall noch mal die Landkarten ansehen und dem Polizeichef Bescheid sagen, wo genau wir uns auf die Suche machen. Allerdings wollen wir auf keinen Fall, dass jemand unseren genauen Standort kennt, um unsere Suche zu sabotieren oder weil er es lustig findet, so zu tun, als sei er Bigfoot.«

»Oh ja, das wollen wir natürlich auf keinen Fall«, erklärte Raiden, der rote Haare hatte und einen Bluthund in der gleichen Farbe dabeihatte.

Lilly musste sich auf die Lippe beißen, um nicht laut loszulachen.

»Glauben Sie wirklich, dass Sie dort draußen mit nur

vier Leuten, plus Kameramännern – Entschuldigung … ich meine natürlich Kameramännern und -frauen –, einem Typen, der sich um den Ton kümmert, und dem Produzenten etwas finden werden?«, fragte Brock.

»Vielleicht«, bemerkte Trent, der sich jetzt ebenfalls in die Unterhaltung einmischte. »Und obwohl die Kameraleute uns manchmal folgen, sind wir gelegentlich nur mit unseren kleinen persönlichen Kameras unterwegs, sodass nur wir Ermittler dort draußen sind.«

Das war eine weitere Lüge. Zu keiner Zeit waren die Kameramänner nicht anwesend. Tucker traute den Darstellern der Sendung nicht zu, die besten Aufnahmen zu machen.

Ethan seufzte. »Jedenfalls wollten wir Sie nicht nerven«, sagte er. »Aber Sie wären sicher überrascht, wie oft wir gerufen werden, um nach Wanderern zu suchen, die sich verlaufen haben. Leute, die sich gut vorbereitet hatten und die Gegend kennen. Wenn Sie den Pfad verlassen, werden Sie sich verlaufen. Ich möchte Sie deshalb bitten, Ihren gesunden Menschenverstand einzusetzen. Sobald Sie im Wald sind, funktionieren die Handys nicht mehr, Sie können sich also nicht darauf verlassen, damit Hilfe zu rufen, wenn Sie Ihren Weg zurück in die Zivilisation nicht finden.«

»Wir haben Funkgeräte«, bemerkte Trent mittlerweile ein wenig steif.

»Das ist gut, nur dass sie ebenfalls außer Reichweite geraten können«, entgegnete Drew.

»Hören Sie zu«, sagte Tucker, der nun offensichtlich versuchte, Frieden zu stiften. »Wir werden vorsichtig sein. Wir sind schließlich nicht dumm. Gibt es vielleicht irgendeinen Grund, warum Sie nicht wollen, dass wir Beweise für die Existenz von Bigfoot finden?«

»Oh, verdammt noch mal«, bemerkte Raiden kopfschüttelnd. »Komm, Duke, du willst doch sicher Gassi gehen«, sagte er zu seinem Bluthund. Der große Hund stand auf und schüttelte sich, wobei er eine ziemlich imposante Menge Sabber quer durch den Raum verteilte, bevor er seinem Besitzer nachtrottete.

»Sie treffen vielleicht auf einen Schwarzbären. Eventuell auch auf einen Luchs und viele kleinere Säugetiere, aber Bigfoot lebt nicht in diesen Bergen«, beteuerte Brock.

Tucker schien diese Skepsis nichts auszumachen. »Das sagen sie alle, bevor wir Beweise für das Gegenteil finden. Sobald Sie unsere Sendung sehen, werden Sie Ihre Worte wahrscheinlich bereuen.«

Lilly fühlte sich mittlerweile auf jeden Fall unwohl. Tucker redete nur Blödsinn, wie immer. Er war ein guter Produzent, allerdings benutzte er auch unlautere Mittel, was sie ärgerte.

Sie machte einen Schritt zurück und versuchte, sich aus der unbehaglichen Konversation und Atmosphäre zurückzuziehen.

»Bleib stehen, Lilly«, befahl Tucker ihr ungehalten.

Sie atmete scharf ein und nickte. Sie kannte die Regel, die er ihr und den anderen Kameraleuten eingebläut hatte. Sie durften ihre Kameras nicht ausschalten, niemals. Selbst wenn sie sie nicht in der Hand hatten, wollte Tucker sie laufen lassen ... nur für den Fall. Er hatte in der Vergangenheit die Worte bestimmter Menschen gegen sie verwendet – obwohl diese Menschen nicht wussten, dass ihre Worte mitgeschnitten wurden. Ihre Kamera war also eingeschaltet und nahm das gesamte Gespräch auf.

Da Andre abgehauen war, bevor das Gespräch begonnen hatte, saß sie fest.

Ethan trat bei Tuckers Tonfall einen Schritt von der Wand zurück. Der Blick in seinen Augen verriet, dass er sauer war. Lilly hielt den Atem an und betete, dass die Männer sich nicht prügeln würden.

»Wie lange wird es dauern?«, fragte Ethan knurrend.

Tucker sah verwirrt aus. »Wie lange wird was dauern?«

»Diese Ermittlung? Wie lange bleiben Sie alle in der Stadt?«, erläuterte er seine Frage.

Tucker zuckte mit den Achseln. »Solange es eben dauert. Wahrscheinlich länger als bei den vorherigen Sendungen, weil das Gebiet, in dem wir nach Spuren suchen, so groß ist.«

»Verdammt«, murmelte Talon, dann drehte er sich um und ging zur Tür.

Lilly seufzte innerlich. Sie war sich nicht sicher, wie lange sie noch für diese Sendung arbeiten konnte, die all ihren Moralvorstellungen widersprach. Es ging gegen jede Moral, die sie hatte. Lügen, betrügen, Leute bestechen. Es war ätzend ... aber der Job war gut bezahlt. Sie hasste es, dass sie Geld über ihre Überzeugungen stellte.

Obwohl sie von ihrem Job nicht begeistert war, gefiel ihr das Wenige, das sie von Fallport bisher gesehen hatte. Die Menschen waren im Allgemeinen freundlich, und obwohl sie Neuankömmlingen gegenüber misstrauisch waren, wie die Bewohner der meisten Kleinstädte, waren sie nicht feindselig. Was sich, wie sie wusste, ändern würde, sobald sie herausfänden, was wirklich mit dieser Serie los war.

»Sie sollten aber daran denken, dass Sie nicht nur Ihr eigenes Leben aufs Spiel setzen«, sagte Ethan zu Tucker. »Sie gefährden jeden, der an der Sendung mitwirkt.« Damit nickte er dem Polizeichef zu, drehte sich um und folgte seinen Freunden.

Auch die anderen hielten sich nicht lange auf. Sie alle folgten Ethan zur Tür hinaus.

In dem Moment, in dem sie weg waren, atmete Lilly die Luft aus, die sie angehalten hatte. Sie war gleichermaßen froh und enttäuscht, dass das Such- und Bergungsteam gegangen war.

»Ich hoffe, dass diese Typen sich nicht als Problem erweisen«, erklärte Tucker dem Polizeichef.

Der Ältere zuckte mit den Achseln. »Das werden sie nicht. Und falls dort draußen irgendetwas passiert«, er zeigte auf die Bäume vor dem Fenster, »sind Sie sicher froh, dass es sie gibt.«

»Sind sie wirklich so gut?«, fragte Tucker skeptisch.

»Ja«, erwiderte der Polizeichef mit Nachdruck.

»Uns wird mit Sicherheit nichts passieren«, erwiderte er. »Wenn Sie uns jetzt bitte entschuldigen würden, wir haben noch einige Vorbereitungen zu treffen.«

Der Polizeichef nickte. »Nach Ihnen«, sagte er und zeigte auf die Tür.

Lilly nahm das als ihr Stichwort, um zu ihrer Kameratasche zu gehen und ihre Sachen zu packen. Sie hatte schon fast Angst, dass Ethan und seine Freunde auf Tucker und den Rest von ihnen warten würden, als sie gingen, aber der Parkplatz war leer.

»Ich rufe euch an, um euch Bescheid zu sagen, wann und wo wir uns morgen treffen«, erklärte Tucker Lilly und den anderen Kameraleuten. Wie üblich legten der Produzent und die Darsteller den Zeitplan für die Dreharbeiten fest. Lilly und die anderen mussten nur auftauchen, wann und wo sie gebraucht wurden. Das war gut, denn so hatte sie zwischen den Drehs immer etwas Freizeit.

Es war aber auch schlecht, weil sie keine Ahnung hatte, was sie vorhatten, um den »Beweis« zu liefern, den die Serie brauchte, um relevant und interessant zu bleiben.

Andre und Kate nickten und machten sich sofort auf den Weg zu dem Wagen, den Andre gemietet hatte. Die beiden hatten sich im Laufe der Sendung angefreundet und hatten kein Problem damit, bei den täglichen Entscheidungen über die Sendung außen vor zu bleiben. Joey und Trent gingen in Richtung von Trents Mietwagen. Sie waren beste Freunde, und Lilly glaubte das Gerücht, dass sie sich diese lächerliche Serie gemeinsam ausgedacht hatten.

Michelle, Chris, Roger und Tucker gingen zusammen mit Brodie, dem Tontechniker, zu dem Transporter, den einer von ihnen gemietet hatte. Sie neigten dazu zusammenzubleiben, wenn sie reisten, was Lilly sehr entgegenkam. Sie tranken alle ein bisschen zu viel für ihren Geschmack.

Sie stand keinem der Leute aus der Serie nahe. Sie hatten nicht viel gemeinsam. So wenig, dass Lilly bei den letzten Dreharbeiten woanders als die restliche Crew untergekommen war. Sie zog kleinere unabhängige Unterkünfte vor. Frühstückspensionen, die die örtliche Wirtschaft unterstützten, anstelle der großen Hotelketten, in denen die anderen mit Vorliebe wohnten.

Sie mochte es, Zeit abseits ihrer Kollegen zu verbringen, und im Gegensatz zu vielen anderen genoss sie es, allein zu sein. Vielleicht lag es daran, dass sie in ihrer Jugend so selten Zeit und Raum für sich selbst gehabt hatte. Ihre Brüder wollten immer wissen, wo sie war, was sie tat und mit wem sie zusammen war. Natürlich war sie normalerweise gern mit ihren Brüdern zusammen gewesen, aber es gab Tage, an denen sie einfach nur allein sein wollte. Sie hatte nicht oft die Gelegenheit dazu gehabt, umgeben von so vielen überfürsorglichen Männern.

Sie machte sich auf den Weg zu ihrem eigenen Mietwagen, legte ihre Kamera auf den Rücksitz und setzte sich dann hinter das Steuer, um zu dem bezaubernden B&B zu fahren, das sie gefunden hatte. Es hieß Chestnut Street Manor und wurde von Whitney Crawford, einer netten älteren Frau, geführt. Heute Abend sollte es Schmorbraten geben und Lilly konnte es kaum erwarten. Es war schon lange her, dass sie einen hausgemachten Braten gegessen hatte.

Sie versuchte, die Gedanken an das, was sie in der kommenden Woche tun würde, zu verdrängen – und auch den Mann namens Ethan, der es schaffte, dass sie sich gleichzeitig unbehaglich und lebendig fühlte –, und fuhr vom Parkplatz weg.

Der Mann richtete sich in seinem Hotelzimmer ein, setzte sich auf das Bett und starrte mit finsterer Miene an die Wand. Der heutige Tag war frustrierend gewesen. Mit jeder Sendung, die sie drehten, wurde ihm klar, dass nichts so lief, wie er es geplant hatte.

Alle hatten sich heute Abend wie Idioten benommen und vergessen, was man ihnen über die Gegend und Bigfoot erzählt hatte, bevor sie auf Sendung gingen. Die Kameras waren in die falsche Richtung gerichtet, es waren dumme Aussagen gemacht worden, die herausgeschnitten werden mussten, und es war fast unmöglich gewesen, den Ton in dem großen Saal richtig hinzubekommen. Und nicht nur das, die Bürger schienen hier skeptischer zu sein als an jedem anderen Ort, an dem sie bisher gewesen waren. Sie hatten nicht einmal jemanden gefunden, der bereit war, vor der Kamera zu lügen und zu behaupten, er habe Bigfoot gesehen, bis kurz vor dem Treffen in der Turnhalle.

Ja, man konnte durchaus behaupten, dass er ein schlechtes Gefühl bei diesem Dreh hatte. Dabei sollte unbedingt alles reibungslos ablaufen.

Nichts war bisher so gelaufen, wie er es sich gewünscht hatte, und angesichts der örtlichen Skepsis konnte diese Folge die ganze Staffel entscheiden. Er hatte Fallport nicht als Drehort verwenden wollen und es sah so aus, als sollte er recht behalten. Aber hatte man auf ihn gehört? Nein, natürlich nicht.

Idioten.

So wie die Dinge liefen, würde es Änderungen geben müssen ... und wenn seine Forderungen nicht erfüllt würden, würde er dafür sorgen, dass seine Beteiligung nach der ersten Staffel beendet würde.

Einen Moment lang fragte er sich, ob das jemanden interessieren würde. Dann biss er die Zähne zusammen und verdrängte den Gedanken.

Natürlich würde es sie interessieren. Ohne ihn würde diese Serie nicht existieren.

Er atmete tief durch, stand auf und begann, seinen Koffer auszupacken. Eine Woche, mehr oder weniger. Dann würden sie mit dem Dreh fertig sein und für die letzte Folge nach Kanada fliegen.

Danach würde die *eigentliche* Arbeit beginnen. Hunderte von Stunden Filmmaterial sichten. Versuchen, die Leute intelligenter klingen zu lassen, als sie es waren. Episoden zusammenschustern und den beschissenen Ton retten.

Wenn er nicht geglaubt hätte, dass er kurz davor war, in der Branche groß rauszukommen, hätte er sich schon längst umgedreht und wäre gegangen. Aber er glaubte an dieses Projekt und er würde alles tun, um es zu einem Erfolg zu machen. Selbst wenn er lügen, betrügen und stehlen müsste.

Nichts und niemand würde ihn daran hindern, berühmt zu werden.

KAPITEL ZWEI

Ethan »Chaos« Watson ging aufgeregt in seinem Wohnzimmer auf und ab. Er war sich nicht sicher, warum ihn das, was heute in der Turnhalle passiert war, so mitgenommen hatte, und die Tatsache, dass der Produzent einfach nicht zuhören wollte ... aber es nahm ihn tatsächlich ziemlich mit.

»Du wirst schon sehen, die werden zum Problem werden«, sagte er zu seinem Bruder Cohen »Rocky« Watson.

Rocky grinste. »Jup.«

Ethan blieb unwillkürlich stehen und blickte seinen Zwillingsbruder an. Sie sahen sich nicht sehr ähnlich, abgesehen von ihrer Größe und ihren braunen Augen. Die meisten Leute hatten keine Ahnung, dass sie miteinander verwandt waren, geschweige denn zweieiige Zwillinge. Aber er und Rocky standen sich so nahe, wie zwei Menschen es nur konnten. Sie waren zusammen zur Navy gegangen und hatten die Ausbildung zum SEAL gemeinsam absolviert. Sie waren zwar nicht im selben Team gewesen, hatten aber häufig an gemeinsamen Einsätzen teilgenommen.

Als es an der Zeit war, sich zu entscheiden, ob sie dabeibleiben oder aussteigen wollten, hatten sie auch diese Entscheidung gemeinsam getroffen. Sie waren nach Fallport, Virginia gekommen, um ein neues Leben zu beginnen, eines, in dem sie weiterhin ihrer Gemeinschaft dienen konnten, aber in einem sichereren Umfeld. Ethan hatte andere rekrutiert, die er entweder aus seiner Zeit bei der Spezialeinheit kannte oder die ihm von seinem Freund Tex empfohlen worden waren, einem ehemaligen SEAL, der jeden zu kennen schien und dem Ethan mit seinem Leben vertraute.

»Warum lächelst du?«, fragte Ethan Rocky. »Das Ganze ist kein bisschen lustig.«

Rocky zuckte mit den Achseln. »Hast du mir nicht gerade vor ein paar Tagen erst gesagt, wie sehr du dich langweilst?«, fragte er.

Ethan seufzte. Das hatte er *wirklich* gesagt. Aber damit hatte er nicht gemeint, dass er sich wünschte, dass ein Team von Bigfoot-Forschern in die Stadt kommt und ankündigt, es würde über ihren Berg stapfen und sich dabei wahrscheinlich verirren.

»Als das letzte Mal einer von uns gesagt hat, er würde sich langweilen, haben wir die beiden Leichen der Männer gefunden, die von diesem Serienmörder Andrew Ferry gefoltert und getötet worden waren«, entgegnete Rocky.

Das war wirklich kein guter Tag gewesen. Verdammt, der ganze Monat war schlimm gewesen. Die Morde und die Suche nach dem Mörder waren wochenlang das Gesprächsthema in der Stadt gewesen. Das einzig Gute an der ganzen Situation war, dass die Einheimischen endlich aufgehört hatten, das Team als Außenseiter zu behandeln.

»Es ist nur ... meiner Meinung nach stimmt irgendetwas mit diesem Tucker und seiner Serie nicht«, erklärte Ethan seinem Bruder.

»Da bin ich deiner Meinung«, pflichtete Rocky ihm bei.

»Und wir leben zwar erst seit fünf Jahren hier, aber wenn der alte Richards vor zehn Jahren tatsächlich Bigfoot auf seinem Grundstück gesehen hat, werde ich mich für die *Fallport Fourth of July Feier* als Clown verkleiden.«

Daraufhin lachte Rocky laut auf. »Du hasst Clowns.«

»Genau, darum geht's ja. Ich bin mir ganz sicher, dass das niemals passieren wird.«

»Glaubst du, dass dieser Junge tatsächlich Spuren im Wald hinter seinem Haus gefunden hat?«, fragte Rocky.

»Nein.«

»Also haben sie gelogen.«

»Jup«, bestätigte Ethan.

»Warum?«

»Das ist die große Frage, nicht wahr? Aber da du gefragt hast, werde ich dir sagen, was ich denke«, erklärte Ethan. »Ich halte Tucker für einen Betrüger. Er ist einer dieser tollen Hollywood-Produzenten, der hofft, mit seiner Serie Einschaltquoten zu erzielen. Er kann die Leute nur zum Zuschauen bewegen, wenn sie tatsächlich ›Beweise‹ für die Kreaturen finden, die sie jagen.«

»Also glaubst du, dass sie den alten Richards und den Jugendlichen bezahlt haben? Als wären sie Schauspieler?«, fragte Rocky.

»Ja, davon bin ich überzeugt.«

»Das ist ja nun nicht wirklich gegen das Gesetz«, erklärte Rocky.

»Nein, ist es nicht. Aber wenn diese Vollidioten sich verirren, nachdem sie im Wald herumgetrampelt sind, müssen *wir* uns um sie kümmern. Du hast gerade den Job bekommen, dieses schöne alte Haus am Stadtrand zu renovieren, und ich habe alle Hände voll zu tun mit Elektroarbeiten. Ganz zu schweigen davon, dass es für die anderen eine Qual ist, von ihrem eigenen Leben und ihrer Arbeit weggerufen zu werden, um jemanden zu finden, der sich auf der Suche nach dem verdammten Bigfoot verlaufen hat.«

Rocky sah seinen Zwillingsbruder mit zu Schlitzen verengten Augen an. »Was ist es, was dich *wirklich* an der Sache stört?«, fragte er. »Jeden Sommer müssen wir viele Leute wiederfinden, die in die Stadt kommen, um die Wanderwege in Angriff zu nehmen, und sich dann verlaufen. Warum ist es diesmal anders?«

Ethan seufzte und begann wieder, auf und ab zu gehen. »Ich weiß es nicht.«

Rocky verdrehte die Augen. »Blödsinn. Ich kenne dich doch, Bruderherz. Wir haben uns gemeinsam Terroristen gestellt. Wir denken fast immer das Gleiche. Sprich mit mir.«

Ethan drehte sich um und blickte seinen Bruder an. »Ich glaube, es liegt daran, dass Touristen, die unvorbereitet in die Wildnis aufbrechen, nur sich selbst in Gefahr bringen – und sonst niemanden. Aber dieser Vollidiot bringt noch ein halbes Dutzend weitere Leute in Gefahr.«

»Vielleicht sind sie genauso schlimm wie der Produzent«, erklärte Rocky.

Ethan wusste, dass sein Bruder nur den Anwalt des Teufels spielte. Das taten sie immer, wenn sie sich über wichtige Dinge unterhielten. Aber aus irgendeinem Grund nervte es ihn heute Abend.

»Als die Kamerafrau ihre Kamera runtergenommen hat, hat sie sie nicht ausgemacht«, gab Ethan zu.

»Ja, das ist mir auch aufgefallen«, bemerkte Rocky mit einem Nicken.

Ethan war nicht überrascht, dass sein Bruder wusste, von wem er sprach, ohne nachfragen zu müssen. Sie waren schon immer in der Lage gewesen, den Gedankengängen des anderen zu folgen. »Und hast du gehört, wie dieser Vollidiot von einem Produzenten mit ihr gesprochen hat?«

Rocky presste die Lippen zusammen und nickte erneut.

»Irgendetwas stimmt mit dieser Serie nicht, was bei mir die Alarmglocken auslöst«, sagte Ethan. »Ich bin mir sicher, dass es Probleme geben wird.«

»Du magst sie«, bemerkte Rocky aus heiterem Himmel.

»Wie bitte?«

»Das Mädchen hinter der Kamera. Du magst sie.«

»Ach, komm schon. Ich habe sie doch gerade erst kennengelernt. Verdammt, nicht mal das kann man behaupten. Ich habe nicht mal ein Wort mit ihr gewechselt«, protestierte Ethan.

»Ich weiß ... aber du brauchst nicht zu denken, ich hätte nicht bemerkt, dass du sie kaum aus den Augen lassen konntest.«

Verdammt. Das war das Problem daran, wenn man jemand anderem so nahestand. Es war fast unmöglich, ein Geheimnis vor seinem Zwillingsbruder zu haben. »Sie ist anders als diese anderen Idioten«, bemerkte Ethan.

»Inwiefern?«

Ethan hörte weder Unglaube noch Kritik im Ton seines Bruders. Er hatte echtes Interesse daran, was er an ihr fand. »Ich habe gesehen, wie sie die Augen verdrehte, als einer der Moderatoren der Sendung etwas sagte. Sie sah wirklich so aus, als hielte sie sie für einen Haufen Idioten. Und als sie uns ansah, sah sie nicht einen Haufen Hinterwäldler. Sie sah ... *uns*.« Er wusste, dass er seine Gedanken nicht besonders klar ausdrückte und dass er eigentlich nicht wirklich wissen konnte, was die Frau *tatsächlich* gedacht hatte, aber Rocky schien ihn trotzdem zu verstehen.

»Ja, diesen Eindruck hatte ich auch«, pflichtete er ihm bei.

»Und nicht nur das, sie ist auch die Einzige, die kein Zimmer im Hotel am Stadtrand hat.«

»Und woher weißt du *das*?«, fragte Rocky, ganz offensichtlich amüsiert.

»Ich habe gehört, wie Otto und Art sich heute vor Beginn des Gemeindetreffens unterhalten haben.«

Rocky lachte. »Ich schwöre dir, diese beiden sind besser als ein Frühwarnsystem. Nimmt man jetzt noch Silas dazu, bleibt in dieser Stadt nichts geheim.«

Ethan musste ihm da zustimmen. Die drei älteren Männer hatten es sich zur Aufgabe gemacht, alles zu wissen, was sie für wichtig hielten und was in der Stadt vor sich ging. »Das stimmt. Und diesmal haben sie gesagt, dass sie in Whitneys Frühstückspension untergekommen ist.«

»Na und?«, fragte Rocky. »Was schließt du aus der Tatsache, dass sie nicht mit den anderen im Hotel übernachtet?«

»Ich weiß es auch nicht«, gab Ethan zu.

»Und das macht dich verrückt.«

»Ich muss zugeben, dass es merkwürdig ist. Warum bleibt sie nicht mit dem Rest der Crew zusammen? Aber sie scheint nicht besonders gut mit den anderen befreundet zu sein. Vielleicht liegt es daran.«

»Vielleicht ist sie neu. Vielleicht arbeitet sie zum ersten Mal mit ihnen zusammen.«

Ethan zuckte mit den Achseln. »Keine Ahnung. Mir ist eben nur aufgefallen ... dass sie sich von den anderen unterscheidet.«

»Whitney kann das Geld jedenfalls gebrauchen«, bemerkte Rocky.

»Ich weiß. Und wahrscheinlich ist sie froh darüber, jemanden zu haben, mit dem sie sich unterhalten kann«, pflichtete Ethan ihm bei.

»Und ... was jetzt? Du bist sauer, weil du sie ziemlich cool findest, sie aber trotzdem bei dieser Farce einer Fernsehsendung mitmacht?«, hakte Rocky nach.

Ethan versuchte, seine Gefühle zu ergründen. »Ja. Das ist es wohl.«

»Weißt du, jetzt, wo sie bei Whitney wohnt, kannst du ja eigentlich rübergehen und dich mit ihr unterhalten, ohne dass einer der anderen Idioten dabei ist«, schlug Rocky vor.

Ethan wollte den Vorschlag seines Bruders abtun ... aber er konnte den Funken der Erregung nicht ignorieren, der tief in ihm aufflammte, wenn er daran dachte.

Rocky lächelte.

»Was ist? Ich habe doch gar nichts gesagt«, sagte Ethan.

»Das musstest du auch nicht. Ich kenne dich. Sieh mal, ich bin voll dafür, dass du jemanden findest. Es ist schon so lange her, dass einer von uns so etwas wie eine Beziehung hatte, dass ich dich total unterstütze. Aber darüber hinaus bedeutet es, sie besser kennenzulernen, selbst wenn es nur auf freundschaftlicher Ebene ist und nicht mehr, dass wir vielleicht einen Einblick bekommen, was genau mit der verdammten Serie los ist. Wenn wir dafür sorgen können, dass diese Trottel in Sicherheit sind, während sie im Dunkeln durch den Wald wandern, dann sind wir alle besser dran. Und wenn du dabei Sex haben kannst ... hast du Glück.«

Ethan musste lachen. »Du bist ja verrückt. Sie bleibt nur wie lange? Vielleicht eine Woche. In dieser Zeit werden wir sicher nicht feststellen, dass wir Seelengefährten sind, und zusammenziehen.«

»Das habe ich ja auch gar nicht behauptet«, erklärte Rocky grinsend. »Aber wenn du jetzt schon daran denkst, den Rest deines Lebens mit ihr zu verbringen ...«

»So ein Blödsinn«, entgegnete Ethan und verdrehte die Augen.

»Hey, wir werden alle nicht jünger ...«

»Aber mit fünfunddreißig gehört man auch noch nicht zum alten Eisen«, unterbrach Ethan ihn.

»Tut man auch nicht, aber du weißt ja, dass unsere Eltern geheiratet haben, als sie Anfang zwanzig waren. Und ihre Ehe hat funktioniert. Verdammt, Mom hat sich selbst nach dem Tod unseres Vaters nie nach einem Mann auch nur umgedreht. Ich bin mir sicher, dass sie uns für hoffnungslose Fälle hält, die den Rest ihres Lebens allein bleiben werden«, bemerkte Rocky.

»Wir werden nie alleine sein. Schließlich haben wir einander«, sagte Ethan, ohne zu zögern. Das war es, was sie ihrer Mutter immer sagten, wenn sie ganz sentimental und emotional über ihr Liebesleben – oder den Mangel daran – wurde, wenn sie über die Feiertage nach Hause fuhren.

»Ich will damit nur sagen, dass eine Frau zum ersten Mal seit Langem dein Interesse geweckt hat. Wir wissen beide, dass es in Fallport nicht gerade eine Fülle von Frauen gibt, zwischen denen wir wählen können. Du musst dich ja nicht für das ewige Leben verpflichten, aber sie kennenzulernen und dabei vielleicht ein bisschen Spaß zu haben, wäre keine schlechte Sache. Du warst in letzter Zeit ziemlich mürrisch.«

»Das liegt aber nicht daran, dass ich keinen Sex habe«, grummelte Ethan. »Der Bürgermeister macht mich in letzter Zeit ziemlich wütend.«

»Uns *alle*«, entgegnete Rocky. »Das ist nichts Neues. Der Idiot glaubt, er sei besser als alle anderen ... und er hasst es, dass er keine Kontrolle über unser Team hat. Pass auf, es ist mir egal, ob du eine Affäre hast oder nicht, ich werde dich lieben und ehren, egal was passiert. Aber im Ernst, ich habe dich schon lange nicht mehr so aufgekratzt gesehen. Du hast etwas in ihr gesehen, das dich interessiert. Und vielleicht ist sie gut darin, ihre wahren Gedanken zu verbergen, und sie ist in Wahrheit ein Miststück. Aber vielleicht ist sie es auch nicht. Wenn die Möglichkeit besteht, dass sie die ganze Sendung für Blödsinn hält und ein Zimmer weit weg von den Darstellern und der Crew genommen hat, weil sie nicht mit ihnen in Verbindung gebracht werden will, dann wirst du dich selbst dafür Ohrfeigen, wenn du nicht wenigstens versuchst, sie kennenzulernen.«

»Na gut«, erwiderte Ethan. Er hatte vielleicht so getan, als wäre er von seinem Bruder genervt, doch tief in seinem Inneren war er froh darüber, seinen Segen zu haben. »Ich werde morgen mit ihr reden. Herausfinden, ob sie weiß, wo die Suche stattfinden soll, damit wir alle Bescheid wissen, wo wir anfangen müssen, falls sie sich tatsächlich verirren.«

»Weißt du, ob sie gleich morgen mit den Dreharbeiten anfangen?«, fragte Rocky.

»Nein. Aber ich wette alles, was ich besitze, dass Silas oder einer der anderen es wissen wird, wenn ich bei der Post vorbeikomme, und ich kann sie ohne viel Mühe dazu bringen, es mir zu sagen.«

»Diese Wette gehe ich nicht ein«, murmelte Rocky. »Geht es dir jetzt besser?«

Ethan lächelte. Sein Bruder war ihm nach Hause gefolgt, nur um nach ihm zu sehen. Er brauchte nicht einmal etwas zu sagen, damit Rocky wusste, dass er sich über etwas aufregte. »Ja, alles wieder in Ordnung«, sagte er.

»Dann mache ich mich mal auf den Heimweg«, entgegnete dieser.

»Gib mir Bescheid, wenn ich bei dir vorbeikommen und mit der Neuverkabelung der Elektrik beginnen soll«, sagte Ethan.

»Mache ich. Mit ein bisschen Glück sehen wir einander nicht mehr, um nach irgendwelchen Leuten zu suchen, bevor ich deine Hilfe brauche«, erklärte Rocky.

Ethan nickte. Er hoffte, dass dies der Fall wäre, aber er hatte das Gefühl, dass die Gruppe aus Hollywood dies unmöglich machen würde.

Rocky nickte seinem Bruder zu und ging hinaus.

Ethan schloss die Tür hinter sich und seufzte. Dann fing er wieder an, auf und ab zu gehen.

Seine Wohnung war nicht sehr groß, sodass es nicht viele Schritte brauchte, um von einer Seite des Wohnzimmers zur anderen zu gelangen. Die Wohnung war eher heruntergekommen; der einzige Anreiz, hier zu wohnen, war die Tatsache, dass sein Bruder eine Wohnung im selben Gebäude hatte. Vielleicht wollten sie nicht mehr zusammenwohnen, aber Ethan wollte nicht einmal daran denken, nicht in der gleichen Stadt zu leben.

Seine Gedanken kehrten zu der Bürgerversammlung zurück und zum ersten Mal wurde ihm bewusst, dass er nicht einmal den vollen Namen der Frau kannte, an die er immer wieder denken musste. Obwohl es nicht schwer sein würde, ihn herauszufinden. Er grinste und schüttelte den Kopf. Das Klatsch-und-Tratsch-Netzwerk in dieser Stadt war besser als einige der Geheimdienstinformationen, die er in der Navy erhalten hatte.

Morgen würde er nicht nur ihren Namen herausfinden, sondern auch sehen, ob die Vermutung, die er über sie hatte, richtig war.

Er hoffte, dass sie es war. Er hoffte *wirklich* sehr, dass er recht hatte. Denn die Frau hatte etwas an sich, das seine Neugierde geweckt hatte. Es war nicht wirklich ihr Aussehen, obwohl sie ziemlich hübsch war. Sie war durchschnittlich groß, etwa eins dreiundsiebzig, mit braun-blondem Haar, das sie in einem einfachen, schlichten Dutt getragen hatte. Blaue Augen, die vor Humor zu glitzern schienen ... wenn sie ihren Schutzschild weit genug senkte, um ihre Gefühle zu zeigen. Er vermutete, dass sie einige Kurven hatte, aber in der Cargohose und dem übergroßen T-Shirt, das sie trug, war das schwer zu sagen. Die Stiefel an ihren Füßen waren robust und für die Gegend und den Job, den sie machte, angemessen.

Alles in allem war alles an ihr zurückhaltend ... und Ethan konnte sich nicht erklären, warum er nicht aufhören konnte, an sie zu denken.

Nein, das war eine Lüge. Er wusste warum. Es lag daran, dass sie ihn und den Rest des Eagle Point Such- und Bergungsteams im hinteren Teil des Raumes beobachtet hatte, und obwohl sie aus irgendeinem Grund etwas unbehaglich aussah, schien sie auch ... fasziniert zu sein? Vielleicht lag es daran, dass sie alle groß und muskulös waren und ein wenig einschüchternd wirkten. Oder es könnte einfach daran liegen, dass sie gut aussahen. Zumindest, wenn man anderen Frauen Glauben schenken konnte, die sie kennengelernt hatten.

Wie dem auch sei, Ethan war fasziniert. Die anderen von der Sendung schienen nicht viel von dem zu bemerken, was um sie herum geschah, sie waren zu sehr in das vertieft, was sie gerade taten.

Aber die Kamerafrau, Lilly, hatte einen Blick auf sie geworfen und irgendwie instinktiv gewusst, dass sie mehr waren, als sie zu sein schienen. Irgendetwas an ihrer Körpersprache, an ihrem Gesichtsausdruck, ließ ihn vermuten, dass sie erkannte, dass sie nicht nur ein Haufen bärtiger Kleinstadtjungs waren.

Und mit dieser Vermutung hatte sie recht. Ethan und Rocky waren SEALs gewesen. Zeke war ein Green Beret gewesen. Drew war Mitglied der Virginia State Police gewesen. Brock hatte für den US-Zoll und den Grenzschutz gearbeitet, und Talon war Mitglied des britischen Special Boat Service gewesen, einer Spezialeinheit der englischen Royal Navy. Raiden war Hundeführer bei der Küstenwache gewesen. Jeder von ihnen hatte seine eigenen besonderen Fähigkeiten, die dazu beitrugen, dass das Such- und Bergungsteam eines der besten im ganzen Bundesstaat ... und möglicherweise an der gesamten Ostküste war.

Jedenfalls machte die Frau Ethan neugierig, und das hatte schon lange keine Frau mehr geschafft. Also würde er morgen tun, was sein Bruder vorschlug, um seine Neugierde zu stillen.

Höchstwahrscheinlich wäre sie sowieso damit beschäftigt, die Idioten zu filmen, die auf der Suche nach Bigfoot unterwegs sein würden. Oder sie würde ihre Nase über seinen Wohnort oder seinen jetzigen Beruf rümpfen. Oder sie würde einfach ihren Job machen und aus Fallport verschwinden wollen. Es war nicht gerade eine große Stadt ... deshalb gefiel sie Ethan und seinen Teamkameraden.

Frustriert, dass er nicht aufhören konnte, an die Frau zu denken, marschierte Ethan in seine kleine Küche. Sie war beim besten Willen nicht für Feinschmecker geeignet. Die Arbeitsflächen waren aus Resopal, die Geräte schlicht weiß, nicht aus Edelstahl, wie es gerade in Mode war. Der Boden unter seinen Füßen bestand aus billigen Vinylfliesen ... aber all das spielte keine Rolle. Er war ein einfacher Mann, der sich nicht viel aus der Dekoration seines Heimes machte. Er war einfach nur froh, einen sicheren Ort zu haben, an dem er sich niederlassen konnte.

Er holte eine Packung Milch aus dem Kühlschrank, füllte ein Glas bis zum Rand und trank es in einem Zug aus. Er wischte sich den Mund mit dem Ärmel ab und grinste. Rocky machte sich ständig über ihn lustig, weil er tatsächlich ein Glas benutzte, besonders seit er allein lebte. Er konnte aus dem Karton trinken, wenn er wollte. Es war ja niemand da, der sich darüber beschwert hätte.

Aber ihre Mutter hatte ihm von klein auf Manieren beigebracht. Und selbst jetzt, obwohl er schon lange nicht mehr zu Hause wohnte, konnte Ethan sich nicht dazu durchringen, etwas so Ungehobeltes zu tun, wie direkt aus dem Karton zu trinken.

Er stellte sein Glas in die Spüle und machte sich auf den

Weg ins Wohnzimmer, wobei er sich seinen Laptop schnappte. Er musste seine E-Mails abrufen und nachsehen, welche Aufträge in der kommenden Woche auf seinem Plan standen. Er hatte momentan nicht viel zu tun und ausnahmsweise war Ethan dankbar dafür. Er würde genügend Zeit haben, die Kamerafrau ausfindig zu machen und ihr vielleicht sogar seine Dienste als Führer anzubieten.

Die Idee gefiel ihm. Er konnte mehr Zeit mit Lilly verbringen und dabei hoffentlich mehr über die Serie erfahren – und darüber, wo sie vorhatten zu suchen.

Es war auch nicht gerade eine faule Ausrede, er wollte *wirklich* sicherstellen, dass sich niemand bei den Dreharbeiten im Wald verirrte. Und Rocky hatte recht. Es war tatsächlich schon verdammt lange her, dass jemand seine Neugier geweckt hatte. Morgen würde er sehen, ob er einfach nur den Verstand verlor oder ob sie eine Frau war, die kennenzulernen sich lohnte ... er vermutete, dass Letzteres der Fall war.

KAPITEL DREI

Lilly saß am nächsten Morgen an Whitney Crawfords kleinem Küchentisch und starrte ungläubig auf den Frühstückstisch vor sich. Sie war im Moment der einzige Gast in der Frühstückspension, aber Whitney hatte Waffeln, Rührei, Rösti, Zimtschnecken, Bananenbrot sowie Speck und Würstchen gemacht. Auf dem Tisch standen so viele Gerichte, dass fast kein Platz mehr für den Teller war, den die ältere Frau vor Lilly abgestellt hatte, nachdem sie sich gesetzt hatte.

»Ich war mir nicht sicher, was du gern isst, also habe ich von allem etwas gemacht«, sagte Whitney mit einem breiten Lächeln.

Lilly erwiderte das Lächeln. Sie hatte das Gefühl, dass die Besitzerin der Frühstückpension in jüngeren Jahren wahrscheinlich vielen Männern den Kopf verdreht hatte. Sie war immer noch eine hübsche Frau mit hellbraunem Haar und grauen Augen, die ständig zu funkeln schienen. Ihr Gesicht war voller Lachfalten – kein Wunder, denn sie lachte gern und viel – und sie war ein wenig mollig. Sie war nett und freundlich und hatte Lilly vom ersten Moment an, als sie mit ihr telefoniert hatte, um das Zimmer zu reservieren, das Gefühl gegeben, zu Hause zu sein.

Nachdem sie eine Nachricht erhalten hatte, dass sie erst nach dem Mittagessen gebraucht würde, hatte Lilly an diesem Morgen ausgeschlafen. Das Bett war wahnsinnig bequem und das Zirpen der Grillen draußen hatte sie an ihr Zuhause in West Virginia erinnert. Die Dusche bot einen erstaunlichen Wasserdruck und so hatte Lilly viel zu lange unter dem heißen Strahl gestanden. Dann hatte sie ihre E-Mails überprüft und jedem ihrer Brüder und ihrem Vater eine Nachricht geschickt, in der sie ihnen mitteilte, dass sie wohlbehalten in Fallport eingetroffen war und dass die Dreharbeiten noch heute beginnen sollten. Sie war sich bewusst, dass sie sich Sorgen machten, wenn sie sich nicht meldete, und dass sie möglicherweise persönlich vorbei kommen würden, um sich zu vergewissern, dass es ihr gut ging.

Das Nesthäkchen der Familie und die einzige Frau zu sein, ging ihr zwar manchmal auf die Nerven, aber es tat auch gut zu wissen, wie sehr sie geliebt wurde. Sie stand ihrer Familie sehr nahe und Lilly hätte es nicht anders gewollt. Sie hatte es nie vermisst, eine Mutter zu haben, denn ihr Vater hatte sie wunderbar großgezogen und dafür gesorgt, dass kein Tag verging, an dem sie nicht wusste, wie wichtig und besonders sie war.

Sie hätte sehr leicht zu einem verwöhnten Kind werden können, aber ihre Brüder sorgten dafür, dass sie auf dem Boden der Tatsachen blieb. Lilly hatte den größten Teil ihrer Kindheit damit verbracht, ihnen nachzueifern und alles zu tun, was sie taten ... was bedeutete, dass sie gelernt hatte, zu jagen, zu schießen, einen Reifen zu wechseln und Dinge zu reparieren, die im Haus kaputt gingen. Sie sah sich Kriegsfilme an, liebte Sport und genoss es generell, einer der Jungs zu sein.

»Stimmt irgendetwas nicht?«, fragte Whitney und klang besorgt.

»Oh, nein. Das sieht alles wahnsinnig lecker aus«, entgegnete Lilly schnell. »Ich musste nur gerade an meine Familie denken.«

»Vermisst du sie?«, wollte Whitney wissen.

»Jeden einzelnen Tag«, erwiderte Lilly. »Aber sobald wir auch nur einen einzigen Tag wieder zusammen sind, frage ich mich, warum ich sie eigentlich so sehr vermisst habe.«

Die andere Frau lachte. »Ja, das verstehe ich. Ich hatte acht Geschwister.«

»Wow, und ich dachte schon, vier wären schlimm«, entgegnete Lilly lächelnd.

Während Lilly sich ein wenig von allem nahm, erzählte Whitney ihr von den Mitgliedern ihrer eigenen Familie. Sie waren über das ganze Land verstreut und hatten ihre eigenen Familien, und sie meldeten sich nicht allzu oft, aber es war leicht zu erkennen, dass die ältere Frau sie alle noch liebte.

Lilly aß ihr Frühstück und stopfte sich so voll, dass sie wusste, dass sie nicht zu Mittag essen musste, weil sie sich sonst übergeben würde, während sie versuchte, ihre Kamera mit sich herumzuschleppen, um dem Moderator zu folgen, dem sie an diesem Tag zugeteilt werden würde. Gerade als sie fertig war, klopfte es an der Küchentür. Whitney stand auf und ging, um sie zu öffnen.

Lilly drehte sich um und blinzelte überrascht den Mann an, der hereinkam.

Ethan. Der Mann, der ihr am Abend zuvor aufgefallen war. Der Mann, der sie direkt zu durchschauen schien.

Der Mann, der deutlich gemacht hatte, dass er von Tucker und seiner Sendung nicht sonderlich beeindruckt war und keinen von ihnen in seiner Stadt und seinem Wald haben wollte.

Der Wald gehörte zwar nicht *ihm*, aber Lilly hatte das Gefühl, dass er jedem, der ihn darauf hinwies, die Leviten lesen würde.

»Schau mal, wer hier ist«, erklärte Whitney strahlend. »Ich weiß nicht, ob ihr beide euch schon kennengelernt habt. Ethan, darf ich dir Lilly Ray vorstellen? Lilly, das ist Ethan Watson. Sie ist hier, um diese Sendung über das Übernatürliche zu drehen«, erklärte die ältere Frau ihm.

»Ich weiß.«

Seine Stimme war tief und rau – und Lilly musste sich zusammenreißen, um bei ihrem Klang nicht direkt auf diesem Stuhl dahinzuschmelzen. Sie stand auf und streckte ihm die Hand hin.

»Wir sind uns gestern Abend auf der Veranstaltung begegnet«, erklärte Lilly Whitney. »Schön, dich offiziell kennenzulernen, Ethan.«

Als er ihre Finger berührte, begann ihr ganzer Arm zu prickeln. Lilly stand einfach nur da und starrte ihn an.

»Ich freue mich auch, dich kennenzulernen«, entgegnete er. »Es tut mir leid, wenn ich störe.«

Er hatte ihre Hand noch nicht losgelassen und Lilly konnte sich nicht überwinden, sie wegzuziehen. Sie starrten sich lange gegenseitig an. Sie hatte keine Ahnung, wonach er suchte oder was er sah, wenn er ihr in die Augen blickte, aber schließlich drückte er ihre Hand sanft und ließ sie los. Seine Finger berührten dabei ihre Handfläche, was Lilly ein weiteres Mal zum Beben brachte.

Seine Lippen zuckten, als wäre er sich seiner Wirkung durchaus bewusst. Und warum sollte er auch nicht? Lilly hatte das Gefühl, dass diesem Mann nicht viel entging, was ihn noch ... gefährlicher machte.

Vielleicht war das nicht das richtige Wort, aber im Allgemeinen bemerkten die Leute sie nicht, wenn sie filmte. Das war eigentlich Absicht; es war nicht ihre Aufgabe aufzufallen. Sie zog es so vor. Sie konnte die Augen verdrehen, die Lippen verziehen oder über etwas schmunzeln, das jemand am Set sagte, ohne dass es jemand bemerkte. Sie war sicher, wenn sie sich hinter ihrer Kamera versteckte.

Aber Ethan Watson würde nichts entgehen, und das machte ihn gefährlich für ihren Seelenfrieden. Solange er in der Nähe war, musste sie auf der Hut sein. Schließlich wollte sie auf keinen Fall, dass Tucker oder *jeder* andere, mit dem sie arbeitete, merkte, wie wenig Respekt sie vor ihnen hatte. Sie wäre ihren Job auf der Stelle los.

»Hast du Hunger, Ethan?«, fragte Whitney und durchbrach damit die merkwürdige Verbindung, die zwischen ihm und Lilly entstanden war. »Ich habe heute Morgen wohl ein bisschen zu viel Frühstück gemacht.«

Er lachte. Es war ein unbefangenes und fröhliches Lachen. »Das ist eine Untertreibung. Aber ich würde gern mit euch frühstücken, wenn es euch nichts ausmacht.«

»Natürlich nicht«, versicherte Whitney ihm. »Ich hole dir nur schnell einen Teller.«

Während die ältere Frau zum Küchenschrank hinüberging, stand Lilly unbeholfen da und wusste nicht, was sie sagen sollte. Glücklicherweise kam ihre Wirtin schnell zurück und Ethan begann, seinen Teller zu füllen.

Sie setzten sich alle an den Tisch und Lilly tat ihr Bestes, um Small Talk zu machen. Sie war noch nie die beste Gesellschafterin gewesen, schon gar nicht mit Leuten, die sie nicht wirklich kannte. Ihre Verwandten machten sich über sie lustig, weil sie ein Plappermaul war, und sie hatten nicht ganz unrecht. Es war, als sparte sie all die Worte, die ihr im Alltag unangenehm waren, für die Männer, die sie am meisten liebte und denen sie am meisten vertraute, und dann sprudelten sie nur so aus ihr heraus.

»Also fangt ihr heute mit den Dreharbeiten an?«, fragte Ethan.

Lilly nickte.

Seine Lippen zuckten erneut, als ob er sie amüsant fände, sich aber beherrschte, ihren mangelnden Enthusiasmus, über ihre Arbeit zu sprechen, zu kommentieren.

»Wie bist du eigentlich Kamerafrau geworden?«, wollte er wissen.

Lilly wünschte sich, sie wäre noch nicht fertig mit dem Essen. Dann könnte sie sich wenigstens auf etwas anderes als Ethan konzentrieren. Aber da Whitney ihren leeren Teller bereits zur Spüle gebracht hatte, hatte sie nichts, womit sie sich ablenken konnte. »Irgendwie einfach aus Zufall«, erklärte sie ihm ehrlich. »Ich habe mich schon immer hinter der Kamera wohler gefühlt, und als ich auf dem College war, war einer meiner Freunde im Filmklub und überredete mich, zu einem Treffen zu kommen. Ich fand heraus, dass es mir gefiel zuzusehen, wie Theaterstücke und Sendungen hinter den Kulissen entstehen ... und der Rest ist Geschichte.«

Während sie sprach, ruhte Ethans Blick auf ihr. Als wäre sie in diesem Moment der wichtigste Mensch der Welt. Als hinge er an jedem Wort, das sie sagte. Es war intensiv ... und gleichzeitig sehr schmeichelhaft. Sie konnte sich nicht erinnern, dass ihr jemals jemand so viel Aufmerksamkeit geschenkt hatte, wenn sie sprach.

»Ich wette, du hast ein paar wilde Dinge gesehen«, bemerkte Whitney.

Lilly zwang sich, den Blick von Ethans braunen Augen zu lösen, und nickte.

»In der Stadt geht das Gerücht um, dass ihr gerade von Dreharbeiten in Nevada zurückgekommen seid«, sagte Ethan.

Lilly nickte erneut.

»Das Goldfield Hotel?«

Sie wollte eigentlich nicht über ihre Arbeit reden, aber sie wollte auch nicht unhöflich sein. »Ja.«

»Was ist das?«, fragte Whitney.

Ethan wandte sich an die Besitzerin der Frühstückspension und erklärte: »Goldfield, Nevada war im frühen zwanzigsten Jahrhundert eine Hochburg des Bergbaus. Das Goldfield Hotel war das Herzstück der Stadt. Heute ist es verlassen und gilt als eines der unheimlichsten Gebäude im ganzen Land. Es soll dort spuken. Im Laufe der Jahre haben viele Leute dort Realityshows gedreht, um zu beweisen, dass Geister real sind, und um einige der Geister mit der Kamera einzufangen.«

»Oh mein Gott«, sagte Whitney und zitterte fast vor Aufregung, als sie sich an Lilly wandte. »Habt ihr irgendwelche Geister gesehen?«

Mist. Lilly wusste nicht, was sie sagen sollte. Obwohl sie mehrere Nächte dort gewesen waren, hatten sie nichts auf der Kamera festgehalten. Das heißt nicht, dass Lilly sich nicht die ganze Zeit über extrem unwohl gefühlt hätte. Das hatte sie nämlich. Das Gefühl, beobachtet zu werden, verschwand nicht, bis sie die Stadt verlassen hatten. Das Hotel vermittelte ihr kein unheilvolles Gefühl, eher eine traurige Stimmung. Besonders in Zimmer 109. Das Zimmer, in dem eine Frau namens Elizabeth angeblich an einen Heizkörper gekettet und gezwungen worden war, so lange zu bleiben, bis sie das Baby des Hotelbesitzers zur Welt gebracht hatte, das er nicht wollte. Die Geschichten über den Hergang des Geschehens variierten, ob sie bei der Geburt gestorben war oder der Besitzer sie getötet hatte. Aber wie auch immer, Lilly spürte auf jeden Fall die Anwesenheit von *etwas* in diesem Zimmer.

Natürlich ist es nicht gerade spannend, etwas zu *fühlen*. Also ließ Tucker Brodie einen Clip von einem Baby abspielen, das hinter einer geschlossenen Tür im Flur weinte. Es klang unheimlich und gespenstisch aus dem Zimmer 109, und das war es, was er erreichen wollte. Roger, Trent, Chris und Michelle schauspielerten zu der Szene, schauten schockiert und taten so, als wären sie zu Tode erschrocken.

Am nächsten Abend ließ Tucker Joey ein Brett auf Trent und Michelle werfen, als diese im Keller standen, um die Aufnahmen einer anderen, sehr beliebten Fernsehsendung nachzustellen. Er hatte jedoch seine Kraft falsch eingeschätzt und Michelle am Schienbein getroffen, was eine blutige Wunde an ihrem Bein hinterließ.

Tucker hatte sich natürlich darüber gefreut und war von den Aufnahmen geradezu hingerissen gewesen.

Angesichts dieser Vorfälle war Lilly nicht sicher, was sie Whitney antworten sollte. Hatte sie irgendwelche Geister gesehen? Nein. Hatte sie sie dort gespürt? Ja.

Da sie wusste, dass sie zu lange für eine Antwort gebraucht hatte, schenkte sie der netten älteren Frau ein kleines Lächeln.

»Ich habe eine Geheimhaltungserklärung unterschrieben, deshalb kann ich nicht darüber sprechen, was hinter den Kulissen der Sendung passiert. Aber ich *kann* dir sagen, dass ich auf keinen Fall die Nacht allein in diesem Gebäude verbringen möchte.«

Whitney strahlte. »Ooooh, ich kann es kaum erwarten, die Sendung zu sehen!«

Lilly konnte sich zurückhalten und verzog keine Miene. Aber wirklich nur gerade so. Sie wandte den Blick von ihrer Wirtin zu Ethan und war nicht überrascht, als sie feststellte, dass er sie genau beobachtete.

»Wollt ihr heute im Wald drehen?«, fragte er.

Lilly war froh, dass er sich nicht zu der Tatsache äußerte, dass sie an Geister glaubte, oder sie um weitere Informationen über das Hotel bat, und zuckte mit den Schultern. Sie hatte wirklich eine Geheimhaltungserklärung unterschrieben und obwohl sie es hasste, wie unecht alles in der Show war, durfte sie nicht darüber sprechen, ohne zu riskieren, von der Produktionsfirma verklagt zu werden. »Ich bin mir nicht sicher. Ich habe von Tucker noch nichts über den heutigen Zeitplan gehört. Normalerweise interviewen wir zuerst die Leute, deren Geschichten wir veröffentlichen wollen. Dann gehen wir zu den Orten, an denen sie etwas gesehen haben wollen. Die Moderatoren treffen sich, um zu recherchieren, und wir versuchen, etwas auf Film zu bannen.«

»Es gibt vier Kameraleute? Das kommt mir ziemlich viel vor«, sagte Ethan.

»Eigentlich nicht«, erklärte Lilly ihm. »Manchmal wird jeder von uns einem der Darsteller zugeteilt, aber in der Regel ist jemand für Weitwinkelaufnahmen zuständig, ein anderer für Szenenausschnitte, die in den Beitrag einfließen, und wieder ein anderer für Nahaufnahmen. Es hängt alles davon ab, wo wir sind und welche Art von Dreh wir haben.«

Ethan nickte. »Habt ihr als Filmcrew schon mal gemeinsam im Wald gefilmt?«

Lilly schüttelte den Kopf. »Nein. Bisher haben wir in Gebäuden gedreht oder in einem begrenzten Bereich, wie einem Friedhof. Wir haben auch schon im Freien gedreht, aber in offenen Flächen in Nevada und New Mexico.«

»Lass mich raten ... es geht um Außerirdische?«, fragte Ethan.

Die Skepsis in seinem Tonfall war deutlich zu hören. Lilly fühlte sich in die Defensive gedrängt, obwohl sie mit der Zeit immer zynischer gegenüber der Serie geworden war, und verkrampfte sich. Aber sie hatte keine Gelegenheit zu antworten, als Whitney sich zu Wort meldete.

»Außerirdische? Oh je!«

Sie schien so aufgeregt, dass Lilly lächeln musste. Sie

versuchte, sich einzureden, dass das, was Tucker tat, nicht illegal war. Nein, die paranormalen Wesen, die sie filmten, waren nicht echt ... aber sie machten eine Sendung, um die Leute zu unterhalten. Wenn er sich Geschichten ausdachte und Leute dafür bezahlte, von falschen Sichtungen zu erzählen, taten sie niemandem wirklich weh. Die Serie wäre für viele Menschen eine nette Abwechslung zur Realität.

Ethan schob seinen leeren Teller beiseite und stützte seine Ellbogen auf den Tisch, sein Blick bohrte sich in ihren. »Ihr müsst vorsichtig sein. Glaub mir, wenn ich dir sage, dass ihr euch nicht in der Wildnis verlaufen wollt.«

»Ich weiß«, sagte sie leise.

»Ich hätte nichts dagegen, mich mit Tucker zu treffen und mit ihm die besten Pfade zu besprechen«, bot er an.

Lilly presste die Lippen aufeinander. Tucker würde sich auf keinen Fall von einem Einheimischen vorschlagen lassen, wo er filmen sollte. Er war arrogant und eingebildet, und obwohl er noch nie in Fallport gewesen war und definitiv kein Outdoor-Typ war, würde er immer noch denken, er wüsste es am besten. Außerdem wollte er nicht, dass irgendjemand erfuhr, wo sie filmten, damit derjenige sich nicht hinausschleichen und ihn bei seinem Betrug beobachten konnte. Lilly würde es ihm oder einem der Schauspieler durchaus zutrauen, einen Bigfoot-Anzug in Originalgröße in ihrem Gepäck zu verstecken.

»Ah, ich sehe schon. Er wird meinen Rat nicht wollen«, bemerkte Ethan, ohne dass Lilly etwas sagen musste. »Gibt es in der Crew oder unter den Schauspielern vielleicht irgendeinen Mann, der sich gut in der Natur auskennt?«

»Nur mich«, erklärte Lilly ehrlich.

Er zog eine Augenbraue hoch. »Wirklich?«

Lilly stieß einen irritierten Atemzug aus. »Ja. Und es sind nicht immer nur *Männer*, die sich in der Natur auskennen.«

Ethan nickte zustimmend. »Und worauf beruht deine Erfahrung?«

»Ich habe vier ältere Brüder. Wir sind in einer kleinen Stadt in West Virginia aufgewachsen, ähnlich wie Fallport. Wir hatten kein Kabelfernsehen oder so etwas, also haben wir oft im Wald gespielt. Ich bin meinen Brüdern gefolgt, sobald ich laufen konnte. Ich durfte nicht zu den Pfadfindern, weil ich ein Mädchen war, aber ich machte alles mit, was sie taten, während sie ihre Abzeichen erwarben. Ich ging sogar mit ihnen auf die Jagd und lernte schießen, als ich acht war. Aber ich töte nicht gern Tiere. Ich habe es einfach genossen, mit meinem Vater und meinen Brüdern im Wald zu sitzen und darauf zu warten, dass ein Hirsch vorbeikommt.

Zelten war auch eine unserer Lieblingsbeschäftigungen in der Familie. Ich kann mit einem Feuerstein und ein paar Stöcken ein Feuer entfachen, ich kann die Spuren der meisten Tiere in dieser Gegend erkennen und ich kann die Sterne zur Orientierung benutzen, wenn es sein muss. In einem Sommer sind wir sogar einen Teil des Appalachian Trails gewandert. Es ist schon eine Weile her, dass ich das Vergnügen hatte zu zelten, aber ich habe nicht vergessen, wie Giftsumach oder Roteiche aussehen, und ich bin sicher, dass ich im Notfall einen halbwegs vernünftigen Unterschlupf bauen könnte.«

Lilly konnte nicht glauben, dass sie das alles gesagt hatte, aber seine Skepsis hatte sie irritiert. Sie hasste es, dass manche Leute nicht glaubten, dass Frauen in vielen Bereichen des Lebens genauso kompetent waren wie Männer. Sie liebte es, ihnen das Gegenteil zu beweisen.

Ethan nickte und Lilly hätte schwören können, dass sie ein wenig Respekt in seinen Augen sah. Aber anstatt sie weiter auszufragen, wo sie glaubte, dass Tucker filmen wollte, oder wie genau sie vorhatten, Bigfoot zu finden, fragte er: »War deine Mutter auch ein Naturfan?«

»Meine Mutter hat uns verlassen, als ich gerade auf der Welt war.«

Er blinzelte und verzog das Gesicht. »Es tut mir leid.«

Lilly zuckte mit den Achseln. »Das muss es nicht. Ich hatte eine fantastische Kindheit. Mein Vater ist großartig. Selbst wenn ich könnte, würde ich nichts an der Art ändern, wie ich aufgewachsen bin.«

»Und da hast du vollkommen recht«, stimmte Ethan ihr leise zu.

Lilly starrte den großen Mann an, der neben ihr saß, und wusste nicht, was sie sagen sollte.

Plötzlich verspürte sie den Drang, sich ihm anzuvertrauen. Ihm zu sagen, für was für einen Vollidioten sie Tucker hielt. Wie sehr sie die Serie, an der sie arbeitete, hasste. Dass sie ihm zustimmte, dass es eine schlechte Idee war, Dreharbeiten im Wald zu machen mit einem Haufen Leute, die keine Ahnung hatten, was sie in einer solchen Umgebung überhaupt taten. Aber stattdessen saß sie nur da und starrte ihn an wie eine Närrin.

»Also ... bitte beachtet mich gar nicht. Ich räume nur schnell das Frühstück weg«, erklärte Whitney und stand mit einem kleinen Lächeln vom Tisch auf.

Aus irgendeinem Grund wurde Lilly rot. Ihr war gar nicht bewusst gewesen, dass Ethan und sie einander so lange angeblickt hatten.

»Hast du dich schon in Fallport umgesehen?«, fragte Ethan.

Lilly schüttelte den Kopf.

»Soll ich es dir irgendwann zeigen? Ich meine natürlich nur, wenn du zwischen den Dreharbeiten irgendwann mal Zeit hast.«

»Zeit habe ich bestimmt. Wenn wir einmal angefangen

haben, ist es normalerweise ziemlich hektisch, aber glücklicherweise kann Tucker uns nicht rund um die Uhr arbeiten lassen. Das würde gegen das Gesetz verstoßen.«

»Also?«, fragte er.

»Also ... was?«, entgegnete Lilly verwirrt.

Er grinste. »Soll ich es dir zeigen?«

»Oh! Entschuldige. Ähm ... ich muss zwar nicht rund um die Uhr arbeiten, allerdings weiß ich auch nicht, wann ich freihabe. Das hängt davon ab, wie die Dreharbeiten geplant sind.«

»Ethan kann seine Arbeitszeiten flexibel festlegen«, meldete Whitney sich von der Küchentheke, obwohl sie mit dem Rücken zu ihnen stand. Sie packte gerade den übrig gebliebenen Speck in einen Behälter. »Er ist Elektriker. Und zwar ein ausgesprochen guter. Er arbeitet, wenn die Leute ihn brauchen, also kann er seine Arbeitszeit an deine anpassen.«

Ethan schüttelte den Kopf und bei ihren Worten wurde sein Lächeln breiter. »Sie hat recht. Ich gebe dir meine Telefonnummer, damit du mich anrufen kannst, wenn du Zeit hast.«

Sie tauschten Telefonnummern aus? Lilly kreischte innerlich ein wenig. Solche Dinge passierten ihr nicht. Sie war einfach die gute alte Lilly Ray. Keiner schaute sie je zweimal an. Aber andererseits hatte Ethan sie ja auch nicht um eine Verabredung gebeten. Wahrscheinlich wollte er sie einfach nur im Auge behalten, um zu erfahren, was bei der Sendung passierte. Er wollte bestimmt nur sichergehen, dass sich niemand in seinem Wald verirrte.

»Ähm ... okay.«

»Du solltest sie auf jeden Fall mit ins *Grinders* nehmen. Oh! Und ins *Sweet Tooth*. Du magst doch Gebäck, oder, Lilly?«, fragte Whitney.

»Wer tut das nicht?«, entgegnete Lilly.

»Du wärst überrascht«, murmelte Ethan.

»Einen solchen Menschen will ich gar nicht erst kennenlernen«, bemerkte Whitney und ging nicht weiter auf Ethans Kommentar ein. »Und das *Sunny Side Up Diner* sieht zwar schäbig aus, doch es gehört zu den besten Restaurants der Gegend. Dorthin musst du sie auch mitnehmen, Ethan.«

»Sehen wir mal«, entgegnete er diplomatisch. »Aber niemand macht einen besseren Hackbraten als du, Whit.«

Die ältere Frau errötete. »Oh, hör schon auf, du. Und ich bin mir sicher, Zeke würde sich auch freuen, euch in seiner Kneipe begrüßen zu dürfen.«

Ethan blickte Lilly an. »Du hast Zeke gestern kennengelernt. Ihm gehört die örtliche Kneipe, das *On the Rocks*.«

»Ein schöner Name«, bemerkte Lilly.

»Ja.«

Die Belustigung war in Ethans Augen deutlich zu erkennen.

Lilly war sich nicht sicher, was los war. Gestern Abend hatte sie den Eindruck gewonnen, dass dieser Mann und seine Freunde weder sie noch *irgendjemanden*, der etwas mit der Serie zu tun hatte, mochten. Und auch als er heute Morgen gekommen war, hatte sie irgendwie dasselbe Gefühl gehabt. Aber jetzt saß er da, lächelte sie an und hatte vor, sie durch Fallport zu führen – was, um ehrlich zu sein, nicht besonders lange dauern würde, da der Ort nicht besonders groß war.

Soweit sie gesehen hatte, gab es das Stadtzentrum, in dem sich ein Gerichtsgebäude und die meisten der örtlichen Geschäfte befanden, die um einen Stadtplatz herum angeordnet waren – eine große Rasenfläche mit einem Pavillon. An einer Seite des Platzes verlief die Main Street, die das Stadtzentrum mit den bekannteren Geschäften – Hotels und Fast-Food-Restaurants – in der Nähe der I-480 verband. Das war die Straße, die zur Interstate führte, fünfzig Kilometer östlich der Stadt.

Während sie überlegte, was sie noch sagen sollte, klingelte ihr Telefon. Sie lehnte sich zur Seite, um es aus ihrer Tasche zu ziehen. Es war Tucker.

»Entschuldige bitte, da muss ich rangehen«, erklärte sie Ethan.

Er nickte.

Lilly stand auf und ging aus der Küche in das offizielle Esszimmer. Whitney hatte ihr gestern erzählt, dass die Gäste normalerweise hier aßen, aber da sie nur zu zweit waren, hatte sie gefragt, ob es in Ordnung wäre, wenn sie weniger formell in der Küche essen würden. Lilly hatte von ganzem Herzen zugestimmt. Sie zog jederzeit ein legeres Essen dem formellen vor.

Sie stand am Fenster auf der anderen Seite des Raumes und blickte auf den Garten und die Bäume, die sich dahinter ins Unendliche zu erstrecken schienen. Das Anwesen in der Chestnut Street grenzte direkt an den Wald und war äußerst friedlich. Lilly hatte das Gefühl, dass sie die entspannte Umgebung brauchen würde, um die Dreharbeiten zu überstehen.

»Hallo?«, sagte sie, nachdem sie auf Tuckers Namen getippt hatte.

»Ich brauche dich um halb zwölf am Pavillon in der Stadtmitte. Wir werden zuerst zum Haus des Jungen gehen und ihn filmen, wie er seine Geschichte erzählt, dann gehen wir zum Haus des alten Mannes. Dort machen wir das Gleiche und machen dann ein paar Aufnahmen vom Team, wie es die Strategie bespricht.«

Lilly hatte sich an Tuckers schroffe Art gewöhnt. Er fragte sie nie, wie es ihr ging oder ob sie gut geschlafen hatte. Sie wusste, dass es ihn etwas irritierte, dass sie darauf bestand, wenn möglich in Pensionen vor Ort zu übernachten anstatt im selben Hotel wie der Rest der Crew, aber da sie den Preisunterschied bezahlte, wenn es einen gab, regte er sich nie allzu sehr darüber auf.

»Okay. Gehen wir heute in den Wald?«

»Warum?«

Lilly blinzelte, weil sein Ton so unhöflich war. »Ich will nur wissen, was ich anziehen soll.«

»Was spielt *das* denn für eine Rolle?«

Die Frage war nur ein weiterer Beweis dafür, wie schlecht er auf diesen Dreh vorbereitet war. Und Lilly hatte nicht vor, darauf einzugehen, warum sie Hose und Stiefel und mehrere Lagen Kleidung tragen wollte, wenn sie in den Wald gingen. Das würde Tucker nur verärgern und ihn glauben lassen, dass sie versuchte, ihm etwas zu sagen, was er bereits wusste. »Ich war nur neugierig«, entgegnete sie stattdessen.

»Wir werden die Dinge nach Gefühl angehen. Vielleicht unternehmen wir eine Erkundungstour, um tagsüber ein paar Aufnahmen zu machen. Wir müssen auch nachstellen, was unsere Zeugen gesehen haben, und das meiste davon müssen wir in einer waldähnlichen Umgebung tun.«

Lilly wusste, dass das bedeutete, dass sie nicht dort filmen würden, wo die sogenannten Zeugen behaupteten, sie hätten Bigfoot gesehen. Tucker würde filmen, wo immer es ihm am besten gefiel. »Okay.«

»Halb zwölf. Komm nicht zu spät«, sagte Tucker und legte auf.

Lilly blickte finster auf ihr Telefon. Wann war sie das letzte Mal zu spät gekommen? Noch nie!

Je länger die Dreharbeiten für die Sendung andauerten, desto mehr verlor Lilly nicht nur den Respekt vor Tucker, sondern auch vor den vier Darstellern. Einzeln betrachtet waren Roger, Trent, Chris und Michelle alle in Ordnung. Aber sie alle hofften, dass diese Serie ihr »großer Durchbruch« sein würde. Sie wollten große Stars werden ... und waren bereit, ihre Moralvorstellungen dafür beiseitezuschieben.

»Alles in Ordnung?«

Lilly zuckte zusammen, als sie Ethans tiefe Stimme hörte, und als sie sich umdrehte, sah sie, dass er am Rahmen der Tür lehnte, die in die Küche führte.

Sie steckte ihr Handy zurück in ihre Tasche und nickte. »Ja. Ich soll heute Mittag um halb zwölf am Pavillon sein.«

»Wir nennen ihn *The Circle*.«

Lilly nickte. Das machte Sinn. Es handelte sich nämlich um einen wunderschönen und sorgfältig erstellten kreisrunden Pavillon. »Ich wette, dass dort ständig Hochzeiten stattfinden«, kommentierte sie unsinnigerweise.

Er nickte. »Ja. Also ... dreht ihr heute im Wald?«

Er hatte ganz offensichtlich einen Teil des Gesprächs mit Tucker mitbekommen. »Das steht noch nicht fest. Und das heißt, dass ich auf alle Eventualitäten vorbereitet sein muss.«

»Das heißt dann wohl Wanderstiefel, Cargohose und eine Jacke und darunter ein T-Shirt und ein Trägerhemd, was?«

Lilly musste lachen. »Ja. Würden wir nur hier im Ort filmen, könnte ich einfach eine kurze Hose und Turnschuhe anziehen, aber sollten wir tatsächlich im Wald drehen, muss ich auf jeden Fall etwas Langes anziehen. Oft müssen wir uns in die Büsche schlagen oder etwas Ähnliches, um die besten Aufnahmen zu bekommen.«

»Ja. Also ... wie lautet deine Telefonnummer?«, fragte Ethan und zog sein Handy aus der Tasche.

Plötzlich war Lilly unsicher. Sie sollte nur für die Dauer der Dreharbeiten bleiben, dann würde sie abreisen. Zum Glück war für die erste Staffel der Serie nur noch eine Folge vorgesehen. Dann würde sie sich entscheiden müssen, ob sie nach West Virginia zurückkehren wollte oder nicht und welchen Job sie als Nächstes annehmen würde.

Zugegeben, sie wollte sesshaft werden. Eine nette Stadt wie Fallport finden, einen Ort, der nicht allzu weit von ihrer Familie entfernt war, und sich dort ein Leben aufbauen. Was ihren Job anging ... darüber würde sie sich Gedanken machen müssen. Seit ihrem College-Abschluss arbeitete sie als Kamerafrau, aber sie konnte nicht leugnen, dass der Job nicht mehr den Reiz und die Aufregung bot, die er einst gehabt hatte. Obwohl sie keine Ahnung hatte, was sie sonst beruflich machen sollte.

»Lilly?«, fragte Ethan. »Falls du mir ungern deine Nummer geben möchtest, kannst du auch einfach im *On the Rocks* vorbeischauen und Zeke Bescheid sagen, dass du nach mir suchst. Er kann mich dann anrufen. Verdammt, sogar Whitney hat meine Nummer. Ich habe fast alle elektrischen Leitungen in diesem Haus gelegt. Sie kann mich anrufen.«

»Nein, ist schon in Ordnung«, entgegnete Lilly schnell. Schließlich gab sie dem Mann nur ihre Telefonnummer und versprach nicht, bei ihm einzuziehen oder so was. Bei dem Gedanken errötete sie.

»Möchte ich wissen, warum du rot wirst?«, fragte Ethan mit einem kleinen Lächeln.

Verdammt. Sie hatte bereits vergessen, wie aufmerksam er war. Den meisten Menschen wäre es nicht mal aufgefallen oder sie hätten aus Höflichkeit darauf verzichtet, es anzusprechen ... nicht so Ethan.

»Nein«, entgegnete sie und wusste, dass sie sogar noch mehr errötete.

Jetzt starrte er sie mit einem breiten Grinsen an.

Mist, wartete er etwa wirklich darauf, dass sie ihm sagte, was sie gedacht hatte? Lilly würde auf keinen Fall zugeben, dass der Gedanke daran, mit ihm zusammenzuziehen, nicht gerade abstoßend war.

»So sehr ich es mir auch wünschte, leider kann ich keine Gedanken lesen, Lil. Deine Handynummer?«

Oh! Er wartete darauf, dass sie ihm ihre Nummer gab. Lilly verdrehte die Augen über sich selbst. Oh Mann, sie war wirklich merkwürdig. Schnell ratterte sie ihre Nummer runter und sah ihm dabei zu, wie er sie in seinem Handy speicherte.

»Alles klar«, sagte er, drückte sich von der Wand ab und kam auf sie zu.

Als er näher kam, hob Lilly das Kinn. Er hatte die perfekte Größe für sie ... nicht dass das *irgendeine* Rolle spielte.

Ach verdammt, wem versuchte sie etwas vorzumachen? Sie fühlte sich wirklich zu ihm hingezogen. Dieser Kerl war aber auch wirklich unglaublich attraktiv.

Er blickte einen Moment lang auf sie hinab und nickte dann, als hätte er in ihren Augen gesehen, wonach er gesucht hatte. »Sei heute bitte vorsichtig. Es war kein Witz, als ich gestern Abend gesagt habe, dass es unglaublich leicht ist, sich in diesen Wäldern zu verirren.«

»Ich hatte es auch nicht für einen Witz gehalten. Ich habe mein GPS dabei, also sollte es kein Problem werden.«

Ethan blinzelte. »Du hast ein GPS?«

»Natürlich. Als ich erfahren habe, dass wir nach Bigfoot suchen würden, bin ich davon ausgegangen, dass wir uns nicht auf den Straßen von New York nach ihm umsehen würden.«

Als er das hörte, sah Ethan erleichtert aus. »Gut. Da bin ich wirklich erleichtert.«

»Mir gibt es auch mehr Sicherheit«, stimmte Lilly ihm zu. »Ich weiß nicht, wie die Dinge laufen werden, wenn wir erst mal im Wald sind, aber ich gehe davon aus, dass die

Darsteller nicht sonderlich darauf achten werden, wo wir sind. Sobald sie ein Geräusch hören, laufen sie einfach los und wir Kameraleute müssen ihnen folgen, so gut wir können.«

Ethans Mundwinkel zuckten amüsiert.

»Wenn sie sich allerdings verirren, wird die Sendung gleich viel spannender.« Lilly fühlte sich verpflichtet, ihn vorzuwarnen.

Jetzt war Ethan plötzlich ganz und gar nicht mehr amüsiert. »Denkst du, sie würden sich absichtlich verirren? Die ganzen Leute in der Stadt verrückt machen und mein Team und mich dazu zwingen, einen oder mehrere Tage nicht zu arbeiten, einfach weil dadurch die Sendung spannender wird?«

Lilly verzog das Gesicht. »Ähm ...«

»Du brauchst die Frage nicht zu beantworten. Es ist mir ohnehin klar.«

»Es ist nur so, dass ich zwar ein GPS habe, mich aber nicht in das Geschehen einmischen darf, während die Kameras laufen. Ich würde auf der Stelle gefeuert, wenn ich irgendetwas täte, das die Zuschauer darauf aufmerksam macht, dass die Darsteller nicht allein im Wald herumlaufen.«

»Das ist doch lächerlich«, bemerkte Ethan angewidert.

»Welcher Teil? Dass wir nicht helfen oder etwas sagen dürfen, oder dass jeder, der die Sendung sieht, denkt, dass nicht vier Kameraleute, ein Produzent und ein Tontechniker direkt neben den Darstellern herlaufen?«

»Beides«, entgegnete Ethan mit Nachdruck.

Lilly konnte nicht anders. Sie lachte laut auf. »Also, jede Realityshow funktioniert so. Es gefällt mir zwar nicht, ich wusste aber, worauf ich mich einlasse, als ich den Vertrag unterschrieben habe.«

»Wie wär's damit – wenn diese Volltrottel sich verirren,

benutzt du dein GPS, speicherst ihre Daten und verschwindest. Du kommst zu mir und wir lassen sie eine Zeit lang schmoren, bevor wir sie retten. Abgemacht?«

»Abgemacht«, entgegnete Lilly lächelnd.

»Du bist ganz anders, als ich gedacht hätte«, bemerkte Ethan aus heiterem Himmel.

»Ich weiß«, entgegnete Lilly ernst. Das hörte sie schon ihr ganzes Leben lang. Die Leute dachten immer, sie sei anders, als sie war. Offener. Interessanter. Femininer.

»Du bist so viel besser, als ich gedacht hätte«, murmelte Ethan leise, fast wie zu sich selbst. Dann machte er einen Schritt zurück und nickte. »Ich melde mich später bei dir, um nachzufragen, wie es heute gelaufen ist. Hast du eine Pause zum Abendessen?«

Lilly brauchte einen Moment, um sich auf seine Frage konzentrieren zu können. Sie steckte gedanklich noch immer bei »besser« fest. »Ich weiß nicht.«

Er runzelte die Stirn. »Du weißt nicht, ob du eine Pause bekommst, um etwas zu essen?«

»Tja, manchmal, wenn's besonders gut läuft, arbeiten wir einfach ohne Pause weiter. Das ist keine große Sache.«

»Ist es sehr wohl«, erklärte Ethan. »Aber nun gut. Melde dich doch einfach mit einer kurzen Nachricht bei mir, wenn du Zeit hast. Ich rufe Sandra an – sie ist die Besitzerin des *Sunny Side Up* –, bestelle ein Gericht zum Mitnehmen und bringe es dir, wenn du keine Pause hast.«

Lilly neigte den Kopf zur Seite und sah ihn nachdenklich an.

»Was ist?«, fragte er.

»Warum bist du so nett zu mir?«, wollte sie wissen und hatte echtes Interesse an der Antwort.

»Ich weiß es auch nicht«, erwiderte er.

Lilly musste daraufhin grinsen. Seine Antwort war so ehrlich gewesen. So offen.

»Ich bin heute hierhergekommen, um dich noch einmal zu warnen, in der Hoffnung, dass ich dich dazu bringen kann, mit Tucker zu reden. Es gibt keinen verdammten Bigfoot in diesen Bergen. Du kannst mir glauben, ich bin schon viele, *viele* Kilometer gewandert und habe nichts Ungewöhnliches gesehen oder gehört. Es gibt Bären, Rotluchse und Schwarzbrenner, die es nicht mögen, wenn Fremde ihre Nase in ihre Angelegenheiten stecken. Aber keine Bigfoots. Oder Bigfeet. Was ist überhaupt der Plural von Bigfoot?«

Lilly zuckte mit den Achseln. »Ich weiß es nicht.«

»Wie auch immer, ich vermute, nichts zu finden, macht sich nicht gut im Fernsehen, und da ich mir hundertprozentig sicher bin, dass die Darsteller, wie du sie nennst, nicht auf den Kadaver eines toten Bigfoot stoßen werden, bedeutet das, dass wahrscheinlich ein bisschen getrickst wird. Und du weißt wahrscheinlich alles über diese Tricks und bist vermutlich involviert ... daher musstest du die Geheimhaltungserklärung unterschreiben. Also bin ich wirklich vorbeigekommen, um dich einzuschüchtern und dir mitzuteilen, dass wir nicht glücklich sind, wenn mein Team und ich nach jemandem suchen müssen.«

Lilly schluckte. Dieser Mann war nicht dumm. Er hatte Tucker sofort durchschaut und ihm seinen Blödsinn nicht geglaubt. Es gefiel ihr nicht, mit Tucker und den anderen in eine Schublade gesteckt zu werden, aber Tatsache war, dass sie *tatsächlich* involviert war.

»Aber meine Warnung mal beiseite ... irgendetwas an dir fasziniert mich. Du bist eine ziemlich komplizierte Frau und etwas an dir hat mein Interesse geweckt«, beendete Ethan seinen Satz.

»Ich bin nicht sonderlich kompliziert«, platzte sie heraus. »Was du siehst, bekommst du auch.«

»Das werden wir sehen«, erklärte er ominös.

»Im Ernst, Ethan.«

»Na gut.«

»Und sobald die Dreharbeiten im Kasten sind, verschwinde ich wieder von hier.«

Daraufhin runzelte er die Stirn. »Ich weiß. Das bedeutet aber längst nicht, dass ich weniger Lust habe, dich kennenzulernen.«

Lilly war sprachlos. Eigentlich wollte sie ihm sagen, dass er lächerlich war. Dass sie nicht die Art von Frau war, die sich auf eine Affäre einließ. Sie wollte etwas Ernstes ... eine Familie, Kinder, ein Zuhause. Doch stattdessen platzte sie heraus: »Du verwirrst mich.«

Er grinste. »Ich weiß. Gib mir genügend Zeit, dann wirst du mich besser kennenlernen.« Dann nickte Ethan ihr erneut zu, drehte sich um und ging in die Küche.

Lilly blieb, wo sie war. Sie hörte, wie er Whitney für das Frühstück dankte und sich verabschiedete. Die Küchentür öffnete und schloss sich, und Lilly stand immer noch da.

Sie hatte noch einiges zu tun. Sie musste sich umziehen und sich vergewissern, dass ihre gesamte Kameraausrüstung für den heutigen Drehtag einsatzbereit war, aber stattdessen stand sie da und fragte sich, was zum Teufel gerade passiert war.

Whitney steckte ihren Kopf ins Esszimmer und lachte. »Diese Wirkung haben die Männer vom Eagle Point auf jeden«, bemerkte sie, als sie Lillys benommenen Blick sah.

»Also sind sie Frauenhelden?«, platzte Lilly heraus, weil sie weitere Informationen über Ethan Watson erhalten wollte, bevor sie etwas Dummes tat – wie sich Hals über Kopf in ihn zu verlieben.

»Kein bisschen«, versicherte Whitney ihr. »Soweit ich weiß hatte keiner von ihnen eine Freundin, seit sie vor fünf Jahren hier in der Stadt angekommen sind.«

Lilly machte große Augen. »Keiner von ihnen?«

»Nein. Aber das bedeutet nicht, dass es ihnen an Gelegenheit gemangelt hätte. Sie sind gute Männer«, sprach Whitney weiter. »Es hat eine Weile gedauert, bis die Leute in der Stadt sie akzeptiert haben, doch nachdem sie so vielen Menschen geholfen haben, gleichermaßen Leuten aus der Stadt und Fremden, wäre es schrecklich, sie wie Außenseiter zu behandeln.«

Lilly nickte. Sie wusste, wie es in Kleinstädten war. Normalerweise musste man dort geboren worden sein, um als Einheimischer zu gelten. Ihr Vater hatte vierzig Jahre lang in derselben Stadt gelebt und trotzdem hielten manche Leute ihn immer noch für einen Neuankömmling.

»Sie waren früher alle beim Militär«, flüsterte Whitney leise, als hätte sie Angst, jemand hätte ihr Haus verwanzt und könnte sie abhören. »Abgesehen von Drew, der war hier in Virginia Polizist. Aber sie alle haben in ihrem Leben schon ziemlich viele heftige Dinge erlebt. Sie sind hergekommen, um ihr Leben ein wenig ruhiger zu gestalten. Nicht ständig über die Schulter blicken zu müssen.«

»Woher weißt du das alles?«, fragte Lilly.

Whitney lachte. »Das Nachrichtennetzwerk in dieser Stadt ist besser als alles, was die CIA oder das FBI in ihren schicken Büros auf die Beine stellen könnte«, erklärte sie. »Nur als kleine Vorwarnung – wenn du jemanden triffst, der Otto, Silas oder Art heißt, erzähle ihm *nichts*, von dem du nicht möchtest, dass es jeder einzelne Bürger dieser Stadt erfährt.«

Lilly nahm sich die Worte ihrer neuen Freundin zu Herzen. In ihrer Heimatstadt gab es auch eine Gruppe von Klatschbasen, allerdings waren es Frauen. Sie gaben jede Information weiter, die ihnen zu Ohren kam, auch wenn sie ganz und gar nicht stimmte.

»Jedenfalls will ich damit nur sagen, dass du es nicht besser treffen könntest als mit Ethan Watson.«

»Eigentlich bin ich nicht auf der Suche nach einem Freund«, erwiderte Lilly. »Ich bin hier, um einen Job zu erledigen, und mehr nicht.«

»Hm-hmm«, sagte Whitney nickend. »Aber der Liebe sind die Pläne eines Menschen egal. Es passiert, wenn es passiert. Und wenn du schlau bist, kehrst du niemals der Möglichkeit den Rücken zu.«

Es fühlte sich fast so an, als würde Whitney sie zurechtweisen, dabei hatte Lilly doch gar nichts falsch gemacht.

»Im schlimmsten Fall wird er zu einem guten Freund werden«, stellte Whitney fest. »Soll ich dir etwas zum Mittagessen einpacken?«

»Nein. Aber trotzdem vielen Dank.« Sie tätschelte ihren Bauch. »Ich habe so viel gegessen, dass ich wohl eine ganze Zeit lang damit auskomme.«

»Das sagst du jetzt, aber wenn du später dort draußen mit einer schweren Kamera auf deiner Schulter in der Hitze stehst, wirst du anders darüber denken. Lass mich dir wenigstens eine Kleinigkeit einpacken.«

Whitney drehte sich schon um, um in die Küche zu gehen, hielt dann jedoch noch einmal inne und drehte sich um. »Er ist wirklich ein guter Mann«, erklärte sie leise. »Er erinnert mich an meinen verstorbenen Ehemann. Du könntest es schlechter treffen. Sehr viel schlechter.« Und damit verschwand sie in der Küche.

Lilly seufzte. Sie hatte vergessen, wie neugierig die Leute in Kleinstädten waren, aber es machte ihr eigentlich nichts aus. Sie und Ethan würden am Ende nicht zusammenkommen. Sie würde nicht lange genug in der Stadt bleiben, um eine Beziehung einzugehen. Aber das hieß nicht, dass sie sein Angebot, sie herumzuführen, nicht annehmen konnte. Ihr gefiel, was sie bisher von der Stadt gesehen hatte, und sie war neugierig auf die von Whitney erwähnten Orte. Was konnte es schon schaden, Ethan als Fremdenführer zu haben?

Mit diesem Entschluss machte Lilly sich auf den Weg zu ihrem Zimmer. Sie wollte nicht zu spät kommen und Tuckers berüchtigte schlechte Laune erregen. Das würde den langen Dreh noch länger machen. Sie musste ihre Kameras überprüfen und rechtzeitig vor halb zwölf im Stadtzentrum sein. Vielleicht konnte sie aus Kate oder Michelle mehr Informationen über den Plan für den Tag herausholen.

Sie tat ihr Bestes, um Ethan Watson und die Art und Weise, wie er ihr das Gefühl gab, die einzige Frau auf der Welt zu sein, wenn er sie ansah, aus ihren Gedanken zu verbannen. Sie war wegen eines Jobs hier. Nicht mehr und nicht weniger.

KAPITEL VIER

Sie hätte das Angebot von Whitney annehmen sollen, ihr Mittagessen zu kochen. Lilly hatte den Snack, den ihre nette Gastwirtin für sie gemacht hatte, längst aufgegessen. Die Gruppe hatte sich aufgeteilt, Roger und Trent waren zum Haus des Jungen gefahren, Chris und Michelle zum Grundstück des älteren Mannes. Lilly war Chris zugeteilt worden und es hatte sie ihre ganze Kraft gekostet, nicht laut loszulachen über die übertriebene Schauspielerei sowohl des Darstellers als auch des Einheimischen, der die erfundene Geschichte über die Nacht, in der Bigfoot in seinen Garten kam, sich seinen Hund schnappte und wieder im Wald verschwand, ausgeschmückt hatte.

Das gesamte Team traf sich nach den Interviews auf dem Parkplatz des Barker Mill Trails, eines beliebten Wanderweges, der in den Wald hineinführte. Sie hatten noch etwa eine Stunde Tageslicht und Tucker wollte heute Abend mit den Dreharbeiten beginnen.

Er hatte gerade den Ablauf erklärt, als Roger den Kopf schüttelte. »Es ist schon zu spät.«

Tucker starrte ihn wütend an. »Ich *bin mir sicher,* dass du mir nicht widersprichst«, warnte er.

Lilly bereitete sich auf einen anstrengenden Abend vor. Es war offensichtlich, dass Tucker nicht gerade gute Laune hatte, und Roger trug auch nicht gerade dazu bei ... auch wenn sie völlig seiner Meinung war.

»Du weißt so gut wie ich, dass die Nachtaufnahmen viel komplizierter sind als die Aufnahmen am Tag. Wir müssen uns sowieso alle umziehen, wir können nicht die gleichen Klamotten tragen wie heute. Wir können den morgigen Tag nutzen, um uns die Karten anzusehen und herauszufinden, wo wir am besten drehen können.«

»Ich habe mir die Karten bereits angesehen«, entgegnete Tucker scharf. »Oder denkst du etwa, ich lasse uns einfach planlos herumlaufen?«

Lilly musste sich beherrschen, um nicht ungläubig zu schnauben. Das war nämlich genau das, was Tucker normalerweise tat. Wenn es um den Ablaufplan ging, war er der König der Improvisation.

»Vielleicht sollten wir uns heute Abend nur ein kleines bisschen umsehen«, erklärte Trent.

Er war der Schleimer unter den vier Moderatoren. Lilly mochte keinen von ihnen besonders, aber Trent war immer der Erste, der vor Tucker katzbuckelte. Das war wahrscheinlich der Grund, warum er viele der besten Aufnahmen in der Serie bekam ... wie in Nevada. Er war derjenige, der die Lichter am Himmel »sah«. Er hatte geschmollt, als Michelle diejenige war, die von dem fliegenden Brett im Goldfield Hotel getroffen worden war, aber Tucker hatte ihn beschwichtigt, indem er sagte, es sei besser, wenn eine Frau verletzt würde. Das Publikum würde mehr Mitgefühl für sie empfinden.

»Siehst du? Trent hat kein Problem damit, wieso kannst du nicht mehr wie er sein?«, fragte Tucker Roger.

Lilly hielt den Atem an und wartete auf Rogers Reaktion.

»Weil er bereit ist, alles zu tun, um dich nicht zu verärgern, ganz egal wie lächerlich es auch ist. Wir wissen doch alle, dass er dein Liebling ist.«

Tucker verschränkte die Arme vor der Brust und sah Roger wütend an. »Hast du ein Problem?«

»Allerdings, das habe ich«, erklärte er, ohne zu zögern.

Lilly sah sich um und war froh, dass sie die Einzigen auf dem Parkplatz waren. Schließlich wäre es ziemlich schlimm, wenn jemand diese Konfrontation mitbekam oder beobachtete. Die Sendung war noch nicht ausgestrahlt worden, aber es wäre nicht gut, wenn ihre schmutzige Wäsche in aller Öffentlichkeit gewaschen würde.

Roger war mit siebenundzwanzig Jahren der älteste der vier Moderatoren. Er war eins dreiundachtzig groß, hatte braunes Haar und haselnussbraune Augen. Sie waren alle ungewöhnlich gut aussehend. Michelle war zweiundzwanzig, zierlich, blond, sehr vollbusig und so schlank wie ein Model. Ihre Hauptaufgabe bestand darin, viel zu lächeln, tief ausgeschnittene Blusen zu tragen und den drei männlichen Moderatoren zu schmeicheln.

Chris war fünfundzwanzig, ungefähr eins achtundachtzig groß, stämmig, hatte einen ziemlich buschigen braunen Bart und spielte den Skeptiker in der Runde. Er war derjenige, der die Aufgabe hatte, alternative Erklärungen für die Dinge, die sie sahen und hörten, zu liefern, aber natürlich musste er am Ende jeder Folge »zugeben«, dass er sich nicht erklären konnte, was er gesehen hatte.

Trent war vierundzwanzig, mit seinen eins fünfundsiebzig nur ein wenig größer als Lilly, hatte schwarzes Haar und braune Augen, hohe Wangenknochen, Grübchen und machte vor der Kamera immer Witze. Er war der Kumpel, derjenige, zu dem sich die Einheimischen wegen seiner lockeren Art immer hingezogen fühlten.

Natürlich war das alles nur Show. Lilly hatte ihn schon mehr als einmal ausrasten sehen ... als er im Flugzeug keinen Platz in der ersten Klasse bekam, als der gewünschte Mietwagen nicht verfügbar war. Er behandelte die Leute gut, wenn es ihm passte, aber er kümmerte sich nicht um die, die er für unter seiner Würde hielt. Er bedankte sich nie bei den Kameraleuten oder bei Brodie, sondern behandelte sie im Laufe der Dreharbeiten immer mehr wie Dreck.

Roger war der einzige der vier Moderatoren, der schon einmal im Fernsehen aufgetreten war. Zugegeben, es war eine kurzlebige Sendung über Wettessen gewesen. Er war der Moderator gewesen, und obwohl die Sendung schreckliche Einschaltquoten hatte, dachte er, er wüsste es besser als alle anderen, weil er Erfahrung hatte.

Tucker, Mitte vierzig, war der Älteste. Er hatte einen Bauch, der über den Hosenbund hinausragte, und eine schwindende Haarlinie – und Lilly war sich sicher, dass er nichts an seinem Job mochte. Sie hatte keine Ahnung, warum er überhaupt eingestellt worden war; sein einziger Anspruch auf Ruhm war ein Großvater, der früher ein berühmter Regisseur gewesen war. Sie nahm an, dass jemand dafür bezahlt worden war, Tucker die Kontrolle über die Serie zu überlassen.

Er trat näher an Roger heran und sie standen sich auf dem Parkplatz gegenüber. Kate, Andre und Joey, die anderen Kameraleute, blieben still und beobachteten den Showdown.

»Du denkst, du weißt es besser als ich?«, fragte Tucker.

»Ja, das denke ich tatsächlich«, entgegnete Roger, nicht bereit, klein beizugeben.

»Es würde euch allen recht geschehen, wenn ich auf der Stelle gehen würde. Euch selbst überlasse.«

Was auch immer zwischen den beiden Männern vorging, es schien, als ginge es um mehr als nur die Entscheidung, ob die Dreharbeiten heute Abend fortgesetzt werden sollten oder nicht. Aber da Lilly nicht in das eingeweiht war, worüber der Rest der Besetzung und der Crew in ihrer Freizeit sprach, und sich absichtlich von ihnen abgrenzte, hatte sie keine Ahnung, worum es gehen könnte.

Roger verdrehte die Augen und fuhr sich durch sein perfekt frisiertes Haar. Lilly widerstand dem Drang, ihre eigenen Locken zu glätten. Sie hatte sie vorhin zu einem unordentlichen Dutt hochgesteckt, als ihr heiß geworden war, und sie war sich sicher, dass sie jetzt wahrscheinlich ziemlich fertig aussah.

»Es ist keine schlechte Idee, schon ein paar kleine Dreharbeiten heute Abend abzufertigen«, schlug Michelle vorsichtig vor.

»Ja, wir könnten ein paar Aufnahmen von uns, wie wir unterwegs sind, den Bäumen, dem Mond und solchen Dingen machen«, stimmte Chris zu.

Roger seufzte und trat von Tucker zurück. »Na gut. Von mir aus.«

»Gut, jetzt, wo das geklärt ist, können wir uns vielleicht mal an die verdammte Arbeit machen«, grummelte Tucker. »Wir machen uns heute Abend auf den Weg, um ein paar erste Aufnahmen zu machen und die Gegend zu erkunden. Kate und Andre, ihr seid dafür verantwortlich, morgen Aufnahmen von der Stadt zu machen. Wir können sie in den endgültigen Zusammenschnitt einfügen. Joey, du und Lilly habt morgen Nachmittag frei, aber ihr werdet die Nachtschicht übernehmen. Wir gehen abends in den Wald und bleiben so lange es nötig ist, um brauchbare Aufnahmen im Kasten zu haben.«

Lilly hatte keine Ahnung, warum alles Paranormale in der Nacht passieren musste. Als wäre Bigfoot ausschließlich nachts unterwegs. Genauso wie Geister, Aliens und alles andere, was sie gefilmt hatten. Sie war kein Nachtmensch, aber sie wollte Tucker nicht widersprechen.

Andre war der älteste und erfahrenste Kameramann – und der Einzige, der den Mut hatte zu fragen: »Und wie sieht der Zeitplan aus? Wie lange bleiben wir in der Stadt?«

»Solange es eben dauert«, entgegnete Tucker, ohne zu zögern. Dann fügte er hinzu: »Wir verbringen ein paar Nächte mit der gesamten Besetzung, dann teilen wir uns auf und filmen sie in Paaren. Sie werden so tun, als würden sie über Funk miteinander reden, wir werden ein paar Klopfzeichen machen und sie werden etwas hören. Dann rufen wir ein paarmal und wieder gibt es eine Antwort. Wir werden die Sache mit der Suche nach unerklärlichen Fußabdrücken und vielleicht einem Schatten, der sich in den Bäumen bewegt, aufpeppen.«

Lilly seufzte. Sie hasste solche Täuschungsmanöver. Zweifellos würden die Spuren von einem der Crewmitglieder stammen, genauso wie das Klopfen an Bäumen und alles, was die Crew sonst noch hören würde. Sie hoffte nur, dass Tucker nicht in ein verdammtes Bigfoot-Kostüm investiert hatte. Das würde zu weit gehen, verdammt noch mal.

»Tuck, wie wäre es, wenn wir die Dinge ein wenig aufmischen und einer von uns die Nacht hier draußen im Wald verbringt? Wir könnten die kleinen Kameras benutzen und allein hier draußen bleiben«, entgegnete Trent. »Wir könnten im Supermarkt ein Zelt kaufen und hier campen, und dabei all die gruseligen Dinge filmen, die nachts hier passieren.«

»Genau das macht diese andere Bigfoot-Sendung auch. Wir strapazieren unser Glück bereits mit den Bürgerversammlungen und den anderen Sachen, die sie ebenfalls machen. Wenn wir jetzt auch noch so was einbauen, wird es sogar noch offensichtlicher, dass wir sie nachahmen«, erklärte Joey kopfschüttelnd.

Joey und Trent standen sich nahe, weshalb Lilly annahm, dass er sich wohl dabei fühlte, seine Meinung zu sagen. Aber obwohl sie so gute Freunde waren, war er nie mit dem, was Tucker machen wollte, einverstanden und brachte seine eigenen Vorschläge ein, wie eine Szene ablaufen sollte.

»Nein, ich halte es für eine gute Idee«, bemerkte Tucker. »Und da du es vorgeschlagen hast, kannst du es auch machen. Und mach am besten gleich zwei Nächte daraus.«

Trent grinste. Es war offensichtlich, dass er gehofft hatte, dass er derjenige wäre, der allein hier draußen filmen durfte.

Tucker wandte sich an Lilly. »Da du morgen freihast, kannst du zum Laden fahren und das Zelt und die anderen Sachen besorgen. Aber übertreib es nicht. Kauf die billigen Sachen.«

Lilly biss sich auf die Zunge. Sie hätte gern widersprochen, dass sie Kamerafrau war und keine persönliche Einkäuferin, doch stattdessen nickte sie einfach. Es lohnte sich nicht, sich darüber aufzuregen, und es war ja nicht so, als wäre das das erste Mal, dass er irgendjemanden aus der Besetzung beauftragt hatte, Besorgungen zu machen.

»*Er* hat doch schon in Nevada allein die Übernachtung machen dürfen«, beschwerte sich Michelle.

»Willst du etwa mutterseelenallein mitten in der Nacht im Wald bleiben?«, fragte Chris trocken. »Du hast doch schon Angst vor einer kleinen Spinne. Keiner der Zuschauer, der gesehen hat, wie du in Mexiko geschrien hast, weil da ein Insekt war, wird jemals glauben, dass du die ganze Nacht allein hier draußen verbracht hast.«

Alle lachten, sogar Lilly. Michelles Reaktion war *wirklich* ziemlich lustig gewesen.

»Halt den Mund, du Idiot«, murmelte sie.

»Kate, du kannst eine von den kleinen Kameras für Trent vorbereiten«, befahl Tucker.

Die andere Kamerafrau nickte.

»Also, morgen Abend werden wir ein paar Aufnahmen von euch vier machen, wie ihr herumlauft und Bigfoot sucht, und dann, Trent, kannst du für zwei Nächte alleine im Wald übernachten. Wir werden mehr Filmmaterial vom Rest von euch drei bekommen, wie ihr herumlauft und Entdeckungen macht.«

»Moment mal, willst du damit etwa sagen, dass er wirklich zelten soll?«, fragte Brodie.

»Ja. Warum fragst du?«

»Weil der Ton ausgesprochen schlecht sein wird«, beschwerte sich Brodie.

»Es wird authentischer sein, wenn er nicht für den Ton verkabelt ist. Die Handkamera sorgt außerdem dafür, dass das Klopfen auf dem Holz mit dem beschissenen Mikrofon noch gruseliger klingt.«

Brodie zuckte mit den Achseln, schien aber alles andere als überzeugt.

»Die Gefahr, dass er sich verirrt, ist allerdings viel größer, wenn er alleine unterwegs ist«, fühlte Lilly sich verpflichtet zu sagen.

»Mach dir darüber mal keine Gedanken«, entgegnete Tucker und beachtete ihre Bedenken gar nicht.

»Also werden wir während der nächsten Tage die ganze Nacht durcharbeiten?«, fragte Chris.

»Ja.«

»Ich hasse es, die ganze Nacht aufzubleiben«, beschwerte sich Michelle.

»Es wird so *aussehen,* als wären wir die ganze Nacht unterwegs gewesen, aber wahrscheinlich sind wir um ein oder zwei Uhr morgens bereits fertig«, sagte Tucker, der daran gewöhnt war, dass Michelle sich ständig beschwerte. »Je schneller wir die Aufnahmen im Kasten haben, desto eher sind wir fertig. Andre, da du der Größte bist, wirst du Bigfoot spielen«, informierte Tucker ihn.

»Oh, welche Freude«, erklärte der Kameramann trocken. »Moment mal – ich dachte, ich arbeite morgen tagsüber und habe dann abends frei.«

»Hast du ja auch. Wir machen die Bigfoot-Aufnahmen im Wald in der Nacht danach«, erklärte Tucker.

»Bitte sag mir jetzt nicht, dass ich auch noch in ein verdammtes Kostüm schlüpfen muss«, murmelte Andre.

»Ich habe keins gefunden, das echt genug aussieht«, gab Tucker zu. »Also musst du dich nur schwarz anziehen und wir filmen dich, wie du in der Ferne im Dunkeln umherwanderst. Damit kommen wir schon durch.«

Lilly war nicht wirklich überzeugt. Die anderen Sendungen hatten Wärmesensoren und spezielle Geräte. Sie hatten nichts von alledem. Sie war sich nicht sicher, ob irgendjemand glauben würde, dass Roger, Trent, Chris und Michelle tatsächlich Bigfoot gesehen hatten, wenn niemand sonst in irgendeiner anderen Sendung das getan hatte, aber egal. Das war nicht ihr Problem. Ihr Job war es, die Kamera auf das Geschehen zu richten und es zu filmen. Punkt.

Als könnte er ihre Gedanken lesen, sagte Tucker streng zu der Gruppe im Allgemeinen: »Denkt daran, ihr habt alle Geheimhaltungserklärungen unterschrieben. Wenn auch nur ein Wort darüber durchsickert, was am Set passiert, werdet ihr verklagt. Verstanden?«

Alle murmelten ihr Einverständnis.

»Gut. Und wenn wir jetzt damit fertig sind herumzutrödeln, sollten wir uns an die Arbeit machen«, fügte er hinzu, drehte sich um und ging zum Anfang des Wanderpfades.

Lilly warf schnell einen Blick auf die Uhr. Keiner wusste,

wie lange Tucker sie heute Nacht im Wald herumtrampeln lassen würde.

»So ein Mist«, murmelte Kate, die sich hinter Lilly einreihte, und dann brachen sie alle in den Wald auf.

Lilly schenkte ihr ein kurzes Grinsen, um die andere Frau wissen zu lassen, dass sie der gleichen Meinung war, dann griff sie nach unten und stellte das GPS ein, das sie an ihrer Gürtelschlaufe befestigt hatte. Sie hatte nicht bemerkt, dass irgendjemand sonst eines trug, aber zumindest Tucker schien eine Wanderkarte in der Hand zu haben. Sie wäre überrascht, wenn er wüsste, wie man sie richtig liest, aber sie hatte nicht vor, ihn danach zu fragen. Wenn Tucker sie alle in die Irre führte, hatte sie ihr GPS dabei, auf dem der Weg markiert und der Parkplatz eingezeichnet war. Sie würde in der Lage sein, sie aus dem Wald zu bringen, sodass sie nicht um Hilfe rufen müssten.

Als sie an die Männer dachte, die sie suchen würden, musste sie an Ethan denken. Der Kerl war den ganzen Tag über in ihren Gedanken aufgetaucht, was für Lilly ungewöhnlich war. Aber angesichts seiner unverblümten Ehrlichkeit an diesem Morgen war sie neugierig geworden. Es war unmöglich, ihn ganz aus ihrem Gedächtnis zu verdrängen.

Sie hatte heute noch keine Gelegenheit gehabt, ihm eine Nachricht zu schreiben, und sie hätte das Essen, das er ihr aus dem örtlichen Diner mitbringen wollte, wirklich gut gebrauchen können. Sie hatten eine Pause eingelegt, wie es die Schauspielergewerkschaft vorschrieb, aber sie hatte sich mit Whitneys Snack begnügt. Sie hatte nicht zu viel essen wollen, da sie davon ausging, dass sie schon viel früher durch den Wald wandern würde. Stattdessen hatte sie sich mit launischen Moderatoren herumgeschlagen, mit einem Produzenten, der überfordert war, weil er versuchte, zwei verschiedene Drehs gleichzeitig zu leiten, und mit der peinlichen übertriebenen Schauspielerei der Stadtbewohner.

Ethan verwirrte sie. Irgendwie machte er ihr auch Angst. Aber sie musste zugeben, dass sie sich schon lange nicht mehr so darauf gefreut hatte, jemanden kennenzulernen. Selbst nachdem sie über eine Wurzel auf dem Weg gestolpert war, weil sie an ihn dachte, und dabei fast auf die Nase gefallen wäre – und die sehr teure Kamera, die sie bei sich trug, beinahe beschädigt hätte –, konnte sie ihre Gedanken *trotzdem* nicht von diesem Mann abwenden.

Aber es spielte keine Rolle, wie faszinierend er war. Sie würde eine Woche hier sein, vielleicht etwas länger, und das war's. Das war nicht genügend Zeit, um eine Beziehung zu beginnen. Sie würde freundlich zu Ethan sein, aber das war auch schon alles.

Der Gedanke, dass sie etwas verloren hatte, bevor sie es jemals wirklich gehabt hatte, traf Lilly hart, aber sie schüttelte ihn ab. Sie war zu alt, um One-Night-Stands zu haben, und Ethan war offensichtlich sehr glücklich in Fallport. Er hatte Freunde, einen tollen Job und leistete einen Dienst, der sowohl von den Einwohnern der Stadt als auch von den Touristen dringend benötigt wurde. Er würde nicht weggehen und sie konnte nicht bleiben. Das war es also.

Ein kleiner Teil von ihr, tief in ihrem Inneren, bestand jedoch darauf, sie daran zu erinnern, dass sie mit *ihrem* Job nicht mehr glücklich war. Dass sie nicht jünger wurde und ihre Chance, Kinder zu bekommen, bald vorbei sein würde. Wenn sie sich nicht ernsthaft darum bemühte, jemanden zu finden, mit dem sie den Rest ihres Lebens verbringen konnte, würde sie allein und verbittert enden.

»Lilly! Lauf vor und Filme die Crew, wie sie auf dich zukommt. Alle anderen, runter vom Weg, damit ihr nicht in der Szene seid!«, rief Tucker.

Lilly war dankbar für die Unterbrechung, denn egal, wie

sehr sie sich sagte, dass sie aufhören sollte, an Ethan zu denken, sie konnte es nicht tun. Sich darauf zu konzentrieren, die Aufnahmen zu machen, die Tucker wollte, war ein todsicherer Weg, um nicht nur ihre volle Aufmerksamkeit zu bekommen, sondern auch, um sie schneller aus dem Wald zu bringen.

Fünf Stunden später kam die gesamte Filmcrew aus dem Wald, müde, mürrisch und ohne miteinander zu sprechen. Der Weg hinunter zum Parkplatz wurde in fast völliger Stille zurückgelegt, was ungewöhnlich war. Ständig scherzte jemand mit einem anderen, plante die nächste Aufnahme oder sprach über den Drehplan für den nächsten Tag.

Offensichtlich war das Herumlaufen im Dunkeln im Wald für alle viel anstrengender als in einem Gebäude oder in dem abgegrenzten Raum eines Friedhofs oder sogar in der offenen Wüste. Jeder war mindestens einmal gestürzt und die Moskitos, die kurz vor Einbruch der Dunkelheit auftauchten, hatten alle verrückt gemacht.

Tucker war unerträglich gewesen – noch unerträglicher als normalerweise. Jocy und Andre waren mürrisch gewesen. Selbst den Moderatoren fiel es schwer, vor der Kamera überzeugend zu wirken. Lilly war sich nicht sicher, ob irgendeine der Aufnahmen, die sie heute Abend gemacht hatten, brauchbar war, aber sie hielt den Mund. Kamera draufhalten und drehen. Das war ihr Job.

Noch nie war sie so erleichtert gewesen, in einem anderen Hotel zu übernachten, wie in diesem Moment. Alle fuhren weg, ohne sich zu verabschieden, was Lilly recht war.

Sie seufzte und holte ihr Handy aus der Tasche. Keine Nachrichten. Seltsam, wenn man bedachte, dass sie immer mindestens eine E-Mail oder SMS von ihrer Familie bekam. Dann fiel ihr auf, dass sie keinen Balken hatte. Es gab hier keinen Empfang, genau wie Ethan sie vorgewarnt hatte.

Und schon waren die Gedanken an den Mann, den sie verdrängt hatte, wieder in den Vordergrund gerückt.

Sie schüttelte den Kopf, ließ den Motor an und fuhr in Richtung Stadt. Sie überlegte, ob sie am Diner anhalten sollte, um etwas zu essen, um bis zum Morgen durchzuhalten, entschied sich aber dagegen. Sie war verschwitzt und fühlte sich eklig, wahrscheinlich sah sie in diesem Moment selbst wie eine Art paranormales Monster aus. Sie wollte auf keinen Fall am nächsten Tag zum Thema des Klatsches werden. Außerdem waren sie nicht in der Stadt; das *Sunny Side Up* war wahrscheinlich schon geschlossen.

Also fuhr sie zurück zum Chestnut Street Manor und versuchte, das Knurren ihres Magens zu ignorieren. Sie war überzeugt, dass Whitney nichts dagegen hätte, wenn sie den Kühlschrank für einen Snack plünderte. Ihre Wirtin hatte darauf bestanden, dass sie das Haus zu ihrem Zuhause machte, solange sie dort war.

Sie hatte gerade in eine Parklücke hinter dem Haus eingeparkt, als plötzlich ihr Handy mit Benachrichtigungen zu klingeln begann. Lilly stellte den Motor ab und lächelte. Ja, sie war definitiv wieder im Land des Handyempfangs, denn sie hatte drei E-Mails – zwei von ihren Brüdern und eine von ihrem Vater – eine Sprachnachricht von einem Betrüger, der behauptete, ihre Sozialversicherungsnummer sei gesperrt worden, und eine SMS von einer Nummer, die sie nicht kannte.

Zu müde, um sich zu bewegen, saß sie in ihrem Wagen und las die Nachrichten ihrer Familienmitglieder. Es war alles in Ordnung, sie hatten sich nur gemeldet und geplaudert. Dann klickte sie auf die Nachricht mit der unbekannten Nummer, darauf vorbereitet, sie direkt zu löschen und ins Haus zu gehen.

Aber stattdessen sah sie, dass sie von Ethan war. Und es war nicht nur eine. Er hatte ihr während der letzten Stunden mehrere Nachrichten geschickt. Und plötzlich war sie nicht mehr so müde wie zuvor.

Unbekannte Nummer: Hey, ich bin es, Ethan. Ich wollte mich nur kurz bei dir melden, wie ich es versprochen habe. Hast du Hunger? Ich habe es ernst gemeint, als ich vorgeschlagen habe, dir etwas vom Sunny Side Up *zu bringen.*

Unbekannte Nummer: Ich hoffe, ich habe noch keine Antwort erhalten, weil du irgendwo bist, wo du keinen Empfang hast, und dass du mich nicht einfach nur ignorierst. Melde dich bitte, sobald du das hier bekommen hast.

Unbekannte Nummer: Nur gut, dass ich weiß, dass du heute Nacht in den Wäldern Dreharbeiten hast, sonst würde ich mir Sorgen machen. Und bevor du fragst, woher ich das weiß ... du befindest dich in Fallport. Hier gibt es immer jemanden, der weiß, was vor sich geht, und nur allzu gern darüber plaudert. Sagst du mir Bescheid, wenn du wieder zu Hause bist? Nur um sicherzuge-hen, dass du nicht in einer Situation wie bei der Tragödie vom Donnerpass steckst. :)

Daraufhin musste Lilly laut lachen. Ohne zu zögern und immer noch mit einem breiten Grinsen auf dem Gesicht, ließ sie ihre Daumen über das Display rasen, als sie antwortete.

Lilly: Erstens ist es Frühling und nicht mitten im Winter. Zwei-tens, wenn du denkst, dass ich irgendeinen von den Leuten, mit denen ich arbeite, esse, bist du verrückt. Falls man ihre Verärgerung heute als Maßstab nimmt, wären sie sowieso bitter und voller Knorpel.

Sie drückte auf Senden, bevor ihr klar wurde, dass es schon fast Mitternacht war. Verdammt. Wahrscheinlich hätte sie ihm nicht so spät eine Nachricht schreiben sollen, *obwohl* er sie natürlich darum gebeten hatte.

Als sie sah, wie die drei Punkte, die bedeuteten, dass er antwortete, am unteren Rand des Displays zu tanzen begannen, hatte sie nicht mehr ganz so ein schlechtes Gewissen.

Unbekannte Nummer: Ich würde sicher fragen, wie die Dreharbeiten gelaufen sind, aber an deiner Antwort kann ich das klar und deutlich erkennen. Hast du gegessen?

Lilly starrte einen Moment lang auf seinen Text. Sie war sich nicht sicher, was sie davon halten sollte.

Nein, das war eine Lüge. Seine Besorgnis fühlte sich gut an. Wirklich gut.

Als sie merkte, dass sie unerwartet den Tränen nahe war, nahm sie sich einen Moment Zeit, um Ethans Nummer zu speichern. Es war ein beschissener Tag gewesen, zumindest der zweite Teil davon, und seine Sorge um sie, eine Fremde, war fast mehr, als sie in diesem Moment ertragen konnte. Als sie ihre Gefühle unter Kontrolle hatte, tippte Lilly langsam eine Antwort, wobei sie ihr Bestes tat, um ihren Sarkasmus auf ein Minimum zu beschränken.

. . .

Lilly: Ich dachte darüber nach, ein paar Maden aus dem Dreck zu buddeln, als wir im Kreis liefen, während Tucker versuchte, den perfekten Platz für einen dreiminütigen Beitrag zu finden, in dem die Darsteller über die Interviews sprachen, die sie heute gemacht hatten, aber ich entschied mich, lieber zu warten und nachzusehen, was Whitney in ihrem Kühlschrank hat.

Ethan: Kann ich dir nicht verdenken. Whit ist eine fantastische Köchin und hat sicher noch jede Menge Reste, die du klauen kannst. Willst du immer noch, dass ich dir morgen die Stadt zeige? Oder hat sich dein Zeitplan geändert?

Lilly: Ich habe morgen Nachmittag frei, aber ich arbeite abends und bis in die Nacht hinein ... und werde das wahrscheinlich auch die nächsten Tage tun. Wie kommt es, dass Bigfoot nur im Dunkeln gefunden werden kann?

Ethan: Es ist einfacher, den Schwindel zu verbergen, der mit der Suche einhergeht. Wie wäre es, wenn ich um die gleiche Zeit wie heute Morgen vorbeikomme? Dann hast du Zeit, ein wenig auszuschlafen.

Lilly starrte ihr Handy an. Ernsthaft? Dieser Kerl war unglaublich. Witzig, rücksichtsvoll und anscheinend konnte er es kaum erwarten, Zeit mit ihr zu verbringen. Und sie wusste wirklich nicht warum.

Lilly: Vielleicht ist das keine so gute Idee. Ich muss einkaufen gehen und ein paar Sachen für die Dreharbeiten besorgen. Und da ich in nächster Zeit wohl hauptsächlich nachts arbeiten werde, sollte ich wahrscheinlich vorher ein Nickerchen machen.

Sie hielt den Atem an, als es nicht so aussah, als würde er antworten. Doch dann tanzten die drei Punkte wieder.

. . .

Ethan: Ich musste heute an dich denken.

Ethan: Und so was tue ich normalerweise nicht. Niemals.

Ethan: Wenn ich jemanden treffe, von dem ich weiß, dass er nur in der Stadt ist, um zu wandern oder um Urlaub zu machen, hat sich der Fall für mich erledigt. Das klingt schlimm, aber es ist wahr.

Ethan: Ich liebe Fallport. Ich habe mir den Hintern aufgerissen, um mein Land und unsere Freiheit zu verteidigen, damit ich den Rest meines Lebens in einer verschlafenen Stadt wie dieser verbringen kann.

Ethan: Ich hatte seit Jahren keine richtige Beziehung mehr, weil ich hier sein will und die meisten Frauen es kaum erwarten können, von hier wegzukommen. Aber du bist die erste Frau, die ich getroffen habe, die mir nicht mehr aus dem Kopf geht. Ich weiß, dass du nur wegen eines Jobs hier bist. Ich weiß, dass du bald wieder weg bist. Doch anscheinend ist mir das egal.

Ethan: Nur ein paar Stunden, Lil. Lass mich dir Fallport zeigen. Vielleicht kannst du das Gelernte in dieser verdammten Sendung anwenden.

Lilly atmete tief durch und schloss dann die Augen. Vor ihrem geistigen Auge sah sie, wie Ethan all diese Nachrichten schnell eingab und dann auf Senden drückte, wobei es ihm egal war, dass er mehrfache Nachrichten schickte. Er hatte ihr alles gesagt. Direkt und unverblümt.

Sie begann, mit dem Daumen zu schreiben, bevor ihr überhaupt klar war, dass sie eine Entscheidung getroffen hatte.

Lilly: Okay.

Ethan: Ich danke dir. Wir sehen uns dann morgen. Wir können deine Besorgungen erledigen, dann zeige ich dir die Stadt. Ich bin sicher, Whitney macht uns wieder so ein Riesenfrühstück wie heute, also werden wir spät zu Mittag essen. Das wird dir helfen, die Zeit bis zur Arbeit zu überbrücken, und es bedeutet, dass uns weniger Leute beim Essen anstarren. Ich bringe dich sogar zurück zum Gästehaus, damit du ein Nickerchen machen kannst, bevor du zur Arbeit gehst. Wo bist du jetzt gerade?

Wow, er hatte ja ziemlich schnell das Thema gewechselt. Aber Lilly war sich nicht sicher, ob sie darüber nachdenken wollte, im Zentrum der Aufmerksamkeit aller Anwohner von Fallport zu stehen, sodass Leute sie anstarrten, wenn sie aß, also ließ sie es zu.

Lilly: Vor der Pension, in meinem Wagen. Ich habe meine Nachrichten überprüft, als ich angekommen bin, weil mein Handy vor lauter Benachrichtigungen verrückt gespielt hat, nachdem ich wieder in der Zivilisation angekommen war.

Ethan: LOL. Zu hören, wie Fallport als Zivilisation beschrieben wird, ist lustig. Aber ich verstehe, was du meinst. Wir sind zwar nicht in der Stadt, aber es gibt auch hier Verbrechen, ob du es glaubst oder nicht. Geh rein, Lil. Iss eine Kleinigkeit, schlaf ein wenig. Wir sehen uns morgen.

Und wieder war er besorgt um sie, was Lilly ganz ungewohnte Gefühle vermittelte.

Lilly: Okay. Es tut mir leid, dass ich dich so spät noch angeschrieben habe.

Ethan: Mir tut es nicht leid. Ich habe mir Sorgen gemacht. Außerdem war ich sowieso noch wach.

Lilly: Ist bei dir alles in Ordnung?

Ethan: Ja. Ich kann nur manchmal nicht schlafen. Zu viele Dämonen, die mich wach halten.

Lilly runzelte die Stirn. Aus irgendeinem Grund gefiel ihr das nicht. Und sie wusste nichts über Ethan. Weder sein Alter noch wie er nach Fallport gekommen war noch was diese Dämonen verursacht haben könnte. Obwohl seine vorherige Bemerkung, dass er sich für sein Land und dessen Freiheit den Hintern aufgerissen hatte, bestätigte, was Whitney ihr an diesem Morgen erzählt hatte. Sie war nicht überrascht, dass er beim Militär gewesen war. Das konnte man ihm ansehen ... und seinen Freunden auch.

Ethan: Lil?

Lilly: Tut mir leid wegen der Dämonen.

Ethan: Danke. Es wird mit jedem Tag leichter. Und jetzt geh ins Haus, bevor ich rüberfahren und dafür sorgen muss, dass es dir gut geht und du in Sicherheit bist.

Lilly: Meine Brüder haben mir beigebracht, wie ich mich verteidigen kann. Mach dir keine Sorgen.

Ethan: Schön, das zu hören, aber trotzdem ... ich würde mich gleich besser fühlen, wenn ich weiß, dass du im Haus bist.

Lilly: Ich gehe ja schon. Ethan?

Ethan: Ja?

Lilly: Danke, dass du dafür gesorgt hast, dass meine schreckliche Nacht ein bisschen weniger schrecklich ist.

Ethan: Gern geschehen. Gute Nacht.

Lilly: Gute Nacht.

.   .   .

Als sie aus ihrem Leihwagen stieg, lächelte Lilly. Dann nahm sie ihre Kameratasche vom Rücksitz und schlich sich ins Haus. Sie grinste noch immer, als sie den Teller mit dem Essen zu ihrem Zimmer hochbrachte. Whitney hatte ihn in den Kühlschrank gestellt und einen Zettel drangeklebt, auf dem stand: *Lilly, steck das für zwei Minuten in die Mikrowelle. Lass es dir schmecken.*

Der Auflauf war köstlich und füllte die leere Stelle in ihrem Bauch. Lilly duschte, zog sich fürs Bett um, putzte sich die Zähne und kroch dann unter die Decke. Sie hatte eine harte Woche vor sich, mit all den Nachtschichten und dem Umgang mit den Schauspielern und dem Rest der Crew, der eindeutig den Stress des Drehplans und des Drehorts zu spüren bekam, wenn der heutige Tag ein Indiz dafür war.

Zugegebenermaßen hatte das schon vor ein paar Wochen begonnen. Die Aufregung über die neue Serie und die neuen Kollegen war verblasst und die verschiedenen Persönlichkeiten waren definitiv aneinandergeraten.

Trotz alledem konnte Lilly nicht aufhören zu lächeln, als sie an den nächsten Tag dachte ... und daran, Ethan besser kennenzulernen. Die Dinge zwischen ihnen konnten nicht sehr weit gehen. Er hatte keine Lust, Fallport zu verlassen, und Lillys Job führte sie durch das ganze Land. Aber das würde sie nicht davon abhalten, sich morgen mit ihm zu treffen. Es könnte ein Fehler sein ... aber zum Teufel damit.

Sie würde einen Tag nach dem anderen nehmen und es einfach genießen, einen interessanten Mann kennenzulernen, der sie zum Lächeln brachte. Was auch immer geschehen würde, würde geschehen.

Mit diesem Gedanken im Kopf fiel Lilly in einen tiefen, traumlosen Schlaf und freute sich zum ersten Mal seit Monaten auf den nächsten Tag.

Je länger er an dieser Sendung arbeitete, desto unglücklicher wurde er. Der Mangel an Respekt, der ihm entgegengebracht wurde, war lächerlich. Niemand hörte ihm zu ... alles, was er vorschlug, wurde kurzerhand abgetan. Als wäre er dumm oder so.

Nun, das wollte er nicht hinnehmen. Es musste sich etwas ändern. Er wusste nicht was, aber er würde auf der Hut sein, um jeden Fehler auszunutzen, den einer der anderen machte. Diese Serie sollte sein großer Durchbruch werden, und bis jetzt war sie nichts als Müll.

Es lag an ihm, die Dinge aufzurütteln. Er musste eine Serie daraus machen, der die Leute nicht widerstehen konnten. Eine Serie, über die man in den sozialen Medien sprach. Er würde alles tun, was nötig war, um sie zu einem Verkaufsschlager zu machen.

Egal, was es war.

Er musste nur bereit sein, seinen Zug zu machen, wenn die Zeit reif war.

Er fühlte sich besser mit seiner Entscheidung, auch wenn er noch nicht genau wusste, was er tun würde, und entspannte sich ein wenig. Nur über seine Leiche würde ihm jemand diese Chance nehmen, *jemand* zu sein.

KAPITEL FÜNF

Ethan blickte zu Lilly hinüber, während er zum Walmart am Stadtrand fuhr. Er war früh aufgewacht, obwohl er später als sonst ins Bett gegangen war. Er hatte viel zu viel an Lilly gedacht ... und dann hatte ein beunruhigender Albtraum seine Nachtruhe unterbrochen. Aber daran wollte er im Moment nicht denken.

Fallport war nicht, was die meisten Leute sich unter einem tollen Ort vorstellen, um sich dort niederzulassen, aber ihm gefiel es. Ihm gefiel, dass die meisten Leute einander kannten. Dass es nicht viele Geheimnisse gab. Jeder hatte das Gefühl, zur Familie zu gehören. Manchmal war das lästig, aber wenn es darauf ankam, wenn jemand Hilfe brauchte, hielt die ganze Stadt zusammen.

Er hatte es immer wieder erlebt, wenn das Eagle Point Bergungsteam gerufen wurde. Die Bürger der Stadt scharten sich um die Familie und die Freunde der Vermissten, brachten ihnen Essen, saßen abwechselnd bei ihnen, während die Suche lief, und wenn das Ergebnis nicht positiv war, was leider manchmal der Fall war, sammelten sie Geld für die Beerdigungskosten und alles andere, was nötig war. Und das alles geschah unabhängig davon, ob die vermisste Person aus der Gegend stammte oder nicht.

Ethan und sein Bruder – wie überhaupt alle Mitglieder des Such- und Rettungsteams – hatten Fallport nach allem, was sie gesehen und getan hatten, verdient. Sie hatten sich an ihre alltäglichen Aufgaben gewöhnt und pflegten doch immer noch den Teil in sich, der sie dazu drängte, sich nützlich zu machen. Die Stadt bezahlte sie für die Zeit, die sie mit der Suche verbrachten, aber es war nur eine Aufwandsentschädigung. Nichts, wovon sie leben konnten, aber in Verbindung mit ihren anderen Jobs bestand für niemanden die Gefahr, zu verhungern oder obdachlos zu werden. Er und sein Team waren alle mehr als zufrieden damit, und mit Fallport.

Lilly war das genaue Gegenteil von ihm. Sie hatte einen Job, der sie quer durch die Vereinigten Staaten führte. Sie würde in einer Woche oder so wieder weg sein, sobald die Folge fertig gedreht war.

Ethan wusste das, aber es war ihm egal. Sie hatte etwas an sich, dem er nicht widerstehen konnte. Es war möglich, dass sie sich als verrückte Zicke entpuppte ... aber er glaubte es nicht. Im Laufe der Jahre hatte er seine Fähigkeit geschärft, Menschen schnell einzuordnen. Und was er in Lilly sah, dem konnte er nicht widerstehen.

Zunächst einmal nahm sie sich selbst nicht allzu ernst. Ihm war nicht entgangen, wie sie bei einigen der lächerlichen Dinge, die in der Bürgerversammlung über Bigfoot-Sichtungen gesagt wurden, die Augen verdreht hatte. Sie schien sich auch über Tucker zu ärgern, wenn er nicht nur zu den Männern und Frauen, die für ihn arbeiteten, sondern auch zu den Stadtbewohnern schroff und unhöflich war. Sie stand ihrer Familie nahe, so wie er der seinen, und war Whitney für ihre Gastfreundschaft dankbar. Das mochte nicht weiter bemerkenswert erscheinen, aber er hatte erlebt, wie die ältere Frau mehr als einmal von undankbaren Gästen ausgenutzt worden war.

Ein Teil von Ethan hoffte sogar, dass er, wenn er mehr mit ihr zusammen war, etwas finden würde, das ihn abschreckte. Etwas, das es ihm leichter machen würde, sich zu verabschieden, wenn sie ging. Ihm war klar, dass er sich damit wie ein Mistkerl benahm, aber andererseits war er noch nie in so einer Situation gewesen. Er wollte eine Frau kennenlernen, hatte aber Todesangst, sie *zu sehr* zu mögen und verletzt zu werden, wenn er zurückgelassen wurde.

»Danke, dass du das machst«, sagte sie leise, nachdem das Schweigen im Wagen ziemlich lange gedauert hatte.

»Das mache ich gern.«

»Ich weiß, ich hätte in den Supermarkt gehen können, den ich in der Stadt gesehen habe, aber Tucker ist ein Geizkragen, wenn es um das Budget geht, und ich vermute, dass die Campingausrüstung dort teurer sein würde als im Walmart.«

»Ich bin sicher, du hast recht. Der alte Grogan hat gute Preise für alltägliche Dinge und Lebensmittel, denn das ist das, was die Stadtbewohner am meisten kaufen. Aber für alles, was einen Touristen interessieren könnte, erhöht er den Preis«, erklärte Ethan achselzuckend.

»Das ist eigentlich ziemlich schlau. Das ist so, als ginge man auf einem Flughafen einkaufen. Oder in einem Ferienort. Die Leute werden kaufen, was sie wollen, egal zu welchem Preis, einfach weil es bequem ist«, erklärte Lilly lächelnd.

»Genau. Also ... warum Camping-Ausrüstung?«, fragte Ethan. Er wollte nicht neugierig sein und sie fragen, was sie kaufen wollte, falls es etwas wie weibliche Hygieneprodukte war, über die zu sprechen ihr peinlich wäre. Aber da sie es ansprach, fand er es in Ordnung, sie zu fragen.

Sie rümpfte die Nase und Ethan lächelte über diesen niedlichen Ausdruck.

»Ja, genau. Trent hatte die großartige Idee, die Nacht allein im Wald zu verbringen, um zu sehen, ob er irgendwelche Beweise für die Existenz von Bigfoot finden könnte. Er sagte irgendetwas darüber, dass das Biest sicher aus Neugierde näher käme, um ihn zu untersuchen, wenn er allein sei und nicht in einer großen Gruppe, oder so etwas Lächerliches. Als hätte es nicht schon Tausende von Leuten gegeben, die in den Appalachen gezeltet haben und denen *kein* neugieriger Bigfoot auf ihrem Zeltplatz begegnet ist. Wie auch immer, Trent braucht also ein Zelt und einen Schlafsack und andere wesentliche Dinge.«

»Nimm es mir nicht übel, aber er scheint kein Outdoor-Typ zu sein«, entgegnete Ethan.

Lilly lachte und Ethan wäre fast von der Straße abgekommen. Wenn sie lachte, sah sie einfach umwerfend aus.

»Ja, das ist er wirklich nicht. Du solltest ihn mal mit seinen antibakteriellen Tüchern sehen. Er ist besessen von den Dingern. Bei den Dreharbeiten im Goldfield Hotel hat er sich geweigert, irgendetwas anzufassen, weil überall Staub und Schmutz waren. Andre, einer der anderen Kameraleute, war keine Hilfe, als er ihm erklärte, was in Staub enthalten ist. Hautschuppen, Staubmilben, tote Wanzen, Kleidungsfasern und Bakterien. Dann überlegte er laut, ob der Staub in dem Gebäude von Menschen stammen könnte, die schon seit Jahrzehnten tot sind. Der Ausdruck auf Trents Gesicht war unbezahlbar.«

Diesmal war es Ethan, der lachte. »Dann werde ich wohl besser mal Staub wischen, wenn ich nach Hause komme«, sagte er schließlich.

Das brachte Lilly wieder zum Lachen und Ethan hatte das Gefühl, dass er in Zukunft darauf versessen sein könnte, sie zum Lachen zu bringen.

»Wie auch immer, ich wurde angewiesen, das billigste Zeug zu kaufen, weil wir alle wissen, dass es nicht mehr benutzt wird. Warte, gibt es hier jemanden, der die Campingausrüstung gebrauchen könnte? Ich kann versuchen, Tucker dazu zu bringen, sie zu spenden, wenn wir sie nicht mehr brauchen.«

»Auf jeden Fall. Da fallen mir auf Anhieb mehrere Leute ein«, sagte Ethan.

»Toll! Ich habe vor, ein Zelt, einen Schlafsack, eine Kühlbox, einen Campingstuhl und eine Laterne zu besorgen, weil das auf Film cool aussieht, denke ich. Wir haben jede Menge Stirnlampen und Taschenlampen, also brauche ich keine.«

»Isomatte? Kissen? Hammer zum Einschlagen der Zeltheringe? Eis für die Kühlbox? Teller und Besteck, damit er essen kann? Hat er die richtige Kleidung fürs Zelten dabei? Zum Beispiel feuchtigkeitsableitende Hemden und so? In ein paar Tagen soll es regnen. Oh, und Toilettenpapier.«

»Auch auf die Gefahr hin, dass du mich für herzlos hältst ... nein zu den meisten dieser Dinge. Erstens, Tucker tritt mir in den Hintern, wenn ich zu viel Zeug kaufe. Zweitens wette ich, dass Trent eines der Kissen aus dem Hotel mitnehmen wird, was eine beschissene Sache ist, aber so ist er eben. Jemand kann später Eis holen. Wenn ich es jetzt hole, wird es nur schmelzen. Ich bin mir sicher, dass er sich noch etwas zu essen holt, bevor er sich auf den Weg macht, oder er kann sich Sandwiches oder so etwas besorgen. Dafür braucht er weder Besteck noch Teller, und ich bin mir ziemlich sicher, dass er sowieso nicht will, dass ich sein Gericht aussuche.

Ich habe keine Ahnung von seiner Kleidung, aber das ist auch nicht mein Problem. Wie Tucker immer sagt: Leiden im Film ist gut fürs Fernsehen, wenn er also im Regen und in der Kälte steht, ist das umso besser für die Einschaltquoten. Und ich werde ihn an das Toilettenpapier erinnern. Wie gesagt, er wird wahrscheinlich welches aus dem Hotel mitnehmen.«

Ethan sagte nichts. Er war nicht gerade überrascht.

»Alle sind davon überzeugt, dass die Sendung ein voller Erfolg wird«, bemerkte Lilly leise.

Irgendetwas an ihrem Tun brachte Ethan dazu, sie anzusehen, bevor er seine Aufmerksamkeit wieder der Straße zuwandte. »Du aber nicht?«

»Ich weiß, dass ich die Sendungen, an denen ich mitarbeite, unterstützen und positiv sehen sollte … aber diese Sendung ist eine Katastrophe. Alle paranormalen Dinge, die untersucht werden, wurden bereits in mehreren Sendungen thematisiert. Im Moment gibt es etwa vier Bigfoot-Sendungen … und die handeln *speziell* von Bigfoot, nicht von paranormalen Dingen im Allgemeinen. Dasselbe gilt für die Sendungen über Geister. Wir konzentrieren uns nicht auf eine Sache und ich denke, das ist ein Fehler. Ganz zu schweigen davon, dass wir nichts anders machen als alle anderen da draußen, und wir haben keine spezielle Ausrüstung. Wir tappen im Dunkeln herum und tun so, als würden wir Dinge sehen und hören, die nicht da sind.«

Sie seufzte. »Mist. Vergiss, dass ich den letzten Teil gesagt habe. Ich könnte großen Ärger bekommen, wenn ich das laut ausspreche.«

»Meine Lippen sind versiegelt. Du kannst mit mir über alles reden und ich würde es keiner Menschenseele erzählen. Außerdem kann man nie wissen«, erklärte Ethan diplomatisch. »Vielleicht gefällt die Sendung den Zuschauern.«

»Vielleicht«, entgegnete Lilly achselzuckend, als sie beim Parkplatz des Großmarktes ankamen.

Ethan suchte einen Parkplatz und stellte den Motor ab.

»Komm, holen wir die Sachen für deinen Kollegen und dann zeige ich dir die Stadt.«

Sie schenkte ihm ein kleines Lächeln. »Du meinst, es gibt mehr zu sehen als das, was ich bis jetzt gesehen habe?«

Er lachte. »Nein. Aber ich nehme an, dass du noch nicht alle Geschäfte von innen gesehen hast. In dieser Stadt leben viele wunderbare Menschen und ich glaube, dass sie sich freuen würden, dich kennenzulernen.«

»Mich?« Lilly schüttelte den Kopf. »Ich bin mir sicher, sie würden lieber Roger oder einen der anderen Darsteller kennenlernen. Schließlich sind das diejenigen, die vielleicht irgendwann mal berühmt sind.«

»Nö. Ich meine, sie hätten sicher nichts dagegen, sie kennenzulernen, aber ich vermute, so wie sich der Rest der Besetzung und der Crew im Hotel hier am Ende der Stadt zurückzieht, sind sie nicht sehr daran interessiert, die Stadtbewohner kennenzulernen. Du hast ihr Interesse bereits geweckt, weil du in Whits Unterkunft wohnst.«

»Ich unterstütze gern die Geschäfte vor Ort«, gab Lilly zu.

»Und deswegen wollen sie wahrscheinlich auch dich und nicht die anderen kennenlernen«, erklärte Ethan ihr. Dann drehte er sich um und stieg aus dem Wagen. Lilly traf ihn hinter dem Wagen und sie gingen gemeinsam zum Eingang.

»Ich hoffe, es macht dir nichts aus, wenn die Leute mich merkwürdig anstarren«, warnte Ethan sie vor.

»Warum sollten sie das?«, fragte Lilly.

»Zum einen, weil ich nicht oft einkaufe. Zweitens, weil ich nie eine hübsche Frau dabeihabe. Und zum Dritten, weil sie wahrscheinlich schockiert darüber sind, dass du dich mit mir abgibst.«

»So ein Blödsinn«, erklärte Lilly lachend.

Er hatte nicht gescherzt, aber Ethan ließ es auf sich

beruhen. Er war nicht der geselligste seiner Teamkameraden. Das wäre Drew. Durch seinen früheren Job als Polizeibeamter war er die ideale Person, um mit der Presse zu sprechen und die Bürger zu beruhigen, wenn es nötig war. Oder Zeke. Als Besitzer des *On the Rocks* kannte er so ziemlich jeden. Zumindest diejenigen, die auf einen Drink in die Kneipe kamen. Außerdem war er viel zugänglicher.

Lilly arbeitete ihre Einkaufsliste schnell ab. Sie hielt sich nicht lange auf und ging in keine andere Abteilung des Ladens als in den Campingbereich. Sie nahm, was sie brauchte, und machte sich auf den Weg zu den Kassen. Ethan nickte ein paar Leuten zu, die er kannte, und wie er vermutet hatte, wurden sie stutzig, als sie sahen, mit wem er unterwegs war. Wenn er sonst unterwegs war, war er entweder allein oder mit einem seiner Teamkameraden zusammen. Ihn mit einer Frau zu sehen war definitiv etwas Neues. Er hatte das Gefühl, dass schon jeder wissen würde, dass er mit Lilly unterwegs war, sobald sie in die Stadt zurückkehrten.

Als er den Einkaufswagen mit den Campingutensilien zu seinem Wagen schob, sagte Lilly: »Ich wollte mich noch mal bei dir dafür bedanken, dass du das mit mir machst.«

»Das mache ich gern. Sollen wir die Sachen hinbringen?«

»Nein. Ich nehme sie einfach heute Abend mit, wenn ich mich mit den anderen treffe.«

»Okay.« Ethan legte die von ihr gekauften Sachen in den Kofferraum seines Subaru Outback und ging dann zur Beifahrerseite seines Wagens. Er hielt ihr die Tür auf und machte sie wieder zu, als sie eingestiegen war. Dann schob er den Einkaufswagen auf den Abstellplatz auf dem Parkplatz und kam zurück zum Wagen. Als er sich hinsetzte, sah Lilly ihn mit einem seltsamen Gesichtsausdruck an. »Was ist?«, fragte er sie.

Sie schüttelte den Kopf. »Nichts.«

»Im Ernst, was ist los? Hab keine Angst, mit mir zu sprechen«, befahl er ihr.

»Ich hätte den Einkaufswagen zurückbringen können«, entgegnete sie.

»Dessen bin ich mir sicher«, erklärte er ihr. »Aber ich würde nicht einfach rumstehen und warten, dass du damit fertig bist. Oder, was noch schlimmer wäre, im Wagen sitzend auf dich warten. Das wäre einfach unhöflich gewesen. Und das werde ich in meiner Gegenwart nicht zulassen.«

»Das ist echt ... nett.«

»Ich schätze mal, dass die Männer, mit denen du in der Vergangenheit zusammen warst, sich nicht gerade wie Gentlemen verhalten haben, was?«, fragte er und ließ den Motor an.

Zu seiner Überraschung lachte sie. »Meine Brüder sagten immer: ›Wer zuletzt am Wagen ist, muss den Einkaufswagen zurückbringen‹, und da ich die Kleinste und Jüngste war, war ich natürlich immer die Letzte. Als ich älter wurde, wollte ich alles tun, was meine Brüder taten, und das bedeutete, keine Diva zu sein und mich nicht bedienen zu lassen.«

Ethan lächelte. »Was ist mit den Männern, mit denen du zusammen warst?«, hakte er nach. Er konnte nicht leugnen, dass es ihn interessierte.

»Nein. Die auch nicht. Du musst wissen, in den Kreisen, in denen ich mich bewege, stehe ich im Hintergrund. Keiner schaut zweimal zu den Kameraleuten. Wir sind einfach ... da. Die wenigen Male, die ich in letzter Zeit versucht habe, mit einem Mann auszugehen, waren eine Katastrophe. Außerdem kann ich auf mich selbst aufpassen. Mein Vater und meine Brüder haben mir das gut beigebracht. Ich schätze, wenn man das Öl in seinem Fahrzeug wechseln, die

Verandatreppe neu bauen und sein eigenes Feuerholz hacken kann, schreckt das einige Männer ab. Oder sie denken, dass es nicht nötig ist, höfliche Dinge zu tun, wie Türen zu öffnen oder sich für einen einzusetzen, wenn jemand eine unhöfliche Bemerkung macht.«

Es gab so vieles in ihrer Aussage, das Ethan kommentieren wollte. Er beschloss, es genau zu erklären. »Du warst bei der Versammlung in der Turnhalle der erste Mensch, der mir aufgefallen ist«, erklärte er ihr ehrlich.

Sie sah ihn überrascht an.

»Die Stars der Sendung standen vorn im Raum, aber sie sind alle so jung, und die Art und Weise, wie sie zu allen herablassend zu sprechen schienen, hat mich genervt. Also ließ ich den Blick schweifen und sah, wie du bei einer Bemerkung die Augen verdreht hast. Du hast es ganz subtil getan, aber ich habe es bemerkt. Und es hat mich so fasziniert, dass ich zweimal hingesehen habe ... und ich muss sagen, dass mir gefiel, was ich sah. Eine Frau, die sich in ihrer eigenen Haut wohlfühlt. Das ist viel sexyer als jemand, der sich zu sehr bemüht, indem er Make-up aufträgt und sich in enge Kleider zwängt.«

Lilly starrte ihn nur an, also fuhr Ethan fort. Wahrscheinlich war es gut, dass er am Steuer saß, damit er sie nicht mit seiner Eindringlichkeit verängstigte. Seine Mutter sagte ihm ständig, er solle sich entspannen. Er solle nicht immer so ernst sein, aber er war, wie er war.

»Und wenn deine Verabredungen eine Katastrophe waren, dann lag das an den *Typen*, nicht an dir. Ich finde es toll, dass du auf dich selbst aufpassen kannst. Ich kann mir nichts Unattraktiveres vorstellen, als für alle traditionellen ›männlichen‹ Dinge verantwortlich zu sein, die mit einer Beziehung einhergehen. Obwohl ich es vorziehen würde, Seite an Seite zu arbeiten, wenn es um Dinge wie Arbeiten am Wagen oder Holzhacken geht, ist es definitiv kein Nachteil, dass man solche Dinge tun kann. Es besteht auch kein Zusammenhang zwischen der Fähigkeit, auf sich selbst aufzupassen, und der Tatsache, dass ich ein Gentleman bin.

Und obwohl wir nicht zusammen sind, würde ich trotzdem niemals zulassen, dass jemand jemanden schikaniert, egal ob Mann, Frau oder Kind. Wenn ein Mann, mit dem du zusammen bist, nicht sofort für dich eintritt, wenn jemand unhöflich ist, musst du nicht mit ihm zusammen sein. Aber ich kann mir nicht vorstellen, warum jemand ein Problem mit dir haben könnte.«

»Hollywood ist eben ein hartes Pflaster«, erklärte sie, anstatt zu antworten.

Ethan ließ ihr Zeit zu antworten, doch als sie es nicht tat, hakte er nach: »Und?«

Lilly seufzte. »Ich war wie ein Elefant im Porzellanladen. Alle machten sich immer Sorgen um ihr Aussehen, ihr Gewicht und ihr Auftreten, aber mir war das alles egal. Ich bin nicht zierlich und werde es auch nie sein. Ich esse gern, und obwohl ich versuche, mich gesund zu ernähren, ist das manchmal einfach nicht möglich, wenn ich arbeite.

Ich war einmal mit einem Mann zusammen – ich glaube, es war unsere vierte Verabredung oder so, wir kannten uns also schon ein bisschen, hatten aber noch nicht miteinander geschlafen. Wir waren in einem Café und ich bestellte einen Donut. Ich hatte gerade eine Zwölfstundenschicht hinter mir und war erschöpft, aber der Typ wollte mich unbedingt sehen. Also stimmte ich zu, ihn auf einen Kaffee zu treffen, bevor ich mich auf den Heimweg machte, um mich hinzulegen. Jedenfalls grinste die Verkäuferin und meinte, ich solle das Gebäck lieber weglassen. Dann flirtete sie weiter mit meiner Verabredung, bis wir unsere Kaffees ausgetrunken hatten. Er hat sie nicht nur nicht für ihre unhöfliche Bemerkung zur Rede gestellt, er hat sogar zurück geflirtet.«

»Was für ein Idiot«, sagte Ethan. »Ich hoffe, du hast mit ihm Schluss gemacht.«

»Natürlich habe ich das«, entgegnete Lilly. »Ich meine, ich weiß, ich hätte den Donut nicht essen sollen, aber ich hatte seit dem Frühstück nichts mehr gegessen und war am Verhungern.«

»Also so ein Blödsinn. Es ist egal, ob du gerade ein Vier-Gänge-Menü vertilgt hast, wenn du einen Donut möchtest, geht das niemanden etwas an außer dich. Und nur damit du's weißt, an deiner Figur ist nichts verkehrt. Wirklich ganz und gar nichts.« Ethan konnte nicht umhin, seinen Blick einen Moment lang über ihren Körper wandern zu lassen. Sie war nicht spindeldürr, aber auch nicht übergewichtig. Sie war ... normal. Und das gefiel ihm wirklich ausgesprochen gut.

»Und die Tatsache, dass er zugelassen hat, dass sie mit ihm flirtet, nachdem sie dich beleidigt hatte, ist wirklich schlimm. Ich hoffe, du weißt das.«

Lilly nickte. »Ich weiß schon. Aber eigentlich bin ich daran gewöhnt. Es kommt mir so vor, als ob Männer immer nach dem nächstbesten Ding suchen. Jemandem, der klüger ist, mehr Geld verdient, hübscher ist. Ehrlich gesagt ist es einfacher, Single zu sein.«

»Du hast eben noch nicht die richtigen Männer kennengelernt«, erklärte Ethan ihr.

Sie starrte ihn kurz an, gab aber keinen Kommentar ab.

Ethan wollte ihr versichern, dass *er* der richtige Mann war, aber er hatte das Gefühl, dass die Dinge zwischen ihnen bereits jetzt zu intensiv wurden. Er kannte sie erst seit extrem kurzer Zeit. Sie vertraute ihm noch nicht, und das sollte sie auch nicht.

Er schwor sich, ihr zu beweisen, dass es auf der Welt Männer gab, die eine Frau wie sie zu schätzen wussten, auch wenn sie nur eine Woche in der Stadt war, und wechselte das Thema.

»Ich nehme an, du bist noch nicht hungrig, denn Whitney hat noch einen riesigen Brunch für dich gemacht, bevor du das Haus verlassen hast, also dachte ich, wir könnten über den Platz spazieren und ich könnte dich den Leuten vorstellen und dir den Charme von Fallport vermitteln.«

»Du hast recht, und das würde mir gefallen. Es ist nicht dasselbe, die Geschäfte vom Wagen aus zu sehen, wie hineinzugehen. Mit den Leuten reden und Kontakte knüpfen.«

Ethan sah, wie sie sich in ihrem Sitz sichtlich entspannte, jetzt, da sie nicht mehr über sie sprachen. Das war ein weiterer Punkt, der sie von anderen Frauen, die er kannte, unterschied. Die meisten hatten es geliebt, über sich selbst zu reden. Aber nicht Lilly.

Auf dem Weg in die Stadt schwiegen sie. Sie kamen an der einzigen Autowerkstatt vorbei, in der Brock arbeitete. Ein paar Häuser, ein paar weitere Geschäfte, bevor sie den Stadtplatz erreichten. An allen vier Seiten befanden sich Straßen und Gebäude, und in der Mitte lag ein großer Park. Der Pavillon, den die Einheimischen *The Circle* nannten, war der ganze Stolz der Stadt, und die meisten Einwohner hatten dazu beigetragen, die Mittel für seinen Bau aufzubringen. Der Höhepunkt des Jahres waren die Paraden zum vierten Juli und zu Weihnachten, die auf dem Platz endeten und deren Wagen von örtlichen Organisationen und den Schülern der Highschool gestaltet wurden. Es gab einige Feste im Park und sogar gelegentlich ein Konzert. Dabei handelte es sich nicht um berühmte Bands, sondern um Sänger und Gruppen aus Südwest-Virginia, die versuchten, Fans zu gewinnen.

Es gab Parkplätze hinter den Gebäuden, aber Ethan

hatte Glück und fand einen Platz direkt vor dem Postamt. Er lächelte, als er das Lieblingsklatschtrio von Fallport an seinem üblichen Platz sah, das auf dem Bürgersteig unter der großen Markise vor dem Gebäude Schach spielte.

»Bist du bereit, die größten Klatschbasen von ganz Fallport kennenzulernen?«, fragte er, als er den Motor abstellte.

Sie grinste. »Ich bin bereit.«

»Würdest du mir einen Gefallen tun?«, fragte er sie.

»Natürlich.«

»Bleibst du bitte einfach sitzen und lässt mich die Tür für dich öffnen? Ich weiß natürlich, dass du durchaus selbst dazu imstande bist, aber wenn ich es nicht tue, werden Art und seine Jungs es mich *niemals* vergessen lassen.«

Sie lachte. »Na gut. Das kann ich schon machen.«

»Ich weiß es zu schätzen«, bemerkte Ethan. Dann machte er schnell seine Tür auf, wobei er sich natürlich der Tatsache bewusst war, dass drei neugierige Augenpaare ihm folgten, und ging zur Beifahrerseite. Er öffnete die Tür für Lilly und sie hielt ihm elegant die Hand hin, damit er ihr aus dem Wagen helfen konnte.

»Gut gemacht«, murmelte er und ihre Lippen zuckten vor Belustigung, als er sie zu den Männern führte, die nicht mal so taten, als würden sie sie nicht beobachten.

»Otto. Silas. Art«, sagte Ethan und begrüßte jeden einzelnen der Männer mit einem Nicken. »Das hier ist Lilly Ray. Sie ist in der Stadt, weil sie für diese Bigfoot-Sendung arbeitet.«

»Wie ich gehört habe, hat Harry bereits T-Shirts und Baseballkappen mit der Aufschrift ›Fallport, Heimat des Bigfoot‹ bestellt«, grummelte Silas daraufhin.

»Wenn wir jetzt von Leuten überrannt werden, die Bigfoot mit eigenen Augen sehen wollen, werde ich mich beim Bürgermeister beschweren«, fügte Otto hinzu.

»Ich halte das für etwas Gutes. Wir brauchen mehr gut

aussehende Frauen in dieser Stadt«, erklärte Art und zwinkerte Lilly zu.

»Warum willst du das? Es ist ja nicht so, als würde dein Piepmatz noch funktionieren«, mokierte sich Silas.

»Ich bin vielleicht älter als du, aber meine Augen funktionieren noch wunderbar«, erwiderte Art, »und wenn du nicht so ein Spielverderber wärst, würdest du vielleicht ein hübsches Mädchen zu schätzen wissen, so wie ich es tue.«

Ethan riskierte einen Blick auf Lilly und sah, dass sie sich bemühte, nicht in Gelächter auszubrechen.

Seit dem Tag, an dem er die drei besten Freunde kennengelernt hatte, stritten sie sich. Art war mit seinen einundneunzig Jahren der Älteste und ließ keine Gelegenheit aus, den anderen mitzuteilen, dass er sich für den Weisesten in der Runde hielt. Er hatte braunes Haar, das er nur selten zu kämmen schien, sodass es ihm im Moment im Wind um den Kopf wehte. Er trug eine Latzhose und die gleichen Hausschuhe, die er immer an den Füßen hatte.

Mit seinen neunundsechzig Jahren war Silas der Jüngste, der von den anderen beiden ständig wegen seiner Unerfahrenheit auf dem einen oder anderen Gebiet gehänselt wurde. Er hatte eine komplette Glatze und trug dieselbe Baseballkappe, die er jeden Tag aufhatte, seit Ethan in die Stadt gezogen war. Er hatte mindestens fünfzig Kilo Übergewicht, aber er war stolz darauf, dass er immer noch mit den jüngeren Teilnehmern am Hotdog-Esswettbewerb am vierten Juli mithalten konnte. Sein Hemd war zerknittert und abgetragen, aber das war ihm egal. Er fühlte sich in seiner eigenen Haut pudelwohl.

Otto spielte normalerweise den Friedensstifter, da er mit seinen achtzig Jahren altersmäßig zwischen den beiden anderen lag. Er war so dünn, wie Silas übergewichtig war. Aber Ethan wusste, dass das nicht daran lag, dass der Mann nichts aß. Er hatte ihn mehr essen sehen, als er und seine

Mannschaftskameraden auf einmal verzehren konnten. Sein erdbraunes Gesicht war von Falten überzogen, die deutlich machten, dass er in seinem Leben viel Zeit in der Sonne verbracht hatte. Im Gegensatz zu seiner dunklen Haut war sein Haar weiß wie ein Laken und stets akkurat frisiert. Wenn es windig war, wie heute, hatte er einen Kamm dabei, um dafür zu sorgen, dass sein Haar nicht durcheinandergeriet.

Die drei Männer waren beste Freunde. Sie waren alle in Fallport aufgewachsen, hatten die Stadt verlassen, geheiratet und waren nach dem Tod ihrer Frauen in die kleine Stadt zurückgekehrt, die sie seit ihrem Weggang vermisst hatten. Jeder von ihnen besaß ein Haus in der Nähe des Stadtzentrums, und jeden Morgen machten sie sich nach dem Frühstück auf den Weg in die Stadt und saßen vor dem Postamt, um Schach zu spielen und von den Passanten den neuesten Klatsch und Tratsch der Stadt zu erfahren. Zum Mittagessen gingen sie in den Diner und machten sich dann gegen fünf Uhr auf den Heimweg, wenn das Postamt schloss.

»Es war wirklich schön, euch kennenzulernen«, erklärte Lilly den drei Männern.

»Warum? Wir haben ja nicht mal drei Worte mit dir gewechselt«, erklärte Otto unumwunden.

»Sei nicht unhöflich«, schalt Art ihn, bevor er sich an Lilly wandte. »Wir freuen uns auch, dich kennenzulernen. Glaubst du an Bigfoot?«

Silas machte ein merkwürdiges Geräusch. »Das darfst du sie nicht fragen.«

»Warum nicht?«, fragte Art und neigte den Kopf zur Seite.

»Weil sie für die Sendung arbeitet. Wenn sie jetzt Nein sagt, ist das fast so, als würde sie die Show in den Dreck ziehen.«

»Und was, wenn sie Ja sagt?«, fragte Otto.

Silas sah einen Moment lang verwirrt aus, dann richtete er sich auf, straffte die Schultern und erwiderte: »Dann würde sie lügen.«

Lilly brach in Gelächter aus und Ethan konnte nicht umhin, mit einzustimmen.

»Du hast ein schönes Lächeln«, erklärte Silas ihr.

Das machte sie natürlich verlegen, und das Lächeln, das der ältere Mann bewunderte, verblasste. »Ähm ... danke.«

»Und was machst du mit ihm?«, fragte Art.

»Also, er hat angeboten, mir die Stadt zu zeigen«, sagte Lilly.

»Da gibt es nicht viel zu sehen«, erklärte Otto stirnrunzelnd.

»Oh, das kann ich nicht glauben. Außerdem hätte ich euch drei ja nie kennengelernt, wenn er mir keinen Rundgang durch die Stadt angeboten hätte«, entgegnete Lilly diplomatisch.

»Das stimmt«, erwiderte Silas. »Hey, wollt ihr vielleicht mit uns zu Mittag essen? Ich habe gehört, dass Sandra heute Brathähnchen auf der Tageskarte hat.«

»Oh, ähm ...«, machte Lilly und blickte unsicher zu Ethan, damit er sie rettete.

Er hatte kein Problem damit, ihr aus der Patsche zu helfen, zumal er nicht bereit war, sie mit jemand anderem zu teilen. Allein bei diesem Gedanken hätte ihm klar werden müssen, dass er in Bezug auf diese Frau bereits den Kopf verloren hatte, aber er weigerte sich, es zuzugeben. »Tut mir leid, Leute, aber wir müssen noch eine Menge Leute kennenlernen. Lilly muss auch ein Nickerchen machen, da sie die Nacht für die Sendung durcharbeitet ... ganz zu schweigen davon, dass Whitney heute Morgen wieder einen ihrer berüchtigten Brunche für ihren Gast gemacht hat.«

Die drei Männer nickten und Ethan wusste, dass es das letzte Argument war, das sie überzeugt hatte.

»Ich wünschte, sie würde anfangen, für Sandra zu arbeiten«, erklärte Art.

»Sie ist eine verdammt gute Köchin«, fügte Otto hinzu.

»Du wirst es allerdings bereuen, dass du das Brathähnchen nicht probiert hast«, murmelte Silas leise.

Ethan hörte, wie Lilly erneut losprustete. »Bist du bereit für den Stadtrundgang?«, fragte er.

»Jup.«

»Lass dich aber nicht von Harry dazu überreden, eines dieser schrecklichen Bigfoot T-Shirts zu kaufen«, warnte Silas sie.

»Sie kann sich kaufen, was sie will«, schalt Art seinen Freund.

»Es spielt doch überhaupt keine Rolle, denn Harry hat diese blöden T-Shirts noch nicht einmal bekommen«, sagte Otto. »Können wir uns jetzt wieder auf das Spiel konzentrieren?«

Schach war ein Spiel für zwei Personen, aber das hinderte die drei Freunde nicht daran, irgendwie ein Spiel zu dritt zu spielen. Ethan hatte keine Ahnung, wie die Regeln für ihre Version des Schachspiels zu dritt lauteten, aber wenn sie zufrieden waren, wollte er kein Wort darüber verlieren.

Lilly winkte den Männern kurz zu und sah dann zu ihm auf.

Ethan hielt ihr seinen Ellbogen hin. »Wollen wir?«

Ihre Augen funkelten, als sie sich bei ihm unterhakte. »Nur zu.«

Einen Moment lang war Ethan wie gelähmt. Ihre Berührung ließ ihn erbeben und er liebte den Ausdruck von Aufregung, Neugierde und, ja, Anziehung, den er in ihren Augen sah. Am liebsten hätte er die Tour über-

sprungen und sie zu einem seiner Lieblingsaussichts-
punkte im Wald mitgenommen. Denjenigen, nach dem er
das Such- und Bergungsteam benannt hatte. Denjenigen,
der weit weg von jeglicher Zivilisation lag, wo sie allein
sein konnten ... und er sich vielleicht von ihr lösen
konnte.

Er war sich sicher, dass dies eine vorübergehende Laune
war. Sie war zu einem Zeitpunkt in die Stadt gekommen, als
er sich einsam fühlte. Seine Schwester hatte gerade ein
Baby bekommen und seine Mutter hatte ihn gedrängt,
jemanden zu finden, mit dem er sich häuslich niederlassen
konnte. Er mochte sein einsames Leben, aber er hatte auch
das Gefühl, dass er an einem Scheideweg stand. Wenn er
nicht bald eine Frau fand, mit der er sich vorstellen konnte,
die nächsten vierzig Jahre oder so zu verbringen, würde er
es seinem Gefühl nach niemals schaffen, er würde genau
wie Otto, Silas und Art enden ... beim Schachspielen vor
dem Postamt von Fallport mit einem oder mehreren seiner
Kameraden, die ihm ähnlicher waren, als sie zugeben
wollten.

»Ethan?«, fragte Lilly und sah mit gerunzelter Stirn zu
ihm hoch.

Ethan schüttelte sich mental und verdrängte den
Gedanken, diese Frau zu küssen, aus seinem Kopf. Erneut
erinnerte er sich daran, dass sie nur für eine Woche oder so
in der Stadt sein würde, und dass dies wahrscheinlich die
einzige Gelegenheit für ihn war, Zeit mit ihr zu verbringen,
da sie nachts arbeiten würde. »Tut mir leid, ich habe nachgedacht. Fangen wir auf dieser Seite des Platzes an und
gehen dann einmal rum. Ist das okay für dich?«

»Natürlich, du bist der Stadtführer.«

Ethan hatte sich unter Kontrolle, bis sie seinen Arm
drückte und dann begann, ihre Hand wegzuziehen. Er hob
schnell seine andere Hand und hielt sie fest. Sie standen

einen Augenblick lang so da und starrten einander in die Augen.

»Das ist ein toller Stadtrundgang, wenn ihr nur da rumsteht«, bemerkte Art wenig hilfreich.

»*Pssst*. Siehst du nicht, dass sie flirten?«, flüsterte Silas ziemlich laut.

»Das ist die merkwürdigste Art zu flirten, die ich je gesehen habe«, murmelte Otto.

Lilly lächelte ihn an und der Zauber, unter dem Ethan gestanden hatte, war gebrochen. Er drehte sich um und führte sie den Bürgersteig entlang in Richtung des Friseursalons auf dem Platz. Dort gab es bestimmt Leute, denen er sie vorstellen konnte, und Ethan hatte das Gefühl, dass es in seinem Interesse war, sich mit so vielen Menschen wie möglich zu umgeben.

Andernfalls würde ihn der Drang, Lilly zu küssen und herauszufinden, ob er die gleiche Anziehungskraft auf sie ausübte wie sie auf ihn, überwältigen, und er würde ihr anbieten, mit ihr zum Aussichtspunkt Eagle Point zu fahren, unabhängig davon, ob das klug war oder nicht.

KAPITEL SECHS

In Lillys Kopf drehte sich alles um die Namen der Leute, die Ethan ihr vorgestellt hatte. Mit jedem Geschäft, das sie besuchten, verliebte sie sich ein bisschen mehr in Fallport und seine Bewohner. Es war eine malerische kleine Stadt, in der fast jeder bodenständig und aufrichtig freundlich war. Etwa die Hälfte der Leute, die sie getroffen hatte, schien an der Sendung interessiert zu sein. Die andere Hälfte war skeptisch, was das Thema anging.

Sie waren bei *A Cut Above*, dem Friseursalon, und bei *Grogan's General Store* vorbeigekommen, wo sie den alten Grogan kennenlernte und ihm dabei zuhörte, wie er über das großartige Design sprach, das sein Enkel für die Bigfoot-Kleidung entworfen hatte, die er bestellt hatte. Dann hatte er sie zu *Fall For Books*, dem Antiquariat, geführt und ihr *Knock 'Em Down*, die Bowlingbahn, gezeigt, bevor er *The Cellar* erwähnte ... das war offenbar eine Billardhalle, die von einigen der nicht so gesitteten Bewohner von Fallport frequentiert wurde. Er hatte sie gewarnt, jemals allein dorthin zu gehen, was Lilly ohne Weiteres versprechen konnte.

Er lud sie zu einem Kaffee im *Grinders* ein, dem Café, das Whitney erwähnt hatte, und Lilly verliebte sich in den schrulligen Laden. Statt eines langweiligen Anstrichs waren überall an den Wänden Zitate aus Büchern angebracht. Einige der Zitate erkannte Lilly, aber die meisten kannte sie nicht. Und fast alle hatten etwas mit Kaffeetrinken zu tun.

Dann hatte er darauf bestanden, ihr eine Zimtrolle aus dem *Sweet Tooth*, der Bäckerei nebenan, zu holen. Lilly konnte nicht anders, als nach ihrem ersten Bissen verzückt zu stöhnen. Es war eines der besten Desserts, das sie je gegessen hatte. Im Laden gekaufte Donuts würden niemals mit dieser Köstlichkeit mithalten können.

Als Ethan auf ihr Stöhnen hin ein seltsames Geräusch machte, sah sie ihn verwirrt an. Als sie den Funken der Begierde in seinen Augen sah, hätte sie sich fast an ihrer Zimtrolle verschluckt. Sie hatte nicht absichtlich Sexgeräusche gemacht, während sie die süße Leckerei aß, aber sie merkte schnell, wie sie wahrscheinlich aussah und sich anhörte.

Danach gingen sie weiter über den Platz und Ethan stellte ihr den wahrscheinlich freundlichsten Obdachlosen vor, den sie je in ihrem Leben getroffen hatte. Davis Woolford sah aus wie ein Enddreißiger und hatte kein Problem damit, ihr zu erzählen, dass er zufällig in Fallport gelandet war. Er war einfach an der falschen Bushaltestelle ausgestiegen und nie wieder gegangen.

Nachdem Davis weggegangen war, beugte Ethan sich zu ihr herunter und sagte: »Er war früher bei der Marine. Er hat eine ziemlich schlimme posttraumatische Belastungsstörung. Die gesamte Stadt versucht, ihm zu helfen. Wenn es kalt wird, sorgen wir dafür, dass er einen warmen Ort hat, an dem er schlafen kann. Die meisten Ladenbesitzer sind ziemlich nett und geben ihm Lebensmittel und Reste, die sie sonst weggeworfen hätten. Er muss fürs Haareschneiden nicht bezahlen und Zeke macht es nichts aus, wenn er im *On the Rocks* sitzt, solange er keine Schwierigkeiten macht.«

»Das ist ja alles schön und gut, aber warum bietet niemand ihm einen Job an? Sodass er ein für alle Mal von der Straße weg ist?«, fragte Lilly.

»Er sieht zwar relativ normal aus, hat aber schwerwiegende psychologische Probleme«, erklärte Ethan. »Er kann keinen Job ausüben. Und ob du es glaubst oder nicht, er ist so etwas wie der Wachhund von Fallport. Als der alte Grogan in seinem Laden einen Herzinfarkt hatte, war Davis der Erste, der ihn fand. Er führte eine Herz-Lungen-Wiederbelebung durch, bis die Sanitäter eintrafen. Das hat ihm das Leben gerettet. Als ein kleines Mädchen beim Spielen auf dem Marktplatz dem wachsamen Auge ihrer Mutter entglitt, hielt Davis sie fest, als sie gerade vor einen Lastwagen auf die Straße laufen wollte. Mein Team und ich haben versucht, ihm ein Zimmer zu besorgen ... nichts Besonderes, aber einen Ort, an dem er von der Straße wegkommen kann, aber er sagt, dass er es vorzieht, draußen und nicht eingesperrt zu sein.«

Lillys Respekt vor dem Mann vor ihr und der Stadt wuchs. Sie hasste den Gedanken, dass jemand ohne die Grundbedürfnisse wie Nahrung, Wasser und Unterkunft leben musste, aber es klang, als wäre Davis zumindest mit seinem Leben zufrieden.

»Hast du langsam Hunger?«, fragte Ethan, nachdem er ihr den Hundepark gezeigt hatte. Er befand sich hinter einer Reihe von Gebäuden seitlich des Stadtplatzes.

Lilly hatte zwar keinen Hunger, nickte aber trotzdem. Sie wollte nicht, dass der Tag schon vorbei war. Es gefiel ihr, die Menschen von Fallport kennenzulernen ... und Zeit mit Ethan zu verbringen.

»Würde es dir etwas ausmachen, wenn sich ein paar andere aus meinem Team zu uns gesellen?«

Lilly war sich da nicht so sicher; normalerweise war sie nicht die Beste im Umgang mit neuen Leuten. Sie stellte fest, dass sie einen guten Eindruck auf Ethan machen wollte … und wenn einer seiner Freunde sie aus irgendeinem Grund nicht mochte, dann wollte sie nicht, dass der Tag so endete. Aber sie nickte trotzdem.

Aufmerksam, wie er nun mal war, trat Ethan näher und gab ihr das Gefühl, als wären sie die einzigen Menschen auf der Welt, obwohl sie auf einem öffentlichen Bürgersteig mitten in der Stadt standen und wahrscheinlich von neugierigen Augen in allen Geschäften beobachtet wurden. »Du kannst ruhig Nein sagen«, versicherte er ihr leise.

»Nein, ist schon in Ordnung«, entgegnete Lilly und zwang sich zu einem Lächeln. »Warum auch nicht?«

»So sehr ich meine Freunde auch mag, ich bin wirklich versucht, ihnen zum Mittagessen abzusagen. Es gefällt mir viel zu sehr, dich ganz für mich zu haben.«

»Wollt ihr da den ganzen Nachmittag rumstehen oder lädst du das Mädchen jetzt endlich auch mal zum Essen ein?«, rief Otto, der noch immer auf seinem Stuhl vor der Post saß, ihnen von der anderen Seite des Platzes aus zu.

Ethan und Lilly mussten beide lachen.

»Das ist dann wohl mein Stichwort«, sagte Ethan und hielt ihr erneut seinen Arm hin.

Lilly legte ihre Hand auf seinen Ellbogen und lächelte, als er sie auf das Restaurant zuführte.

»Da drüben ist die Bücherei«, sagte Ethan und zeigte auf die Seite des Platzes, an der sie noch nicht gewesen waren. »Dort arbeitet Raiden. Er ist der Rothaarige mit dem Bluthund. Talon ist Friseur und sein Laden befindet sich an der Ecke. Drew ist Steuerberater, arbeitet aber von zu Hause. Zeke gehört das *On the Rocks*, Brock arbeitet in der Autoreparaturwerkstatt am Ende der Straße und mein Bruder hat seine eigene Baufirma.«

»Moment – dein Bruder? Hast du etwa einen *echten* Bruder?«

Ethan lachte. »Gibt es überhaupt so was wie einen falschen Bruder?«, fragte er.

Lilly zuckte mit den Achseln. »Ich dachte, das sei so eine Redensart.«

»Also, wenn du so willst, sind all meine Teamkameraden wie meine Brüder, aber Cohen – der Rocky genannt wird – ist mein echter Bruder. Tatsächlich sind wir Zwillingsbrüder.«

Lilly sah überrascht aus. »Ihr seht euch gar nicht ähnlich.«

Er lächelte, als hätte er das in der Vergangenheit schon oft gehört. »Ich weiß. Wir sind zweieiige Zwillinge. Aber wenn du unbedingt einen Beweis willst, kann ich sicher irgendwo unsere Geburtsurkunden auftreiben und sie dir zeigen.«

Lilly errötete. »Nein, nein, nein. Es tut mir leid. Es ist nur ... dass ich das nicht wusste.«

»Wir waren zusammen beim Militär, wurden entlassen und ein Freund von uns – ein ehemaliger SEAL, den wir kennen – erzählte uns, dass Fallport nach einem Such- und Bergungsteam sucht. Ich bin mir nicht sicher, was wir ohne einander machen würden.«

»Ich verstehe das sehr gut. Ich vermisse meine Brüder wie verrückt und ich bin mir sicher, dass es noch schlimmer wäre, wenn ich einen Zwillingsbruder hätte.«

Ethan nickte. »Wir können es nicht erklären, aber ich glaube, wir hätten das Gefühl, einen Teil von uns selbst verloren zu haben, würden wir nicht in der Nähe des anderen wohnen. Jedenfalls sagte Raid, er würde heute zum Mittagessen kommen. Tal und Zeke auch. Ich hoffe, das ist in Ordnung. Die anderen waren enttäuscht, dass sie nicht kommen können, aber sie würden dich gern ein anderes Mal kennenlernen.«

»Okay, aber ...« Lilly biss sich auf die Lippe, während sie weiter auf das Restaurant zugingen. »Ich weiß nur nicht, warum sie Interesse daran haben, mich kennenzulernen.«

»Weil sie neugierig auf die Sendung sind. Weil sie noch nie eine professionelle Kamerafrau getroffen haben. Weil sie wissen wollen, ob du ihnen verrätst, was für Dreharbeiten geplant sind, damit sie herausfinden können, ob wir in den Wald gehen müssen, um jemanden zu suchen. Und weil es schon sehr lange her ist, dass ich mich für jemanden interessiert habe ... also sind sie neugierig.«

Bei diesem letzten Teil blickte Lilly zu ihm auf. Sie hatte keine Ahnung, was sie sagen sollte. Es war schön zu wissen, dass sie nicht die Einzige war, die eine seltsame Verbindung zu ihm fühlte, aber sie war sich nicht sicher, was sie tun sollte, da sie abreisen würde, sobald die Dreharbeiten beendet waren.

»Da sind wir schon«, sagte Ethan, dem anscheinend völlig entgangen war, welchen inneren Tumult seine Worte bei ihr ausgelöst hatten. Er hielt ihr die Tür zum Restaurant auf und gab ihr ein Zeichen, ihm vorauszugehen.

Kaum war Lilly eingetreten, knurrte ihr der Magen. Sie hätte nicht gedacht, dass sie nach der großen Mahlzeit, die Whitney serviert hatte, und der Zimtschnecke hungrig sein könnte, aber dem Geruch von Knoblauch und gebackenem Brot konnte sie nicht widerstehen.

Ethan verzog amüsiert die Lippen. »Jedes Mal wenn ich hier hereinkomme, sage ich mir, dass ich es diesmal nicht übertreiben werde, aber ich kann einfach nicht anders. Alles ist nämlich genauso lecker, wie es riecht. Versprochen.«

Lilly kam nicht mehr dazu zu antworten, da eine Frau auf sie zukam.

»Ethan! Wie schön, dich zu sehen! Du warst schon mindestens seit drei Tagen nicht mehr hier«, stellte sie lächelnd fest. Sie war wahrscheinlich Mitte vierzig und hätte genauso gut auf einen Laufsteg in Paris gepasst ... so unglaublich gut sah sie aus. Sie hatte einen kurzen, dichten Afro, der ein Gesicht mit makelloser, kastanienbrauner Haut perfekt umrahmte, und Lilly musste lächeln, als sie Ethan dabei beobachtete, wie er mit der Frau sprach. Sie war groß und schlank und trug sieben Zentimeter hohe Absätze, sodass sie die gleiche Größe wie Ethan hatte, als sie ihn kurz umarmte.

Diese Frau fühlte sich wohl in ihrer Haut, und das sah man ihr auch an.

Ethan erwiderte die Umarmung und wandte sich dann an Lilly. »Sandra, ich möchte dir Lilly Ray vorstellen. Sie arbeitet für die Fernsehsendung. Sie ist eine Kamerafrau. Lilly, das hier ist Sandra Hain. Ihr gehört das *Sunny Side Up* und sie ist dafür verantwortlich, dass ich den perfekten Körper, den ich hatte, als ich hierhergezogen bin, verloren habe.«

Sandra lachte laut und Lilly stellte fest, dass selbst das wunderschön war.

»Schön, dich kennenzulernen«, bemerkte Sandra und streckte ihr die Hand hin.

Lilly schüttelte ihr die Hand und es war eher peinlich, weil sie raue Stellen an den Händen hatte von all der Schlepperei von Kameras und Ausrüstung.

»Ich habe gehört, du wohnst im Chestnut Street Manor ... eine bessere Pension hättest du nicht finden können. Und ich weiß, dass sie gut ist, denn Whitney bewirtschaftet ihre Gäste königlich. Normalerweise sind sie so zufrieden, dass ich sie hier nie zu Gesicht bekomme.«

Es war offensichtlich, dass Sandra mit Whitney

befreundet war. In ihrer Stimme lag keine Feindseligkeit und das riesige Lächeln auf ihrem Gesicht war echt.

»Nicht ganz falsch«, entgegnete Lilly. »Ich habe heute Morgen so viel gegessen, dass ich geschworen hätte, dass ich bis morgen nichts mehr essen kann, aber in dem Moment, in dem ich hier reingekommen bin, hat mein Magen beschlossen, dass er völlig leer ist, und wenn ich ihn nicht mit dem fülle, was du gerade kochst, wird er rebellieren.«

Sandra lachte erneut und Lilly konnte nicht umhin, ebenfalls zu lächeln.

»Du bist ja wirklich süß«, sagte sie. Dann wandte sie sich an Ethan und wiederholte: »Sie ist wirklich süß.«

»Das ist sie«, bestätigte Ethan.

»Wie ihr sehen könnt, ist im Moment nicht viel los, also setzt euch hin, wo ihr wollt. Die Tagesangebote für das Abendessen sind noch nicht ganz fertig, aber wenn ihr einen Tipp haben wollt, kann ich euch das Hähnchensteak empfehlen. Das ist heute besonders gut. Wir sind gerade mit der ersten Ladung Knoblauch-Parmesan-Brezeln fertig, die wir als neue Vorspeise ausprobieren wollen. Ihr könnt mir sagen, was ihr davon haltet ... ob wir mehr Knoblauch oder Parmesan oder was auch immer brauchen. Und wenn ihr mit dem Essen fertig seid, wird die erste Ladung Lavaku-chen mit Sicherheit auch schon fertig sein.«

Bei den Worten der Frau war Lilly das Wasser im Mund zusammengelaufen, und kaum war sie fertig, platzte sie heraus: »Ja!«

Sandra grinste. »Ja zu was?«, wollte sie wissen.

»Zu allem. Einfach nur ja.«

»Ich kann mich noch an die letzte Frau erinnern, die du hierhergebracht hast«, bemerkte Sandra und wandte sich mit hochgezogener Augenbraue an Ethan. »Wie lange ist das jetzt her? Drei Jahre oder so was? Jedenfalls hat die einen Salat bestellt. Einen *Salat*«, betonte sie, als würde allein das Wort sie beleidigen. »Und wenn ich mich recht erinnere, war das an dem Tag, an dem ich die Lasagne meiner Großmutter als Tagesgericht angeboten hatte.« Sandra schüttelte angewidert den Kopf. »Die hier gefällt mir.«

Lilly war nicht beleidigt, dass Sandra über sie sprach, als stünde sie nicht direkt vor ihr. Sie war es gewohnt, dass die Leute zu Hause dasselbe taten. Sie nahm an, dass es in Kleinstädten überall ziemlich ähnlich war, egal wo sie sich befanden.

»Mir auch«, erwiderte Ethan gutmütig. »Wir nehmen das Hähnchensteak und die Brezeln und auf jeden Fall den Lavakuchen. Raid, Tal und Zeke sollten jeden Moment hier sein. Du hast auch genügend für sie?«

Sandra verdrehte die Augen. »Geht die Sonne im Osten auf? Schließlich führe ich ein Restaurant, Junge. Natürlich habe ich genügend zu essen. Du meine Güte. Bringt Raid seinen Köter mit?«

»Ich nehme es an, da er ja nie irgendwo ohne ihn hingeht«, entgegnete Ethan.

»Na gut. Dann will ich mal sehen, ob ich nicht auch noch irgendwo einen Knochen für ihn finde. Im Moment ist gerade nicht viel los, aber ich glaube, dass Karen sich hier noch irgendwo rumtreibt. Sie bringt euch Teller und Besteck und so was. Du trinkst Wasser, stimmt's, Ethan?«

»Ja, Ma'am.«

»Und was möchtest du trinken?«, fragte Sandra und blickte Lilly an.

»Ebenfalls Wasser. Vielen Dank.«

»Und sie ist auch leicht zufriedenzustellen. So weit, so gut«, sagte sie mit einem vielsagenden Blick zu Ethan, bevor sie sich umdrehte und wie Lilly annahm, in die Küche zurückkehrte.

»Beachte sie gar nicht«, sagte Ethan, legte ihr eine Hand

auf den Rücken und führte sie zu einem Tisch seitlich an der Wand.

Seine Hand lag warm und schwer auf ihrem Rücken, und Lilly mochte das Gefühl. Er zog einen Stuhl heran, und sie setzte sich und freute sich, als er direkt neben ihr Platz nahm. Sie saßen mit dem Rücken zur Wand, sodass sie den ganzen Speisesaal überblicken konnten. Es war kein riesiger Raum und es gab nur ein paar andere besetzte Tische. Es herrschte eine gemütliche und entspannte Atmosphäre. Lilly hoffte, dass das Essen so gut schmeckte, wie es roch.

»Ich bin in einer Stadt aufgewachsen, die dieser hier ziemlich ähnlich ist«, versicherte sie Ethan. »Es war so frustrierend, dass ich nie mit irgendetwas durchkam. Irgendwer hat mich immer bei meinem Vater verpetzt.«

Ethan lächelte. »Warst du oft in Schwierigkeiten?«

»Nein. Ich war eigentlich ein braves Mädchen. Aber die wenigen Male, da ich versucht hatte, ein wenig Spaß zu haben, wurde ich jedes Mal erwischt.«

»Und wofür hast du Ärger bekommen?«, fragte Ethan.

»Also, da war dieses Mal, wo meine Freundinnen und ich unbedingt eine Kuh umwerfen wollten.«

Ethan brach in Gelächter aus.

»Ganz im Ernst. Wir hatten es von anderen Kindern in der Schule gelernt. Sogar meine Brüder hatten es getan. Ich hatte gehört, wie sie darüber sprachen. Also gingen wir zur Allen-Farm, um zu sehen, was es damit auf sich hatte. Natürlich hatten wir vorher getrunken, was auch nicht gerade hilfreich war. Wir machten einen Höllenlärm und konnten uns auf keinen Fall an eine Kuh heranschleichen. Wir versuchten, uns einigen zu nähern, aber sie schliefen nicht und liefen einfach davon, bevor wir uns ihnen nähern konnten. Wir latschten über das ganze Feld und versuchten, eine Kuh zu finden, die kooperieren würde. Schließlich fanden wir eine, der es nichts auszumachen schien, dass ein

Haufen kichernder, beschwipster Mädchen sich ihr näherte. Bei drei drückten wir, so fest wir konnten – und die blöde Kuh drehte sich einfach um und muhte uns an, bevor sie davonging.«

Sie wartete, bis Ethan aufgehört hatte zu lachen, und sprach dann weiter: »Wir waren enttäuscht und fuhren weg. Cara saß am Steuer – sie hatte nicht getrunken, nur damit du es weißt; wir waren nicht so dumm, betrunken in den Bergen von West Virginia herumzufahren. Jedenfalls hatten wir Hunger, also hielten wir an einem Restaurant, das diesem hier sehr ähnlich ist, und verteilten Kuhscheiße auf dem ganzen Boden. Ganz zu schweigen davon, dass sie auch in Caras Wagen verteilt war. Unsere Eskapade war während der nächsten Tage das Gesprächsthema Nummer eins in der Stadt. Mein Vater war sauer, der Bauer war sauer, und ich bekam drei Wochen Hausarrest. Also, ja ... ich weiß genau, wie Kleinstädte funktionieren.«

Ethan versuchte nicht mal zu verstecken, wie amüsiert er war, und es gefiel Lilly ausgesprochen gut, dass sie ihn zum Lachen bringen konnte. Aus irgendeinem Grund hatte sie das Gefühl, dass er nicht häufig lächelte oder lachte.

»Hier ist dein Wasser«, sagte da plötzlich eine Frauenstimme, sodass Lilly vor Schreck zusammenzuckte.

»Danke, Karen«, erwiderte Ethan.

Die Bedienung sah Lilly nicht einmal an. »Gern geschehen. Hey, irgendetwas stimmt mit den Lichtern in meinem Schlafzimmer nicht. Sie flackern immer. Glaubst du, du könntest dir das mal ansehen?«

»Natürlich«, erklärte Ethan ihr.

»Ich habe heute so um neun Uhr Feierabend. Du könntest rüberkommen«, sagte sie und lächelte anzüglich. Lilly musste sich wahnsinnig beherrschen, um nicht die Augen zu verdrehen, weil die Frau so wenig subtil war.

»Es tut mir leid, ich arbeite abends nicht«, entgegnete

Ethan und wandte sich dann wieder an Lilly, ohne sie ihr vorzustellen. »Du hast also vier Brüder, richtig?«, fragte er.

Karen suchte vielleicht verzweifelt nach Ethans Aufmerksamkeit, aber sie war nicht dumm. Sie begriff den Wink und wandte sich ab, um in die Küche zu gehen.

Lilly tat ihr Bestes, um ihr Lächeln zu verbergen, aber sie wusste, dass es ihr nicht gelungen war, als Ethan seufzte.

»Sie versteht es einfach nicht«, erklärte er leise. »Ich will ihre Gefühle nicht verletzen, weil sie eigentlich meistens eine recht nette Frau ist, aber ich habe einfach kein Interesse an ihr.«

»Ich nehme mal an, es gibt nicht viele alleinstehende Männer in Fallport«, entgegnete Lilly. »Und selbst wenn es die gäbe, wärst du immer noch eine der besten Optionen. Du siehst gut aus, bist intelligent und scheinst nett zu sein. Es überrascht mich nicht, dass sie versucht, sich an dich ranzumachen.«

»Aber so was vor dir zu sagen war unhöflich«, entgegnete Ethan mit gerunzelter Stirn.

»Ist schon okay«, sagte Lilly.

»Das ist es *nicht*«, erwiderte er mit Nachdruck.

Lilly hatte nicht vor, von all den Malen zu erzählen, bei denen Frauen Männer angemacht hatten, mit denen sie in der Vergangenheit ausgegangen war. Sie war in keinen dieser Männer verliebt gewesen und es hätte sie zu viel Energie gekostet, sich darüber aufzuregen. Sogar bei der Arbeit an einer Sendung mit einem kompletten Team, das in der Regel aus Männern bestand, machten sich Frauen an ihre Kollegen heran, als wäre sie gar nicht da. Sie war es gewohnt, ignoriert zu werden.

»Aber um deine Frage zu beantworten, ja. Ich habe vier Brüder. Lance, Leon, Lucas und Lincoln. Lance ist sechs Jahre älter als ich und die anderen liegen zwischen uns.«

»Lass mich raten, der Name deines Vaters beginnt ebenfalls mit einem L?«, fragte Ethan lächelnd.

»Nein. Er heißt Mark.«

Ethan blinzelte und lachte dann. »Okay.«

»Der Name meiner Mutter war Lisa. Sie war diejenige, die dachte, es wäre süß, uns Namen zu geben, die alle mit demselben Buchstaben beginnen. Natürlich blieb sie nicht lange genug bei uns, um die vielen Hänseleien mitzubekommen, die wir deswegen ertragen mussten.«

»Tut mir leid.«

Lilly zuckte mit den Achseln. »Ist schon okay. Um ehrlich zu sein, hat keiner von uns sie wirklich vermisst. Okay, Lance wahrscheinlich schon, da er alt genug war, sich an sie zu erinnern, als sie uns verlassen hat. Aber mein Vater ist wundervoll und er hat wirklich ganze Arbeit geleistet, als er uns großgezogen hat. Ich habe überhaupt nicht das Gefühl, irgendetwas verpasst zu haben.«

»So geht es Rocky und mir mit unserer Mutter. Nachdem unser Vater gestorben war, als wir etwa fünf Jahre alt waren, bemühte sie sich sehr, uns positive männliche Vorbilder zu vermitteln. Als wir aufwuchsen, haben wir eine Menge Sport getrieben und waren auch bei den Pfadfindern. Jeder einzelne unserer Trainer und Pfadfinderführer hatte einen guten Einfluss auf uns. Als wir etwa zwölf oder dreizehn Jahre alt waren, fegte ein Tornado durch unsere Stadt und unser Haus blieb verschont – Gott sei Dank, denn ich glaube nicht, dass Mom es sich hätte leisten können, es reparieren zu lassen. Als sie sah, wie sehr Rocky und ich uns für die Arbeit der Bauarbeiter interessierten, die gerade dabei waren, die Häuser wiederaufzubauen, fragte meine Mutter sie, ob es in Ordnung wäre, wenn wir bei der Arbeit zusähen. Sie hatten nichts dagegen, und mein Bruder und ich verbrachten fast jede Stunde, in der wir nicht in der Schule waren, damit, den Männern bei der Arbeit zuzusehen.«

»Bist du so zu deinem jetzigen Beruf gekommen?«

»Ja. Einer der Bauunternehmer bemerkte, dass wir tatsächlich Interesse hatten und nicht nur die Baustelle in Augenschein nahmen, um dort später einzubrechen. Also hat er uns arbeiten lassen. So konnten wir etwas Geld nebenbei verdienen, um unserer Mutter zu helfen, wir waren beschäftigt und haben uns schließlich in die körperliche Arbeit verliebt.«

»Das ist toll«, sagte Lilly.

»Ja.«

Sie sahen beide auf, als eine Glocke über dem Eingang zum Restaurant ertönte, und Lilly sah drei von Ethans Freunden hereinkommen. Raiden war leicht zu erkennen, da er der einzige Rothaarige war und weil er so verdammt groß war. Er musste sich buchstäblich ducken, um es durch die Tür zu schaffen, ohne sich den Kopf zu stoßen. Ganz zu schweigen von dem freundlich aussehenden Bluthund an seiner Seite.

Talon war der zweitgrößte Mann der Gruppe, trug einen ordentlich gestutzten braunen Bart und hatte blaue Augen, mit denen er sie so intensiv ansah, dass Lilly den Blick abwenden musste. Sie hatte keine Ahnung, was er gewesen war, bevor er in Fallport gelandet war, aber es war definitiv riskant gewesen.

Im Vergleich dazu wirkte Zeke wie der Freundlichste unter ihnen. Lilly erinnerte sich daran, dass Ethan ihr erzählt hatte, dass ihm die Kneipe gehörte, die sie noch besichtigen mussten ... was bedeutete, dass er es wahrscheinlich gewohnt war, die Leute bei Laune zu halten.

Das Trio ging auf den Tisch zu und Ethan stand auf, um sie zu begrüßen. Lilly wollte es ihm gleichtun, aber Zeke sagte schnell: »Nein, du brauchst nicht aufzustehen, Lilly.«

Sie lehnte sich wieder auf ihrem Stuhl zurück, während die Männer sich um den Tisch herum niederließen. Der Bluthund setzte sich neben Raiden und legte sich dann auf ein Handzeichen seines Herrchens mit einem lauten Stöhnen hin.

Lilly war etwas überrascht, dass der Hund das Restaurant betreten durfte, aber das hier war ja auch keine Großstadt. In Kleinstädten galten andere Regeln, wie sie aus eigener Erfahrung wusste.

»Lilly, schön, dich endlich persönlich kennenzulernen«, erklärte Zeke mit freundlichem Lächeln.

Als Lilly sein Lächeln erwiderte, bemerkte sie, dass der Mann zwar freundlich und unbekümmert aussah, dass aber eine unterschwellige Stimmung herrschte, die sie zur Vorsicht mahnte.

»Gleichfalls«, sagte sie und blickte dabei jedem der drei Männer in die Augen, um sich davon zu überzeugen, dass sie wussten, dass sie damit alle gemeint waren.

»Also«, begann Tal, lehnte sich vor und stützte die Ellbogen auf den Tisch, »was ist deine Geschichte?«

Erst jetzt bemerkte Lilly, dass er Engländer war. Sein Akzent war supersexy, aber sie wusste nicht genau, wie sie seine Frage beantworten sollte.

»Nein«, herrschte Ethan seinen Teamkameraden an.

Lilly sah ihn verwirrt an. Doch er hatte die Aufmerksamkeit seinem Freund zugewandt.

»Das machen wir jetzt nicht«, erklärte er mit Nachdruck.

»Was machen wir nicht?«, fragte Tal und lehnte sich auf seinem Stuhl zurück.

Ethan sah ihn böse an.

Lilly legte einen Moment lang eine Hand auf seine und drückte sie. Dann straffte sie die Schultern. Sie hatte nichts zu verstecken. Außerdem wäre sie bald wieder von hier verschwunden und würde diese Männer nie wiedersehen.

Sie beachtete das Gefühl der Enttäuschung nicht, das sie bei diesem Gedanken überkam, und sagte: »Ich bin Lilly Ray. Ich bin in West Virginia aufgewachsen. Ich habe vier ältere Brüder. Ich habe an der Ostküste studiert und bin dann nach Kalifornien gezogen, weil ich hörte, dass es dort alle guten Jobs in der Branche gibt. Was auch stimmte. Ich habe mir den Hintern aufgerissen und mein Bestes getan, um all die sexuellen Belästigungen zu ignorieren, die mir entgegengeschleudert wurden. Ich bin gut in meinem Job – verdammt gut. Aber der Ort hat mich zermürbt. Also fing ich an, Jobs außerhalb Kaliforniens anzunehmen. Sie werden nicht so gut bezahlt, aber ich versuche, genügend Geld zu sparen, um mich irgendwo niederzulassen, hoffentlich in der Nähe meiner Brüder, damit ich mehr an ihrem Leben und dem ihrer Kinder teilhaben kann.

Ich habe den Job bei der paranormalen Sendung angenommen, weil er interessant klang. Ich glaube, wir haben noch einen weiteren Dreh vor uns, und dann werde ich mir einen anderen Job suchen – ich arbeite auf Vertragsbasis, ich werde also von Job zu Job eingestellt. Glaube ich an das Paranormale? Ja. Glaube ich an *jedes* paranormale Phänomen, das es gibt? Nein. Ja, wir werden im Wald filmen, aber ich glaube wirklich nicht, dass sich jemand verirrt. Diese Jungs sind keine Naturmenschen, aber wir werden uns weit genug von der Stadt entfernen, damit keine übermütigen Jugendlichen auf die Idee kommen, die Ermittlungen zu stören. Wir werden keine zwanzig Kilometer wandern, um Bigfoot zu finden.

Ich weiß nicht, was ihr sonst noch wissen wollt, aber ich beantworte gern alle Fragen, die ihr habt. Ich habe allerdings eine Geheimhaltungserklärung unterschrieben, also könnte es einige Dinge geben, die ich nicht beantworten *kann*, und ich hoffe, dass euch das nicht verärgert. Ich versuche nicht, hinterhältig zu sein oder so, aber ich kann buchstäblich auf eine Million Dollar oder mehr verklagt werden, wenn ich über die Sendung spreche.«

Sie hätte weiterreden können, aber sie hob nur ihr Kinn und starrte Tal an, in der Hoffnung, dass ihre ehrliche Antwort ausreichte, um ihn zu beruhigen, dass sie ... was auch immer. Lilly war sich nicht sicher, *was* er herauszufinden versuchte oder warum er zugestimmt hatte, mit ihnen zu essen, wenn er ihr nicht vertraute, aber sie war mit vier Brüdern aufgewachsen und hatte gelernt, nicht nachzugeben, wenn Männer versuchten, sie einzuschüchtern.

Tal starrte sie einen Moment lang an und lächelte dann.

Und siehe da, das Lächeln veränderte alles an seiner Miene. Er wurde innerhalb eines einzigen Augenblicks von geradezu unheimlich zu umwerfend sexy.

»Okay«, sagte er.

Lilly blickte Raiden an, der ihr zunickte.

Jetzt fehlte nur noch einer. Sie atmete tief durch und richtete ihre Aufmerksamkeit auf Zeke.

»Habt ihr schon bestellt?«, fragte er.

Lilly blinzelte. »Ja. Ich meine, ich bin mir nicht sicher, ob Sandra uns wirklich eine Wahl gelassen hat, aber da Hähnchensteak, Knoblauch-Parmesan-Brezeln und Schokoladen-Lavakuchen so lecker klangen, bin ich froh, dass ich *keine* Wahl hatte«, sagte sie ehrlich.

»Ihr bekommt das Gleiche«, erklärte Ethan seinen Freunden. »Ich bin davon ausgegangen.«

»Hört sich gut an«, sagte Zeke.

Lilly stieß den Atemzug aus, von dem sie gar nicht gewusst hatte, dass sie ihn angehalten hatte. Aus irgendeinem Grund wollte sie wirklich, dass diese Männer sie mochten. Es war nicht rational, da sie sie wahrscheinlich sofort vergessen würden, sobald sie weg war, aber sie war erleichtert, dass sie die erste Hürde, sie kennenzulernen, überwunden hatte.

»Ich habe mit Rocky gesprochen, bevor ich hierherkam, und er wollte, dass ich dich etwas frage«, sagte Raid.

Lilly wandte die Aufmerksamkeit dem etwas streberhaft aussehenden Mann zu, der auf seine eigene Art gut aussah, und sagte: »Nur zu.«

»Hast du jemals für eine dieser Heimsendungen gearbeitet?«

Lilly grinste. Es war eine ganz normale Frage. Sie hatte eher erwartet, dass sie etwas über Tucker oder die paranormale Sendung herausfinden wollten. »In der Tat, ja. Das war der Job vor diesem Job.«

»Eine Renovierungssendung?«, fragte Ethan, wobei das Interesse in seiner Stimme deutlich zu hören war.

Lilly schüttelte den Kopf. Es sollte sie nicht überraschen, dass er genauso interessiert war wie sein Zwillingsbruder, da sie beide aus dem Baugewerbe kamen und so. »Nein, tut mir leid. Es war eine dieser Immobiliensendungen. Du weißt schon, wo das Paar sich zwischen drei Häusern entscheiden muss, die es kaufen will.«

»Und? Sind die echt?«, fragte Raid. »Ich meine, es hört sich so an, als seien ihre Jobs immer erfunden. Die Frau sagt so was wie: ›Ich arbeite mit geretteten Tieren‹, und der Mann sagt: ›Und ich arbeite von zu Hause und mache Origami-Tiere, die ich im Internet verkaufe‹, und dann haben sie ein Budget von etwa zwei Komma fünf Millionen.«

Lilly lachte. »Nicht wahr? Das ist mir auch schon aufgefallen. Und um deine Frage zu beantworten ... nein, sie sind nicht echt.«

Sie hätte schwören können, dass alle vier Männer sich nach vorn lehnten, um mehr zu erfahren.

»Das Paar, das in jeder Folge zu sehen ist, hat bereits sein Haus gekauft. Normalerweise eine Woche bis ein paar Monate vor Aufzeichnung der Sendung. Der Produzent geht die Häuser in der Gegend durch, die derzeit zum Verkauf stehen, und wählt zwei andere aus, aus denen das Paar ›auswählen‹ kann.« Sie deutete mit den Fingern Anführungszeichen in der Luft an, bevor sie weitersprach: »Sie – also die Produzenten – sind tatsächlich diejenigen, die dem Paar ihre Wunschliste vorgeben. Wenn ein Gasherd auf der Liste steht, stellen sie sicher, dass zwei der Häuser ihn haben und eines nicht. Wenn sie ein offenes Konzept auf der Liste haben, haben vielleicht zwei Häuser dieses, aber das dritte nicht, und so weiter. Der Zuschauer hat das Gefühl, dass das Paar die Qual der Wahl hat, weil kein Haus alles hat, was es will.

Außerdem wird alles am selben Wochenende aufgezeichnet, also sind die kurzen Momentaufnahmen am Ende der Sendung, wenn es heißt, es sei ein oder zwei Monate später und das Paar habe sich eingelebt, eine Lüge. Das ist alles eine Lüge. Wenn man genau hinsieht, sind die Möbel oft noch dieselben wie bei der Besichtigung des Hauses ... denn es sind *ihre* Möbel, da sie ja bereits eingezogen sind. Wenn das Haus während der Sendung leer war, wird der Ausschnitt, in dem gezeigt wird, wie es ihnen heute geht, oft draußen gefilmt, sodass der Zuschauer nicht merkt, dass sich noch keine Möbel im Haus befinden.«

Alle vier Männer starrten sie ungläubig an.

Tal brach schließlich das Schweigen. »Verdammt, jetzt werde ich mir solche Sendungen nicht mehr ansehen können.«

»Siehst du dir so was oft an?«, fragte Zeke.

»Eigentlich schon«, entgegnete Tal mit einem Achselzucken. »Denn ich schaue mir gern all die Häuser an.«

»Ich bin mir nicht sicher, ob wir es Rocky sagen sollten«, erklärte Raid. »Er liebt diese Renovierungssendungen. Und ich gehe davon aus, dass sie genauso erstunken und erlogen sind wie die Sendungen über Immobilien.«

Lilly hatte für solche Sendungen noch nicht gearbeitet, kannte aber Leute, die das getan hatten, und Raid hatte recht. Aber sie sagte nichts.

»Hier kommt euer Essen«, rief Karen, die mit einem riesigen Tablett auf der Schulter an ihren Tisch kam. Sie brauchte zwei Anläufe, um alle Teller zu bringen, aber als sie fertig war, war kein Zentimeter auf dem Tisch mehr frei.

Der Geruch von allem war unglaublich und Lilly hatte das Gefühl, dass sie, wenn sie hier wohnen würde, wahrscheinlich zwanzig Kilo zunehmen würde, einfach weil sie dem wunderbaren Essen nicht widerstehen konnte. Angefangen bei dem riesigen Brunch, den Whitney zubereitet hatte, über die Zimtrolle, die sie vorhin als Snack gegessen hatte, bis hin zu dem köstlichen Hähnchensteak mit Kartoffelpüree und gebratenem Okra als Beilage – ganz zu schweigen von den Brezeln und dem Dessert, das nach Lillys Meinung genauso gut sein würde wie der Rest der Mahlzeit – müsste sie jeden Tag kilometerweit wandern, um die Figur zu behalten, die sie jetzt hatte.

Als könnte Ethan ihre Gedanken lesen, beugte er sich vor und sein Atem kitzelte ihr Ohr, als er sagte: »Wir essen hier auch nicht ständig so. Es ist so eine Art Test, den Sandra mit den Leuten macht.«

»So wie mit der Frau, die du hergebracht hast und die nur einen Salat gegessen hat?«, konnte sie nicht umhin, ihn zu fragen.

Ethan verzog das Gesicht, nickte aber. »Ja, so wie sie.«

»Er war aber nicht mit ihr zusammen«, bemerkte Zeke, nachdem er ein Stück Okra heruntergeschluckt hatte. »Sie wollte hier in Fallport ein Haus kaufen und bekam von Rocky und Ethan einen Kostenvoranschlag für die Entkernung und Renovierung des Hauses. Rocky sagte jedoch ab, sobald er sich das Haus angesehen hatte, und sagte ihr, dass er den Auftrag nicht annehmen würde.«

»Sie wollte es ultramodern haben und dazu weigerte sich Rocky allein schon aus Prinzip«, meldete sich Tal zu Wort.

»Das Haus war perfekt, so wie es war«, murmelte Ethan. »Es musste nur ein wenig renoviert und nicht komplett entkernt und umgestaltet werden.«

»Jedenfalls war Ethan so höflich, sie zum Mittagessen mitzunehmen, um ihr beizubringen, dass sie beide nicht an dem Auftrag interessiert waren«, sprach Zeke weiter. »Es war keine Verabredung«, erklärte er und wiederholte sich damit.

Lilly konnte nicht anders, als sich insgeheim zu freuen, auch wenn sie ihr Bestes tat, damit man ihr das nicht anhörte, als sie fragte: »Und hat sie das Haus gekauft?«

»Nein«, erklärte Raid. »Sie blieb noch ein paar Tage in der Gegend, aber als sie von fast allen die kalte Schulter gezeigt bekam, beschloss sie, dass sie doch nicht hier leben wollte.«

Lilly musste lachen. Das sollte sie nicht. Es war nicht sehr nett von den Einheimischen, so voreingenommen zu sein, aber so war das in Kleinstädten nun mal manchmal.

Der Rest des Mittagessens verlief gut, soweit es Lilly betraf. Ethans Freunde waren lustig, sobald sie sich ein wenig entspannt hatten. Sie sprachen mehr über ihren Job – sie gab zu, dass sie keine Ahnung hatte, was sie tun würde, wenn die Dreharbeiten für die Serie vorbei waren –, sie hörte ein paar Geschichten über die Leute, die Raids Bluthund Duke im Laufe der Jahre gefunden hatte, und jetzt verstand sie auch, warum die Bewohner von Fallport kein Problem damit hatten, dass der Hund überall hinging, wo sein Herrchen war.

Lilly gefiel die Loyalität, die die Stadt den guten Menschen entgegenbrachte, die dort lebten. Sie hatte keinen Zweifel daran, dass sie Neuankömmlingen gegenüber zurückhaltend und misstrauisch waren, aber es schien, als empfingen die Stadtbewohner jemanden mit offenen Armen, sobald derjenige seinen Wert bewiesen hatte.

Als Lilly die Hälfte ihres riesigen Stücks Schokoladen-Lavakuchen gegessen hatte, war sie so satt, dass sie glaubte, nicht mehr aufstehen zu können. Sie ließ sich in ihrem Stuhl zurückfallen, legte eine Hand auf ihren Bauch und stöhnte.

Die Männer um sie herum lachten.

»Das ist nicht witzig«, beschwerte sie sich. »Wie zum Teufel soll ich stundenlang mit einer Kamera auf der Schulter im Wald herumlaufen, wenn ich das Gefühl habe, gleich platzen zu müssen?«

»Das hört sich so an, als könntest du die Energie gebrauchen«, erwiderte Zeke und schob seinen Stuhl vom Tisch weg.

Die anderen folgten seinem Beispiel und standen ebenfalls auf. Zu ihrer Überraschung kam Duke zu ihrem Stuhl und schnüffelte an ihrer Hand. Der Hund hatte während des ganzen Essens keinerlei Interesse an ihr gezeigt, aber jetzt schien er sich mit ihr anfreunden zu wollen.

Sie tat so, als würde sie die hochgezogenen Augenbrauen nicht sehen, die Raid den anderen zuwarf, als sie sich über Dukes Kopf beugte.

»Bist du nicht ein braver Junge?«, sagte sie und streichelte ihn. Dann lächelte sie Raid an. »Der ist aber wirklich süß.«

»Also, eigentlich ist er das nicht«, sagte Raid achselzuckend und klang ein wenig verwirrt. »Er ist ein ziemlicher Griesgram. Er liebt Fressen und Gassigehen in den Wäldern. Alles andere toleriert er nur.«

Lilly zuckte innerlich mit den Achseln und stand auf. »Nun, mir scheint er ein unkomplizierter Hund zu sein.«

Die Gruppe ging zum vorderen Teil des Restaurants und Sandra erschien wie aus dem Nichts.

»Wie hat euch das Essen geschmeckt?«, fragte sie.

»Fantastisch, wie du sehr wohl weißt«, erklärte Ethan ihr.

»Unglaublich lecker.«

»Genau richtig.«

»Diese Brezeln waren unglaublich.«

Die Männer lobten die Speisen und Lilly tat es ihnen gleich. »Wenn ich heute Abend nicht arbeiten müsste, würde ich zurück in meine Pension gehen und sofort in ein Essenskoma fallen ... was übrigens ein großes Kompliment ist«, erklärte sie Sandra lächelnd.

Die Inhaberin strahlte. »Sehr gut.«

Lilly nahm ihr Handy heraus und zog ihre Kreditkarte aus der Silikontasche, die sie auf der Rückseite angebracht hatte. Sie hasste es, eine Handtasche zu tragen, und in die kleine Tasche passten problemlos ihr Führerschein und ein paar Kreditkarten. Es war perfekt für ihre Bedürfnisse.

Zu ihrer Überraschung trat Sandra tatsächlich einen Schritt zurück, als sie ihr die Karte hinhielt.

»Oh nein«, sagte sie und schüttelte den Kopf.

Gleichzeitig drückte Ethan sanft ihren Arm nach unten. »Ich übernehme das«, erklärte er ihr.

»Aber ...«, begann Lilly.

»Nein«, unterbrach er sie. »Das Such- und Bergungsteam vom Eagle Point lässt hier anschreiben. Wir zahlen am Ende eines jeden Monats. Ist schon in Ordnung.«

»Und außerdem geben sie jedes Mal zwanzig Prozent Trinkgeld, was meine Servicekräfte ausgesprochen glücklich macht«, fügte Sandra hinzu. Sie zwinkerte Ethan zu und sagte dann: »Aber es ist süß, dass sie wenigstens anbietet zu zahlen.«

»Du bist ja so was von subtil«, sagte Tal leise. »Nicht!«

Lilly wurde rot, als sie ihre Kreditkarte wieder in die Tasche steckte. Es sah so aus, als hätte die Besitzerin des Diners ihr definitiv ihren Stempel der Zustimmung gegeben. Aber zwischen ihr und Ethan war nichts.

Oder etwa doch?

Zeke hielt die Tür auf, als sie alle in den schönen Frühlingsnachmittag hinausgingen. Es war nicht so heiß, dass die Sonne sie zum Schwitzen brachte, aber es würde auch nicht eiskalt werden, wenn sie nachts durch den Wald wanderten, was gut war. Die meisten Bäume hatten Blätter an den Ästen, was sich gut für die Bigfoot-Jagd eignete – zumindest hatte Tucker das am Abend zuvor behauptet.

Lilly wollte sagen, dass es einfacher wäre, eine zweieinhalb Meter große, haarige, humanoide Kreatur zu sehen, die im Winter durch den Wald stapft, wenn es keine Blätter gibt, aber sie glaubte nicht, dass der Produzent das lustig fände.

Sie stand etwas unbeholfen da, als Ethan sich von seinen Freunden verabschiedete. Duke steckte seine Schnauze wieder einmal in ihre Hand und so war Lilly damit beschäftigt, sich von dem sabbernden Hund zu verabschieden.

Erneut schüttelte Raid nur den Kopf, als er den Hund mit ihr beobachtete. Dann nickte er seinen Freunden zu und machte sich auf den Weg in Richtung Bibliothek.

Tal schüttelte ihr die Hand, bevor er zurück zum Friseurladen ging, aber Zeke streckte die Hand aus und zog sie in eine Umarmung. »Zeke«, warnte Ethan ihn.

»Was?«, erwiderte der andere Mann grinsend. »Ich verabschiede mich doch nur.«

Lilly musste lachen. »Es war schön, dich kennenzulernen.«

»Geht mir genauso«, erwiderte Zeke. Dann wurde er ernst. »Sei vorsichtig dort draußen. Es wäre wirklich besser, wenn ihr da draußen einen Führer hättet, aber euer Produzent hat unser Angebot ausgeschlagen.«

»Du hast angeboten, unser Führer zu sein?«, fragte sie überrascht.

»Ja. Er hat mich ausgelacht und gesagt, dass er keinen Fremden bräuchte, der Fotos macht und Einzelheiten der Sendung ausplaudert.«

Lilly verdrehte die Augen. Ja, das hörte sich ganz nach Tucker an.

»Das Einzige, worum ihr euch dort draußen *keine* Sorgen machen müsst, ist der verdammte Bigfoot«, erklärte Zeke.

Lilly neigte den Kopf zur Seite. »Und was soll das heißen?«

»Es gibt Bären. Und Luchse. Und Schwarzbrenner.«

»Schwarzbrenner? Ethan hat das gestern schon erwähnt.«

»Ja, das stimmt. Der Wald ist ein großartiger Ort, um ihre Brennereien zu verstecken. Und sie können sehr wütend werden, wenn jemand zufällig über ihren Vorrat stolpert. Wenn das passiert, empfehle ich dir, dich zurückzuziehen und aus dem Gebiet zu verschwinden.«

»Wisst ihr, wo sie sich befinden?«, konnte Lilly nicht umhin zu fragen.

»Ja, zumindest viele davon. Aber die üblichen Verdächtigen wissen, dass wir sie nicht verraten werden. Schließlich ist es unsere Aufgabe, Leute zu finden, die sich verirrt haben, und nicht illegalen Alkohol«, entgegnete Zeke.

»Ich werde es an Tucker weitergeben«, erklärte Lilly ihm.

Zeke nickte, dann lächelte er, und der lässige Kneipenbesitzer war wieder da. Aber wieder hatte Lilly das Gefühl, einen Blick auf den wahren Mann hinter der Fassade erhascht zu haben. Sie hatte die anderen drei

Mitglieder des Such- und Bergungsteams noch nicht kennengelernt, aber sie hatte das Gefühl, dass sie genauso komplex waren wie die vier, mit denen sie zu Mittag gegessen hatte.

»Ich habe dich schon länger nicht mehr im *On the Rocks* gesehen, Chaos … es wäre schön, deine hässliche Visage bald mal wieder auf der anderen Seite meiner Theke zu sehen.«

Ethan nickte. »Vielleicht komme ich heute Abend vorbei. Rocky beendet ein ziemlich großes Projekt und hat wahrscheinlich Lust auf ein oder zwei Bierchen.«

»Klasse. Dann sehen wir uns heute Abend.« Und damit drehte Zeke sich um und ging den Bürgersteig entlang zurück zu seiner Kneipe.

Lilly fragte an Ethan gewandt: »Chaos?«

Er grinste. »Das war mein Spitzname, als ich noch ein SEAL war.«

»Moment – du warst mal ein SEAL?«, fragte Lilly und machte große Augen.

»Ja. Genau wie mein Bruder. Zeke war ein Green Beret, Tal war bei der Spezialeinheit in England, Raid war bei der Küstenwache, Brock – der auch als Bones bekannt ist – war beim amerikanischen Grenzschutz und Drew – den wir manchmal Koop nennen, weil er mit Nachnamen Koopman heißt – war Mitglied der Staatspolizei von Virginia.«

»Wow. Das ist wirklich beeindruckend«, erklärte Lilly ehrlich. »Whitney hat mir schon erzählt, dass ihr alle einen militärischen Hintergrund habt, aber das ist wirklich einfach nur … wow.«

Ethan zuckte bei ihrer Bewunderung nur die Achseln. »Wir sind eben Männer, die ihrem Land auf die ein oder andere Weise gedient haben und sich jetzt einfach nur nach einem einfachen Leben sehnen.«

Lilly nickte. Das hatte sie verstanden. »Also, wenn man

ein einfaches Leben führen möchte, eignet sich Fallport wirklich ausgezeichnet dazu.«

»Manchmal ist das Leben hier nicht ganz so simpel wie zu anderen Zeiten«, bemerkte Ethan und blickte auf die Uhr. Er runzelte die Stirn. »Ich hatte gehofft, dir noch die Bücherei und Zekes Kneipe zeigen zu können, aber es wird langsam spät.«

Lilly sah auf ihre eigene Uhr und war überrascht festzustellen, wie spät es schon war. Sie hatten länger gegessen und sich unterhalten, als sie gedacht hätte. »Ja, wenn ich noch ein Nickerchen machen möchte, sollte ich jetzt besser gehen«, erklärte sie mit Bedauern.

Ethan nickte und sie gingen in geselligem Schweigen zurück zu seinem Wagen am Postamt. Als sie sich näherten, saßen Silas, Otto und Art immer noch an der gleichen Stelle, an der sie zuvor gesessen hatten.

»Und? Wie lautet dein Urteil?«, fragte Silas, als sie näher kamen.

»Über die Stadt? Ich liebe sie«, entgegnete Lilly.

»Nein, in Bezug auf Ethan«, korrigierte Otto sie.

Lilly errötete und musterte ihn. Er sah den älteren Mann kopfschüttelnd an. »Jetzt mach sie doch nicht verlegen«, erklärte er.

»Sie ist nicht verlegen, oder?«, fragte Otto.

»Es ist gut, einer Frau den Hof zu machen«, meldete Art sich zu Wort. »Das vergessen heutzutage viel zu viele Männer und wollen immer gleich rumknutschen.«

Lilly konnte nicht umhin zu lachen. Sie war *tatsächlich* ein bisschen verlegen, doch diese Männer waren so authentisch, dass sie sich nicht verletzt fühlte. »So weit, so gut«, erklärte sie Otto.

»Anscheinend mag Sandra sie«, erklärte Silas Ethan.

»Und anscheinend mag Duke sie auch«, bemerkte Art. »Und dieser Hund mag normalerweise niemanden.«

»Du solltest besser vorsichtig sein«, warnte Otto ihn, »sonst schnappt Raid sie dir noch weg.«

»Niemand schnappt hier niemandem irgendwen weg«, erklärte Ethan kopfschüttelnd. »Wenn ihr uns jetzt entschuldigen würdet, Lilly muss nämlich noch ein Nickerchen machen, bevor sie heute Abend zur Arbeit geht.«

»Heute Abend soll Vollmond sein«, sagte Otto. »Und das ist die Zeit, in der sich die Bestie verwandelt, weißt du?«

Silas schlug Otto auf den Hinterkopf und sagte: »Das sind doch die Werwölfe, du Idiot. Nicht Bigfoot.«

»Hey! Alle Tiere werden bei Vollmond merkwürdig«, behauptete Otto.

Lilly grinste immer noch, als Ethan ihr die Tür aufhielt. Er wartete, bis sie eingestiegen war, schloss dann ihre Tür und joggte hinten herum zu seiner eigenen Seite. Er winkte den drei Männern zu und fuhr aus der Parklücke. Während er das tat, sagte er: »Erinnere mich daran, nicht vor dem Postamt zu parken, wenn wir das nächste Mal in die Stadt fahren.«

Lilly brach in Gelächter aus.

Ethan betrachtete sie und ihr gefiel das entspannte Lächeln auf seinem Gesicht.

»Ich fand sie witzig.«

»Ich hoffe, sie haben dich nicht zu sehr in Verlegenheit gebracht. Genau genommen hoffe ich, dass das heute niemand getan hat. Fallport ist toll, aber die Leute neigen dazu, sich in die Angelegenheiten der anderen einzumischen.«

»Nein, ich fand alle wirklich nett«, sagte sie, bevor sie ihren Kopf wieder an die Lehne lehnte. Sie wandte den Kopf und lächelte Ethan an. »Ich habe mich heute gut amüsiert. Ich habe so viel Zeit in Hollywood verbracht, wo jeder jeden ignoriert und man nicht einmal den Namen des

Nachbarn kennt, der dort seit fünf Jahren wohnt, dass ich fast vergessen hatte, wie toll Kleinstädte sein können.«

»Stimmt«, pflichtete Ethan ihr bei. »Auch wenn das nicht immer toll ist. Ein Geheimnis zu bewahren ist fast unmöglich. Es ist so schlimm, dass ich nach dem Kauf einer Packung Aspirin in Grogans Laden auf dem Heimweg drei oder mehr Anrufe von Anwohnern bekomme, die sich erkundigen, ob es mir gut geht.«

»Dann nehme ich mal an, dass das Kaufen von Kondomen außer Frage steht, was?«, fragte Lilly – und wurde dann rot. »Entschuldige, bitte beantworte das nicht.«

Aber Ethan lachte nur. »Genau. Und das Gleiche gilt für Schwangerschaftstests.«

»Das kann ich mir vorstellen«, sagte sie.

Es war nicht mehr weit bis zur Frühstückspension, und bevor Lilly bereit war, fuhr Ethan vor dem stattlichen alten Haus vor. Er drehte sich zu ihr um. »Sei heute Abend vorsichtig. Zeke hat recht, da draußen im Wald gibt es vieles, was euch wehtun könnte.«

»Abgesehen von Bigfoot?«, scherzte Lilly.

Aber er lächelte nicht einmal. »Genau.«

»Das werde ich. Aber im Ernst, wenn Roger, Trent, Chris und Michelle mehr als ein paar Stunden im Dunkeln herumwandern und Bigfoot-Paarungsrufe nachahmen – oder was sie für Paarungsrufe halten – und mit Stöcken auf Bäume einschlagen, wäre ich überrascht.«

»Was glaubst du, würden sie tun, wenn diese Paarungsrufe tatsächlich funktionieren würden?«, fragte Ethan. »Wenn ein geiler, zwei Meter fünfzig großer Bigfoot mit riesigem Ständer durch den Wald auf sie zu marschiert käme, bereit, den Ruf der Liebe zu beantworten?«

Lilly kicherte. »Oh mein Gott, das würde ich wirklich gern sehen.« Als sie sich wieder eingekriegt hatte, blickte sie erneut zu Ethan. »Und noch mal danke für einen tollen Tag. Das habe ich wirklich gebraucht.«

»Ich auch«, erwiderte er. Dann stellte er den Motor ab. »Ich helfe dir noch, deine Einkäufe nach drinnen zu bringen.«

»Oh, ist schon okay. Das kann ich selber machen«, erwiderte sie schnell.

»Dessen bin ich mir sicher, aber ich werde ganz bestimmt nicht hier auf meinem Hintern sitzen, während du all die Sachen nach drinnen schleppst.«

Sie hätte wissen müssen, dass er das sagen würde. »Na gut. Doch anstatt es nach drinnen zu bringen, können wir es vielleicht einfach in meinen Wagen tun. Dann muss ich es nicht zweimal rumschleppen, und da ich es sowieso zu Tucker und Trent bringen muss, ist das wahrscheinlich sinnvoller.«

»Hört sich gut an.«

Es dauerte nur ein paar Minuten, bis sie das Zelt und die anderen Sachen, die sie gekauft hatte, in ihren Mietwagen gebracht hatten. Dann stand Lilly da und fühlte sich plötzlich ein wenig unbehaglich. »Also ... nochmals vielen Dank, Ethan.«

»Gern geschehen. Ich weiß, dass du jede Nacht arbeiten wirst und wahrscheinlich tagsüber schläfst, und ich muss auch ein bisschen arbeiten ... aber wenn du aufwachst und dich langweilst, würde ich gern wieder etwas mit dir unternehmen. Ich würde mich freuen, wenn du Rocky kennenlernst, und ich wette, Drew und Brock wollen auch Zeit mit uns verbringen, nachdem sie gehört haben, was die anderen über unser Mittagessen heute erzählt haben.«

Er hörte sich fast nervös an – was Lilly ziemlich überraschte. Aber falls sie es irgendwie einrichten konnte, würde sie auf jeden Fall gern wieder Zeit mit Ethan verbringen. »Das fände ich schön«, erklärte sie schüchtern.

»Großartig. Du kannst mir jederzeit eine Nachricht schicken. Tag und Nacht. Ich meine es ernst. Ich weiß, dass die Handys in den Wäldern nicht so gut funktionieren, aber wenn du etwas brauchst, ruf mich einfach an und ich tue alles in meiner Macht Stehende, um zu helfen.«

»Okay.«

Sie starrten einander lange an, bevor Ethan einen Schritt nach vorn machte und sie in seine Arme zog. Es war eine kurze Umarmung und Lilly wollte sich nicht aus ihr lösen. Aber sie zwang sich, ihre Arme sinken zu lassen, und lächelte ihn an.

»Bis bald«, sagte er.

»Bis bald«, entgegnete Lilly und sah dabei zu, wie er zu seinem Wagen zurückging. Er winkte einmal und sie erwiderte die Geste, bevor sie sich umdrehte und ins Haus ging.

Whitney war nicht da, wofür Lilly dankbar war. Sie wollte die Erinnerungen an diesen Tag für sich behalten und sie eine Weile ganz allein genießen. Die Zeit mit Ethan ließ sie ihre Familie vermissen. Sie standen sich nahe, so wie er es mit seinen Freunden zu tun schien. Die Stadt brachte sie dazu, an zu Hause zu denken.

Und dann gab Ethan ihr das Gefühl ... als wäre sie der wichtigste Mensch auf der Welt. Er blickte nicht durch sie hindurch. Er tat sie nicht ab, als wäre sie ein Niemand, wie es viele Produzenten und Schauspieler über die Jahre hinweg getan hatten. Außerdem hatte sie heute so viel gelacht wie schon lange nicht mehr, und das fühlte sich großartig an.

Lilly zog ihre Schuhe aus, stellte den Wecker und ging ins Bett. Sie schloss die Augen und seufzte. Sie hatte sich aus vielen Gründen nicht auf diese Dreharbeiten gefreut, aber plötzlich hoffte sie, dass es länger dauerte als die Woche oder so, die dafür angesetzt war. Der Gedanke, Fallport und Ethan zu verlassen, war tatsächlich ein wenig schmerzhaft.

Sie verdrängte diesen Gedanken. Man konnte nicht wissen, was die bevorstehenden Dreharbeiten bringen würden. Sie hoffte inständig, dass sie recht behielt, als sie Ethan gesagt hatte, dass sie wahrscheinlich nicht die ganze Nacht filmen würden und sie noch einmal die Gelegenheit haben würde, mit ihm etwas zu unternehmen, und ließ sich dann vom Schlaf übermannen.

KAPITEL SIEBEN

»Und, was konntest du über die Dreharbeiten herausfinden?«, fragte Rocky Ethan an jenem Abend in der Kneipe. Sie hatten sich getroffen, nachdem Rocky die Inspektion der Renovierungsarbeiten an einem anderen, älteren Haus in der Stadt abgeschlossen hatte. Auch Drew und Brock hatten sich ihnen angeschlossen.

»Ja, Ethan«, neckte Zeke ihn grinsend, »was hast du über die Dreharbeiten herausgefunden?«

»Halt den Mund«, sagte Ethan und bewarf ihn mit einer zerknüllten Serviette.

Zeke lachte und machte sich auf den Weg zur Theke, um einem der Stammgäste, der gerade angekommen war, einen Drink zu machen.

»Also ist das Mittagessen gut gelaufen?«, fragte Rocky grinsend.

»Ja.«

»Findest du sie immer noch nett?«

Ethan nickte. Nett war nicht unbedingt das Wort, das er verwendet hätte, aber momentan würde es ausreichen.

»Moment, ich dachte, du würdest mit – wie heißt sie

noch gleich? – Zeit verbringen, um mehr über die Sendung herauszufinden, die sie im Wald drehen wollen?«, fragte Drew.

»Er mag sie«, trällerte Rocky beinahe.

»Oh, verdammt noch mal, halt den Mund«, grummelte Ethan und schubste seinen Bruder so fest an der Schulter, dass dieser fast vom Barhocker gefallen wäre. Dann wandte er sich an Drew. »Sie heißt Lilly. Ich habe sie herumgeführt, weil sie echtes Interesse an der Stadt zu haben schien, aber natürlich auch, um weitere Informationen über die Drehar-beiten zu erhalten.«

»Und?«, fragte Brock.

»Und sie hat mir gesagt, dass es keinen genauen Plan gebe, wie sie Bigfoot ausfindig machen wollen. Sie gehen einfach in den Wald und sehen, was sie finden können.«

»Verdammt«, seufzte Drew und setzte sich das Bier an die Lippen.

»Sie ist allerdings der Meinung, dass sie wahrscheinlich nicht allzu weit in den Wald hineingehen werden«, erklärte Ethan. »Gerade weit genug, damit die Jugendlichen aus der Umgebung nicht den Drang verspüren, die Sendung zu gefährden. Sie glaubt, dass sie um Mitternacht oder etwas später fertig sind.«

»Also, das ist doch immerhin schon mal etwas«, sagte Rocky.

»Sie hat außerdem ein GPS dabei, was mich ein wenig beruhigt«, erklärte Ethan seinen Freunden. »Der Produzent hat keins, aber zumindest ist jemand in der Lage, zu dem Parkplatz zurückzukehren, den sie benutzen.«

Die anderen drei Männer nickten.

»Und was halten die braven Bürger von Lilly?«, fragte Rocky grinsend.

»Nun, ich glaube, Otto, Silas und Art mochten sie. Und sie hat Sandra beeindruckt, weil sie keinen Salat bestellt und das Hähnchensteak gegessen hat, das sie im Angebot hatte«, erwiderte Ethan. »Aber ich denke, die meisten Leute brauchen etwas mehr Zeit, um sie kennenzulernen, bevor sie sich entscheiden.«

»Die werden sie nicht bekommen, denn sie ist nur hier, um die Sendung zu drehen, und dann ist sie wieder weg«, sagte Drew.

Sein Freund wollte ihn nicht verletzen, aber Ethan gefiel es nicht, dass er so unverblümt bestätigte, was er bereits wusste. Er nahm einen Schluck von seinem eigenen Bier, um seine Irritation zu verbergen. Aber er hätte wissen müssen, dass er vor seinen Freunden *nichts* verbergen konnte. Sie hatten schon viel zusammen durchgemacht, und sie alle waren wachsamer und aufmerksamer als der Durchschnittsmensch.

»Moment mal ... du magst dieses Mädchen *sehr*, stimmt's?«, sagte Drew und verengte die Augen zu Schlitzen.

Ethan seufzte. »Ja, das stimmt. Sie hat einfach etwas an sich, das mich in ihren Bann zieht. Sie ist bodenständig. Lustig. Klug. Sie nimmt sich selbst nicht zu ernst.«

»Und davon mal ganz abgesehen ist sie auch noch hübsch«, meldete Brock sich zu Wort.

»Ja, und das auch noch«, erklärte Ethan grinsend.

»Duke mochte sie«, bemerkte Zeke.

»*Wie bitte?* Im Ernst?«, fragte Drew.

»Ja, allerdings. Er ging direkt auf sie zu und sabberte ihre Hand voll. Wollte, dass sie ihn streichelt.«

»Wow«, meinte Brock. »Dieser Hund mag normalerweise niemanden außer Raid. Und uns toleriert er nur.«

»Ich weiß. Ich war auch schockiert. Aber offensichtlich hat der Hund einen guten Geschmack«, entgegnete Zeke, bevor er loszog, um sich um einen Kunden am anderen Ende der Theke zu kümmern.

Ethan konnte diesen Teil nicht bestreiten, obwohl Dukes Verhalten überraschend war.

Raid hatte den Hund gerettet, als er noch ein Welpe war. Er war im Norden des Staates unterwegs gewesen, auf dem Rückweg von einer Konferenz für Bibliothekare – was auch immer das war –, als er einen Mann am Straßenrand anhalten und etwas wegwerfen sah. Raid war neugierig genug gewesen, umzudrehen, um zu sehen, was er weggeworfen hatte. Es stellte sich heraus, dass es ein Bluthundwelpe war. Er war in einem schlechten Zustand, offensichtlich misshandelt und vernachlässigt.

Raid konnte das arme Ding nicht am Straßenrand liegen lassen, also nahm er es mit nach Hause ... und der Rest war Geschichte. Er hatte den Bluthund darauf trainiert, nach menschlicher Witterung zu suchen, und die beiden waren einander treu ergeben. Allerdings war der Hund sehr zurückhaltend. Er mochte nicht viele Menschen, wahrscheinlich wegen der Misshandlungen, die er als Welpe erlitten hatte. Aber nach der Reaktion des Hundes auf Lilly zu urteilen, war er genauso verliebt wie Ethan selbst.

»Es ist wirklich schade, dass sie wieder abhaut«, sagte Drew nach einer Weile.

»Was, wenn das nicht der Fall wäre?«, fragte Rocky.

Alle drehten sich zu ihm um.

»Weißt du vielleicht etwas, das wir nicht wissen?«, fragte Ethan. Er konnte nicht verhindern, dass ihn eine Welle der Sehnsucht durchfuhr.

»Freu dich nicht zu früh«, warnte Rocky und zerstörte damit Ethans Hoffnungen. »Ich habe keine Gerüchte über sie gehört oder so. Aber Ethan, wenn man sich etwas in den Kopf setzt, kann man jemanden von so ziemlich allem überzeugen. Weißt du noch, als wir in Afrika waren und von unseren Teams getrennt wurden?«

»Was ist damals passiert?«, fragte Drew und stützte sich mit den Ellbogen auf der Theke ab.

Ethan rollte mit den Augen. Sein Bruder liebte es, diese Geschichte zu erzählen. Er war überrascht, dass Drew und Brock sie noch nicht kannten. Rocky wurde wohl langsam vergesslich.

»Wir waren am Arsch. Ein halbes Dutzend extrem unfreundlicher Einheimischer hatte uns umzingelt und begann, sich uns zu nähern. Wir befanden uns in feindlichem Gebiet und waren kurz davor, zu Tode geprügelt und an den Knöcheln durch die Straßen geschleift zu werden. Dann ließ Ethan sie irgendwie glauben, dass ein Luftangriff unmittelbar bevorstand. Er zeigte immer wieder verzweifelt auf den Himmel und auf seine Uhr. Ich könnte schwören, dass er sogar ein paar Tränen rausgedrückt hat. Er benahm sich völlig verstört, so sehr, dass sogar ich begann, ihm zu glauben. Die Männer um uns herum wichen zurück, liefen in sechs verschiedene Richtungen und versuchten, dem Bombardement zu entkommen, von dem sie überzeugt waren, dass es bevorstand.«

Drew und Brock lachten.

»Ja, das hört sich nach unserem furchtlosen Anführer an«, entgegnete Brock.

»Ich will damit ja nur sagen ... warum versuchst du nicht, dafür zu sorgen, dass sie in Fallport bleibt?«, fragte Rocky.

»Okay. Und dann bleibt sie und es klappt nicht. Das wäre ätzend, denn die Stadt ist winzig, und wenn es schiefgeht, wäre es nicht gut, wenn sie hierbleibt. Ganz und gar nicht«, sagte Ethan.

»Aber was, wenn es *nicht* schiefgeht?«, fragte Rocky.

Ethan atmete tief durch. Da hatte sein Bruder natürlich recht.

»Du bist ein toller Fang, Bruderherz. Ich kenne dich

besser als jeden anderen auf diesem Planeten. Du arbeitest hart, du nimmst keine Drogen, du hast einen guten Betrag auf deinem Bankkonto, du behandelst die Frauen gut, mit denen du zusammen bist. Wenn du dich für Lilly interessierst, dann weiß ich, dass sie etwas Besonderes ist, auch ohne viel über sie zu wissen. Und ich kenne dich – wenn du nicht wenigstens versuchst herauszufinden, wohin die Dinge zwischen euch führen könnten, wirst du es bereuen.«

Da hatte sein Bruder natürlich auch wieder recht. Das war das Gute und gleichzeitig auch das Schlechte daran, seinem Zwillingsbruder so nahezustehen. Er kannte ihn einfach zu gut. »Ich soll ihr also einfach sagen, dass sie ihren Job kündigen und hierherziehen soll, um … was genau zu tun? Es ist ja nicht so, dass es in Fallport einen großen Bedarf an professionellen Kameraleuten gäbe.«

»Und kann sie nicht was anderes machen?«, fragte Rocky achselzuckend, und schien davon völlig unbeeindruckt.

»Wenn dir jemand sagt, du sollst beim Such- und Bergungsteam aufhören und ›was anderes machen‹, wie findest du das dann?«, fragte Ethan.

»Ja, ich verstehe, was du meinst. Aber die Sache ist die … glaubst du, dass Lilly das, was sie tut, genauso liebt wie wir? Ist sie mit Leib und Seele dabei?«

»Ich kenne sie nicht gut genug, um das beantworten zu können«, sagte Ethan.

»Dann *lerne* sie besser kennen«, erklärte Rocky mit Nachdruck.

Ethan wollte am liebsten den Kopf auf die Theke hauen. Rocky ließ es so aussehen, als wäre es die einfachste Sache der Welt, Lilly kennenzulernen und sie davon zu überzeugen, ihren Job zu kündigen und nach Fallport zu ziehen, wo sie bis an ihr Lebensende glücklich leben würden. Aber so funktionierte die Welt nicht.

»Was hast du denn zu verlieren?«, fragte Drew.

»Schlimmstenfalls lässt sie dich abblitzen«, meldete Brock sich zu Wort.

»Warum drängt ihr mich so dazu?«, fragte Ethan. »Mal im Ernst, ich habe heute nur ein paar Stunden mit ihr verbracht, und das war alles.«

»Weil wir noch nie gesehen haben, dass du dich so sehr für jemanden interessierst«, entgegnete Rocky. »Ganz offensichtlich unterscheidet sie sich von anderen Frauen. Das ist offensichtlich, so wie du auf sie reagierst. Wann hast du das letzte Mal alles stehen und liegen gelassen, um jemandem die Stadt zu zeigen? So groß ist Fallport schließlich auch nicht. Sie hätte auch ohne deine Hilfe eine Runde um den Stadtplatz drehen können.«

Und damit hatte sein Bruder schon wieder recht.

»Ich glaube, wir wissen doch alle, dass unsere Chancen auf eine ernste Beziehung verdammt niedrig sind«, sagte Brock. »Die Zeit beim Militär hat keinem von uns in dieser Hinsicht einen Gefallen getan. Und es hilft auch nicht, dass wir mitten im Nirgendwo leben und uns im Wald wohler fühlen als in irgendeiner Art von sozialem Umfeld. Wenn du dich wirklich mit dieser Frau verbunden fühlst, solltest du der Sache auf den Grund gehen. Keiner sagt, dass du sie morgen heiraten musst. Aber es ist nichts Falsches daran, eine langfristige Beziehung zu wollen und alles zu tun, was notwendig ist, um ihr die besten Chancen auf Erfolg zu geben.«

»Was wäre, wenn wir dir jetzt sagen würden, dass sie morgen abreist? Dass du sie nie wiedersiehst. Dass du nie die Chance bekommst, sie besser kennenzulernen. Was wäre deine ehrliche Reaktion?«, fragte Rocky.

Ethan runzelte die Stirn und das Bier, das er gerade noch getrunken hatte, brodelte in seinem Bauch.

»Das habe ich mir gedacht. Sie hat ganz schön Eindruck

auf dich gemacht«, stellte Rocky fest. »So wie ich meinen Bruder kenne, würde er niemals ein schlechtes Bauchgefühl ignorieren, wenn wir uns mitten in einem Einsatz befinden, und bei dieser Sache ist es nicht anders.«

»Na ja, eigentlich schon«, entgegnete Ethan trocken. »Ich nehme mal an, dass Lilly nicht mit einer Panzerfaust auf der Schulter hinter einem Fahrzeug auf dem Parkplatz auftauchen und damit drohen wird, mir den Kopf wegzupusten … zusammen mit der halben Straße.«

»Du weißt doch genau, was ich meine«, erklärte Rocky ihm.

Das tat er. Ethan seufzte. »Sie wird vorläufig nur nachts arbeiten. Deswegen muss sie sich tagsüber ausruhen.«

»Nichts als Ausreden«, erklärte Rocky verächtlich.

Sein Bruder hatte recht. Ethan erfand *tatsächlich* nur Ausreden. Heute war einer der besten Tage, die er seit Langem gehabt hatte. Er genoss es, Zeit mit Lilly zu verbringen, und es machte ihm Spaß zu sehen, wie sie mit den Männern und Frauen von Fallport umging. Fast alle waren freundlich, wenn auch nicht gerade einladend, aber er hatte das Gefühl, dass sie alle Lilly früher oder später ins Herz schließen würden. Lilly war nicht hochnäsig. Sie hatte oft genug gesagt, dass Fallport sie an ihre eigene Heimatstadt erinnerte. Und sie hatte auch gesagt, dass sie einen Ort suchte, wo sie in der Nähe ihrer Familie war, wenn sie sich niederließ.

»Ich schreibe ihr morgen eine Nachricht. Ich frage sie, ob sie sich noch mal mit mir treffen möchte, bevor sie arbeiten muss«, versicherte Ethan ihnen.

Alle drei Männer grinsten und freuten sich aufrichtig für ihn.

»Worüber freut ihr euch denn alle so?«, wollte Zeke wissen, als er sich wieder zu ihnen gesellte, während er seine Hände an einem Handtuch abtrocknete.

»Ethan wird Lilly offiziell um eine Verabredung bitten. Und dann wird er sie dazu bringen, ihren Job aufzugeben und nach Fallport zu ziehen, damit sie heiraten und eine Familie gründen können«, entgegnete Rocky ausgesprochen hilfreich.

Zeke zog überrascht die Augenbrauen hoch.

»Das ist nicht das, was ich gesagt habe«, widersprach Ethan kopfschüttelnd.

»Also, ich finde die Idee großartig. Viel Glück«, entgegnete Zeke mit einem Nicken. »Möchte noch jemand was trinken?«

Es war so typisch für seinen Freund, einfach mit dem Strom zu schwimmen. Zeke war das entspannteste Mitglied des Such- und Bergungsteams ... aber wenn er provoziert wurde, ließ er den tödlichen Green Beret von der Leine.

Es überraschte Ethan auch nicht, dass Zeke sich dafür einsetzte, dass er Lilly den Hof machte. Ihm waren die Blicke, die sein Freund Elsie, einer der Kellnerinnen, den ganzen Abend zugeworfen hatte, nicht entgangen. Er mochte sie eindeutig ... schien aber aus irgendeinem Grund auf Distanz zu gehen.

Drew war der Erste, der kurze Zeit später Feierabend machte. Er hatte lange Arbeitstage, da die Steuersaison vor der Tür stand, sodass er immer viel zu tun hatte. Brock ging als Nächster, aber erst nachdem er von Ethan das Versprechen erhalten hatte, dass er Lilly eher früher als später kennenlernen würde.

Rocky stupste Ethan mit seiner Schulter an. »Du bist mir doch nicht böse, oder?«, fragte er ihn, als sie allein waren.

»Weshalb?«

»Weil ich dich dazu gedrängt habe, dich mit Lilly zu verabreden.«

»Nein. Ich bin mir immer noch nicht sicher, ob es eine

gute Idee ist, etwas mit ihr anzufangen. Es besteht eine überdurchschnittlich hohe Wahrscheinlichkeit, dass sie nicht mit mir ausgehen will, wenn es um eine richtige Verabredung geht.«

Rocky zuckte mit den Achseln. »Dann ist es ihr Pech. Aber nach dem, was ich von Raid und Tal gehört habe, steht sie auf dich.«

Bei den Worten seines Bruders entspannte sich Ethan, der gar nicht gewusst hatte, wie angespannt er gewesen war. »Ach ja?«

»Ja«, bestätigte Rocky.

Ethan gefiel der Gedanke, dass Lilly ebenso interessiert war. Er hatte das auch gedacht, aber es war schön, eine Bestätigung zu bekommen.

»Kommst du morgen vorbei, um mir zu helfen?«, fragte Rocky.

»Natürlich. Wann denn?«

»Ich dachte so gegen zehn. Ich fahre um acht Uhr hin und fange an. Um zehn sollte ich mit der Verkabelung fertig sein. Ich schicke dir die Adresse, wenn ich zu Hause bin.«

»Hört sich gut an. Sollen wir dann auch los?«

Rocky hob sein Bier und trank den letzten Rest aus, dann stand er auf. »Jup.«

Ethan legte vierzig Dollar für sein und Rockys Bier unter sein Glas, plus ein ordentliches Trinkgeld. Die beiden Brüder verließen die Kneipe Seite an Seite, wobei sie Zeke beim Gehen zunickten.

Von der Kneipe aus war es weniger als ein Kilometer bis zu ihrem Wohngebäude, und beide Männer genossen die frische Luft, während sie nach Hause spazierten.

»Bis morgen«, sagte Ethan zu seinem Bruder, als sie an ihrem Wohnhaus ankamen. Es handelte sich nicht um ein großes Gebäude. Es hatte nur zwei Stockwerke mit insgesamt acht Wohnungen.

»Ethan?«, fragte Rocky.

»Ja?«

»Ich freue mich für dich.«

Ethan lachte leise. »Freu dich nicht zu früh. Vielleicht will sie sich nicht mit mir treffen, weil sie so viel zu tun hat und ansonsten schlafen muss.«

»Sie wird sich mit dir treffen«, erklärte Rocky voller Überzeugung.

Ethan lächelte seinen Bruder nur an, schloss dann die Tür auf und ging hinein. Er schaltete das Licht an und warf seinen Schlüssel auf den Tisch an der Eingangstür. Die Wohnung war klein, aber Ethan hatte noch nie viel Platz gebraucht. Er hatte ein Ledersofa, keinen Esstisch, einen großen Fernseher und einen riesigen Sessel. Die Küchenzeile war zwar veraltet, aber funktionell, und das war alles, was Ethan brauchte.

Als er sich mit neuen Augen in seinem Wohnzimmer umsah, fragte er sich, was Lilly wohl davon halten würde. War sie die Art von Frau, die Edelstahlgeräte, Granitarbeitsplatten und Stoffservietten auf einem perfekt gedeckten Tisch erwartete? Er glaubte es nicht, aber er kannte sie ja auch nicht besonders gut. Und es war nicht so, dass Ethan diese Dinge für sich selbst nicht mochte, es war eher so, dass sie ihm einfach nicht wichtig erschienen. Er war in den ärmsten Gegenden der Welt gewesen und hatte Menschen gesehen, die ein glückliches und erfülltes Leben führten. Andererseits hatte er aber auch die obszönsten Zurschaustellungen von Reichtum gesehen, von Menschen, die mit dem, was sie hatten, nicht zufrieden waren und mehr wollten.

Er hatte sich geschworen, niemals in die letzte Kategorie zu fallen. Solange er seinen Bruder und seine Freunde hatte, etwas zu essen und ein Dach über dem Kopf, wäre er glücklich. Und das war er auch. Aber Ethan konnte nicht umhin, sich ein wenig Sorgen über die Zukunft zu machen. Er wollte nicht für immer einsam sein. Er wollte nicht für den Rest seines Lebens in ein leeres Haus oder eine leere Wohnung zurückkehren.

Lilly war vielleicht nicht die Frau, die für ihn bestimmt war ... aber was, wenn sie es doch war?

Rocky hatte recht, er würde es auf jeden Fall bereuen, wenn er es nicht wenigstens versuchte, denn schließlich könnte es ja doch klappen.

Ethan machte sich auf den Weg in sein Schlafzimmer. Das normal große Bett hatte immer ausgereicht, da er allein war. Er hatte nie eine Frau mitgebracht, und er hatte bisher nicht wirklich darüber nachgedacht, sein Bett mit jemandem zu teilen. Trotzdem wollte er kein riesiges Bett haben. Wenn er jemanden liebte, wollte er sie in seiner Nähe haben. Er stellte sich vor, dass es ihm Spaß machen würde, eine Frau die ganze Nacht im Arm zu halten. Das hatte er noch nie getan. Noch nie.

Aber jetzt konnte er nur an Lilly denken, die in seinen Armen schlief.

Er schüttelte den Kopf, weil er wusste, dass er viel zu voreilig war, und ging ins Badezimmer. Es war an das Schlafzimmer angeschlossen, aber winzig. Die Kombination aus Dusche und Badewanne war nicht gerade der Traum eines Designers, aber das Wasser war heiß und es gab reichlich davon.

Er machte sich bettfertig und warf dann seine schmutzigen Klamotten in den Wäschekorb, der an einer Wand des Schlafzimmers stand. Er schlüpfte nur mit Boxershorts bekleidet unter die Decke seines Bettes und griff nach seinem Handy. Es war spät und Lilly würde wahrscheinlich nicht mehr in Handy-Reichweite sein, aber er wollte sie wissen lassen, dass er an sie dachte und hoffte, sich mit ihr zu treffen, wenn sie von der Arbeit kam. Er wollte deutlich

machen, dass er daran interessiert war, sie besser kennenzulernen.

*Ethan: Hi. Ich weiß, dass du diese Nachricht wahrscheinlich erst
erhältst, wenn du aus dem tiefen, dunklen Wald kommst, aber ich
wollte dich wissen lassen, dass ich heute viel Spaß hatte. Ich
würde dich gern wiedersehen. Vielleicht können wir uns treffen,
wenn du etwas geschlafen hast? Wenn du Interesse hast, schick
mir eine kurze Nachricht. Morgen früh helfe ich Rocky, aber
nachmittags sollte ich freihaben. Wenn nicht ... laufen wir uns
sicher trotzdem irgendwann über den Weg.*

Er würde sie auf jeden Fall wiedersehen. Ethan wollte sich
von einer ausbleibenden Antwort nicht abschrecken lassen.
Er würde ihr notfalls zufällig über den Weg laufen, um zu
sehen, ob die Verbindung, die er spürte, noch da war. Wenn
sie wirklich kein Interesse zu haben schien, würde er sich
natürlich zurückziehen. Ethan hatte sich noch nie einer
Frau aufgedrängt und wollte auch jetzt nicht damit
anfangen ... auch wenn die betreffende Frau ihn mehr faszi-
nierte als irgendjemand anderes seit Jahren. Vielleicht sogar
jemals.

Zufrieden, dass er sein Möglichstes getan hatte, um den
nächsten Schritt zu tun, lag Ethan im Dunkeln und starrte
an die Decke. Er fragte sich, wo Lilly war und was mit der
Sendung los war. Vielleicht hatten sie Bigfoot schon gefunden, und die Schauspieler und die Crew würden ihre
Sachen packen und morgen abreisen.

Er schüttelte den Kopf. Nein, der eine Typ würde ein
oder zwei Nächte im Wald verbringen, um alleine zu ermitteln, was auch immer das bedeutete. Lilly und der Rest der

Leute, die an der Sendung arbeiteten, würden mindestens noch ein paar Tage hierbleiben.

Ethan merkte, dass er bei diesem Gedanken lächeln musste.

Er rollte sich auf die Seite und schloss die Augen. Er fühlte sich wie ein kleiner Junge, der sich auf Weihnachten freut. Er freute sich darauf zu erfahren, wie die Dreharbeiten heute Abend gelaufen waren. Aber noch mehr freute er sich einfach darauf, Lilly wiederzusehen.

KAPITEL ACHT

Lilly hätte am liebsten geschrien. Die Dreharbeiten liefen nicht gut. Ganz und gar nicht. Trent und Roger hatten sich die ganze Nacht gegenseitig beschimpft. Sie versuchten, sich gegenseitig zu übertrumpfen und sich die besten Ideen für die Suche nach Bigfoot auszudenken. Michelle kreischte jedes Mal, wenn sie in die vielen Spinnweben lief, die über die Wege und zwischen den Bäumen gesponnen waren, und Chris sah verdammt verkatert aus.

Ganz zu schweigen davon, dass Brodie mit dem Ton nicht zufrieden war. Kate und Andre hatten offensichtlich irgendwelche Probleme miteinander – und keiner von beiden war glücklich mit Tucker, da sie heute tagsüber schon gearbeitet hatten und er sie auch heute Abend hatte kommen lassen. Und Joey war einfach schlecht gelaunt und weigerte sich, mit irgendjemandem zu reden, warum auch immer.

Zu allem Überfluss ignorierte Tucker die Launen der anderen und versuchte, so zu tun, als wäre alles in Ordnung. Dass ein nächtlicher Spaziergang durch den Wald, noch dazu abseits des Weges, völlig normal sei.

Lilly hatte nicht gerade die beste Zeit ihres Lebens. Aber wenigstens musste sie nicht so tun, als würde sie sich für das, was sie tat, interessieren, und für die Kamera lächeln.

Nachdem sie durch ein weiteres Spinnennetz gelaufen war, schrie Michelle auf, drehte sich dann zu Tucker um und rief: »Im Ernst, das Ganze ist doch echt Mist!«, während sie sich gleichzeitig hektisch die Spinnweben aus dem Gesicht zu wischen versuchte.

»Was soll ich denn deiner Meinung nach dagegen machen?«, fragte Tucker. »Es ist schließlich nicht so, als könnte ich all die Insekten und Spinnen im Wald bitten auszuziehen, bis wir mit den Dreharbeiten fertig sind.«

»Ich weiß, aber was *machen* wir eigentlich?«, beschwerte sie sich. »Wir laufen im Kreis! Das ist stinklangweilig. Wir müssen etwas *tun*. Wann machen wir endlich mal diese Rufe und so? Und wer soll jetzt die Rufe erwidern? Und ich will jetzt schon gegen ein paar Bäume schlagen!«

Lilly musste sich wahnsinnig beherrschen, um die Augen nicht zu verdrehen.

»Na gut, wir haben wahrscheinlich sowieso genügend Filmmaterial, wie wir alle im Dunkeln herumstolpern«, sagte Tucker mürrisch.

Lilly hatte das Gefühl, dass sie bis zum Sonnenaufgang weiter durch den Wald gewandert wären, wenn Michelle nicht ihren Wutanfall gehabt hätte. Wenigstens war sie dazu eingeteilt worden, hinter den Darstellern zu bleiben. Trent und Joey, die Armen, mussten vor ihnen bleiben, damit sie ein paar Frontalaufnahmen machen konnten, was bedeutete, dass sie ständig über ihre eigenen Füße stolperten und versuchten, über Baumstämme und andere Hindernisse zu klettern, um weit genug vor der Vierergruppe zu bleiben.

»Trent und Michelle, ich würde sagen, wir fangen mit euch an. Wir werden zu dem Hügel zurückkehren, an dem wir vor einer Weile vorbeigekommen sind. Ihr könnt darüber reden, dass es der perfekte Ort ist, um zu hören, ob Bigfoot auf eure Rufe reagiert. Chris, du und Roger geht auf den Kamm auf der anderen Seite, den, den wir gestern gesehen haben, und ihr könnt auf ihre Rufe reagieren und gegen einige Bäume klopfen.«

»Moment mal, warum müssen wir den ganzen Weg hoch zu dem Kamm gehen?«, beschwerte sich Chris.

»Weil ich es gesagt habe«, entgegnete Tucker trotzig.

»Das stinkt zum Himmel«, murmelte Roger leise.

»Morgen seid ihr der Mittelpunkt der Dreharbeiten«, versicherte Tucker Chris und Roger. »Ihr zieht einfach die gleichen Sachen an und wir tun so, als wäre es einfach noch der heutige Abend. Ich nehme an, wir haben nicht genügend Zeit, beides vor Tagesanbruch in den Kasten zu bekommen.«

Als Lilly hörte, wie Tucker das sagte, wurde sie traurig. Sie hatte gehofft, zwischen ein und zwei Uhr morgens fertig zu sein. Doch so wie es sich jetzt anhörte, würden sie die ganze Nacht draußen verbringen.

»Das geht nicht«, entgegnete Trent. »Morgen beginne ich doch mit meinen Solo-Ermittlungen.«

Tucker fluchte leise. Dann sagte er lauter: »Na gut. Dann gehen eben Michelle und Andre in den Wald und spielen Bigfoot.«

Jetzt hörte Lilly, wie *Andre* leise fluchte. Es war nicht das erste Mal, dass man einen der Kameraleute gebeten hatte, so zu tun, als wäre er eines der paranormalen Wesen, nach denen sie suchten, aber es war das erste Mal, dass es mit großer körperlicher Anstrengung verbunden war ... sie mussten nämlich so lange durch den Wald wandern, bis sie an einem Punkt angelangt waren, an dem es sich so anhörte, als hörte man Bigfoot aus der Ferne.

»Das ist doch verdammt langweilig«, beschwerte sich Chris.

Tucker wirbelte herum. »Was hast du da gerade gesagt?«, entgegnete er aufgebracht.

Lilly hielt den Atem an. Es war niemals eine gute Idee, Tucker wütend zu machen, aber anscheinend war Chris schon so müde, dass es ihm mittlerweile egal war.

»Diese Folge ist stinklangweilig! Wir machen nichts Neues. Wir müssen tatsächlich etwas *finden*. Nicht nur Geräusche im Dunkeln hören. Es ist schön und gut, gegen einen Baum zu hämmern und einen Haufen Schreie loszulassen, aber wir müssen tatsächlich Beweise für den verdammten Bigfoot sehen, wenn wir eine einigermaßen gute Einschaltquote bekommen wollen. Wir müssen anders sein als die anderen Sendungen.«

»Und was willst du machen? Willst du, dass jemand sich als Bigfoot verkleidet und zwischen den Bäumen herumstapft?«, fragte Trent lachend.

»Vielleicht ist das gar keine so schlechte Idee«, bemerkte Chris. »Zumindest wäre es mal etwas Neues. Wir könnten es von weit weg filmen und das Video unscharf machen, sodass niemand sicher sein kann, was wir gesehen haben. Wir müssen es nur realistisch genug aussehen lassen, dass es Bigfoot sein *könnte*.«

»Das ist doch Blödsinn«, erwiderte Joey.

Lilly sah ihn mit übertrieben geweiteten Augen an und versuchte, ihm zu signalisieren, dass er den Mund halten sollte. Tucker hasste es, wenn die Kameraleute sich in irgendwelche Ideen über die Serie einmischten. Er tolerierte es bei den Darstellern, aber wenn jemand, den er für unter seiner Würde hielt, es wagte, sich zu Wort zu melden, nahm er es nicht gut auf.

Aber Joey ignorierte ihre nonverbale Warnung. Vielleicht hatte er sie auch nicht gesehen, weil sie sich in einem dunklen Wald befanden. Wie dem auch sei, er sprach weiter.

»Im Ernst, die Zuschauer können heute die Sendung anhalten. Heranzoomen. Digitale Reparaturen vornehmen. Keine Ahnung. Aber wenn wir versuchen, sie mit einer tatsächlichen Bigfoot-Sichtung zu verarschen, werden sie das als Blödsinn entlarven. Das ist der Grund, warum alle anderen Sendungen funktionieren. Sie geben gerade genügend verlockende Beweise, dass sie etwas gesehen oder gehört haben könnten. Es hält die Zuschauer dazu an wiederzukommen, in der Hoffnung, dass die nächste Sendung etwas Konkreteres enthält. Wenn wir Bigfoot bei unserem ersten Versuch filmen, werden wir ausgelacht und verlieren sofort unseren Sendeplatz.«

Da hatte er nicht ganz unrecht. Und Lilly hatte das Gefühl, dass Tucker das auch wusste. Aber er war zu eingebildet und stur, es zuzugeben. Besonders, da es Joey war, der das Thema angesprochen hatte.

»Du hast doch keine Ahnung von der Materie«, entgegnete Tucker, ohne auch nur im Geringsten auf Joey einzugehen. »Morgen werde ich ein paar Anrufe machen. Uns bessere Ausrüstung beschaffen. In der Zwischenzeit möchte ich, dass ihr den Mund haltet und ein paar gute Aufnahmen macht. Schließlich wäre es eine Katastrophe, wenn wir uns einen Haufen Müll ansehen müssen und zum Schluss keine brauchbare Szene im Kasten haben. Joey, Lilly und du begleitet Chris und Roger. Vielleicht könnt ihr ein paar Aufnahmen von ihnen machen, wie sie durch den Wald gehen und über die merkwürdigen Klopfgeräusche sprechen und ein paar Rufe ausstoßen, die wir später benutzen können.«

Ach Mist. Warum wurde *sie* jetzt zusammen mit Joey bestraft? Sie hatte doch kein Sterbenswörtchen gesagt. Doch Lilly wusste es besser, als sich zu weigern.

Brodie kümmerte sich noch kurz um den Ton der Darsteller, bevor sie sich alle auf den Weg zu den ihnen zugewiesenen Plätzen machten. Es dauerte gut zwei Stunden, bis die vier die Spitze des Bergkamms erreichten, den sie am Vortag gesehen hatten. Es hätte nicht so lange gedauert, aber Chris und Roger diskutierten darüber, wohin genau sie gehen sollten.

Joey war offenbar sauer genug, um den Mund zu halten und die beiden Männer miteinander streiten zu lassen. Lilly traute sich nicht, ihren Senf dazuzugeben, denn sie wusste, dass man sie sowieso komplett ignorieren würde. Obwohl sie die erfahrenste Outdoor-Expertin in der Gruppe war, dachte niemand daran, sie nach ihrer Meinung zu fragen.

Wie auch immer. Lilly war es egal. Sie war schon seit einiger Zeit unzufrieden mit der Sendung. Selbst die Sendung zur Haussuche war nicht annähernd so schlecht gewesen wie diese hier. Nein, es war nicht so, dass die Hausbesitzer tatsächlich eine Entscheidung zwischen drei Häusern treffen mussten, aber in ihren Augen war das alles ein harmloser Spaß, und sie kauften ja auch tatsächlich ein neues Haus.

Und das? Das hier war eine glatte Lüge, und das gefiel Lilly nicht. Außerdem fühlte sie sich gefangen. Sie wusste nicht, was sie tun sollte, wenn sie nicht mehr hinter der Kamera stand. Aber so langsam kam sie zu dem Schluss, dass es besser war, mit eingekniffenem Schwanz zu ihrem Vater zurückzukehren, als mitten in der Nacht im Dunkeln durch den Wald zu wandern, um ein paar verwöhnte Möchtegern-Fernsehstars dabei zu filmen, wie sie vorgeben, der legendäre Bigfoot zu sein.

Als sie endlich dort ankamen, wo Chris und Roger vermuteten, dass sie sein sollten, dauerte es weitere zwanzig Minuten, bis die Funkgeräte so weit funktionierten, dass sie mit Tucker und den anderen kommunizieren konnten.

Lilly trug die Kamera auf ihrer Schulter, wie schon während der gesamten zweistündigen Reise. Gott bewahre, dass einer der Moderatoren stürzte oder sich verletzte und sie es nicht auf Film bekam. Tucker würde sie auf der Stelle feuern.

Sie war also bereit und filmte, als Trent über Funk fragte: »Seid ihr bereit? Wir fangen jetzt mit dem Klopfen an.«

»Wir sind bereit«, bestätigte Roger und fiel damit Chris ins Wort.

Etwa zwanzig Sekunden später ertönte ein gedämpftes Klopfen durch den Wald.

Lilly seufzte und war froh, dass sie es aufgenommen und niemand zu diesem Zeitpunkt gesprochen hatte. Es war dumm, stolz darauf zu sein, dass sie es geschafft hatte, das Klopfen zu erwischen, wenn ihre Aufnahmen dazu benutzt werden sollten, Leute zu täuschen, aber sie war es trotzdem.

Chris griff nach dem dicken Ast, den er vorhin gefunden hatte, und ging auf einen großen Baum zu. Er bäumte sich auf und schlug so fest zu, wie er konnte. Das Knacken des Astes gegen das Holz war laut, und Lilly filmte, wie es durch den leeren Wald widerhallte.

Chris und Roger grinsten sich an, ihr Streit war wohl vorläufig beendet.

»Machen wir das noch mal«, erklärte Tucker über das Funkgerät. »Das hat sich von hier aus wirklich perfekt angehört. Habt ihr unser Klopfen gehört?«

»Laut und deutlich«, versicherte Roger ihm.

Und so ging es weiter. Erwachsene Männer und Frauen verbrachten die nächste Stunde damit, gegen Bäume zu klopfen und so zu tun, als würde das Klopfen ihrer Kollegen, die kilometerweit entfernt waren, tatsächlich von Bigfoot stammen, der mit ihnen kommunizierte.

Lilly dachte sich, wenn es einen Bigfoot in den Wäldern gäbe, würde seine Kommunikation wahrscheinlich eher so aussehen, dass er sie bitten würde, endlich die Klappe zu halten.

»Sollen wir es mal mit einem Ruf probieren?«, fragte Trent über Funk.

»Ja«, stimmten Chris und Roger gleichzeitig zu.

Aber Tucker war damit nicht einverstanden. »Nein, wir müssen erst mit dem Klopfen fertig werden.«

Es herrschte ein paar Minuten lang Funkstille und Lilly hatte das Gefühl, Tucker würde sich mit Trent streiten. Schließlich meldete sich der Produzent wieder und sagte: »Ich glaube, es ist besser, wenn ihr euch noch ein bisschen weiter entfernt. Brodie findet, dass das Klopfen zu laut ist. Zu perfekt.«

»Verdammt noch mal«, fluchte Chris und sofort war die gute Stimmung dahin. »Ich gehe keinen verdammten Schritt weiter in diesen Wald. Es würde ihm recht geschehen, wenn wir uns *tatsächlich* verirren.«

Lilly seufzte. Sie hatte auch keine Lust mehr zu laufen. Ihre Schulter tat weh von der Kamera. Es war schon lange her, dass sie sie stundenlang mit sich herumschleppen musste. Selbst nach den obligatorischen Pausen tat sie noch immer weh. Sie hatte das Gefühl, dass Tucker keinen Funken Mitgefühl hätte, also riss sie sich zusammen.

Als Tucker mit den Aufnahmen der Nacht und dem Filmmaterial, das sie bekommen hatten, zufrieden war, war es fast vier Uhr morgens. Roger und Chris sprachen kaum noch miteinander, und auch zu Tucker sagten sie nicht mehr als ein paar knappe Worte über das Funkgerät.

Als die vier – Lilly, Chris, Roger und Joey – sich wieder mit dem Rest der Gruppe trafen, war es offensichtlich, dass niemand in Gesprächslaune war.

Zum ersten Mal in ihrer Karriere schaltete Lilly ihre Kamera aus, während sie noch vor Ort war. Die Batterie war ohnehin fast leer. Sie hatte sie bereits dreimal ausgewechselt und hatte stundenlanges Filmmaterial von heute Abend. Alles, was auf dem Rückweg zum Parkplatz passierte, würde nicht auf Film festgehalten werden. Zumindest nicht von ihr.

Sie und Joey liefen am Ende der Schlange, als sie zu ihren Fahrzeugen zurückstapften. Er sah sie an und fragte leise: »Was glaubst du, würde er machen, wenn wir alle gleichzeitig kündigen?«

Lilly wusste nicht, was sie daraufhin erwidern sollte. Joey und sie waren nicht befreundet. Verdammt, keiner von ihnen war mit ihr befreundet. Sie sagten alle Hallo und Tschüss und besprachen manchmal die besten Aktionen für die Kamera und solche Sachen, doch sie führten nie persönliche Gespräche.

»Alle Kameraleute oder auch die Darsteller?«

»Alle«, sagte Joey. »Ich würde gern mal sehen, wie er versucht, diese Sendung ohne uns auf die Beine zu stellen.«

Sie schenkte ihm ein mitfühlendes Lächeln. Es war eine dumme Frage, denn ja, ohne sie alle gäbe es keine Sendung. Wenn nur das Personal ausfiele, könnte er wahrscheinlich innerhalb eines Tages Ersatz besorgen. Es wäre schwieriger, die Darsteller zu ersetzen.

Kate ging vor Joey her und hörte offensichtlich seine Frage. Sie drehte sich um und sagte: »Für *dich* ist es sehr viel einfacher, einen neuen Job zu finden, als für Lilly und mich. Jeder, der behauptet, dass Diskriminierung heute nicht mehr existiert, kennt unsere Situation nicht.«

Und damit hatte sie recht. Lilly war im Laufe ihrer Karriere bei zahllosen Jobs übergangen worden. Sie konnte nicht beweisen, dass es daran lag, dass sie eine Frau war, hatte aber diese Vermutung.

»Nur ein einziges Mal würde ich gern eine Sendung machen, bei der der Produzent tatsächlich auf uns hört«, beschwerte sich Joey. »Ich meine, schließlich ist es ja nicht so, als wüssten wir nicht, wovon wir sprechen.«

»Ich habe gehört, dass diese Sendung teilweise deine Idee war«, erwiderte Kate.

»Das stimmt. Sie ist Trent und mir eines Abends gekommen und wir haben uns sogar überlegt, in welchen Bereichen wir ermitteln wollen.«

»Allerdings wird die Sendung wohl nur eine Staffel lang sein, nicht wahr?«, hakte Kate nach. »Ich meine, schließlich gibt es nur eine gewisse Anzahl paranormaler Erscheinungen, in denen wir ermitteln können.«

»Vielleicht, aber wir können immer in andere Länder reisen, um dieselben Dinge zu erforschen. Und es gibt viele Dinge, die wir noch nicht getan haben. Kornkreise. Die Marfa-Lichter in Texas. Außerdem wurde überall auf der Welt Bigfoot gesichtet, und Geister gibt es anscheinend in jedem verdammten Gebäude und auf jedem Friedhof. Es gibt noch andere Dinge, denen wir nachgehen können.«

»Wie zum Beispiel?«, wollte Kate wissen.

»Was weiß ich. Ich bin müde, mir tun die Füße weh und ich habe Muskelkater, weil ich die ganze Zeit die Kamera herumgeschleppt habe«, beschwerte sich Joey.

»Ja, klar«, entgegnete Kate und verdrehte die Augen. Lilly bekam die Bewegung noch mit, bevor die andere Frau sich umdrehte, um nachzusehen, wohin sie trat.

»Ich bin es wirklich leid, so schlecht behandelt zu werden«, murmelte Joey.

Lilly mochte es auch nicht besonders, aber ehrlich gesagt, der Dreh heute Abend hätte schlimmer sein können. Ja, er war lang gewesen. Und schwieriger, weil alle so quengelig waren wie Kleinkinder, die keinen Mittagsschlaf gemacht hatten. Aber es hatte nicht geregnet. Es war weder zu heiß noch zu kalt. Dieser Teil Virginias war wunderschön und sie hatten ein paar gute Aufnahmen gemacht. Sie ärgerte sich mehr über all die Täuschungen und das schlechte Benehmen als über die eigentlichen Dreharbeiten.

In diesem Moment stolperte Roger über eine Baumwurzel in der Mitte des Weges und fiel auf seine Hände und Knie.

Tucker wandte sich sofort an die Kameraleute. »Hat das einer von euch im Kasten?«, herrschte er sie an.

Lilly schüttelte den Kopf und auch Kate und Joey sagten Nein.

»Ich schon«, erwiderte Andre.

»Nur gut, dass wenigstens *einer* von euch seinen Job macht«, entgegnete Tucker angewidert. Aber er befahl ihnen nicht, die Kameras wieder einzuschalten, also zuckte Lilly nur mit den Achseln und lief weiter. Sie würde sowieso keine guten Aufnahmen bekommen, da Chris, Michelle, Trent und Roger alle am Anfang der Schlange liefen und sie ziemlich weit hinten war.

»Ich warte nur darauf, dass er ihnen befiehlt, sich zu verirren, damit wir es filmen können«, murmelte Kate, als sie sich erneut zu Lilly und Joey umdrehte. »Ich meine, was wäre aufregender, als wenn sich einer der Darsteller im Wald verirrt und auf Bigfoot trifft? Vor allem, wenn wir nicht da wären, um es aufzunehmen. Stellt euch die Geschichten vor, die derjenige erzählen könnte, wenn man ihn endlich wiederfindet.«

»Ich glaube, er würde sich auch tierisch darüber freuen, wenn sich einer von ihnen verletzt«, bemerkte Joey. »Es würde ihm nur allzu gut gefallen, wenn einer der vier stürzt und sich das verdammte Bein bricht.«

»Sollte das einem von uns passieren«, entgegnete Kate, die ganz offensichtlich Joeys Meinung war, »würde er uns befehlen, aufzustehen und weiterzufilmen. Aber wenn einer der Darsteller fallen sollte, würde er das letzte bisschen

Drama rausholen. Vielleicht sogar einen Hubschrauber bestellen und solche Sachen, um ihn zu ›retten‹. Alles für die Einschaltquoten.«

Lilly konnte dem nicht widersprechen. Aber sie fühlte sich nicht wohl dabei, darüber zu reden, wenn Tucker buchstäblich fünf Meter vor ihnen war.

Der Rest der Wanderung zum Parkplatz verlief schweigend, und als sie sich dem Ende des Wanderweges näherten, sagte Michelle: »Oh, Gott sei Dank sind wir endlich da.«

Lilly fand, dass ihre Worte ziemlich gut zusammenfassten, was alle dachten. Keiner sagte viel, als sie über den Parkplatz gingen. Keiner verabschiedete sich, als sie in ihre Fahrzeuge stiegen und zum Hotel fuhren.

Lilly brauchte eine Weile, um ihre Kamera und die zusätzlichen Akkus aus ihren Taschen zu holen. Als sie aufblickte, war sie die Einzige auf dem Parkplatz. Sie hatte zwar keine Angst vor der Dunkelheit, fand es aber trotzdem unhöflich, dass man sie dort einfach allein gelassen hatte. Seufzend setzte sie sich hinter das Steuer und drehte den Schlüssel um.

Eine Sekunde lang fragte sie sich, was sie tun würde, wenn der Wagen nicht ansprang. Ohne Handyempfang und ohne die Möglichkeit, jemanden zu kontaktieren, der ihr helfen könnte, musste sie entweder zurück in die Stadt laufen – die mindestens zwölf oder fünfzehn Kilometer entfernt war – oder warten, bis es hell wurde und jemand zum Wandern kam.

Zum Glück musste sie sich darüber im Moment keine Gedanken machen. Der Mietwagen sprang ohne Probleme an und Lilly machte sich auf den Weg zu ihrer Pension. Kaum hatte sie geparkt, begann ihr Handy zu vibrieren, als es wieder Empfang hatte.

Lilly genoss die Stille und die Abgeschiedenheit und

nahm sich die Zeit, um nachzusehen, was sie in den Wäldern verpasst hatte.

Sie hatte eine Wetterwarnung für Kalifornien, die sie immer wieder vergaß auszuschalten, da sie nicht mehr dort lebte; eine gelbe Warnmeldung für ein vermisstes Kind aus Roanoke, Virginia; ein paar Nachrichten vom Lokalsender zu Hause in West Virginia.

Und eine Nachricht von Ethan.

Lilly entsperrte schnell ihr Telefon und klickte auf die Nachricht.

Ethan: Hi. Ich weiß, dass du diese Nachricht wahrscheinlich erst erhältst, wenn du aus dem tiefen, dunklen Wald kommst, aber ich wollte dich wissen lassen, dass ich heute viel Spaß hatte. Ich würde dich gern wiedersehen. Vielleicht können wir uns treffen, wenn du etwas geschlafen hast? Wenn du Interesse hast, schick mir eine kurze Nachricht. Morgen früh helfe ich Rocky, aber nachmittags sollte ich freihaben. Wenn nicht ... laufen wir uns sicher trotzdem irgendwann über den Weg.

Sie strahlte. Schmetterlinge flatterten in ihrem Bauch, als sie an den Mann dachte. Sie war überglücklich, dass er sich gemeldet hatte, und freute sich, dass er sie wiedersehen wollte. Sie war sich immer noch nicht sicher, ob es eine gute Idee war, ihn zu ermutigen, da sie nur für kurze Zeit hier war, aber ihre Daumen bewegten sich über den Bildschirm, bevor sie sich zurückhalten konnte.

Lilly: Ich hatte auch Spaß. Ich muss heute Abend um sieben wieder arbeiten. Aber vielleicht können wir uns um eins treffen? Dann bekomme ich wenigstens ein bisschen Schlaf.

Sie drückte auf Senden und zuckte dann zusammen. Verdammt, sie hatte nicht daran gedacht, wie spät es war. Sie hoffte, dass Ethan sein Handy auf lautlos geschaltet und sie ihn nicht aufgeweckt hatte.

Lilly: Entschuldige, dass es so spät ist. Oder so früh. Meine

Hoffnung, um Mitternacht oder eins fertig zu sein, hat sich leider nicht erfüllt.

Nachdem sie die Eingabetaste gedrückt hatte, schlug sie sich noch einmal vor die Stirn. Mist, er konnte sein Telefon wahrscheinlich nicht auf lautlos stellen, denn wenn er zu einer dieser Such- und Bergungsaktionen gerufen wurde, musste er erreichbar sein. Sie murmelte eine Entschuldigung und schickte eine weitere Nachricht.

Lilly: Entschuldige bitte die dritte Nachricht. Du bist wahrscheinlich schon so weit, dass du dein Handy an die Wand werfen möchtest. Meine einzige Entschuldigung ist, dass ich müde und schlecht gelaunt bin, weil ich die ganze Nacht mit anderen müden und schlecht gelaunten Menschen zusammen war. Wir haben keinen Bigfoot gesehen und wir haben uns nicht verlaufen ... ich denke, beides ist von Vorteil. Ich wollte dir sagen, dass ich dich gern wiedersehen würde und dass ich es wirklich genossen habe, heute deine Freunde kennenzulernen. Oder gestern. Wie auch immer. Wenn du nicht zu sauer bist, dass ich drei Nachrichten geschickt habe, obwohl ich es bei einer hätte belassen sollen, sehen wir uns später.

Dieses Mal wusste Lilly, dass sie fertig war. Sie wurde immer ein wenig impulsiv, wenn sie müde war. Sie hätte auf jeden Fall nach der ersten Nachricht aufhören sollen. Sagten die Leute nicht, dass man nicht zu enthusiastisch wirken sollte, wenn man sich mit jemandem verabredet? Sie wusste nicht, wer »die Leute« waren, die das behaupteten, aber es war sowieso ein dummer Ratschlag. Da sie während der Arbeit nicht viel sprechen oder Gefühle zeigen durfte, neigte sie dazu, in ihrem Privatleben über die Stränge zu schlagen. Das stieß einige Leute ab, aber egal. Sie war, wie sie war, und das würde sich auch jetzt nicht ändern.

Lilly stieg aus dem Wagen aus, steckte ihr Handy in die Tasche und schnappte sich die Kamera, bevor sie ins Haus ging. Nachdem sie die Akkus aufgeladen, geduscht, sich umgezogen und die Zähne geputzt hatte, war Lilly schon halb eingeschlafen, als sie endlich unter die Decke schlüpfte.

Aber das hielt sie nicht davon ab, nach ihrem Handy zu greifen und die Nachricht von Ethan noch einmal zu lesen. Sie schlief mit einem breiten Lächeln auf dem Gesicht ein.

KAPITEL NEUN

Zwei Tage später war Lilly nicht näher daran herauszufinden, was zum Teufel mit ihr los war, als an dem Tag, an dem sie Ethans Angebot, ihr die Stadt zu zeigen, angenommen hatte. Denn mit jeder Minute, die sie mit ihm verbrachte, mochte sie ihn mehr und mehr. Sie war immer unabhängig gewesen, dafür hatten ihr Vater und ihre Brüder gesorgt. Sie hatte nie jemanden in ihrem Leben gebraucht. Sie war mit sich selbst vollkommen zufrieden.

Aber sie ertappte sich dabei, dass sie an Ethan dachte, während sie durch den Wald stapfte. Wenn sie mit ihrem Mietwagen unterwegs war. Wenn sie sich zum Schlafen hinlegte. Es war irgendwie überraschend ... und beunruhigend.

Sie genoss auch ihre Zeit in Fallport. Sie konnte sich gerade vorstellen, wie der Stadtplatz aussehen würde, wenn er für die Feiertage geschmückt und alles mit einer leichten Schneeschicht überzogen war. Ethan hatte ihr von dem Fischbratfest erzählt, das die Freiwillige Feuerwehr im Herbst veranstaltete, um Geld für das kommende Jahr zu sammeln.

Er hatte sie gestern Abend zu einem Picknick in den Caboose Park mitgenommen, bevor sie sich auf den Weg zur Arbeit gemacht hatte. Er hatte Whitney vorher angerufen, und sie hatte eine Menge Häppchen gemacht, und sie hatten einer Gruppe von Kindern beim Spielen zugesehen, während sie aßen und sich unterhielten. Der Park hieß Caboose Park, weil mitten auf der Wiese ein großer alter Güterwagen stand. Ethan wusste nicht, wer ihn dort hingestellt hatte, aber die Kinder, die Lilly gesehen hatte, spielten gern darin und darauf. Jemand hatte sogar eine Rutsche angebracht, die an einer Seite herausragte.

Alles in allem war Fallport friedlich und die Menschen waren größtenteils freundlich. Sie hatte das Gefühl, dass die Stadt von Bigfoot-Jägern überschwemmt werden würde, sobald die Sendung im Fernsehen ausgestrahlt wurde. Das würde zwar ein paar Touristen einbringen, aber gleichzeitig wahrscheinlich auch Nerven kosten. Vor allem für Ethan und seine Freunde, die Leute retten mussten, die sich auf der Suche nach der legendären Kreatur verirrt hatten.

Lilly konnte erkennen, dass einige Einheimische nicht gerade begeistert waren, sie kennenzulernen, darunter auch einige Frauen, die sie getroffen hatte, als Ethan sie bei ihrem ersten Ausflug ins *A Cut Above* mitgenommen hatte. Sie waren zwar nett, aber zurückhaltend. Sie hatte das deutliche Gefühl, dass sie sie nicht für gut genug für Ethan hielten. Dem konnte sie nicht ganz widersprechen. Je mehr sie über den Mann erfuhr, desto mehr fühlte sie sich eingeschüchtert. Oh, er hatte nie etwas gesagt oder getan, das sie so fühlen ließ; es waren eher die Dinge, die sie von Whitney und anderen in der Stadt erfahren hatte, wenn er nicht in Hörweite war.

Er war de facto der Anführer des Eagle Point Such- und Bergungsteams. Einmal war er ohne Sicherheitsleine einen dreißig Meter tiefen Abhang hinuntergeklettert, um ein

Kind zu retten, das gestürzt und auf einem instabilen Fels-vorsprung gelandet war. In einem Jahr hatte er den Weih-nachtsmann gespielt, als der übliche Weihnachtsmann krank geworden war. Er meldete sich freiwillig für alle möglichen Komitees, gab immer zu viel Trinkgeld, trank nicht im Übermaß und war generell ein verdammt guter Mann, den man gern um sich hatte. Und das alles, ohne dass jemand wusste, welche Auszeichnungen er als Navy SEAL erhalten hatte.

Ja, man konnte mit Sicherheit sagen, dass Lillys Errun-genschaften im Leben weit hinter den Dingen zurückblie-ben, die Ethan Watson getan hatte. Und eines der Dinge, die sie am meisten an dem Mann mochte, war, dass man ihm nicht ansah, dass er in der Gegend so verehrt wurde. Man konnte nicht ahnen, dass er mit einer PTBS zu kämpfen hatte – das hatte er ihr gegenüber am Abend zuvor zugege-ben. Er war ein unkomplizierter Typ, der zu jedem, mit dem er in Kontakt kam, freundlich war.

Doch so sehr sie es auch genoss, Zeit mit Ethan zu verbringen, ihre Zeit hier in Fallport war begrenzt. Mit jedem Tag, der verging, machte sie sich mehr Gedanken darüber, wie sehr es wehtun würde abzureisen. Sie ertappte sich dabei, dass sie *bleiben* wollte. Um Ethan und seine Freunde besser kennenzulernen. Um ein Teil dieser eng miteinander verflochtenen Stadt zu werden.

Was verrückt war. Nicht wahr? Wenn sie sich einen neuen Ort zum Leben aussuchen würde, sollte es dann nicht eine größere Stadt sein, wo es mehr Möglichkeiten gab, einen Job zu finden? Leute kennenzulernen?

In Gedanken versunken fuhr Lilly auf den Parkplatz des Rock Creek Wanderweges, den sie heute Abend für die Dreharbeiten nutzen würden. Tucker hatte beschlossen, etwas weiter außerhalb von Fallport zu filmen, sodass sie sich etwa fünfundzwanzig Kilometer vom Stadtzentrum entfernt auf einem neuen Pfad befanden, den sie bisher noch nicht benutzt hatten. Sie stellte den Motor ab, stieg aus und ging hinüber zu Tucker und den anderen, die dort warteten. Trent war als Einziger nicht da, da er am Vortag mit seinen eigenen Ermittlungen begonnen hatte. Der heutige Abend war der letzte, den er allein verbrachte, und morgen sollte er wieder bei den anderen sein. In der Zwischenzeit würden sie weiter filmen. Wenn Trent zurückkehrte, würden sie noch mehr Aufnahmen vom gesamten Team im Wald machen, bevor sie zur Recherche für die nächste Sendung aufbrachen.

Lilly ignorierte den Schmerz, den dieser Gedanke auslöste, und ging auf die Gruppe zu. »Hey.«

Alle begrüßten sie, doch der Enthusiasmus, den die Filmcrew am Anfang der Staffel empfunden hatte, hatte definitiv nachgelassen.

»Schön, dass du hier bist. Du musst für mich nach Roanoke fahren und ein Paket abholen«, erklärte Tucker leichthin.

Lilly blinzelte. »Was?«

»Ich habe ein paar Nachtsichtkameras bestellt. Die mit den Wärmesensor-Dingern dran. Sie sind heute Nachmittag gekommen, und ich möchte, dass du sie holst, damit wir heute Abend ein paar Aufnahmen machen können. Ich denke, das ist der Ansatz, den wir verfolgen sollten. Dass wir etwas Großes auf dem Wärmebildgerät sehen. Es wird sehr weit weg sein, sodass niemand erkennen kann, was es ist, aber wir behaupten, dass es bestimmt Bigfoot ist.«

Lilly schüttelte den Kopf. »Es ist bereits neunzehn Uhr. Roanoke ist zwei Stunden entfernt. Wohin hast du die Sachen liefern lassen und warum können wir nicht bis morgen warten?«

»Sie wurden zu einem dieser Postfächer in einer Vierundzwanzig-Stunden-Apotheke geschickt. Näher konnte ich sie nicht an diese gottverlassene Stadt liefern lassen. Ich schicke dir die Adresse. Und wir brauchen sie so schnell wie möglich. Ich denke, du kannst jetzt losfahren und um Mitternacht zurück sein, wenn du keinen Mist machst und wie eine Oma fährst. Wir können noch heute Nacht ein paar Aufnahmen machen und dann morgen, wenn Trent wieder bei uns ist, die Hauptaufnahmen von Andre machen, der in der Ferne herumläuft.«

»Wieso muss ich fahren?«, fragte Lilly.

»Weil du als Letzte hier warst«, fuhr Tucker sie an. »Bitte schließe die Kameras auf dem Rückweg an, damit sie aufgeladen und einsatzbereit sind, wenn du hier ankommst.«

Lilly konnte kaum glauben, wie dämlich Tucker sich benahm. »Wie werde ich euch finden, wenn ich zurückkomme?«, fragte sie.

»Lauf einfach den Pfad entlang, dann findest du uns schon«, entgegnete Tucker und drehte ihr dann den Rücken zu, um sich weiter mit Roger, Chris und Michelle zu unterhalten.

Einen Moment lang starrte sie ihren Chef mit offenem Mund ungläubig an. Einerseits war sie beeindruckt, dass er nicht der Meinung war, sie müsse verhätschelt werden oder man könne ihr die Besorgungen nicht zutrauen. Er behandelte sie genauso schlecht wie jeden anderen, unabhängig von ihrem Geschlecht. Aber sie in eine Stadt zu schicken, in der sie sich nicht auskannte, zu einer x-beliebigen Apotheke, die zwei Stunden entfernt war, erschien ihr nicht ungefährlich.

Sie konnte nicht umhin, sich zu fragen, wann die blöden Kameras geliefert wurden. Wahrscheinlich an diesem Nachmittag, was bedeutete, dass er selbst nach Roanoke hätte fahren können, um sie abzuholen ... aber er war entweder zu faul oder wollte die Fahrt einfach nicht auf sich nehmen.

»Tut mir leid, dass er so ein Idiot ist«, flüsterte Joey, der neben ihr aufgetaucht war. »Wenn es dich beruhigt, er hat zu keinem von uns etwas über die Bestellung der Kameras gesagt.«

Das beruhigte sie auch nicht.

»Ich denke, du könntest langsam fahren, dir Zeit lassen, wenn du in Roanoke ankommst, und dann behaupten, dass es einen schlimmen Unfall auf der Schnellstraße gegeben hat oder so ... und dass es bei deiner Rückkehr zu spät war, in die Wälder zu kommen, um uns zu suchen.«

Lilly blickte den Kameramann an. Er grinste und sie konnte nicht anders, als sein Lächeln zu erwidern. »Ja, ich habe gehört, auf der I-81 zwischen Blacksburg und Roanoke geschehen viele Unfälle.«

»Außerdem hast du meiner Meinung nach das große Los gezogen«, erwiderte Jocy. »Dann musst du nicht mehr durch den Wald stapfen. Ich glaube, es soll heute Abend regnen.«

»Oh Mann«, entgegnete Lilly.

»Komm schon, Joey. Wir wollen einen guten Platz zum Arbeiten finden, bevor es ganz dunkel wird«, rief Tucker.

»Fahr vorsichtig«, sagte Joey und zuckte entschuldigend mit den Achseln.

»Ja.«

Lilly sah zu, wie die Gruppe im Gänsemarsch den gut markierten Weg entlangging. Sie wartete nicht, bis die anderen außer Sichtweite waren, bevor sie zu ihrem Wagen zurückging. Sie hatte nicht vorgehabt, heute Abend über dreihundert Kilometer zu fahren, also musste sie tanken, was sie auf jeden Fall als Spesen abrechnen würde.

Sie beschloss, dass Joey recht hatte und sie dies als eine nette Abwechslung betrachten und ihre Zeit abseits der Dreharbeiten genießen sollte, setzte sich in ihren Wagen und steckte den Schlüssel ins Zündschloss. Sie nahm sich einen Moment Zeit, um einen Oldie-Radiosender zu finden – der Musik aus den Achtzigern spielte; es war einfach falsch, dass man das für Oldies hielt –, bevor sie vom Parkplatz fuhr.

Sechs Stunden später war Lilly müde und mürrisch. Sie hatte sich fest vorgenommen, wegen des Unfalls auf der Schnellstraße zu lügen, wie Joey vorgeschlagen hatte, aber zu ihrem Pech – vielleicht war es Karma – musste sie sich keine Geschichte ausdenken. Es hatte *wirklich* einen Unfall gegeben, und sie hatte eine Stunde lang auf der I-81 festgesessen und darauf gewartet, dass ein umgekippter Sattelschlepper wieder aufgerichtet und abgeschleppt wurde.

Dann hatte sie sich auf der Suche nach der Apotheke verfahren und den Atem angehalten, bis sie wieder in ihrem Wagen saß und wegfuhr, denn die Apotheke lag definitiv nicht in einer sicheren Gegend der Stadt. Lilly hatte bei ihrer Suche nach dem Geschäft mindestens zwei Drogendeals beobachtet und war noch nie so froh gewesen, wieder auf der Interstate zu sein. Sie hatte die beiden Kameras nicht an ihr tragbares Ladegerät angeschlossen, weil sie sich nicht die Zeit nehmen wollte, während sie in der Apotheke war. Also hielt sie am ersten Rastplatz an und erledigte das, während sie auf die blinkende gelbe Anzeige starrte.

Es war lächerlich, sich über einen leblosen Gegenstand zu ärgern, aber in diesem Moment hasste Lilly es, dass die Kameras für Tucker mehr bedeuteten als ihre Sicherheit.

Zum ersten Mal in dieser Nacht drehten sich ihre Gedanken um Ethan. Sie hätte alles, was sie besaß – und das war nicht viel, gerade so viel, dass es in den Keller des Hauses ihres Vaters passte –, darauf verwettet, dass er nie auf die Idee gekommen wäre, sie mitten in der Nacht loszuschicken, um die blöden Kameras abzuholen.

Lilly war so erleichtert wie noch nie, als sie die Ausfahrt

zum Highway nach Fallport sah. Nur noch dreißig Minuten und sie wäre wieder in der Kleinstadt. Es war ein Uhr dreißig morgens und sie wollte auf keinen Fall in den Wald gehen, wenn sie zum Parkplatz am Wanderweg zurückkehrte. Sie würde im Wagen sitzen bleiben und darauf warten, dass Tucker und die anderen zu *ihr* zurückkamen.

Sie war zehn Minuten gefahren, nachdem sie die Ausfahrt genommen hatte, als blinkende Lichter auf der Straße ihre Aufmerksamkeit erregten. Seit sie von der Schnellstraße abgefahren war, hatte sie kein anderes Fahrzeug mehr überholt, und sie waren buchstäblich mitten im Nirgendwo. Als Lilly auf ihr Handy schaute, sah sie, dass sie nur noch einen Balken Empfang hatte.

Die Geschichten, die ihre Brüder und ihr Vater ihr über Serienmörder erzählt hatten, die naiven Opfern auflauerten, um ihnen eine Falle zu stellen, wirbelten in ihrem Kopf herum. Sie sollte nicht anhalten, das wusste sie ... aber was, wenn sie in dieser Situation wäre? Was, wenn ihr Wagen eine Panne hätte und sie niemanden erreichen könnte und am Straßenrand festsäße? Sie würde wollen, dass jemand anhielt und nach ihr sah.

Noch bevor Lilly sich richtig entschieden hatte, was sie tun wollte, nahm sie schon den Fuß vom Gaspedal. Als sie sich dem Fahrzeug am Straßenrand näherte und die Warnblinkanlage aufleuchtete, konnte sie sehen, dass einer der Hinterreifen völlig platt war. Der Wagen neigte sich nach rechts. Hinter ihr waren immer noch keine Fahrzeuge zu sehen, nur völlige Dunkelheit. Heute Nacht war nicht einmal der Mond zu sehen, weil es wegen des vorhergesagten Regens zu bewölkt war.

Lilly kam buchstäblich mitten auf der Straße zum Stehen, ihr Wagen immer noch in Fahrtrichtung, bereit, Gas zu geben, falls jemand aus dem Nichts auftauchte und versuchte, sie zu entführen. Sie ließ das Fenster auf der

Beifahrerseite ein paar Zentimeter herunter und beobachtete, wie die Person im fahruntüchtigen Wagen dasselbe tat.

Eine Welle der Erleichterung überkam Lilly, als sie sah, dass der Fahrer eine Frau war. Gleichzeitig hörte sie die Stimme ihres Vaters, der ihr sagte, sie solle vorsichtig sein, es könne immer noch eine Falle sein. Es könnte jemand in der Nähe warten, und die Frau war nur ein Köder.

»Alles in Ordnung?«, rief Lilly.

Ihre Worte schienen jede Zurückhaltung der Frau zu brechen, denn ihr liefen Tränen über die Wangen und sie schüttelte den Kopf. Dann, zu Lillys Überraschung, tauchte ein kleiner Junge neben der Frau auf. Er konnte nicht älter als sieben oder acht sein, so alt wie ein paar ihrer Neffen.

»Wir stecken fest!«, sagte der Junge.

»Pssst«, sagte die Frau und wandte sich dann an sie. »Fahren Sie nach Fallport? Mein Handy hat keinen Empfang und es ist zu dunkel, um irgendwo hinzulaufen und zu sehen, ob ich auf der Straße ein Signal bekomme. Vielleicht können Sie jemanden für mich anrufen, wenn Sie dort sind?«

Lilly war entsetzt, dass die Frau um diese Zeit überhaupt auf die Idee kam, auf einer Landstraße herumzulaufen. Erstens war es stockdunkel. Zweitens sollte es jeden Moment anfangen zu regnen. Drittens hatte sie ein Kind dabei. Viertens konnte sie nicht sagen, wie weit sie gehen musste, bevor ihr Handy wieder Empfang hatte.

Sie könnte sich noch weitere Gründe ausdenken, aber es gingen ihr schon genügend schreckliche Dinge durch den Kopf, was dem Duo passieren könnte, also sagte sie einfach: »Bleiben Sie sitzen. Ich fahre vor Sie und komme zurück, um zu helfen.«

»Oh, aber ...«

Lilly wartete nicht ab, was die Frau sagen würde. Sie

konnte sie genauso wenig am Straßenrand stehen lassen, wie sie einen unschuldigen Welpen treten würde.

Schnell fuhr sie ihren Wagen von der Mitte der Straße weg und stieg aus. Es sah so aus, als würde es noch länger dauern, bis sie wieder in der Stadt war, aber im Moment war ihr das egal.

Immer noch leicht besorgt, dass es sich um eine Falle handeln könnte – obwohl die Tränen der Frau und die Angst in ihrer Stimme echt klangen –, ging Lilly zurück zum Wagen.

Die Frau und ihr Sohn waren ausgestiegen und sie hatte eine starke Taschenlampe in der Hand. Lilly fand das gut. Das würde den Reifenwechsel erleichtern und sie hoffte, dass die Frau bereit war, sie als Waffe zu benutzen, wenn es sein musste. So wie sie die Taschenlampe in der Hand hielt, dachte Lilly, dass sie durchaus dazu bereit war. »Ich bin über etwas auf der Straße gefahren. Ich glaube, es war ein großer Ast oder ein Kantholz. Ich habe es nicht einmal gesehen, bis es zu spät war«, sagte die Frau. »Der Reifen war sofort platt.«

Lilly starrte auf den Platten und nickte. »Haben Sie einen Reservereifen dabei?«

»Ich glaube schon.«

»Gut. Dann wechseln wir den Reifen, damit wir nach Hause kommen.«

Die Frau starrte sie einen Moment lang an. Dann fragte sie: »Sie wissen, wie man das macht?«

»Wie man einen Reifen wechselt?«, fragte Lilly. »Ja. Ich habe vier Brüder ... die hätten mich aus der Familie geworfen, wenn ich es nicht gelernt hätte«, scherzte sie.

Sie war sich bewusst, dass der kleine Junge sie anstarrte, der sich an die Hand seiner Mutter klammerte. Er war verängstigt, versuchte aber, es sich nicht anmerken zu lassen. Sie ließ den beiden etwas Raum und ging zum hinteren Teil des Wagens. »Öffnen Sie den Kofferraum und wir werden sehen, womit wir arbeiten können.«

Die Frau lehnte sich an die Fahrerseite und zog den Hebel, um den Kofferraum zu öffnen. Lilly grinste, als sie den leeren Kofferraum sah. »Zum Glück ist er nicht voll, sodass wir nicht alles ausräumen müssen, um an den Ersatzreifen zu kommen«, sagte sie lächelnd.

»Ich habe ihn gestern erst ausgeräumt«, erwiderte die Frau.

»Ich bin Lilly«, sagte sie und merkte, dass sie sich bisher nicht vorgestellt hatte.

»Ich weiß. Sie sind wegen der Dreharbeiten zu dieser Fernsehserie in Fallport«, antwortete sie.

Lilly zog sie Nase kraus. Es überraschte sie nicht sonderlich, dass die Frau wusste, wer sie war. »Genau.«

»Ich bin Elsie. Elsie Ireland. Das hier ist Tony.«

»Ich bin acht. Aber ich habe bald Geburtstag, also könnte ich genauso gut neun sein. Habt ihr Bigfoot schon gefunden?«, fragte der Junge.

Lilly lächelte. »Wir arbeiten daran. Wo bist du? In der dritten oder vierten Klasse?«

»In der dritten. Woher weißt du das?«

»Einige meiner Neffen sind in deinem Alter«, erklärte Lilly ihm.

Der Junge nickte, sah sie aber zweifelnd an. »Weißt du wirklich, wie man einen Reifen wechselt?«

»Jup«, sagte Lilly, während sie nach dem Ersatzreifen griff.

»Aber du bist ein Mädchen.«

»Das bin ich«, stimmte Lilly ihm zu, als sie mit dem Reifen in der Hand aufstand. Sie lehnte ihn seitlich an den Wagen und wandte sich dann wieder an Tony. »Das Geschlecht ist ganz egal, wenn es darum geht, einen Reifen zu wechseln. Du bist ein Junge – weißt *du*, wie man es macht?« Sie kannte die Antwort auf diese Frage bereits, stellte sie aber trotzdem.

»Ich bin noch zu jung.«

»Wer behauptet das?«, fragte sie. »Ich war erst fünf, als ich meinem Vater das erste Mal dabei geholfen habe, einen Reifen zu wechseln.«

Er machte große Augen. »Wirklich?«

»Ja. Willst du es auch lernen? Hilfst du mir?«

»Ja!«, erwiderte er, ohne zu zögern.

»Danke«, sagte Elsie leise.

»Das ist doch selbstverständlich«, erklärte Lilly ihr lächelnd.

Sie schnappte sich die kleine Tasche mit den Werkzeugen, die sie zusammen mit dem Ersatzreifen gefunden hatte, und kniete sich neben den platten Reifen. Elsie stellte sich über sie und richtete die Taschenlampe auf sie, um ihnen das Licht zu geben, das sie brauchten, um die Arbeit zu verrichten.

Lilly erklärte geduldig alles, was sie vorhatte. Sie ließ Tony versuchen, die Radmuttern zu lösen, und als sie sich nicht bewegen ließen, half sie ihm, sich auf den Radmutternschlüssel zu stellen, um ihm genügend Drehmoment zu geben, um sie zu lösen. Tony war während des gesamten Prozesses sehr ernst und passte gut auf. Lilly ließ ihn so viel tun, wie er konnte. Sie musste den platten Reifen abnehmen und den neuen Reifen aufziehen, aber Tony machte praktisch alles andere.

Als er den Wagenheber ansetzte, wurden seine Augen groß, als er merkte, dass er den Wagen tatsächlich vom Boden abhob. Er legte sich hin, um unter das Fahrzeug zu schauen, um zu sehen, wie der Hebepunkt aussah, und Lilly erklärte ihm, warum der Wagenheber an diesem verstärkten Teil des Wagens angesetzt werden musste. Er streckte die Zunge heraus, während er sich darauf konzentrierte, die Radmuttern am Reserverad festzuziehen. Lilly vergewisserte sich, dass sie ganz angezogen waren, damit der Reifen sich bei der Weiterfahrt nicht lösen konnte.

Dann lächelte er erfreut, als er den Wagenheber herunterkurbelte und den Wagen wieder auf den Reifen absetzte. Er wandte sich an seine Mutter und sagte: »Ich habe es geschafft!«

»Das sehe ich, mein Schatz«, erklärte Elsie mit einem kleinen Lächeln.

»Wir brauchen Dad nicht. Uns geht es auch ohne ihn gut«, erklärte er hitzig.

Elsie atmete tief durch, verlor aber nicht die Fassung. »Ja, das stimmt«, pflichtete sie ihm bei.

Der Junge ging zum hinteren Teil des Wagens, aber Lilly sagte: »Warte mal, und was ist mit all den Sachen?«

Tony sah sie verwirrt an.

»Du glaubst doch nicht, dass sich das Werkzeug von selbst aufräumt, oder? Es hüpft nicht einfach zurück in seine Tasche und klettert wieder in den Kofferraum. Du musst dich darum kümmern, damit es beim nächsten Mal genau dort ist, wo du es brauchst. Ohne das Werkzeug kannst du keinen Reifen wechseln.«

Tony verstand und nickte. Sofort kniete er sich auf den Boden und begann aufzuräumen.

»Danke«, flüsterte Elsie, als sie sich näher an Lilly stellte. »Ich wusste wirklich nicht, was ich machen sollte, bevor Sie gehalten haben.«

»Ist schon okay.«

»Ich muss mehr über diese Art von Dingen lernen. Ich habe einfach nicht viel Zeit, da ich viel arbeite und versuche, bei Tonys Aktivitäten dabei zu sein.«

Lilly nickte. »Es ist nicht leicht, alleinerziehend zu sein.«

»Haben Sie Kinder?«, wollte Elsie wissen.

»Nein, aber einer meiner Brüder zieht seine beiden

Kinder allein auf. Na ja, nicht wirklich allein, denn er lebt in derselben Stadt wie mein Vater. Aber er bittet nicht allzu oft um Hilfe, obwohl es viele Leute gibt, die ihm helfen, wenn er sie braucht.«

Elsies Lippen zuckten amüsiert. »Wollen Sie damit etwa andeuten, ich sollte um Hilfe bitten?«

»Nein!«, sagte Lilly und es tat ihr leid, dass das die Nachricht war, die Elsie aus dem mitgenommen hatte, was sie gesagt hatte. »Ich würde mir niemals anmaßen, etwas über Ihre Situation zu wissen. Ich sage nur, dass ich weiß, wie schwer es sein kann, alleinerziehend zu sein.«

»Danke. Es ist *wirklich* schwer. Aber ich würde alles für Tony tun«, erklärte Elsie mit Nachdruck.

Lilly mochte diese Frau. Es war offensichtlich, dass sie Schwierigkeiten hatte, doch sie gab nicht auf.

»Wohin gehört das?«, fragte Tony mit der Werkzeugtasche in den Armen.

»Ich zeige es dir«, erklärte Lilly. Elsie folgte ihnen um den Wagen herum und richtete das Licht der Taschenlampe in den Kofferraum, während Lilly das Fach anhob, in dem normalerweise der Ersatzreifen lag. »Siehst du das kleine Fach da? Ja, genau da. Gut. Würdest du die Klappe jetzt für mich hochhalten, während ich den anderen Reifen wieder reintue?«

»Warum lassen wir ihn nicht einfach hier?«, fragte Tony mit gerümpfter Nase.

»Am Straßenrand?«, fragte Lilly überrascht.

»Ja, da sehe ich ständig welche.«

»Hoffentlich kann er repariert werden und deine Mutter spart Geld, wenn sie keinen neuen Reifen kaufen muss. Und wenn wir ihn hierlassen würden, wäre das Umweltverschmutzung. Außerdem ist es gefährlich. Was wäre, wenn deine Mutter vom Straßenrand abkäme und über einen drüberfahren würde? Und er ist schlecht für die Umwelt.

Nach einem Regenguss kann sich darin Wasser ansammeln und Moskitos können ihre Eier darin ablegen.« Sie hatte Schwierigkeiten, sich weitere Gründe einfallen zu lassen, doch Tony schien es verstanden zu haben.

»Du hast recht. Entschuldigung. Moment, ich halte das für dich.«

Lilly lächelte ihn an und nahm den platten Reifen. Als sie ihn wieder verstaut hatten, schloss Tony den Kofferraum und ging zur hinteren Wagentür.

»Nochmals vielen Dank«, erklärte Elsie.

»Kein Problem. Sie sollten den Reifen so schnell wie möglich reparieren lassen. Es ist nicht sicher, zu lange mit dem Ersatzreifen zu fahren. Ich folge Ihnen nach Fallport, um mich davon zu überzeugen, dass Sie sicher ankommen.«

»Das müssen Sie nicht«, widersprach Elsie.

»Doch«, versicherte Lilly nachdrücklich. »Außerdem fahren wir beide in den gleichen Ort, also ist es keine große Sache. Allerdings sollten Sie nicht schneller fahren als siebzig, denn das ist nicht sicher.«

»Alles klar. Ich weiß es wirklich zu schätzen. Ich arbeite im *On the Rocks*. Falls Sie Zeit haben, würde ich mich gern mit einem Abendessen bei Ihnen bedanken. Es ist Kneipenessen und nicht so gut wie das *Sunny Side Up*, aber trotzdem nicht zu verachten.«

»Das ist doch die Kneipe, die Zeke gehört, oder?«, fragte Lilly überrascht.

Elsie nickte. »Sie haben ihn kennengelernt?«

»Ja, ich habe mit Ethan, Tal, Raid und Zeke zu Mittag gegessen. Ich fand ihn sehr nett.«

»Er ist ein guter Mann«, bestätigte Elsie.

Lilly glaubte, einen Hauch von Wehmut in ihrem Tonfall zu hören, aber da sie die Frau nicht wirklich kannte, war sie sich nicht sicher. »Ich werde wahrscheinlich nicht mehr lange in der Stadt sein, aber wenn ich kann, werde ich auf jeden Fall vorbeischauen. Ich habe schon viel über die Kneipe gehört und bin neugierig.«

»Cool.«

»Fahren Sie vor mir raus und ich folge Ihnen«, sagte Lilly.

Elsie nickte und streckte ihr die Hand hin. »Nochmals vielen Dank.«

Lilly schüttelte der anderen Frau die Hand.

»Sie haben Tony den Abend gerettet. Ich habe das Gefühl, dass ich ihm diese Dinge nicht beibringen kann.«

»Ich bin mir sicher, dass Sie ihm viele andere Dinge beibringen«, erklärte Lilly leichthin. »Kommen Sie, verschwinden wir von hier. Es ist schon spät und ich wette, Sie sind müde.«

»Das bin ich. Tony hatte einen Termin bei einem Facharzt in Roanoke, und es ist spät geworden. Ich wollte kein Geld für ein Hotel ausgeben und beschloss, mich auf den Heimweg zu machen.« Sie lachte, doch es lag kein Humor darin. »Ich hätte wahrscheinlich einfach dortbleiben sollen.«

»Geht es ihm gut?«, fragte Lilly.

»Ja. Er wurde als Baby am Herzen operiert und heute war nur eine Kontrolluntersuchung. Es geht ihm gut.«

»Da bin ich froh«, sagte Lilly. »Aber wenn Sie ein Hotelzimmer genommen hätten, hätte ich Sie nicht kennengelernt«, erklärte sie grinsend.

»Das stimmt. Hoffentlich sehen wir uns in der Kneipe, bevor Sie abreisen.«

»Ich hoffe, ich schaffe es«, erklärte Lilly und ihr war jetzt schon klar, dass sie die Stadt auf keinen Fall verlassen würde, ohne in der Kneipe vorbeizuschauen.

Die beiden Frauen lächelten sich kurz an, dann ging Lilly zu ihrem Wagen, während Elsie in ihren eigenen stieg.

Die verbleibende zwanzigminütige Fahrt zurück nach

Fallport verlief ereignislos und Lilly winkte aus dem Fenster, als Elsie auf einen kleinen Parkplatz vor dem Mangree Motel und Wohnmobilpark am Stadtrand fuhr. Es war ein heruntergekommenes Gebäude, aber es gab viele Lichter auf dem Parkplatz und ein kleines, aber gut gepflegtes Schwimmbecken auf der Vorderseite, das von einem Zaun umgeben war.

Lilly hatte nicht vor, darüber zu urteilen. Elsie schien ihr Bestes zu geben, und Tony sah glücklich und gesund aus.

Es war zwei Uhr dreißig, als sie wieder auf dem Parkplatz des Rock Creek Wanderweges ankam. Sie hatte gerade den Motor abgestellt und sich vorgenommen, dort zu bleiben, wo sie war, und nicht allein in den Wald zu stapfen, als sie aus dem Augenwinkel eine Bewegung wahrnahm.

Für einen Moment tauchten Visionen von Mördern in ihrem Kopf auf, die es auf sie abgesehen hatten – und dann, genauso lächerlich, hatte Lilly einen Anflug von Angst, dass Bigfoot beschlossen hatte, sich zu zeigen. Aber es war nur Roger, der aus dem Wald kam. Ihm folgten schnell alle anderen.

Etwas überrascht, dass sie schon zurück waren, wo sie doch während der letzten Nächte bis mindestens vier Uhr morgens draußen geblieben waren, stieg Lilly aus ihrem Wagen aus, um ihnen entgegenzugehen.

»Warum hast du denn so lange gebraucht?«, fuhr Tucker sie an.

Lilly hielt inne, als sie seinen giftigen Ton hörte. Tucker war oft übel gelaunt, aber normalerweise nicht so wie jetzt. »Es gab einen Unfall auf der Schnellstraße. Dann habe ich mich verfahren, als ich die Apotheke mit den Postfächern gesucht habe. Ich musste an einem Rastplatz haltmachen, um auf die Toilette zu gehen und die Kameras zu laden, dann habe ich einer Frau geholfen, die einen Platten hatte.«

»Du hast doch gewusst, dass wir sie heute Nacht noch

benutzen wollten«, erklärte Tucker ganz offensichtlich wenig erfreut.

»Es tut mir leid. Aber ich kann den Verkehr nicht kontrollieren.«

»Ganz toll«, murmelte der Produzent. »Und wo sind die Kameras? Ich werde sie mitnehmen, damit wir uns mit den Abläufen im Hotel vertraut machen können. Und wir werden morgen die ganze Nacht arbeiten müssen, um die Aufnahmen zu bekommen, die wir brauchen.« Mit diesen Worten stapfte er zu ihrem Wagen und riss die Heckklappe auf, um die nun voll aufgeladenen Kameras zu holen.

»Beachte ihn gar nicht«, sagte Andre, der sich neben sie gestellt hatte. »Er ist nur schlecht gelaunt, weil alle anderen es sind. Michelle hat heute Abend einen Wutanfall bekommen und Roger hat sich geweigert, fünf Kilometer zu einem anderen Bergkamm zu laufen, um noch mehr verdammte Bigfoot-Rufe zu machen.« Er lachte leise. »Es war irgendwie großartig zu sehen, wie sich alle ausnahmsweise gegen Tucker stellten. Alle haben sich kollektiv geweigert, heute Abend weiterzufilmen, da Regen aufzieht. Wir haben mehr als genügend Filmmaterial von allen, die durch den Wald laufen, an Bäume klopfen und diese lächerlichen Paarungsrufe machen, oder was auch immer das sein soll.«

In diesem Moment begann es zu regnen, wie Andre es vorausgesagt hatte. Zuerst waren es nur kleine Tropfen, aber innerhalb von wenigen Augenblicken setzte ein Wolkenbruch ein, der alle bis auf die Knochen durchnässte, bevor sie sich in Sicherheit bringen konnten.

Alle liefen zu ihren Fahrzeugen und ließen Lilly allein auf dem Parkplatz stehen. Wieder einmal. Die Heckklappe ihres Mietwagens war immer noch offen ... und sie konnte nur lachen.

Die Nacht war seltsam gewesen, aber auch gut. Es hatte sich gut angefühlt, Elsie und ihrem Sohn zu helfen und zu wissen, dass sie nicht immer noch am Straßenrand saßen, gestresst darüber, was sie tun sollten, oder noch schlimmer, durch den jetzt strömenden Regen laufen mussten.

Lilly joggte zu ihrem Wagen, schloss die Klappe, die Tucker nicht wieder zugemacht hatte, und setzte sich hinter das Steuer. Ihr Haar war tropfnass und sie war müde, aber wenigstens hatte sie nicht kilometerweit durch den Wald laufen müssen. Sie ärgerte sich immer noch darüber, dass sie den ganzen Weg nach Roanoke hatte fahren müssen, um die Kameras abzuholen, aber sie konnte nicht leugnen, dass es eine nette Abwechslung zu den Dreharbeiten gewesen war.

Und das war der Gedanke, der ihr im Kopf herumschwirrte, als sie zurück zu ihrer Pension fuhr. Sie hatte sich noch nie vor ihrem Job gefürchtet. Es war nur ein Job. Etwas, womit sie ihren Lebensunterhalt finanzierte. Manchmal machte es sogar Spaß. Aber sie merkte, dass es ihr vor Tucker, der Besetzung und sogar vor den anderen Mitarbeitern graute. Früher waren sie wenigstens freundlich, lachten und scherzten in den Pausen und zwischen den Aufnahmen. Aber jetzt machten sie alle ihr eigenes Ding und ignorierten alle anderen. Es schien, je mehr Zeit sie zusammen verbrachten, desto mürrischer wurden sie ... und die Atmosphäre begann, ihr das Leben auszusaugen.

Es war definitiv Zeit für eine Veränderung. Sie wollte nicht den Rest ihres Lebens damit verbringen, den Beruf zu hassen, den sie ausübte. Sie hatte keine Ahnung, was sie sonst tun könnte, aber das Filmen von gefälschtem »Reality«-Fernsehen war es nicht.

Lilly hatte das Gefühl, eine wichtige Entscheidung getroffen zu haben, auch wenn sie eigentlich gar nichts entschieden hatte, und ihr Herz schien leichter zu sein als am Abend zuvor, als sie nach Roanoke aufgebrochen war.

Sie hielt hinter der Frühstückspension an und holte ihr

Handy heraus. In den letzten Tagen war es zur Gewohnheit geworden, ihre Nachrichten und Benachrichtigungen zu überprüfen, wenn sie am Ende der Nacht nach Hause kam. Vorhin hatte sie das Klingeln ihres Telefons gehört, war aber nicht dazu gekommen, es zu überprüfen. Sie war mehr damit beschäftigt, sicher aus dem üblen Viertel herauszukommen, dann zu fahren und Elsie bei der Reparatur ihres platten Reifens zu helfen.

Wie immer hatte sie eine Nachricht von Ethan bekommen. Sie lächelte schon, bevor sie sie las.

Ethan: Ich kann nicht glauben, dass du Ananas auf Pizza magst. Ich bin mir nicht sicher, ob wir noch länger Freunde sein können :) Drew und Brock fanden es toll, dich heute kennenzulernen. Am besten hat mir gefallen, als Brock dir einige der Werkzeuge erklärt hat, die er für die Fahrzeuge in seiner Werkstatt verwendet, und du ihn korrigiert hast. Ich habe ihn noch nie so sprachlos gesehen. Das war großartig. Ich hoffe, die Arbeit ist heute Abend gut gelaufen. Schick mir eine Nachricht, wenn du morgen aufwachst, dann hole ich dich ab ... das heißt, wenn du immer noch das Haus sehen willst, an dem Rocky und ich gerade arbeiten. Schlaf gut.

Lilly lächelte. Sie liebte es, Leute zu überraschen. Niemand hatte erwartet, dass sie etwas über Fahrzeuge wusste. Oder über das Bauwesen. Oder Klempnerarbeiten. Alles, was stereotypisch ein »Männerberuf« war. So wie sie heute Abend Tony und seine Mutter überrascht hatte. Brock war tatsächlich überrascht gewesen, als sie ihn korrigiert hatte, dann hatte er gelacht und gesagt, wenn Ethan sie nicht heiraten würde, würde er es tun.

Sie war rot geworden, und auch Ethan hatte ein wenig unbehaglich ausgesehen, aber er hatte es abgeschüttelt und seinem Freund gesagt, er solle seine Hände bei sich behalten – dann hatte er einen Arm um Lillys Schultern gelegt und sie an sich gezogen.

Es hatte sich toll angefühlt, von Ethan im Arm gehalten zu werden, auch wenn er sie losgelassen hatte, bevor sie es wollte. Es war auch schwer zu sagen, ob er sie nur als Freundin sah oder ob er mehr wollte.

Lilly wusste, wie es um *ihre* Gefühle stand. Mit jedem Tag, der verging, wollte sie definitiv mehr. Aber da war noch die ganze »Ich bin nur wegen des Jobs hier«-Sache, die über ihren Köpfen hing. Es war klüger, die Dinge auf einer freundschaftlichen Ebene zu halten, aber das wurde immer schwieriger, je besser sie ihn kennenlernte.

Sie klickte auf das Kästchen unter Ethans Text, um zu antworten.

Lilly: Ich kann nicht glauben, dass du Jalapeños auf alles tust. Das ist ja noch komischer als Ananas auf Pizza. :) Ja, ich will morgen immer noch mit dir ausgehen. Ich werde auch früher fertig sein als sonst. Lange Geschichte, aber ich musste heute Abend nicht kilometerweit durch den Wald laufen und bin tatsächlich vor vier zu Hause. Ich werde dir davon erzählen, wenn wir uns sehen. Morgen wird es wieder eine lange Nacht, aber ich freue mich, dass ich wahrscheinlich schon vor Mittag auf den Beinen sein kann. Wir sehen uns bald wieder. Gute Nacht!

Ethan hatte gesagt, dass es ihm nichts ausmachte, wenn sie ihm eine Nachricht schrieb, sobald sie nach Hause kam, also versuchte sie, kein schlechtes Gewissen zu haben, wenn sie ihm so spät – oder so früh – Nachrichten schickte. Sie stieg aus ihrem Wagen aus, schnappte sich ihre Kamera und ging ins Haus, um sich bettfertig zu machen.

Es dauerte eine Weile, bis sie tatsächlich einschlief, da sie nicht so erschöpft war wie sonst. Der Tag war ziemlich gut verlaufen. Angefangen beim Abhängen mit Ethan und seinen Freunden über die Begegnung mit Elsie bis hin zu der Tatsache, dass sie sich langsam einer Entscheidung in Bezug auf ihren Job annäherte ... Lilly fühlte sich zum ersten Mal seit Langem entspannt.

Vorfreude raste durch seine Adern. Der heutige Abend war *schrecklich* gewesen. Nichts war richtig gelaufen. Aber bald, sehr bald, würde es spannend werden. Die Sendung stand kurz davor, einen gewaltigen Tritt in den Hintern zu bekommen, und er konnte es kaum *erwarten* zu sehen, wie alle darauf reagierten.

Er hatte nicht geplant, was passierte, aber jetzt, wo es geschehen war, wurde ihm klar, dass es perfekt war. Er kam sich dumm vor, weil er nicht früher daran gedacht hatte.

Er *sollte* sich schuldig fühlen. Er sollte Reue empfinden. Aber das tat er nicht.

Es war alles zum Wohle der Sendung.

Durch den Wald zu wandern, zu schreien und gegen Bäume zu schlagen war dumm. *Das hier* war die Sache, die der Sendung eine Emmy-Nominierung einbringen würde. Nichts konnte das übertreffen. Zur Hölle, allein die unvermeidlichen Gerüchte, dass Bigfoot verärgert war, weil er entdeckt worden war – und eben darauf reagiert hatte –, waren so gut wie Gold.

Seufzend legte er sich auf sein Bett und lächelte zur Decke hinauf. Die Aufregung, die ihn durchströmte, machte ihn fast schwindelig.

Ja, diese Sendung war nichts ohne ihn. Er würde *Paranormal Investigations* im Alleingang zu einem Erfolg machen. Selbst wenn niemand sonst wusste, was er getan hatte.

Er schlief mit einem Lächeln im Gesicht und einem guten Gewissen ein. Er hatte getan, was er tun musste. Alles andere würde sich nun schon ergeben.

KAPITEL ZEHN

Als Ethan am nächsten Morgen im *Grinders* einen Kaffee und einen Muffin holte, traf er Clara Wooten. Sie gehörte zu einer Gruppe von Damen, die für den Tratsch lebten ... aber im Gegensatz zu Silas, Otto und Art war ihre Gruppe dabei etwas bösartig. Die Damen – Dorothea, Cora, Ruth und natürlich Clara – versuchten nicht einmal, es zu verbergen, wenn sie auf der Suche nach Informationen waren. Je skandalöser, desto besser.

Clara begrüßte ihn mit einem Lächeln, dann redete sie auf Ethan ein, während er darauf wartete, dass sein Kaffee zubereitet wurde. Erst als sie Lillys Namen nannte, wurde er aufmerksam.

»Entschuldige bitte, ich bin noch nicht ganz wach. Was hast du gesagt?«, fragte er.

»Ich habe gesagt, dass wir hoffen, du würdest Miss Lilly heute Nachmittag zu unserem Treffen in der Bibliothek bringen«, wiederholte Clara.

Ethan starrte sie überrascht an. Er hatte den Eindruck gewonnen, dass Clara und ihre Freundinnen nicht viel für Lilly oder irgendjemanden von der Fernsehserie übrighatten. Obwohl sie natürlich bei der Bürgerversammlung dabei gewesen waren und die Darsteller und den Fernsehchef verächtlich angeschaut hatten.

Er hatte keine Ahnung, was sich zwischen diesem Zeitpunkt und heute geändert hatte, weshalb Clara jetzt so nett zu Lilly war und unbedingt Zeit mit ihr verbringen wollte. Besonders bei einem ihrer geliebten Buchklubtreffen. Die vier Frauen waren die Einzigen in ihrem »Klub« und sie sprachen sowieso ständig über Bücher, also hatte Ethan keine Ahnung, warum sie auch noch eine bestimmte Zeit und einen bestimmten Ort hatten, um sie offiziell zu besprechen. Und bis jetzt war es ihm auch völlig egal gewesen, sodass er nicht gefragt hatte.

Und jetzt wollten sie, dass Lilly sich ihnen anschloss? Irgendetwas war da im Busch.

»Ich weiß nicht, ob sie nicht schon was vorhat«, erklärte er Clara.

Die ältere Frau zuckte nur mit den Schultern. Obwohl es noch früh war, war ihr Haar perfekt zu der von ihr bevorzugten Bienenstockfrisur frisiert. Ethan war schon immer von ihrem Haar fasziniert gewesen; es bewegte sich nie. Sogar wenn es draußen windig war. Sie musste eine Unmenge an Haarspray verwenden, damit es so perfekt blieb. Er hatte sie noch nie mit zerzaustem Haar gesehen. Clara war mit ihren ein Meter dreiundsechzig die kleinste in ihrer Truppe, aber ihr Haar ließ sie viel größer erscheinen. Mit ihren achtundsechzig Jahren war sie ziemlich gut in Form, auch wenn sie jeden Morgen zu ihrem zuckersüßen Kaffee eine Zimtrolle von *Grinders* aß.

»Anscheinend hat sie jetzt immer nachmittags frei, also kann sie um drei Uhr zu unseren Treffen kommen«, informierte Clara ihn.

Ethan wollte sich zu keinem Versprechen hinreißen lassen, was Lilly betraf. »Ich werde es vorschlagen«, erklärte er schließlich. Doch er konnte nicht umhin, sich zu wundern: »Ich dachte, ihr hättet nicht besonders viel für sie übrig.«

Clara machte ein paar ausweichende Geräusche. »Es wäre nicht christlich von mir zu sagen, dass ich jemanden nicht mag, ohne ihn richtig zu kennen«, entgegnete sie schließlich. »Es ist kein Geheimnis, dass ich kein Fan von Leuten bin, die unsere Stadt mit diesem Bigfoot-Quatsch ausbeuten, und es ist nicht so, dass sie bleiben wird. Aber nachdem ich gehört habe, was gestern Abend passiert ist, muss ich meine Meinung über sie wohl ändern.«

Ethan runzelte die Stirn. »Was ist denn gestern Abend passiert?«

Clara freute sich, dass sie den Klatsch an jemanden weitergeben konnte, der die Neuigkeiten noch nicht gehört hatte. »Die Frau, die im *On the Rocks* arbeitet – die mit dem Sohn, die im Mangree wohnt –, hatte eine Reifenpanne und saß auf dem Weg zurück in die Stadt fest. Es war dunkel, sie hatte Angst und Miss Lilly hat angehalten, um ihr zu helfen.«

Ethan schüttelte den Kopf. »Das kann nicht sein. Lilly musste gestern Abend arbeiten.«

Clara strahlte. »Aber nein, das hat sie nicht. Ich habe es heute Morgen von meiner Gärtnerin gehört, die es von ihrer Cousine erfahren hat, die mit einem der Zimmermädchen im Mangree Motel befreundet ist, das heute früh gerufen wurde, um ein Zimmer zu reinigen, nachdem ein paar Highschool-Jungs eine Party gefeiert hatten. Sie sprach mit der Frau, die nachts die Stellung hält, die sagte, dass die Frau ... wie heißt sie noch mal?«

»Elsie?«, fragte Ethan.

»Ja! Das ist sie. Jedenfalls sprach die Angestellte mit Elsie, nachdem sie nach Hause gekommen war – nach Mitternacht, wohlgemerkt –, weil sie zur Rezeption kommen musste, um die Kaffeemaschine in ihrem Zimmer auszutauschen, die nicht funktionierte, und jeder weiß, wie sehr sie nach Kaffee süchtig ist. Aber da sie ihre Schicht erst mittags beginnt und sie es sich nicht leisten kann, jeden Morgen hierherzukommen, um sich ihren Kaffee zu holen, muss sie die Kaffeemaschine benutzen, die das Mangree in ihren Zimmern bereitstellt.«

Ethan widerstand dem Drang, die Augen zu verdrehen und Clara zur Eile anzutreiben. Er wusste aus eigener Erfahrung, dass das keinen Sinn hatte, wenn sie einmal in Fahrt war.

»Und Elsie erzählte ihr die ganze Geschichte. Wie sie über etwas auf der Straße gefahren ist und fast die Kontrolle über den Wagen verloren hätte. Sie schaffte es, an den Straßenrand zu fahren, aber sie hatte keinen Handyempfang, weil diese verdammten Telefongesellschaften sich weigern, einen Sendemast zwischen der Interstate und Fallport zu errichten. Das ist lächerlich, denn es ist einfach nicht sicher, aber das ist ihnen natürlich egal, denn sie sind ein hochtrabendes Unternehmen mit mehr Geld als Verstand. Wie auch immer, da stand sie also, liegen geblieben am Straßenrand, leichte Beute für Vergewaltiger und Serienmörder, und sie hatte sogar ihren Sohn dabei. Sie war zu Tode verängstigt, als hinter ihr Lichter auftauchten.

Sie war so erleichtert, dass es die Kamerafrau war, die sie in der Stadt gesehen hatte. Elsie war verblüfft, als die kleine Dame anbot, ihren Reifen für sie zu wechseln! Wie ich hörte, machte sie das auch sehr gut. Dann folgte sie ihr den ganzen Weg zurück zum Mangree, um sich davon zu überzeugen, dass sie sicher ankam. Ja, Sir, Miss Lilly ist ein guter Mensch. Ich wusste es von Anfang an, aber da sie bald wieder abreist, wollte ich ihr nicht zu nahekommen.«

Ethan drehte sich der Kopf. Er hatte keine Ahnung, dass Lilly gestern Abend nicht gearbeitet hatte, und fragte sich sofort, was sie so spät noch auf der Straße zu suchen gehabt hatte. Er war nicht sonderlich überrascht, dass sie angehalten hatte, um nach einem fahruntüchtigen Wagen zu sehen, auch wenn der Gedanke daran, was hätte passieren können, wenn es nicht Elsie und ihr Sohn gewesen wären, sondern jemand, der darauf lauerte, dass jemand anhielt, um ihn auszurauben ...

Ethan unterbrach diesen Gedankengang. Er war im Moment genauso schlimm wie Clara mit seiner überaktiven Fantasie. »Sie reist aber trotzdem ab«, gab er zu bedenken.

Clara winkte bei diesen Worten ab. »Ich weiß, aber es war so nett von ihr anzuhalten, um Elsie zu helfen, dass wir etwas tun wollten, um uns für ihre freundliche Tat erkenntlich zu zeigen.«

Ethan war nicht entgangen, dass sie »wir« gesagt hatte, was bedeutete, dass Clara heute Morgen bereits mit ihren Freundinnen darüber gesprochen hatte. »Ich bin sicher, es würde reichen, wenn ihr euch einfach bei Lilly bedankt.«

Clara beachtete seine Worte gar nicht. »Wir sind gerade beim besten Teil des Buches. Der Bösewicht wird bestraft. Und dann kommt das Kapitel mit dem Sex.«

»Hier ist dein Kaffee, Ethan«, sagte die junge Frau hinter der Theke, während sie ihm seinen Kaffee und eine kleine Tüte mit seinem Muffin überreichte. Sie grinste und genoss offensichtlich sein Unbehagen über die Richtung, die Claras Gespräch genommen hatte. Es war bekannt, dass die Bücher, über die die Damen sprachen, immer Liebesromane waren. Er hatte nichts gegen sie, aber er wollte nicht mitten im Café stehen und Clara dabei zuhören, wie sie über Sex sprach.

»Danke«, entgegnete er und stopfte einen fünf Dollar Schein in die Kaffeekasse. Dann nickte er Clara zu. »Es war schön, dich heute getroffen zu haben. Aber jetzt muss ich langsam los, wenn ich zu der Verabredung mit meinem Bruder nicht zu spät kommen will.«

Clara nickte lächelnd. »Bitte vergiss nicht, Miss Lilly wegen des Buchklubs Bescheid zu sagen!«

»Das werde ich nicht«, erklärte Ethan ihr, dann drehte er sich schnell um und ging zur Tür, bevor ihr etwas anderes einfiel, worüber sie reden konnte.

Er widerstand dem Drang, Lilly eine Nachricht zu schicken, um sie zu fragen, was in der Nacht zuvor passiert war. Als er nach dem Aufwachen ihre Nachricht gelesen hatte, hatte er nicht viel darüber nachgedacht, was sie gemacht hatte, außer im Wald umherzuwandern; er hatte sich einfach gefreut, dass er sie früher als sonst sehen konnte. Aber jetzt konnte er natürlich nicht aufhören, daran zu denken. Es machte keinen Sinn, dass sie auf der 480 war, der Straße, die zwischen Fallport und der I-81 verlief.

Aber er musste sich wirklich beeilen, wenn er die Verkabelung fertigstellen wollte, die Rocky brauchte, damit Ethan sich endlich mit Lilly treffen konnte. Nicht dass Rocky es ihm übel nehmen würde, wenn er früher abhauen würde.

Ethan tat sein Bestes, um seine Neugier zu verdrängen, stieg in seinen Wagen und machte sich auf den Weg zur Baustelle.

Zwei Stunden später klingelte sein Handy. Als er es aus der Tasche zog, sah er, dass es Zeke war.

»Hey, was ist denn los?«, fragte er, nachdem er abgenommen hatte.

»Nicht viel. Ich habe gerade mit Elsie gesprochen und sie hat mir erzählt, was gestern Abend passiert ist«, sagte Zeke. »Hast du es schon gehört?«

»Ich habe Clara heute Morgen im *Grinders* getroffen«, erklärte Ethan ihm.

»Oh, ja. Dann hast du es gehört«, erwiderte Zeke. »Brock kümmert sich gerade um Elsies Wagen und besorgt ihr auch gleich vier neue Reifen. Unglaublich, dass sie es mit diesen abgefahrenen Reifen bis nach Roanoke geschafft hat. Sie hatten kaum noch Profil. Es ist fast ein Wunder, dass sie sich nicht überschlagen hat, als der Reifen geplatzt ist.«

»Ist ihr das denn recht?«, fragte Ethan. Elsie war eine stolze Frau. Sie war vor etwa anderthalb Jahren in die Stadt gekommen und hielt sich sehr bedeckt, woher sie kam und wie sie nach Fallport gekommen war. Und sehr zu Zekes Frustration nahm sie nicht so leicht Hilfe an. Ethan hatte das Gefühl, dass Zeke es schwer haben würde, sie dazu zu bringen, ihn für neue Reifen bezahlen zu lassen.

»Sie weiß es nicht«, erwiderte Zeke.

Ethan brach in Lachen aus. »Na dann viel Glück damit«, erklärte er seinem Freund.

»Sie wird die Hilfe annehmen, denn zumindest sorgen gute Reifen dafür, dass Tony in Sicherheit ist«, erwiderte Zeke.

Ethan hatte das Gefühl, dass sein Freund recht hatte. Und wenn sie trotzdem versuchte, seine Hilfe abzulehnen, würde er etwas aushandeln, bei dem sie die Reifen in Raten bezahlen konnte ... und dabei wahrscheinlich lügen, was die Kosten anging.

»Jedenfalls habe ich angerufen, um herauszufinden, was Lilly dort draußen so spät gemacht hat.«

Ethan war nicht überrascht, dass er diese Frage stellte. Sein Freund war sehr sensibel, wenn es um die Sicherheit von Frauen ging, was er in seinen Jahren als Kneipenbesitzer gelernt hatte. Er wollte auf keinen Fall, dass jemand beim Verlassen des *On the Rocks* überfallen wurde. Er hatte verschiedene Sicherheitsvorkehrungen getroffen, unter anderem wurden die Frauen beim Verlassen des Lokals zu ihren Fahrzeugen begleitet. Außerdem hatte er Schilder in der Damentoilette angebracht, auf denen erklärt wurde, dass jeder, der sich unsicher fühlte – ob mit einer Verabredung oder einem Gast –, bestimmte Getränke bestellen konnte, um die Barkeeper auf das Problem aufmerksam zu machen, die dann die Polizei riefen oder sie auf andere Weise sicher aus dem Gebäude brachten, ohne viel Aufhebens zu machen.

Wenn Zeke also erfuhr, dass eine seiner Angestellten am Straßenrand festgesessen hatte, war er alles andere als erfreut darüber, schon gar nicht, wenn – wie Ethan vermutete – er sich zu ihr hingezogen fühlte. Wenn er herausfand, dass Lilly auch dort gewesen war, würde ihn das doppelt beunruhigen.

»Ich weiß es nicht. Ich wollte mich später mit ihr treffen.«

»Also, wenn du das tust, sag ihr, dass ich ihr dankbar bin, dass sie Elsie geholfen hat.«

»Das mache ich.«

»Und nur damit du es weißt … Fallport kann gut noch mehr Leute wie sie gebrauchen. Leute, die nicht zögern, anzuhalten und zu helfen, wenn sie gebraucht werden. Zu viele Leute wären, ohne nachzudenken, einfach an Elsie vorbeigefahren.«

»Da stimme ich dir zu.«

»Dann sorg dafür, dass sie bleibt«, erklärte Zeke.

Ethan verdrehte die Augen. Seine Freunde drängten ihn, Lilly zum Bleiben zu bewegen, aber er konnte sich nicht darüber aufregen. Sie war nett. Rücksichtsvoll. Gut aussehend. Und seinen Teamkameraden war nicht entgangen, dass er in letzter Zeit verdammt gute Laune hatte, was sie zu Recht darauf zurückführten, dass er Zeit mit Lilly verbrachte.

Aber sie zu bitten, zu bleiben, nachdem er sie erst so kurze Zeit kannte, erschien ihm mehr als nur ein bisschen verrückt. Er wusste, dass er, wenn die Rollen vertauscht wären, wahrscheinlich die Flucht ergreifen würde, wenn eine Frau ihn nach weniger als einer Woche bitten würde, seinen Job zu kündigen und in einer x-beliebigen Stadt zu bleiben.

Das bedeutete nicht, dass er nicht nach einem Weg suchen würde, dass die Dinge zwischen ihnen funktionieren könnten. Wie sie sich weiterhin sehen konnten.

»Wenn es etwas gibt, wobei wir helfen können, sag uns einfach Bescheid, und wir tun, was wir können«, sagte Zeke, als wüsste er sowieso, dass Ethan nicht auf seine vorherige Aussage eingehen würde.

Zeke brauchte ihm seine Hilfe oder die seines Teams gar nicht erst anzubieten. Ethan wusste, dass er jederzeit – Tag und Nacht – auf ihre Hilfe zählen konnte. »Mache ich. Wir sprechen uns später.«

»Tschüss.«

Ethan legte auf und steckte sein Handy wieder in seine Tasche. Als er sich umdrehte, stand Rocky vor ihm.

»Zeke?«, fragte er.

»Ja.«

»Das überrascht mich nicht.« Ethan hatte seinem Bruder erzählt, was Clara ihm an diesem Morgen mitgeteilt hatte. »Er mag diese Kellnerin«, stellte Rocky fest.

»Allerdings«, stimmte Ethan ihm zu. Alle wussten, dass Zeke Elsie mochte, aber das eine Mal, als jemand es angesprochen hatte, hatte Zeke das Gespräch mit der Begründung abgebrochen, sie habe zu viele Altlasten. Und er hatte nicht von ihrem Sohn gesprochen. Zeke mochte Kinder. Und zwar sehr. Tony war also nicht das Problem. Niemand wusste, was sie eigentlich für Probleme hatte, aber es war offensichtlich, dass sie ziemlich viele davon hatte.

»Hast du schon von Lilly gehört?«, wollte Rocky wissen.

Ethan schüttelte den Kopf, als sein Telefon vibrierte. Er zog es heraus und lächelte.

»Da habe ich ja anscheinend meine Antwort«, erklärte Rocky lächelnd.

Ethan las Lillys Nachricht und versuchte, die Schmetterlinge in seinem Bauch nicht zu beachten. Es war wirklich verrückt, wie aufgeregt er war, wenn er von ihr hörte, geschweige denn mit ihr zusammen war.

Lilly: Ich bin wach! Und ich habe dem Bedürfnis widerstanden, mich mit Whitneys fantastischem Brunch vollzustopfen. Wenn ich weiterhin so esse, wie ich es während der letzten Tage getan habe, passe ich bald nicht mehr in meine Klamotten. Außerdem würde ich diesen Nachmittag gern im On the Rocks *vorbeischauen, wenn es dir nichts ausmacht.*

Ethan: Du möchtest nach Elsie sehen.

Lilly: Wie ich sehe, wird das Klatsch- und Tratschnetzwerk von Fallport seinem erstklassigen Ruf gerecht. :)

Ethan: Hier gibt es keine Geheimnisse. Ich kann es allerdings kaum erwarten, dass du mir deine Seite der Geschichte erzählst.

Lilly: Es war kein großes Ding.

Ethan: Ich bin mir sicher, dass Elsie anderer Meinung ist.

Ethan hob den Blick und sah, dass sein Bruder ihn mit einem verschmitzten Grinsen ansah. »Was ist?«, fragte er.

Rocky zuckte mit den Achseln. »Du warst nicht mehr so nervös, wenn du mit einem Mädchen sprichst, seit du dreizehn warst und dich in Missy Buckmeyer verliebt hast.«

Ethan lachte. Missy war zwei Jahre älter als sie und sie war seine erste sexuelle Erfahrung gewesen. Ja, er war damals ziemlich vernarrt in sie gewesen. Was er für Lilly empfand, war natürlich etwas ganz anderes. Tiefer. Was verrückt war, da er sie gerade erst kennengelernt hatte, aber egal.

»Der Rest der Verkabelung kann übrigens bis morgen warten, wenn du also gehen willst, ist das okay. Ich kann den Rest des Tages an den Böden in den anderen Räumen arbeiten.«

»Danke«, entgegnete Ethan. Dann wandte er die Aufmerksamkeit wieder seinem Handy zu.

Ethan: Ich bin hier mit Rocky fertig. Hast du Zeit?

Lilly: Auf jeden Fall. Hast du heute besondere Pläne für uns? Mal abgesehen vom On the Rocks, *meine ich natürlich.*

Ethan: Wollen wir kegeln?

Lilly: Oh, das fände ich toll! Ich war schon ewig nicht mehr kegeln.

Ethan: Super. Dann sehen wir uns so in zehn Minuten.

Lilly: Ich freu mich drauf.

Ethan steckte das Telefon zurück in seine Tasche und wandte sich sofort der Tür zu. Er war dankbar, dass die Arbeit an diesem Morgen nicht anstrengend gewesen war und er keinen Umweg machen musste, um zurück in seine Wohnung zu fahren und zu duschen, bevor er sich mit Lilly traf. Auch nur fünf Minuten länger zu brauchen, um zu ihr zu gelangen, schien ihm zu lang.

Sie hatten im *On the Rocks* zu Mittag gegessen, aber es war so voll gewesen, dass sie kaum Gelegenheit gehabt hatten, mit Elsie zu sprechen, doch Ethan hatte keinen Zweifel daran, dass sie früher oder später mit ihr ins Gespräch kommen würden. Ethan schaffte es, seine Neugier auf das, was er am Vorabend gehört hatte, so weit zu zügeln, dass sie zur Bowlingbahn gehen, ihre Schuhe holen, Lilly helfen konnten, eine Kugel zu finden, die ihr gefiel, und sogar ein ganzes Spiel durchhalten konnten. Aber als sie ihn anflehte, noch ein weiteres Spiel zu spielen, um ihr eine Chance zu geben, ihn zu schlagen, obwohl er mit über hundert Punkten Vorsprung gewonnen hatte, sagte er: »Ich gebe dir Gelegenheit zu einer Revanche, wenn du mir erzählst, was zum Teufel gestern Abend passiert ist.«

Lilly wandte den Kopf und starrte ihn an. »Ich dachte, du kennst die Geschichte schon?«

»Clara hat mir erzählt, wie du Elsies Reifen gewechselt hast, und während ich unsere Schuhe geholt habe, habe ich gehört, wie du den kleinen Tony verzaubert hast und er jetzt Mechaniker werden will, wenn er groß ist. Mir ist auch nicht entgangen, dass ein paar Leute, die wir vorhin gesehen haben, lächelten und superfreundlich waren, obwohl sie gestern noch nicht viel für dich übrighatten.«

Lilly runzelte die Stirn. »Und das macht dir etwas aus?«, fragte sie.

»Nein«, entgegnete Ethan, »ganz im Gegenteil, ich bin hocherfreut. Ich wusste ja gleich, dass sie dich früher oder später mögen würden, wenn sie dich erst richtig kennen. Und da du einer Stadtbewohnerin geholfen hast, ging es schneller, als ich gedacht hätte.«

»Und warum hörst du dich dann irgendwie verärgert an?«, wollte Lilly wissen.

»Weil ich nicht weiß, was du überhaupt auf dieser Straße zu suchen hattest. Nachts um halb eins. Ganz allein.«

Lilly seufzte. »Gut. Sollen wir uns hinsetzen, während ich dir die Geschichte erzähle? Es wird nicht lange dauern, doch du siehst ziemlich nervös aus und ich will auf keinen Fall, dass das Gerücht umgeht, dass wir miteinander streiten.«

»Verdammt, es tut mir leid. Du hast natürlich recht. Ich mache mir nur Sorgen.«

»Und du hast dich den ganzen Morgen über gefragt, was zum Teufel ich da gestern Abend gemacht habe, nicht wahr?«, fragte sie mit einem kleinen Lächeln.

Er nickte. »Du hast es erfasst.«

»Also, dann muss ich deine Zurückhaltung bewundern. Meine Brüder hätten sofort angefangen, mich auszufragen, sobald ich mit ihnen in den Wagen gestiegen wäre.«

»Ich hätte dich gern gefragt, wollte aber nicht, dass du dich belästigt fühlst.«

Sie setzten sich auf die kleine Bank hinter der Bowling-bahn. Lilly betrachtete ihn einen Moment lang schweigend. »Was machen wir hier eigentlich?«, fragte sie leise.

Ethan schnaubte. »Ich weiß es auch nicht.«

Erstaunlicherweise grinste sie daraufhin. »Da bin ich aber froh, dass ich nicht die Einzige bin.«

»Ich mag dich, Lilly. Und eins kannst du mir glauben, ich habe mich noch nie darum bemüht, mit einer Frau auszugehen, von der ich weiß, dass sie in ein paar Tagen wieder weg ist.«

Ihr Lächeln erlosch fast.

»Du gehst mir unter die Haut. Aber ich will verdammt sein, aber ich kann mich nicht dazu bringen, dir zu sagen, dass es keine gute Idee ist, wenn wir Zeit miteinander verbringen, oder eine Ausrede zu erfinden, um dir aus dem Weg zu gehen. Verdammt, ich ertappe mich dabei, dass ich die Texte, die du mir geschickt hast, noch einmal lese, nur um mich dir näher zu fühlen, wenn du bei der Arbeit bist.«

»Das geht mir genauso.«

»Also ... sollen wir in Verbindung bleiben, wenn du wieder abgereist bist? Und wenn die letzte Folge dieser Serie abgedreht ist und du noch keinen neuen Job gefunden hast, könntest du ja eine Zeit lang hierher zurückkehren und wir könnten Zeit miteinander verbringen.«

Bei diesen Worten röteten sich Lillys Wangen ein wenig. »Das fände ich schön.«

Ethan atmete die Luft aus, von der er nicht gewusst hatte, dass er sie angehalten hatte. »Sehr gut.«

»Ja«, stimmte sie ihm zu und lächelte jetzt auch wieder.

»Und … würdest du mir jetzt bitte die ganze Geschichte darüber erzählen, was gestern Abend vorgefallen ist?«, bat er sie.

Lilly seufzte. »Das war keine große Sache. Als ich am Parkplatz des Rock Creek Wanderweges ankam, erzählte Tucker uns, dass er einige Wärmebildkameras bestellt hatte, die an eine Apotheke in Roanoke geliefert worden waren. Er hat mir befohlen, sie abzuholen.« Sie zuckte mit den Achseln. »Und das habe ich getan.«

»Ganz allein?«, fragte Ethan.

»Ja. Die anderen Kameraleute wurden für die Dreharbeiten gebraucht, die Schauspieler konnten natürlich nicht mitkommen, Brodie musste für den Ton da sein und Trent war immer noch unterwegs, um sein Solo-Ding zu machen.«

Ethan starrte sie lange an und versuchte, nicht beleidigt zu sein. Schließlich fragte er sie: »Und dir ist nicht mal in den Sinn gekommen, *mich* anzurufen?«

Lilly runzelte die Stirn. »Ich … Nein.«

»Und warum nicht? Ich bilde mir ein, dass ich es ziemlich offensichtlich gemacht habe, dass ich gern Zeit mit dir verbringe. Und dann hätten wir nicht nur mehr Zeit gehabt, einander kennenzulernen, es wäre zudem noch sicherer für dich gewesen, so spät nicht mehr alleine unterwegs zu sein.«

»Oh, Mann. Es tut mir so leid. Ja, du hast recht. Ich hätte das wirklich tun sollen. Es war nur … Tucker bat mich aus heiterem Himmel zu fahren, und ich war nicht glücklich darüber. Er wollte, dass ich so schnell wie möglich zurückkomme, damit wir die Wärmebildkameras letzte Nacht noch benutzen konnten. Es war eine Arbeitsangelegenheit und es kam mir nicht in den Sinn, dass du vielleicht mit mir kommen wolltest.«

»Ich gebe mir wirklich Mühe, das nicht als Beleidigung aufzufassen«, bemerkte Ethan ehrlich.

Lilly griff nach seiner Hand und drückte sie fest. »Ich bin es einfach gewohnt, die Dinge alleine zu machen«, erklärte sie sanft. »Du hast recht, es wäre toll gewesen, dich bei mir zu haben. Der Verkehr war eine Katastrophe und ich war zu Tode gelangweilt. Und davon mal ganz abgesehen, befand sich die Apotheke noch in einer ziemlich üblen Gegend und noch dazu habe ich mich auf der Suche danach verfahren.«

Ethan hasste es, das zu hören. Er bekam eine Gänsehaut, wenn er an Lilly in irgendeiner gefährlichen Situation dachte. Aber sie war eine erwachsene Frau, die schon lange auf sich selbst aufpassen konnte. Es gefiel ihm nicht, dass ihr Mistkerl von Chef sie ganz allein nach Roanoke geschickt hatte, aber er fühlte sich besser, weil er wusste, dass sie nicht absichtlich versucht hatte, sich vor ihm zu drücken. Er tat sein Bestes, um die Stimmung aufzulockern, indem er sagte: »Und ich hätte die Taschenlampe halten können, während du Elsies Reifen gewechselt hast.«

Sie lächelte ihn schüchtern an. »Du meinst, du hättest ihn für sie wechseln können, stimmt's?«

»Nein. Ich habe keine Ahnung von allem, was mit Fahrzeugen zu tun hat. Frag mal Brock. Er hält mich für einen hoffnungslosen Fall. Solche Sachen überlasse ich dir.«

Sie starrte ihn an.

»Was ist?«

»Ich kann ... einfach nicht glauben, dass du das zugegeben hast.«

»Warum nicht? Ich bin nicht perfekt, also gebe ich auch gern zu, wenn ich etwas nicht kann.«

»Also, das unterscheidet dich von den meisten Männern, die ich bis jetzt kennengelernt habe. Die meisten halten es für ihre Pflicht, den Macho zu spielen und sich um solche Dinge zu kümmern, auch wenn sie nicht wissen, wie man einen Inbusschlüssel benutzt.«

»Was ist denn ein Inbusschlüssel?«, fragte Ethan mit ernstem Gesicht.

Lilly öffnete den Mund, um es ihm zu erklären, als er zu lachen anfing.

Sie verdrehte die Augen und schlug ihm gegen den Arm.

Ethan war sich der Tatsache bewusst, dass sie noch immer seine Hand hielt, war sich aber nicht sicher, ob es *ihr* klar war. Er würde sie jedenfalls nicht wegziehen. Ihm gefiel es, wie sich seine Hand in ihrer anfühlte.

»Du bist eine erwachsene Frau, Lilly«, sagte er schließlich. »Und du hast dein Leben ganz offensichtlich im Griff. Ich würde das nie unterdrücken oder dir das Gefühl geben wollen, dass du weniger wert bist als ich, nur weil du eine Frau bist. Das heißt aber trotzdem, dass es durchaus Situationen gibt, die für dich weniger sicher sind. Mitten in der Nacht mit dem Wagen unterwegs zu sein ist so eine Situation. Zwischen zwei und vier Uhr nachts passiert nichts Gutes.«

»Du hörst dich an wie meine Brüder.«

»Weil wir recht haben«, erwiderte er mit Nachdruck. »Du bist eine Frau und noch dazu eine verdammt gut aussehende. Und du bist nicht so stark wie viele Männer. Sie könnten dich leicht überrumpeln, ganz egal ob du Selbstverteidigung kannst oder nicht.«

»Das glaube ich nicht«, widersprach sie.

»Ich war ein SEAL. Ich habe gesehen, wie Frauen, die ihr ganzes Leben lang mit Männern trainiert haben, durch einen Schlag ins Gesicht ausgeschaltet wurden. Das sind Frauen, von denen ich fest überzeugt bin, dass sie das SEAL-Training hätten bestehen können, wenn man ihnen erlaubt hätte, es zu versuchen. Manche Menschen sind Tyrannen, Lilly. Und der Gedanke, dass einige von ihnen ihren Kraftvorteil nutzen, um dich zu verletzen, macht mich ein wenig verrückt.«

Sie drückte erneut seine Hand. »Ich hätte dich anrufen sollen«, gestand sie ihm zu.

Ethan nickte. »Wechseln wir das Thema. Also ... was glaubst du, wie lange du noch hier sein wirst?«

»Heute filmen wir mit den Wärmebildkameras. Morgen wird ein langer Tag, da Tucker von uns erwartet, dass wir uns alle treffen, um die Dreharbeiten zu besprechen, und zu überlegen, ob jemand das Gefühl hat, wir sollten eine Szene wiederholen oder ob uns irgendetwas fehlt. Wahrscheinlich brauchen wir noch ein paar Aufnahmen tagsüber, wie Trent mit den anderen über seine Solo-Ermittlungen spricht und erklärt, was er herausgefunden hat.«

»Also ... wenn nichts dazwischenkommt, könnte es sein, dass du frühestens übermorgen und spätestens in drei Tagen von hier verschwindest?«

Lilly nickte.

»Das ist nicht schön«, murmelte Ethan.

»Ja. Aber ... ich mag dich auch, Ethan«, erklärte sie schüchtern. »Und das Schönste am Tag ist, wenn ich vor meiner Pension vorfahre und meine Nachrichten prüfe. Das wird sich wahrscheinlich nicht ändern, wenn ich irgendwo anders bin und dort Dreharbeiten habe.«

»Es ist wirklich gut, dass wir im Augenblick hier in der Kegelbahn sind«, bemerkte Ethan.

»Wirklich? Warum?«, fragte sie verwirrt.

»Weil ich nicht will, dass noch mehr über dich getratscht wird – und dich auf dieser Bank flachzulegen und dich besinnungslos zu küssen, würde bestimmt für fantastischen Gesprächsstoff unter den Plappermäulern dieser Stadt sorgen.«

Sie lachte. »Stell dir mal vor, wie schnell das die Runde machen würde. Wahrscheinlich würden wir morgen früh direkt zu hören bekommen, wie wir es auf dem Boden der Kegelbahn getrieben haben!«

Er lachte leise. »Da hast du nicht unrecht.«

Sie starrten einander lange und intensiv an, bevor Lilly anfing zu grinsen. »Also gut ... bereit, dich von mir beim Kegeln besiegen zu lassen?«

»Möchtest du, dass ich aufgebe?«, fragte er sie.

»Was? Nein. Warum?«

»Weil du mich anders niemals beim Kegeln besiegen kannst.«

»Schon klar«, entgegnete sie und verdrehte erneut die Augen. Sie stand auf, ging zum Ballrücklauf und griff sich das knallrosa Ungetüm, das sie sich ausgesucht hatte. »Dann zeige ich dir jetzt erst mal, wie man einen Strike macht«, erklärte sie und drehte sich zur Bahn um. Sie konzentrierte sich auf die Kegel am anderen Ende der Bahn, atmete tief durch, ließ den Arm sinken und ließ die Kugel los.

Sie drehte sich um und rümpfte verlegen die Nase, als er sofort in der Rinne landete. »Okay, der Wurf war nur zum Aufwärmen. Aber gleich werde ich dich haushoch schlagen.«

Ethan stand auf und kam ihr entgegen, als sie die Bahn verließ. Ohne nachzudenken, schlang er seine Arme um sie und umarmte sie fest. Er initiierte nur selten diese Art von Intimität mit Frauen, da er nicht wollte, dass seine Hand-lungen missverstanden wurden, aber es fühlte sich einfach richtig an. Umso mehr, als ihre Arme sich im Gegenzug um ihn schlossen. Er vergrub seine Nase in ihrem Haar und atmete tief ein. Sie roch süß. Er hatte keine Ahnung, um was für einen Duft es sich handelte, aber er hatte das Gefühl, dass er ihn von diesem Moment an immer mit Lilly in Verbindung bringen würde.

Da er sich der wachsamen Augen der wenigen Leute bewusst war, die sich um sie herum tummelten, ließ er sie viel früher los, als er wollte, und machte sich auf den Weg zum Ballauswurf. Er wusste, dass Lilly sauer sein würde, wenn er sich nicht anstrengte, und als er seine Kugel losließ, war er nicht überrascht, als er alle zehn Pins umwarf.

»So ein Mist«, murmelte Lilly und lächelte ihn dann an. »Gut gemacht.«

Ja, man konnte mit Fug und Recht behaupten, dass ihm diese Frau definitiv unter die Haut gegangen war. Auch wenn sie bald abreisen würde, hatten sie vereinbart, in Kontakt zu bleiben. Damit würde er sich abfinden müssen. Vielleicht würden sich die Dinge zwischen ihnen in Zukunft klären. In der Zwischenzeit würde er für den Moment leben. Er hatte in seiner Zeit als SEAL gelernt, dass das Leben keine Sicherheiten bot. Deshalb war er entschlossen, jetzt alles zu tun, um ein Mann zu sein, den Lilly nicht mehr vergessen würde.

KAPITEL ELF

Am nächsten Morgen, als er gerade die Spiegeleier aß, die er sich zum Frühstück gemacht hatte, klingelte Ethans Telefon. Er nahm an, dass Rocky anrief, um ihm mitzuteilen, wann er zum Haus fahren würde, denn sie hatten vereinbart, heute zusammen zu fahren. Deshalb war er überrascht und freute sich umso mehr, als er sah, dass Lilly anrief.

Sie hatte ihm am Vortag gesagt, dass sie damit rechnete, dass die Dreharbeiten in der letzten Nacht länger dauern würden, da sie die Wärmebildkameras benutzen würden, die sie hatte abholen müssen. Sie mussten eine Menge Filmmaterial aufnehmen und sie hatte sich darüber beschwert, dass es wahrscheinlich ziemlich lange dauern würde.

»Hey, Lil«, sagte er, nachdem er das Gespräch angenommen hatte.

»Hi. Ähm ... wir haben ein Problem.«

Ethan richtete sich auf, als er hörte, wie nervös sie klang. »Was ist los?«

»Trent ist verschwunden.«

Es dauerte einen Moment, bevor er ihre Antwort verarbeitet hatte. »Wie bitte?«

»Trent. Er war allein auf Spurensuche beim Zelten und gestern Abend erwarteten wir alle, dass er zum letzten Teil der Dreharbeiten auftauchen würde. Er sollte mit den anderen darüber sprechen, was er gesehen hatte, und ihnen alle Beweise zeigen, die er hatte, und sich der Gruppe für die Suche mit den Wärmebildkameras anschließen. Aber er ist nie aufgetaucht. Wir nahmen alle an, dass er vielleicht beschlossen hatte, noch eine Nacht länger draußen zu bleiben, oder dass er vielleicht erschöpft war und ins Hotel zurückgekehrt war, um sich von seinem Abenteuer zu erholen. Wie auch immer, heute Morgen bekam ich einen Anruf von Kate. Sie sagte mir, dass er nicht im Hotel sei.«

»Wann wurde er zuletzt gesehen?«, fragte Ethan ernst.

»An dem Tag, an dem er aufgebrochen ist, um die Ermittlungen im Alleingang durchzuführen.«

»Wisst ihr, wo er gezeltet hat?«

»Nun, wir *dachten*, dass wir es wüssten, aber als er heute Morgen immer noch nicht auftauchte, gingen einige von uns dorthin, wo er sein Lager aufschlagen wollte, und er war nicht da. Wir sahen uns eine Weile um, fanden aber keine Spur von ihm, nichts, was darauf hindeutete, dass ein Zelt aufgestellt worden war oder so. Wir sind uns also nicht sicher, wo er tatsächlich gezeltet hat.«

»Was für ein Idiot«, murmelte Ethan. Regel Nummer eins bei allen Aktivitäten in der Natur war, dass man immer jemandem Bescheid sagte, wo man war. »Hat schon jemand die Polizei gerufen?«

»Tucker hatte es vor.«

»Na gut. Ich werde sehen, was ich herausfinden kann, und die Jungs warnen, dass wir vielleicht in die Berge müssen.«

»Ähm, das ist noch nicht alles«, erklärte Lilly vorsichtig.

Er versuchte, die Fassung zu bewahren. »Was denn noch?«

»Tucker möchte, dass wir die Suche nach ihm filmen.«

Ethan schüttelte den Kopf und seufzte: »Natürlich will er das.« Er konnte Tucker nicht davon abhalten, ein Kamerateam zu schicken, das ihn und die anderen Mitglieder des Eagle Point Such- und Bergungsteams verfolgte, aber er würde von seinem Team eine Einwilligungserklärung brauchen, wenn er das Filmmaterial verwenden wollte. Er war nicht gerade wild darauf, das dumme Ding zu unterschreiben ... obwohl Ethan das Gefühl hatte, dass der Bürgermeister sie alle zur Zusammenarbeit zwingen würde, um mehr Touristen nach Fallport zu bringen.

»Ich habe ihm gesagt, dass ihr schneller suchen könnt, ohne dass wir euch hinterhertrampeln, aber er hat mich ignoriert.« Ethan war nicht gerade überrascht. Lilly hatte schon mehrmals angedeutet, dass ihr Chef dachte, es sei gutes Fernsehen, wenn jemand verletzt wurde. »Darum kümmern wir uns, wenn es zum Problem wird«, erklärte er diplomatisch. »Wo steckst du jetzt?«

»Ich bin in der Pension, aber in ein paar Minuten treffen wir uns alle wieder am Fallport Creek Wanderweg, wo wir zuerst gefilmt haben.«

»Und wo ist Trents Wagen?«

»Auf dem Fallport Creek Parkplatz, also hoffen wir alle, dass er irgendwo dort in der Nähe ist.«

»Na gut. Keine Panik. Ich bin mir sicher, dass er in der Nähe ist. Besonders wenn er normalerweise mit dem Zelten und dem Draußensein nichts am Hut hat.«

»Ich hoffe es. Und da ist noch etwas, was du wahrscheinlich wissen solltest.«

»Was denn?«

»Tucker hat bereits jetzt beschlossen, dass er behaupten wird, Trent sei von Bigfoot entführt worden.«

»Verdammt«, bemerkte Ethan.

»Ich weiß. Es ist lächerlich, aber da wir hier versuchen, Bigfoot zu finden, denkt er, es wäre eine großartige Ergänzung für die Serie. Dass Bigfoot wütend wurde, weil wir kurz davor waren, seine Existenz zu beweisen, und beschloss, etwas zu tun, um zu verhindern, dass die Beweise an die Öffentlichkeit gelangen. Oder dass Trent ihn tatsächlich vor die Kamera bekommen hat und Bigfoot ihn daraufhin loswerden musste.«

»Hoffentlich erledigt sich dieser Ansatz von selbst, wenn wir ihn finden und es ihm gut geht«, erklärte Ethan.

»Es tut mir leid«, entgegnete Lilly.

»Was tut dir leid?«

»Dass du und deine Freunde losziehen und nach ihm suchen müsst. Du hast Tucker vorgewarnt, als wir hier angekommen sind, dass so was passieren könnte und dass ihr alles andere als erfreut wärt, wenn ihr euch freinehmen müsstet, um nach uns zu suchen.«

»Ist schon in Ordnung«, tröstete Ethan sie. »Ich bin mir sicher, dass wir ihn ziemlich schnell finden und dann direkt wieder unsere langweiligen Jobs aufnehmen können.«

»Ich hoffe es. Ich könnte nicht behaupten, irgendjemandem von der Sendung nahezustehen, aber ich hasse den Gedanken, dass er irgendwo dort draußen im Wald verletzt ist oder Angst hat. Also sehen wir uns wahrscheinlich bald?«

»Ja, Lil, wir sehen uns bald. Ich wünschte nur, die Umstände wären besser. Trotzdem freue ich mich darauf, dich zu sehen.«

»Ich mich auch«, flüsterte sie. »Fahr vorsichtig.«

Ethan lächelte. »Das werde ich.«

»Okay. Tschüss.«

»Tschüss.«

Ethan aß den Rest seines Frühstücks in drei großen

Bissen, dann stellte er den Teller in die Spüle und machte sich auf den Weg in sein Zimmer. Er musste sich umziehen und die anderen anrufen. Es sah so aus, als käme das Eagle Point Such- und Bergungsteam wieder einmal zum Einsatz.

Dreißig Minuten später stand Ethan mit seinem Team auf dem überfüllten Parkplatz und hörte sich die spärlichen Informationen über den Vermisstenfall von Trent Morrison an. Sein Handy ging direkt auf die Mailbox, was entweder bedeutete, dass es ausgeschaltet, der Akku leer war oder er sich außerhalb des Mobilfunkbereichs befand. Die Bitte an seinen Mobilfunkanbieter, eine Ortung durchzuführen, würde nichts bringen, da der Wald sehr dicht war und es außerhalb von Fallport keine Sendemasten gab, die man anpingen konnte.

Simon Hill, der Polizeichef, war da, ebenso wie einer der beiden Kriminalbeamten, die in Fallport beschäftigt waren, alle Mitglieder der Ermittlungsgruppe und ein paar Schaulustige.

Wie Lilly gewarnt hatte, war Tucker fast übermütig vor Aufregung über alles, was geschah. Er huschte hin und her und wies seine Kameraleute an, alles auf Film zu bannen. Er war absolut keine Hilfe, wenn es darum ging, den Aufenthaltsort seines vermissten Darstellers herauszufinden, und Ethan fragte sich, ob er diese ganze Sache inszeniert hatte, um höhere Einschaltquoten zu erzielen. Trent saß wahrscheinlich irgendwo im Warmen und Trockenen und lachte sich über den ganzen Trubel kaputt. In einem Tag oder so würde er wieder in den Wald gehen und so tun, als würde er dem Rettungsteam in die Arme laufen.

Ethan mochte es nicht, so zynisch zu sein, aber er konnte es nicht ändern. Er hatte in der Vergangenheit

Männer wie Tucker kennengelernt und hatte keinen Zweifel daran, dass der Produzent alles tun würde, damit seine Sendung ein Erfolg wurde und er auch in Zukunft einen Job hatte.

Glücklicherweise war Simon Hill ein guter Mann, der Ethan und sein Team größtenteils ihre Arbeit machen ließ. Er versuchte nicht, sich in die Suchaktionen einzumischen, die sie durchführten. Nur wenn etwas Kriminelles gefunden wurde, begab sich einer seiner Mitarbeiter in den Wald. Die Suche überließ er den Experten, was Ethan zu schätzen wusste. Eine weitere vermisste Person konnten sie auf keinen Fall gebrauchen.

»Also, ich finde, wir sollten uns in drei Gruppen aufteilen«, erklärte Ethan seinen Freunden. »Rocky, du, Drew und Brock geht in Richtung Westen zum Eagle Point. Zeke und ich nehmen den Barker Mill Wanderweg, der vom Fallport Creek in Richtung Osten abzweigt. Raid, du und Tal folgt einfach Duke, egal, wohin er euch führt.«

Wie immer war Raid mit seinem Bluthund dabei. Der Hund hatte eine bessere Auffindungsrate als die Männer. Duke war darauf trainiert worden, anhand von Gerüchen zu suchen. Dazu brauchte er nur ein Kleidungsstück der vermissten Person oder etwas, das sie vor Kurzem angefasst hatte, und schon legte er die Nase auf den Boden und zog los. Er konnte einer Spur aus kilometerweiter Entfernung folgen ... wenn er eine Fährte aufnehmen konnte.

Das einzige Problem war, dass Duke kein Kadaverhund war. Wenn ein Mensch verstorben war, veränderte sich sein Geruch und konnte von Raids Hund nicht mehr aufgespürt werden. Und in diesen Wäldern verweste der Körper eines Menschen sehr schnell. Ganz zu schweigen davon, dass Tiere die Leiche in der Regel vor allen anderen fanden und die Natur ihren Lauf nahm.

Wenn Trent noch am Leben war, würde Duke ihn

finden. Wenn nicht ... nun, dann konnte es sehr lange dauern, bis seine Leiche in der weiten Wildnis der Appalachen gefunden wurde, wenn überhaupt.

Tucker stand in der Nähe der Stelle, an der Ethan mit seinem Team sprach, und hatte offensichtlich mitgehört, denn er wandte sich an seine eigenen Mitarbeiter und begann, Aufträge zu verteilen.

»Kate, du und Roger geht mit dem Hund mit. Chris, du und Joey, ihr folgt dem Team, das nach Westen geht. Lilly, du und Michelle geht nach Osten.«

»Nein«, entgegnete Michelle kopfschüttelnd. »Ich bin müde. Wir waren die ganze Nacht auf den Beinen und ich werde auf keinen Fall erneut durch die Wälder stapfen.«

»Besonders dann nicht, wenn wir nicht wissen, ob wir überhaupt etwas finden«, fügte Chris hinzu.

»Und es tut mir leid, aber wenn ich mir diese Jungs so betrachte«, bemerkte Roger und zeigte mit dem Daumen auf Ethan und sein Team, »sind sie sicher schneller als wir. Ich kann auf keinen Fall mit einem Hund mithalten.«

Tucker starrte auf die Darsteller seiner Sendung.

Ethan sah, wie Lilly den Kopf senkte und ihre Lippen zuckten. Die Situation war nicht im Geringsten witzig, aber er konnte es ihr nicht verübeln, dass sie sich über eine Meuterei der Stars der Sendung amüsierte.

»Verstanden. Aber ich bestehe darauf, dass ihr mitmacht«, erklärte Tucker und starrte seine Kameraleute böse an.

»Wenn Roger glaubt, dass er nicht mit einem Hund mithalten kann, dann weiß ich nicht, wie du glaubst, dass ich das kann, wenn ich diese Kamera mit mir herumschleppe«, entgegnete Kate.

»Also gut!«, sagte Tucker und klang jetzt wirklich wütend. »Du und Andre könnt hierbleiben und Aufnahmen von den Darstellern machen. Lilly, du und Joey werdet dem

Such- und Bergungsteam folgen.« Er sah die beiden so drohend an, als könnte er sie damit genügend einschüchtern, damit sie zustimmten.

»Vielleicht solltest du Ethan und sein Team einfach unbehelligt arbeiten lassen, ohne dass sie sich Sorgen darum machen müssen, dass sie unseretwegen langsamer sind«, entgegnete Lilly.

»Kommt gar nicht infrage. Reißt euch zusammen und lasst sie nicht aus den Augen.«

Es gefiel Ethan nicht, dass Tucker so herablassend mit seinen Angestellten sprach. Allerdings wollte er auch nicht herumstehen und dabei zuhören, wie sie sich stritten, besonders nicht, da es einen Vermissten gab.

»Tut mir leid«, sagte Lilly leise und trat neben ihn.

»Du hattest mich ja gewarnt. Ist schon okay«, entgegnete er. Dann wandte er sich zu seinem Team um. »Bitte bleibt alle auf Kanal acht.« Sie brauchten die Erinnerung nicht, aber er wollte sichergehen, nur für den Fall. Sie benutzten immer denselben Kanal, um sich zu verständigen, wenn sie auf der Suche nach jemandem waren. Wenn jemand etwas entdeckte, das darauf hindeutete, dass die Zielperson in der Nähe war, gab er den anderen Bescheid, und alle schwenkten in ihrem Suchgebiet um und näherten sich langsam dem wahrscheinlichsten Ort, an dem die vermisste Person sich befinden könnte.

»Warum funktionieren ihre Funkgeräte und unsere rauschen nur?«, fragte Roger, als das Such- und Bergungsteam loszog. Raid und Tal mussten warten, bis jemand ins Hotel zurückkehrte und in Trents Zimmer ging, um ein Kleidungsstück zu holen, das Duke als Fährte benutzen konnte, aber die anderen machten sich sofort an die Arbeit. Mit etwas Glück würden sie etwas finden, bevor Raid, Duke und Tal sich auf den Weg machten.

Ethan übernahm die Führung, während er und Zeke

sich auf den Fallport Creek Pfad begaben. Obwohl Lilly und einige der anderen bereits auf diesem Pfad nach Trent gesucht hatten, war es möglich, dass sie einen Hinweis darauf übersehen hatten, wo er sein könnte.

Der Fallport Creek Pfad war eher etwas für Anfänger, und nach allem, was er von Lilly über den Mann erfahren hatte, ging er fest davon aus, dass Trent diesen Weg genommen hätte. Er hatte auch ein bestimmtes Ziel vor Augen. Ein halbwegs übersichtliches Stück Land etwa fünf Kilometer vom Parkplatz entfernt, das sich perfekt zum Aufschlagen eines Zeltes eignete. Es lag an der Kreuzung des Barker Mill Wanderweges, und er hoffte inständig, dass er Trent dort finden würde.

Er und Zeke sprachen nicht, während sie gingen, da sie daran gewöhnt waren, zusammenzuarbeiten und ihre Augen nach jedem Zeichen des Vermissten offen zu halten. Erst als sie die Lichtung erreichten, auf der er Trent zu finden hoffte, erinnerte sich Ethan daran, dass sie nicht nur zu zweit unterwegs gewesen waren.

Er fühlte sich schrecklich, weil er Lilly vergessen hatte, da er zu sehr auf die Suche konzentriert war, und er drehte sich um, um zu sehen, wie weit sie hinter ihm war. Zu seiner Überraschung war sie Zeke dicht auf den Fersen. Ihre Kamera hing an ihrer Schulter, ihr T-Shirt hatte Schweißflecke am Hals und unter den Achseln, und er konnte hören, wie sie vor Anstrengung leicht keuchte.

Er war beeindruckt. Nicht viele Menschen wären in der Lage gewesen, mit dem hohen Tempo mitzuhalten, das er vorgegeben hatte.

»Sieht nicht so aus, als hätte er sein Zelt hier aufgeschlagen«, bemerkte Zeke und richtete Ethans Aufmerksamkeit auf etwas anderes als Lilly.

»Nein. Nicht mal eine einzige Nacht. Ich hatte gehofft, dass er wenigstens eine Zeit lang hiergeblieben war, bevor er sich entschied, einen anderen Platz aufzusuchen.« Das Gras war nicht platt gedrückt und es gab keinerlei Anzeichen dafür, dass er Zeit hier verbracht hatte.

Er löste sein Funkgerät und drückte den Knopf an der Seite, um mit den anderen zu sprechen. »Hier spricht Chaos. Hat irgendjemand irgendwelche Hinweise gefunden?«, fragte er. Aus irgendeinem Grund benutzten sie alle ihre Spitznamen, wenn sie auf der Spurensuche waren. Er vermutete, dass diese Angewohnheit auf ihre Zeit beim Militär zurückging. Wenn sie auf der Suche waren, waren sie im Arbeitsmodus, und die Verwendung ihrer Spitznamen war ganz natürlich.

»Bis jetzt noch nichts«, erwiderte Koop alias Drew.

»Wir verlassen jetzt gerade den Parkplatz«, erklärte Raid. »Duke scheint eine Fährte gefunden zu haben.«

»Hier spricht Bones. In welche Richtung ist er unterwegs?« Bones war Brock.

»Das ist bis jetzt noch ziemlich unklar. Er ist ziemlich viel im Zickzack gelaufen, was normalerweise bedeutet, dass die Fährte nicht sonderlich stark ist und hauptsächlich in der Luft liegt«, erklärte Raid. »Ich melde mich wieder, sobald wir etwas gefunden haben.«

Ethan seufzte und wandte sich an Zeke. »Was denkst du?«

Anstatt zu antworten, wandte sein Freund sich an Lilly. »Wie weit seid ihr auf diesem Weg an jenem ersten Abend gekommen, als Trent noch bei euch war?«

Sie blickte Zeke fest in die Augen. »Ganz ehrlich? Ich bin mir nicht sicher. Bei Tag sieht alles ganz anders aus als neulich, als wir nachts hier unterwegs waren.«

»Hast du dein GPS dabei?«, fragte Ethan.

Lilly sah ihn überrascht an und verzog dann das Gesicht. »Verdammt. Nein. Tut mir leid. Ich habe es gestern Abend, als ich nach Hause gekommen bin, im Zimmer abgelegt und mich nicht daran erinnert, es heute Morgen mitzunehmen, als Tucker angerufen und mir erzählt hat, was los ist. Ich glaube, ich war immer noch im Halbschlaf. Ich bin einfach so schnell wie möglich hergekommen.«

»Ist schon okay«, beruhigte Ethan sie. »Falls es immer noch nötig ist, können wir später einen Blick darauf werfen.« Dann griff er nach der Wasserflasche, die er immer in dem Rucksack hatte, den er bei Einsätzen wie diesem benutzte. »Hier. Du siehst müde aus.«

Ohne zu zögern, griff sie danach. Und obwohl sie gerade mitten in der Arbeit waren, konnte Ethan nicht umhin, einen Ruck zu spüren, als sich ihre Lippen um den Flaschenhals schlossen. Sie schluckte mehrmals, bevor sie ihm die Flasche zurückgab.

»Ja, Michelle hat nicht übertrieben. Wir waren wirklich fast die ganze Nacht über unterwegs. Ich bin erst um vier Uhr morgens wieder bei Whitneys Pension angekommen und habe ungefähr zwei Stunden geschlafen, bevor Tucker mich mit seinem Anruf geweckt hat.«

»Mach kurz Pause, während wir uns die Karte anschauen und uns überlegen, wohin Trent gegangen sein mag«, erklärte Ethan ihr.

Doch anstatt die Kamera abzusetzen, erklärte Lilly achselzuckend: »Wie ihr die Karte studiert, macht sich sicher gut im Film.«

Er wollte protestieren, er zog es vor, dass sie ihre Gesundheit nicht vernachlässigte, aber er konnte nicht. Sie hatte recht. Und sie machte nur ihre Arbeit. Also stand sie über ihm und Zeke, als sie die topografische Karte der Gegend herausholten und auf dem Boden ausbreiteten. Sie besprachen mögliche Routen und Orte, die sich zum Aufstellen eines Zeltes eignen würden.

Für einen kurzen Moment legte Lilly ihre Kamera weg und zeigte auf einen Kamm auf der Karte. »Ich glaube, da waren wir in der ersten Nacht. Na ja, die eine Hälfte von uns. Wir haben uns aufgeteilt, damit wir die Sache mit dem Klopfen an den Bäumen und den dummen Paarungsrufen machen konnten. Die auf der anderen Seite des Bergrückens antworteten und alle taten so, als wäre das, was sie hörten, Bigfoot.«

Ethan war etwas überrascht, dass sie den Betrug zugab, aber es war nicht der richtige Zeitpunkt, um etwas zu verheimlichen. Nicht, wenn jemand vermisst wurde.

»In Ordnung, dann gehen wir in diese Richtung. Es ist möglich, dass er sich so weit wie möglich von den anderen Wanderern entfernen wollte, damit sie ihn nicht bei seiner Arbeit stören«, bemerkte Ethan. Dann wandte er sich an Lilly. »Kannst du weiter?«

»Ja.«

Ethan stand auf und griff nach ihrer Kamera – und verzog das Gesicht, als er feststellte, wie schwer sie war. »Du meine Güte, das Ding wiegt ja mindestens fünf Kilo.«

Lilly lächelte. »Wohl eher so sechs oder sieben«, entgegnete sie und griff danach.

Ethan fühlte sich jetzt sogar noch schlechter, weil er vorhin eine so schnelle Gangart angeschlagen hatte.

Und als könne sie seine Gedanken lesen, entgegnete Lilly: »Ist schon in Ordnung. Ich bin es gewohnt.«

Sein Respekt vor Lilly und ihren Kamerakollegen stieg noch weiter an. Wenn er sich daran erinnerte, dass Michelle sich beschwert hatte, sie sei müde, erschien ihm das lächerlich, denn sie war nicht die ganze Nacht mit einer sieben Kilo schweren Kamera auf den Schultern durch den Wald gewandert. Lilly hatte genauso lange gearbeitet wie Michelle und die anderen, aber sie hatte sich nicht beschwert.

»Nur damit du es weißt ... du bist großartig«, platzte Ethan heraus.

Lilly neigte den Kopf vom Kamerasucher weg und lächelte ihn an.

»Ich muss sagen, ich bin froh, dass du uns zugewiesen wurdest und nicht einer der anderen«, sagte Zeke. »Du bist leise, wir mussten nicht auf dich warten und du bist für den Anlass richtig angezogen. Wir wissen das zu schätzen.«

»Danke, Leute. Wie ich schon oft gesagt habe, haben die Mitglieder meiner Familie ihr Bestes getan, um dafür zu sorgen, dass ich auf alle Aktivitäten in der Natur bestens vorbereitet war. Es war ihnen egal, dass meine Beine kürzer waren als ihre und ich jünger war, sie nahmen mich auf Wanderungen von zwanzig Kilometern mit, als wäre das nichts. Obwohl ich zugeben muss, dass ich im Laufe der Jahre etwas von meiner Ausdauer verloren habe. Kamerafrau zu sein ist nicht immer der aktivste Job.«

»Du machst deine Sache gut. Komm schon, sehen wir mal, ob wir Trent finden können, damit wir alle aus dem Wald herauskommen, okay?«, sagte Ethan. Es gab noch mehr, was er sagen wollte. Zum Beispiel, dass er die Männer kennenlernen wollte, die eine so erstaunliche Frau großgezogen hatten. Dass er sie verdammt noch mal bewunderte. Dass er sie zu einigen seiner Lieblingsplätze im Wald mitnehmen würde, wenn sie bliebe. Aber er hielt den Mund und tat sein Bestes, um sich wieder auf seine Aufgabe zu konzentrieren.

Drei Stunden später kamen die drei aus dem Wald auf den Parkplatz, ohne eine Spur von dem vermissten Mann oder seinem Zeltplatz gefunden zu haben.

Als sie eintrafen, wartete der Rest des Teams bereits auf sie. Sie waren in engem Kontakt geblieben und auch die anderen hatten kein Glück gehabt. Selbst Duke hatte Trents

Fährte etwa zwei Kilometer vom Parkplatz entfernt verloren. Es war, als hätte sich der Mann in Luft aufgelöst, was, wie jeder wusste, unmöglich war.

Tucker und die anderen Mitarbeiter an der Sendung waren nicht mehr da. Sie waren offensichtlich in ihr Hotel zurückgegangen, um auf Neuigkeiten über ihren vermissten Freund zu warten. Oder vielleicht waren sie auch nur schlafen gegangen. Ethan wusste es nicht, und im Moment interessierte es ihn auch nicht.

Aber Simon war da. Wahrscheinlich wartete er auf Informationen darüber, was sie gefunden hatten – oder auch nicht.

Lilly blieb mit Joey im Hintergrund, während Ethan und sein Team mit dem Polizeichef sprachen.

»Habt ihr irgendwas gefunden?«, fragte Simon.

»Nichts. Entweder ist der Mann spurlos verschwunden oder er war gar nicht hier«, erklärte Ethan.

»Ich vermute fast Letzteres«, bemerkte Rocky. »Je weiter nach Westen wir kamen, desto weniger Anzeichen fanden wir dafür, dass in letzter Zeit *überhaupt* irgendjemand dort gewesen ist.«

»Und ich nehme an, dass die Fährte, die Duke gefunden hat, keine neue Fährte ist, sondern noch von dem Abend stammte, an dem Trent mit dem Rest der Filmcrew hier draußen gefilmt hat«, fügte Raid hinzu.

Als Ethan nach unten blickte, sah er Duke auf der Seite neben Raids Füßen liegen. Seine Lefzen waren voller Schlabber, aber seine Augen waren geschlossen, da er ein Nickerchen machte. Der Hund sah verdammt faul aus, aber Ethan wusste aus Erfahrung, dass er gezüchtet wurde, um einer Geruchsspur kilometerweit zu folgen. Er würde laufen, bis er vor Erschöpfung umkippte, wenn er nicht unter Kontrolle gehalten wurde. Und wenn er jemals von der Leine gelassen wurde, konnte er buchstäblich in West

Virginia landen. Aber alles in allem war er ein entspannter Hund, der sein Herrchen liebte und für jede Art von Futter lebte. Er und Raid standen sich sehr nahe, und Ethan hatte keinen Zweifel daran, dass sie beide ihr Leben für den anderen geben würden.

»Hatte sonst noch irgendjemand irgendwelche Hinweise darauf, wo er vielleicht stecken könnte?«, fragte Tal Simon.

»Nein. Aber da fällt mir ein ...« Der Polizeichef wandte sich zu Lilly und Joey um. »Ich werde euch beide befragen müssen. Ich habe mit allen anderen gesprochen, während ihr mit den Suchtrupps unterwegs wart.«

Lilly nickte und Joey sagte leise: »Selbstverständlich.«

Der Polizeichef wandte sich wieder den Mitgliedern des Bergungsteams zu und sagte so leise, dass niemand sonst es hören konnte: »Irgendetwas ist hier faul, und da ihr nichts gefunden habt, denke ich, dass das heute eine sinnlose Suche war.«

»Da stimme ich dir zu«, bestätigte Koop.

»Es ist unwahrscheinlich, dass ein Mann, der die Natur nicht mag und nichts weiter als ein gewöhnliches Supermarkt-Zelt und einen Schlafsack dabeihat, dort draußen weiter kommt, als wir gesucht haben«, fügte Rocky hinzu.

»Irgendjemand weiß mehr über diese Sache«, stellte Simon fest. »Und ich werde herausfinden, was genau.« Dann richtete er sich auf und sagte lauter: »Ich melde mich bei euch. Vielen Dank, dass ihr heute all die Zeit und die Arbeit investiert habt.«

Als der Polizeichef ging, wandte Ethan sich an sein Team. »Was haltet ihr davon? Sollen wir es noch woanders probieren?«

»Wo?«, wollte Raid wissen. »Wir brauchen einen Anhaltspunkt, einen Ort, an dem wir mit der Suche starten können. Ihr wisst doch genauso gut wie ich, dass wir nicht einfach blind Tausende von Quadratkilometern Waldfläche auf gut Glück durchsuchen können. Das Gebiet ist einfach zu weitläufig.«

»Das wäre Zeitverschwendung«, stimmte Koop zu.

»Glaubt vielleicht jemand, dass Bigfoot ihn tatsächlich erwischt hat?«, fragte Tal. Alle drehten sich um und starrten ihn an. Er lachte. »Ich mach nur Spaß!«

»Ich setze mich später mit Simon in Verbindung«, erklärte Ethan den anderen. »Falls er irgendwelche neuen Informationen für uns hat, sage ich euch Bescheid und wir können uns neu organisieren.«

»Das hört sich gut an. Ich habe noch eine Steuererklärung zu machen, wenn das also alles ist, würde ich jetzt gern gehen«, erwiderte Drew.

»Du hast nicht das geringste Bedürfnis, selbst Nachforschungen anzustellen?«, wollte Rocky wissen.

»Nein, nicht das geringste«, entgegnete Drew. »Das habe ich alles hinter mir gelassen, als ich aus dem Polizeidienst ausgestiegen bin. Ich bin froh, dass Simon sich darum kümmern muss, Leute zu befragen und herauszufinden, wer in Bezug auf was lügt. Da sind mir meine Zahlen und die Stille im Wald tausendmal lieber. Niemals möchte ich in jene Welt zurückkehren.« Und damit drehte er sich um und ging zu seinem Wagen.

Nachdem Simon mit Joey und Lilly gesprochen und wahrscheinlich dafür gesorgt hatte, dass sie später zum Verhör auf die Wache kamen, machte auch er sich auf den Weg zu seinem Wagen. Die anderen folgten ihm, und bald stand Ethan allein mit Lilly auf dem Parkplatz.

»Wow, habe ich etwas Falsches gesagt?«, scherzte Lilly.

Ethan verzog die Lippen zu einem Lächeln. »Bist du müde?«

»Völlig erledigt«, entgegnete sie ohne Umschweife. »Aber ich weiß nicht, ob ich schlafen kann. Ich frage mich ständig, wo Trent sein könnte und was mit ihm passiert ist.«

»Na, hoffentlich ist ihm gar nichts passiert«, entgegnete Ethan. »Ich bin davon überzeugt, dass er vom Weg abgekommen ist und sich verirrt hat. Wir werden ihn finden«, erklärte er zuversichtlich.

»Ich hoffe es. Was hast du heute noch vor?«, fragte sie ihn.

»Also eigentlich hatte ich vor, an dem Haus zu arbeiten, das Rocky renoviert, aber wahrscheinlich wäre es nützlicher, wenn ich mir noch mal ein paar Karten ansehe und versuche herauszufinden, welchen Ort Trent verdammt noch mal für geeignet hielt, um dort drei Tage lang zu zelten.«

»Sicher irgendwo in der Nähe einer Dusche und eines Fast-Food-Restaurants«, witzelte Lilly.

Aber Ethan lächelte nicht.

»Was ist?«

»Da könnte was Wahres dran sein.«

Lilly schüttelte den Kopf. »Nein, ich habe nur Spaß gemacht.«

»Aber wie du schon bemerkt hast, ist Trent nicht gerade ein Naturbursche. Vielleicht ist er im Dunkeln losgezogen und hat ein wenig gefilmt, aber was, wenn er danach seinen Zeltplatz verlassen hat, um einen warmen Ort zu finden, an dem er die Nacht verbringen konnte?«

»Du meinst, er könnte vielleicht schon in jener Nacht zum Hotel zurückgekommen sein? Aber was ist mit seinem Wagen? Hätten die anderen ihn nicht bemerkt?«

»Ich weiß es nicht. Bis jetzt ergibt kaum etwas einen Sinn, aber wir werden der Sache schon auf den Grund gehen. Denkst du, du könntest vielleicht besser schlafen, wenn du mit zu mir kommst?« Er hatte das Angebot ausgesprochen, ohne darüber nachzudenken, doch Ethan bereute es nicht.

Lilly sah ihn überrascht an.

»Ich würde dich nur gern bei mir haben. Ich nehme an, du bist wahrscheinlich sauer, weil du die ganze Nacht wach warst und dann heute stundenlang diesen Klotz auf deiner Schulter herumgetragen hast. Alle anderen sind wahrscheinlich schon im Hotel und schlafen. Und das solltest du eigentlich auch. Wir wissen nicht, wann Tucker dich wieder zur Arbeit bestellt. Und du weißt genauso gut wie ich, dass er die Sache ausnutzen wird, so gut er kann. Er wird ein paar Aufnahmen davon haben wollen, wie alle besorgt sind und ausflippen. Ich verspreche, dass mein Bett bequem ist, auch wenn mein Apartmentgebäude nicht gerade der große Luxus ist. Aber dort bist du in Sicherheit. Darauf gebe ich dir mein Wort.«

Lilly in seinem Bett zu haben, davon hätte Ethan nicht mal zu träumen gewagt, insbesondere, da sie nur so kurz in der Stadt blieb ... doch nun konnte er an nichts anderes mehr denken.

»Ich vertraue dir. Ich will dir nur nicht zur Last fallen.«

Ethan musste lachen. »Das würdest du nicht. Und ich nehme an, dass du später zum Verhör zu Simon auf die Polizeiwache musst. Ich kann dir etwas zu essen machen, wenn du aufwachst, und dich hinfahren.« Es war kein sonderlich tolles Argument. Schließlich konnte sie ohne Schwierigkeiten selbst zur Polizeiwache fahren und Whitney hätte sicherlich kein Problem damit, ihr etwas Leckeres zu essen zu machen.

Aber Ethan hatte nicht gelogen; er wollte sie *wirklich* gern bei sich haben. Er wusste nicht, was mit Trent passiert war, und hoffte, dass es sich wirklich nur um einen unerfahrenen Möchtegern-Fernsehstar handelte, der sich im Wald verlaufen hatte – vielleicht sogar absichtlich »verlaufen« hatte, weil es sich gut auf Kamera machte –, aber was, wenn nicht?

»Das wäre toll«, erklärte Lilly mit einem kleinen

Lächeln. »Allerdings muss ich in der Pension vorbeischauen und ein paar Akkus für meine Kamera holen. Und vielleicht auch etwas zum Umziehen.«

»Das ist kein Problem. Ich werde dir folgen und mit Whitney plaudern, während du tust, was du tun musst. Dann können wir zu mir fahren und von dort aus improvisieren wir.«

»Okay.«

»Okay«, wiederholte Ethan. Er konnte nicht anders, als nach ihr zu greifen. »Du warst heute großartig«, erklärte er ihr, als er ihr die Hand sanft in den Nacken legte. Ihre Haut war weich und leicht feucht von der Anstrengung der großen Wanderung, die sie gemacht hatten. Sie lehnte sich in seine Berührung ... und damit war es um Ethan geschehen. Dieses kleine bisschen Vertrauen hätte ihn fast umgehauen.

Sie schloss die Augen und seufzte.

Sie standen eine ganze Minute lang so da, bevor Ethan sich zwang loszulassen. Sie öffnete die Augen und er konnte sehen, wie müde sie war.

»Komm schon. Gehen wir, bevor du im Stehen einschläfst«, sagte er.

Lilly nickte. »Ethan?«

»Ja?«

»Danke.«

»Wofür?«, wollte er wissen.

»Dass du nach Trent gesucht und sein Verschwinden ernst genommen hast. Dass du mich zu dir eingeladen hast. Dass du dich nicht darüber beschwerst, dass ich dir heute Morgen hinterherlaufen musste. Dafür, dass du so gut bist in dem, was du tust. Ich habe dich heute beobachtet, und ich bin beeindruckt. Sehr beeindruckt. Dir entgeht nicht viel, und das lässt mich glauben, dass du und dein Team Trent wirklich finden werdet. Deswegen ... danke für alles.«

»Für all das musst du mir nicht danken. Und wir *werden* ihn finden. Das kann ich dir versprechen.«

»Ich hoffe es.«

Er legte ihr die Hand auf den Rücken und führte sie zu ihrem Wagen. Er nahm ihre Kamera und schüttelte erneut darüber den Kopf, wie schwer sie war, und legte sie auf den Boden hinter dem Fahrersitz. Nachdem sie die Tür zugemacht hatte, ließ sie ihr Fenster runter und Ethan sagte: »Fahr vorsichtig.«

Sie lächelte. »Ethan, als ich heute Morgen hergefahren bin, bin ich nur an einem einzigen anderen Wagen vorbeigekommen. Ich glaube nicht, dass ich mir allzu große Sorgen um verrückte Fahrer machen muss.«

»Das ist egal. Du weißt nie, wann Bigfoot aus dem Wald kommt und dafür sorgt, dass du die Kontrolle über dein Fahrzeug verlierst«, entgegnete er.

»Oh, Bigfoot-Witze. Klasse«, neckte sie ihn.

Ethan grinste und musste sich beherrschen, um sich nicht vorzubeugen und sie durch das Fenster hindurch zu küssen, und trat dann zurück. »Wir sehen uns in der Pension.«

Lilly nickte und griff nach dem Zündschlüssel. Ethan joggte zu seinem eigenen Wagen und fuhr hinter ihr vom Parkplatz. Er hatte keine Ahnung, was die nächsten Tage bringen würden, aber er hatte ein schlechtes Gefühl, was auch immer passieren mochte. Er war zuversichtlich, dass er und sein Team Trent finden würden ... er hatte nur keine Ahnung, in welcher Verfassung er sich befinden würde, wenn sie es taten.

Er grinste. Es war ein breites Grinsen.

Der heutige Tag war fantastisch gewesen!

Es war genau die Reaktion, auf die er gehofft hatte.

Alle flippten aus, und das würde für großartige Fernsehunterhaltung sorgen.

Die Suche nach Trent würde ein spannendes Programm werden, und er konnte sich vorstellen, dass die Folge mit einem Cliffhanger enden würde. Wo war Trent? Würde er gefunden werden?

Und dann, wenn seine Leiche entdeckt wurde ...

Der Mann schauderte vor Vergnügen. Ja, dies würde definitiv die Sendung werden, über die am meisten gesprochen wurde. Jemals.

Er musste nur geduldig sein. Und nichts riskieren. Der Polizeichef war unglaublich gründlich, und er wollte auf keinen Fall wie ein Verdächtiger dastehen. Nein, er musste einen kühlen Kopf bewahren und die Dinge einfach aussitzen. Er durfte nichts sagen, was verraten könnte, was er getan hatte. Wenn das bedeutete, dass Trent noch eine Weile verschwunden bleiben musste, dann war es eben so.

Diese Typen vom Such- und Bergungsteam hielten sich für besonders gut. Nun, wenn sie es waren ... würden sie ihn irgendwann finden. Dann konnte der wahre Spaß beginnen.

KAPITEL ZWÖLF

Lilly drehte sich um und lächelte, als sie einatmete. In dem Moment, in dem sie aufwachte, wusste sie, dass sie nicht in dem bequemen Bett der Frühstückspension lag. Sie war in Ethans Wohnung. In seinem Bett. Seinem Bett, das bequemer war als das Bett in Whitneys Haus.

Aber er hatte nicht übertrieben. Das Apartmentgebäude, in dem er und sein Bruder wohnten, war nicht gerade einladend. Es war keine schlechte Gegend oder so, aber die Wohnung selbst war heruntergekommen, die Geräte alt, die Einrichtungsgegenstände wahrscheinlich aus den Achtzigern oder früher. Trotzdem fühlte sie sich wohnlich an. Wahrscheinlich lag das an den vielen Büchern, die Ethan in den Regalen des Wohnzimmers stehen hatte, und an den Bildern von seinem Bruder und seinen Freunden. Darunter auch eines von ihm und Rocky, mit einer Frau, die wahrscheinlich ihre Mutter war, in der Mitte. Auf dem Sofa befanden sich eine Decke und Kissen. Er hatte sogar ein paar Duftkerzen strategisch im Raum platziert.

Aber das Bett ... er hatte offensichtlich keine Kosten gescheut, und die Matratze, die er hatte, schien sich an ihren Körper zu schmiegen. Alle Schmerzen von der langen Nacht und dem Morgen im Wald schienen zu verschwinden, sobald sie sich hinlegte. Ganz zu schweigen davon, dass die Bettwäsche nach Ethan roch, was himmlisch war.

Lilly schlief fast sofort ein, als ihr Kopf das Kissen berührte. Als sie auf die Uhr sah, stellte sie fest, dass sie vier Stunden durchgehend geschlafen hatte. Sie hätte noch ein paar Stunden gebrauchen können, aber es gab Dinge, die sie erledigen musste. Zuallererst wollte sie sehen, ob Trent schon aufgetaucht war, verlegen über den Tumult, den er verursacht hatte. Wenn nicht, musste sie mit dem Polizeichef sprechen, auch wenn sie ihm buchstäblich nichts zu sagen hatte. Da sie nicht im selben Hotel wie die anderen wohnte, konnte sie nichts zu den Ermittlungen beitragen.

Als sie sich gerade aufraffen wollte, aus dem Bett zu steigen, ging die Tür auf. Lilly schaute hinüber und sah Ethan in der Tür stehen.

»Hey«, sagte er leise.

»Ich bin wach«, versicherte sie ihm.

»Aha, ich verstehe. Ich wollte gerade nach dir sehen. Du sagtest, du würdest dich in etwa einer Stunde mit Simon treffen müssen, und ich dachte, du möchtest vielleicht etwas essen, bevor wir gehen.«

»Danke. Ein bisschen Hunger habe ich schon«, sagte sie und richtete sich auf.

»Hast du gut geschlafen?«, fragte er.

»Wie ein Stein.«

Sie starrten sich einen Moment lang an – und plötzlich hatte Lilly das Gefühl, dass ihr die Sprache wegblieb. Es war verrückt, denn sie hatte während der letzten Woche viel Zeit mit diesem Mann verbracht. Und sie war noch nie so durcheinander gewesen wie in diesem Moment. Vielleicht lag es daran, dass sie zum Schlafen ihre Cargohose ausgezogen hatte und in seinem Bett nur mit einem T-Shirt und ihrer

Unterwäsche bekleidet war. Vielleicht lag es auch an dem Ausdruck in seinen Augen. Ein Ausdruck, von dem sie das Gefühl hatte, dass er sich in ihren eigenen Augen widerspiegelte.

Sie wollte diesen Mann. Und sie mochte aus der Übung sein, wenn es um Verabredungen und das andere Geschlecht ging, aber sie war sich ziemlich sicher, dass er sie auch wollte.

Als könnte er ihre Gedanken lesen, stieß Ethan sich vom Türpfosten ab und trat näher an sie heran. Er setzte sich auf die Bettkante und streckte die Hand nach ihr aus, seine Finger glitten in das Haar in ihrem Nacken und Lilly erschauderte. Sie hatte sich beherrschen können, sich nicht auf ihn zu stürzen, als er vorhin auf dem Parkplatz dasselbe getan hatte, aber jetzt ... das Zimmer war schummrig, da er die Jalousien geschlossen hatte, sie war halb nackt, sie trug seinen Duft auf ihrer Haut und ihr Herz raste.

Er sagte kein einziges Wort. Bat nicht um Erlaubnis. Er lehnte sich einfach zu ihr hin.

Lilly kam ihm auf halbem Weg entgegen und griff dabei nach seinem Hemd.

Ihre Lippen trafen sich, als hätten sie es schon tausendmal getan. Sie schloss die Augen und tat ihr Bestes, um den Moment in Erinnerung zu behalten. Ethans Lippen waren weich und warm, und für einen kurzen Moment tat er nichts anderes, als einen sanften Kuss auf ihre Lippen zu drücken. Dann legte er seine Hand in ihren Nacken und er neigte den Kopf. Er leckte mit seiner Zunge über den Rand ihrer Lippen und Lilly öffnete sich für ihn.

Der Kuss wurde innerhalb eines Augenblicks von sanft und forschend zu leidenschaftlich und sinnlich.

Im nächsten Moment lag sie auf dem Rücken und klammerte sich an Ethans Hemd, während er sie heftig küsste. Sie küssten sich mehrere Minuten lang, lernten den

Geschmack und das Gefühl des anderen kennen. Sie lieferten sich ein Zungenduell, knabberten mit den Zähnen, ließen ihre Hände wandern. Und jeder Augenblick fühlte sich dabei so natürlich an, als hätte sie diesen Mann schon ihr ganzes Leben lang gekannt.

Ein leises Wimmern entwich ihrer Kehle, als Ethan sich zurückzog. Er war über ihr und musterte ihr Gesicht.

Lilly leckte sich über die Lippen und genoss es, dass sein Blick sofort zu ihrem Mund wanderte.

»Das war ...«, sagte sie und zögerte, während sie nach den richtigen Worten suchte, diesen Kuss zu beschreiben.

»Einfach perfekt, verdammt«, beendete Ethan ihren Satz.

Lilly lächelte. »Allerdings.«

Er hob die Hand und strich ihr das Haar von der Wange, stand jedoch nicht auf, damit sie aus dem Bett steigen konnte. Also ließ Lilly ihre Hände seine muskulösen Arme hinauf und hinab wandern und genoss das Gefühl, wie er sich über ihr abstützte.

»Ich wusste, dass das passieren würde«, sagte er schließlich.

»Was meinst du?«, flüsterte sie.

»Dass ich dich nicht wieder gehen lassen würde, wenn ich dich erst einmal in meinem Bett hätte.«

Sie lächelte verlegen. »Die Matratze ist wirklich ausgesprochen bequem.«

»Habe ich dir doch gesagt«, erklärte er ihr. Dann atmete er tief ein, bevor er wieder ausatmete, den Kopf schüttelte und sich aufrichtete.

Lilly lehnte sich mit dem Rücken gegen das einfache Kopfteil des Bettes.

»Ich habe deine Tasche dort drüben hingestellt«, bemerkte er und zeigte in die entsprechende Richtung, ohne sie aus den Augen zu lassen.

»Danke.« Lilly hatte ihre Zahnbürste und Zahnpasta sowie einen Satz sauberer Wanderkleidung eingepackt, für den Fall, dass das Team wieder nach Trent suchen würde und sie noch einmal mitgehen sollte. Sie wollte vorbereitet sein und keine Zeit verlieren, weil sie zur Pension zurückkehren musste. Sie war zwar nicht so weit weg, nichts in Fallport war es, aber trotzdem.

Ethan öffnete den Mund, als wollte er sie etwas fragen, aber er schloss ihn dann wieder und stand auf. »Hören sich Tomatensuppe und Käse-Sandwiches gut an als Mittagessen? Oder wie auch immer das Essen zwischen dem Mittag und dem Abendessen heißt. Zwischenmahlzeit, Nachmittagssnack?«

Lilly hätte ihn gern gefragt, was er hatte sagen wollen, aber sie war sich selbst gegenüber auch ehrlich genug, um zuzugeben, dass sie es vielleicht gar nicht wissen wollte. Dieser Kuss war erstaunlich gewesen. Lebensverändernd. Und sie war sich nicht zu hundert Prozent sicher, dass sie schon bereit dazu war, ihr Leben umzukrempeln. Also lächelte sie ihn an und sagte: »Das hört sich toll an.«

Er blickte sie noch einmal wehmütig an, bevor er zur Tür hinausging und sie hinter sich zumachte.

Lilly schloss die Augen und berührte einen Moment lang ihre leicht geschwollenen Lippen, bevor sie tief durchatmete und ihre Beine über die Bettkante schwang. Sie machte sich auf den Weg in das kleine Badezimmer und schnappte sich auf dem Weg dorthin ihre Tasche. Sie hatte nicht damit gerechnet, sich in einen Kerl zu verlieben, als sie in Fallport angekommen war, und auch wenn dies nicht der günstigste Zeitpunkt dafür war ... jetzt, da Trend vermisst wurde und sie keine Ahnung hatte, was sie tun sollte, wenn die Dreharbeiten für diese Sendung vorbei waren ... aber sie bereute es nicht.

Im Moment konnte Lilly nur einen Tag nach dem

anderen nehmen. Zuerst mussten sie Trent finden. Dann konnte sie versuchen herauszufinden, wie es weitergehen sollte.

Ethan beobachtete Lilly später an diesem Abend genau. Sie hatte einen anstrengenden Tag hinter sich, versuchte aber, so zu tun, als sei alles ganz normal. Sie hatten gerade ein köstliches Essen zu sich genommen, das Whitney zubereitet hatte, und da jetzt noch zwei andere Gäste in der Pension wohnten, hatte er während der Mahlzeit mit ihr nicht über alles reden können.

Ihr Treffen mit dem Ermittler, der mit Trents Vermisstenfall betraut war, hatte viel länger gedauert, als Ethan es erwartet hatte. Sie war an diesem Nachmittag zwei Stunden lang auf dem Revier verhört worden. Als sie endlich gehen konnte, war Ethan nicht glücklich. Er war praktisch jede Minute der Zeit, in der sie nicht gearbeitet hatte, mit Lilly zusammen gewesen, und er wusste genau, dass sie nichts mit dem Verschwinden ihres Kollegen zu tun gehabt hatte. Trotzdem hatte der Ermittler eine Menge Druck auf sie ausgeübt, um herauszufinden, was vor sich ging.

Da Ethan nicht rund um die Uhr bei ihr gewesen war, vermutete der Ermittler, dass sie sich aus der Pension geschlichen und Trent etwas angetan haben könnte. Das war zwar lächerlich, aber die kleine Polizeitruppe ging ihrer Sorgfaltspflicht nach.

Es gab eine Menge Fragen darüber, warum sich niemand Sorgen gemacht hatte, als sie zwei Tage lang nichts von Trent gehört hatten, während er allein unterwegs war. Unbequeme Fragen, die niemand von der Crew zufriedenstellend beantworten konnte. Der Mann gehörte zu ihrem

Team; jemand hätte sein Fehlen schon lange vorher bemerken müssen.

Nach dem Verhör war Ethan mit Lilly ins *Grinders* gegangen, um einen kräftigen Kaffee zu trinken, und einer der Kunden hatte etwas Abfälliges geäußert. Ethan hatte es nicht genau gehört, aber es war etwas über Bigfoot und unerwünschte Eindringlinge. Er war sofort auf den Mann zugegangen und hatte ihm unmissverständlich zu verstehen gegeben, dass er den Mund zu halten hatte, oder wenn er das nächste Mal Hilfe von seinem Team oder jemand anderem in der Stadt brauchte, würde er sie nicht so leicht bekommen.

Kurz darauf hatte Tucker Lilly angerufen und sie musste eine improvisierte Pressekonferenz filmen, die er für Roger, Chris und Michelle anberaumt hatte, um sie um Informationen über ihren Freund zu bitten. Als sie vor die Kameras traten, sahen alle bedrückt und besorgt aus, aber Lilly hatte Ethan gegenüber zugegeben, dass sie hinterher, als sie dachten, dass niemand zuhörte, gehört hatte, wie sie sich darüber unterhielten, was für ein Genie Trent sei und dass er sich wahrscheinlich totlachte, wo auch immer er sich verkrochen hatte. Sie hatten sogar darüber gesprochen, wo sie ihre Emmy-Auszeichnungen aufhängen würden, die die Sendung mit Sicherheit gewinnen würde.

Zu allem Überfluss war das Pärchen, das in der Pension wohnte, extra nach Fallport gekommen, weil die beiden gehört hatten, dass hier Bigfoot gesichtet worden war, und sie wollten sehen, was sie selbst finden konnten. Ethan wusste, dass Lilly ein schlechtes Gewissen hatte, weil sie ihren Teil dazu beitrug, dass es zu einem Ansturm von Touristen kommen könnte. Das wäre ein Segen für Geschäftsinhaber wie Whitney, würde aber wahrscheinlich auch die Stimmung in der Stadt verändern.

Alles in allem tat Lilly ihr Bestes, um professionell und

stoisch zu bleiben, aber Ethan konnte sehen, dass ihr das alles schwerfiel. So sehr er sie auch mit in seine Wohnung nehmen wollte – er konnte nicht fassen, wie sehr es ihm an diesem Morgen gefallen hatte, sie in seinem Bett zu sehen –, es war noch zu früh dafür.

Der Kuss, den sie geteilt hatten, war besser gewesen als alles, was er sich erträumt hatte, und er hatte in letzter Zeit *oft* daran gedacht, sie zu küssen. Es war ihm nicht im Geringsten unangenehm gewesen, und eines der schwersten Dinge, die er je getan hatte, war, sich zurückzuziehen und sie in seinem Bett zurückzulassen.

»Ich muss mich wieder mal für ein ausgezeichnetes Mahl bedanken«, erklärte Lilly Whitney.

»Gern geschehen. Ich koche gern für meine Gäste«, erklärte die ältere Frau. »Einer der Gründe, warum ich diese Pension gegründet habe, bestand darin, dass mir langweilig war. Und die Möglichkeit, Mahlzeiten nicht nur für eine Person zuzubereiten, ist ein Bonus.«

»Ich kann nur sagen, dass es gut ist, dass ich bei meinem Job hier kilometerweit wandern muss.«

Whitney lächelte sie an und wurde dann schnell wieder ernst. »Was glaubst du, ist mit deinem Freund passiert?«

Ethan wollte das Gespräch beenden, aber er wollte weder Whitney noch Lilly in Verlegenheit bringen. Also schwieg er und schwor sich einzugreifen, wenn es so aussah, als würde Lilly noch mehr gestresst werden, als sie es ohnehin schon war. Die beiden anderen Gäste waren bereits auf ihr Zimmer gegangen, da sie vorhatten, morgen früh aufzustehen.

»Ich habe keine Ahnung«, sagte Lilly. »Trent ist nicht gerade der Typ, der sich gern im Freien aufhält. Ich hoffe immer noch, dass er den Auftrag satthatte und vielleicht einfach die Stadt verlassen hat oder so. Dass er Tucker – das ist der Produzent – von einem Fünfsternehotel aus anruft und sagt, dass er gekündigt hat.«

»Glaubst du ...« Whitney senkte die Stimme. »Nicht dass ich wirklich daran glaube, aber könnte es vielleicht sein, dass es Bigfoot wirklich gibt?«

»Nein«, erklärte Lilly nachdrücklich. »Whit, du lebst schon sehr lange hier. Und hast du in all den Jahren jemals gehört, dass jemand auch nur *irgendein* Zeichen von Bigfoot gesehen hat?«

»Nein.«

»Genau. Bären, ja. Luchse, ja. Aber zwei Meter fünfzig große menschenähnliche Kreaturen, die so schlau sind, dass *niemals* jemand einen konkreten Beweis für ihre Existenz gefunden hat?«

»Wenn du es so ausdrückst, hört es sich ein bisschen albern an«, sagte Whitney.

»Genau.«

»Aber wenn du nicht an Bigfoot glaubst, warum arbeitest du dann für diese Sendung?«

Lilly zögerte und Ethan konnte nicht leugnen, dass er sich ebenfalls für ihre Antwort auf diese Frage interessierte.

»Mit irgendetwas muss ich ja meine Brötchen verdienen«, sagte sie schließlich nach einer langen Pause mit einem kleinen Lächeln.

»Ich habe das Gefühl, dass du eine intelligente Frau bist«, entgegnete Whitney. »Ich bin mir sicher, dass du auch einen Job finden kannst, der dir tatsächlich Spaß macht.«

»Es ist ja nicht so, als würde ich meinen Job hassen«, erklärte Lilly ihr.

»Ja, aber du liebst ihn auch nicht«, erklärte Whitney mit Bestimmtheit. »Du bist erwachsen und kannst tun, was du willst, aber mir scheint, dass es andere Dinge geben könnte, die du tun kannst, um deine Brötchen zu verdienen, und die dir wirklich Spaß machen. Zum Beispiel kommen manchmal Leute für Hochzeiten in die Stadt und ich habe schon gehört, wie sie sich beschwerten, dass es in der Gegend keine Videografen gibt. Und erst neulich hat der Direktor der Highschool jemanden gesucht, der im nächsten Jahr die Fußballspiele filmt, weil der Trainer die Spielzüge nachbearbeiten möchte, um die Mannschaft zu verbessern.«

»Whitney ...«, begann Lilly, aber die andere Frau hatte sich in Fahrt geredet.

»Und ich vermute, dass du auch beim Fotografieren nicht schlecht bist. Ich weiß, dass Filmen nicht dasselbe ist, aber es gibt eine Menge Leute hier, die gern einen professionellen Fotografen in der Stadt hätten. Schulfotos, Aufführungen, die Parade am vierten Juli, die Feste ... ich könnte noch viele Situationen aufzählen, in denen die Leute viel Geld für gute Fotos ihrer Kinder und Familien bezahlen würden. Nicht für den Mist, den die Leute heutzutage mit ihren Handys machen.«

»Ich bin mir nicht sicher ...«

»Und Fallport ist nicht ganz so aufregend wie Hollywood, aber es ist sicher viel billiger. Man braucht nicht so viel Geld, um hier zu leben, wie anderswo, also ...«

»Ich glaube, sie hat es schon verstanden, Whit«, sagte Ethan, bevor sie Lilly noch mehr in Verlegenheit brachte, als sie es ohnehin schon war. Lillys ganzer Körper war angespannt und er konnte nicht sagen, ob es daran lag, dass sie hasste, was ihre Gastgeberin sagte ... oder ob es ihr gefiel. Aber zusätzlich zu allem anderen, was an diesem Tag bereits passiert war, einschließlich der aufreibenden Fahrt zur Polizeiwache, war es offensichtlich, dass Lilly am Ende ihrer Kräfte angelangt war.

So sehr Ethan Whitneys Vorschläge auch mochte und es begrüßt hätte, wenn Lilly für immer nach Fallport gezogen wäre, sie hatte eine Karriere, für die sie hart gearbeitet hatte, und was die Sendung betraf, waren die Dinge definitiv noch in der Schwebe. Bis Trent gefunden war, würde das wohl auch so bleiben.

Lilly schenkte ihm ein kleines, dankbares Lächeln, bevor sie sich an Whitney wandte. »Ich danke dir für dein Vertrauen. Mir gefällt es hier und die meisten Leute, die ich getroffen habe, waren sehr freundlich.«

Ethan wollte daraufhin schnauben. Die Reserviertheit einiger Bewohner war ihr nicht entgangen. Zumindest bis sie Elsie zu Hilfe gekommen war. Das hatte die allgemeine Meinung über sie schnell geändert.

Whitney seufzte, schob ihren Stuhl vom Tisch zurück und stand auf. Sie schnappte sich ihren Teller und ging in Richtung Küche, bevor sie sich umdrehte und Lilly mit einem Blick und einem freundlichen Lächeln bedachte. »Das Leben ist zu kurz, um etwas zu tun, für das man sich nicht begeistern kann. Geld ist schön und gut, aber letztendlich kommt es auf die Beziehungen an, die man knüpft, die Menschen, die man trifft, und darauf, wie oft man lacht.«

Mit diesen Worten drehte sie sich um und verschwand in der Küche.

Lilly starrte ihr einen Moment lang nach, dann seufzte sie.

»Sie meint es gut«, sagte Ethan leise.

»Ich weiß.« Dann drehte sie sich zu ihm um und sagte: »Ich wollte dir danken, dass du dich bei dem Typen im Café für mich eingesetzt hast. Das war nicht nötig. Ich meine, ich habe schon viel Schlimmeres über mich gehört, von Leuten, denen die Serie, an der ich arbeite, nicht gefallen hat, aber ich weiß es trotzdem zu schätzen.«

»Ich habe dir gesagt, dass ich nie zulassen werde, dass jemand dich beleidigt, wenn ich in der Nähe bin, und ich habe es ernst gemeint.«

Lilly starrte ihn einen Moment lang an und schloss

dann die Augen. »Es ist nur ... nicht mal meine festen Freunde haben das für mich gemacht und du ... und ich ... wir sind nicht mal zusammen.«

»Sind wir das nicht?«, fragte er und zog eine Augenbraue hoch. »Vielleicht nicht im herkömmlichen Sinne, aber, Lilly, ich war jede freie Minute mit dir zusammen, die du hattest. Glaub mir, das tue ich normalerweise nicht.«

Ihre ozeanblauen Augen waren riesig, als sie ihn anstarrte. Um nicht noch einmal von ihr zu hören, dass sie nicht wirklich zusammen waren, stand Ethan auf und reichte ihr die Hand. »Komm.«

Lilly sah ihn fragend an, zögerte aber nicht, ihre Hand in seine zu legen und sich von ihm hochziehen zu lassen. »Wohin gehen wir?«

Er antwortete nicht, sondern führte sie zur Treppe. Er blieb nicht stehen, als er ihr Zimmer betrat, und ging geradewegs auf das Badezimmer zu. Er ließ ihre Hand los und bückte sich, um unter dem Waschbecken nachzusehen.

»Was machst du da?«

»Whitney prahlt immer damit, dass sie alles hat, was sich ein müder Reisender wünschen könnte ... ach, da haben wir's ja«, sagte er und griff nach einer Flasche mit Schaumbad. Dann öffnete er den Wasserhahn über der Badewanne und drehte das heiße Wasser an. Es war kein sonderlich elegantes Badezimmer, aber er glaubte, dass das für Lilly jetzt keine Rolle spielte.

»Im Ernst, Ethan, was machst du da?«, fragte sie ihn.

Er wandte sich zu ihr um und legte seine Hände auf ihre Schultern. »Du hast einen langen, emotionalen Tag hinter dir. Wir wissen nicht, was der morgige Tag bringen wird, also musst du dich jetzt erst einmal entspannen. Ich denke, ein heißes Schaumbad wird dir dabei helfen.«

Sie starrte ihn an.

»Was?«, fragte er. »Sag mir nicht, dass du nicht gern

badest. Ich meine, ich weiß, dass manche Leute das nicht tun, aber wenn ich an meiner Belastungsgrenze bin, hilft *mir* ein heißes Bad.« Er hatte das nicht zugeben wollen, aber jetzt, wo er es zugegeben hatte, bereute er es nicht.

»Ich liebe es zu baden«, sagte sie mit bebender Stimme.

Als Ethan merkte, dass sie kurz vor dem Weinen war, drehte er sich um, um die Temperatur des Wassers zu fühlen und ihr Zeit zu geben, sich zu sammeln. Als er ihr wieder gegenüberstand, lächelte sie.

»Ich bin stolz auf dich«, sagte er.

Sie runzelte die Stirn. »Warum?«

»Weil du in letzter Zeit mit allem fertig geworden bist, was dir in den Weg gelegt wurde. Du hast dich nie beschwert, als du die ganze Nacht gearbeitet hast und dann noch zwölf Kilometer mit dem Klotz, den du Kamera nennst, auf der Schulter zurücklegen musstest. Du bist stark geblieben, selbst als die Polizei versucht hat, dich dazu zu bringen, etwas zuzugeben, was du nicht getan hast. Du musst dir Sorgen um Trent machen und trotzdem bist du positiv geblieben. Und heute Abend, als du Whitney hättest sagen können, dass sie eine Wichtigtuerin ist, die keine Ahnung hat, wovon sie redet, hast du sie sagen lassen, was sie auf dem Herzen hat. Ich finde, du bist ziemlich toll, Lilly.«

Sie schloss die Augen und holte tief Luft, bevor sie sie wieder öffnete. »Hattest du jemals das Gefühl, dass nur noch eine Sache nötig ist und du in Millionen Stücke zerbrechen wirst?«

»Ja«, sagte er einfach.

Sie zog fragend die Augenbrauen hoch.

»Bei den SEALs gibt es ein Sprichwort, das besagt, dass der einzige einfache Tag der gestrige war, und das ist sehr wahr. Wir können lediglich die Schläge, die uns das Leben austeilt, einstecken und weitermachen. Aber das bedeutet nicht, dass wir uns nicht ab und zu eine Auszeit gönnen können.«

»Warst du gern bei den SEALs?«, fragte sie.

Ethan dachte einen Moment lang über die Frage nach und zuckte dann mit den Achseln. »Manchmal, ja. Es war der beste Job der Welt. Ich hatte das Gefühl, dass ich etwas bewirken konnte. Dann gab es Tage, an denen ich mich fragte, was zum Teufel ich da tat. Egal, was ich oder meine Einheit taten, am nächsten Tag gab es mehr Terroristen, mehr Mistkerle, die versuchten, jeden zu töten, der nicht genau dasselbe glaubte wie sie. Das Leben in einer Welt, in der mehr Menschen versuchen, dich zu töten, als mit dir befreundet sein zu wollen, ging mir schließlich auf die Nerven. Ganz zu schweigen von der verdammten Politik.«

»Bist du deswegen ausgestiegen?«, fragte sie und machte einen Schritt auf ihn zu.

Rocky war der einzige Mensch auf der Welt, der den wahren Grund für seinen Ausstieg kannte, aber es fühlte sich richtig an, es Lilly zu sagen. »Das war einer der Gründe«, erklärte er ihr. »Aber es war meine letzte Mission, die den Ausschlag für mich gab. Wir waren auf der Jagd nach einem Taliban-General. Einem Mann, der ganz oben auf der Hierarchieleiter stand. Ein Mann, schlimmer als es Osama Bin Laden je war. Wir hatten seinen Aufenthaltsort auf eines seiner Verstecke eingegrenzt und waren auf dem Weg dorthin, als wir ein Baby weinen hörten. Das Kind schrie so laut und war offensichtlich in großer Not. Es war herzzerreißend.

Wir bogen in dem Haus, das wir durchsuchten, um eine Ecke ... und da lag sie. Sie lag mitten auf dem Boden, umgeben von schmutziger Kleidung und anderen Haushaltsgegenständen. Sie hatte schwarzes Haar und war wahrscheinlich etwa sechs Monate alt. Sie war so eng gewickelt, dass sie weder ihre Arme noch sonst etwas bewegen konnte.

Ihr Gesicht war knallrot, weil sie geschrien hatte, und mir wurde sofort ganz kalt ums Herz.

Ich war der Letzte in der Reihe, der den Raum betrat, und selbst als ich den Mund öffnete, um meinen Teamkameraden, der ganz vorn stand, zu warnen, nicht in die Nähe des Babys zu gehen, wusste ich, dass ich zu spät war. Seine Frau hatte gerade ihr drittes Kind bekommen, während wir im Einsatz waren, und es bestand nicht die geringste Chance, dass er das Kind hätte ignorieren können. In dem Moment, in dem er sie hochhob, wurde die Bombe, auf der sie lag, ausgelöst.

Sie tötete das Baby, meinen Freund und zwei weitere Mitglieder meiner Einheit auf der Stelle. Ich wurde nach hinten geschleudert und erlitt eine schwere Gehirnerschütterung und einen gebrochenen Rückenwirbel. Meine anderen Teammitglieder hatten Schäden, die von abgetrennten Gliedmaßen bis zu traumatischen Hirnverletzungen reichten. Wir konnten nur deshalb entkommen, weil ein anderes SEAL-Team auf unseres zukam und weit genug entfernt war, um nicht von der Explosion erfasst zu werden. Sie brachten uns zurück zum Stützpunkt und ins Krankenhaus.«

Lilly zögerte nicht, ihre Arme um ihn zu legen, und nichts hatte sich je so gut angefühlt wie ihr Körper an seinem. Ihre Berührung gab Ethan die Möglichkeit weiterzusprechen.

»Als ich wieder gesund war, wusste ich, dass ich nicht mehr zurückkonnte. Nicht in eine Welt, in der jemand es für völlig in Ordnung hielt, ein wehrloses Baby als Waffe zu benutzen. Ich war fertig. Ich brauchte etwas anderes.«

Lilly streichelte sanft seinen Rücken. »Ihr wolltet anderen helfen, aber auf eine Art und Weise, die nicht mit Gewalt verbunden ist.«

Ethan nickte. »Ganz genau. Mein Bruder und ich waren

nicht in der gleichen Einheit, aber als er hörte, was passiert war, hätte ihn nichts von meiner Seite ferngehalten. Er war dabei, als ich im Krankenhaus lag, und hat mich durch die ganze Physiotherapie gepeitscht. Ich hatte Glück gehabt, und wir beide wussten das. Als ich entlassen wurde, zögerte er nicht und quittierte ebenfalls den Dienst. Wir kamen hierher, gründeten das Eagle Point Such- und Bergungsteam, rekrutierten die anderen ... und hier sind wir nun.«

»Fallport kann sich glücklich schätzen, euch alle zu haben. Und Whitney hat recht«, sagte sie leise, seine Wange an seiner Brust.

»Ach ja?«, fragte er und wollte sie ermutigen weiterzusprechen.

»Ich liebe meinen Job nicht. Aber ich mache ihn schon so lange und gehe von einem Auftrag zum nächsten, dass ich keine Ahnung habe, was ich tun soll, wenn ich aufhöre.«

»Mir ging es mit den SEALs genauso. Ich war schon so lange bei der Navy, dass ich mir nichts anderes vorstellen konnte. Es war beängstigend, diese Entscheidung zu treffen, aber ich wusste in meinem Herzen, dass es das Richtige für mich war. Ich habe keinen Zweifel daran, dass du in *allem*, was du tun willst, erfolgreich sein wirst«, entgegnete Ethan.

»Ich weiß dein Vertrauen in mich wirklich zu schätzen.« Dann stützte sie ihr Kinn auf seine Brust und sah zu ihm auf. »Hast du deswegen eine posttraumatische Belastungsstörung?«, fragte sie.

Ethan war es nicht gewohnt, über dieses Thema zu reden, aber er nickte. »Ich kann immer noch kein Kind weinen hören, ohne mich in den Moment zurückversetzt zu fühlen, bevor die Hölle losbrach. Und ich leide immer noch unter gelegentlichen Albträumen.«

Sie nickte, drehte sich dann um und schaute in die Wanne, bevor sie ihn wieder angrinste. »Ich würde dich ja einladen, aber ich bin mir nicht sicher, ob wir zusammen reinpassen.«

Einen Moment lang schoss Ethan die Vision durch den Kopf, wie er mit einer nackten Lilly auf ihm in der Wanne saß, aber er schüttelte sie schnell ab. Sie hatte recht, sie würden nicht beide in die kleine, fast überlaufende Badewanne passen. Ethan beugte sich vor und stellte das Wasser ab, damit sie den Raum nicht überschwemmten, dann sah er auf die Frau in seinen Armen herab.

Er hob eine Hand und strich ihr das Haar hinter die Ohren. »Wie sieht der morgige Tag für dich aus?«, fragte er leise.

Lilly zuckte mit den Achseln. »Ich denke, das hängt wahrscheinlich von dir und deinem Team ab. Wenn ihr wieder auf die Suche geht, wird Tucker wollen, dass wir euch begleiten. Ich weiß, das ist ätzend, und es tut mir leid.«

Er zuckte mit den Achseln. »Es wäre nicht das erste Mal, dass uns Kameras folgen. In der Vergangenheit haben wir schon einige Male Nachrichtensprecher bei der Suche dabeigehabt. Bitte sag mir einfach Bescheid, wie dein Zeitplan aussieht.«

»Natürlich«, entgegnete sie nickend.

»Okay. Nur damit du Bescheid weißt, wir improvisieren ... und ich habe nichts dagegen, Zeit mit dir zu verbringen, bevor du wieder abreisen musst.« Es war dumm, so etwas zu sagen, vor allem, weil der Grund, warum sie in der Stadt blieb, der war, dass ein Mann vermisst wurde, aber Ethan war es egal.

»Ich auch nicht«, flüsterte sie.

Ethan konnte sich nicht verkneifen, sie zu küssen, und senkte den Kopf. Der Raum war voller Dampf von dem heißen Badewasser und es fühlte sich an, als wären sie in diesem Moment die einzigen beiden Menschen auf der Welt. Dieser Kuss war genauso intensiv wie der, den sie an diesem Morgen geteilt hatten. Gott, war es erst Stunden her, dass er sie zum ersten Mal gekostet hatte?

Der Kuss war langsam und träge, und jeder ließ sich Zeit, den anderen zu erforschen. Als sie sich zurückzog, atmeten sie beide schwer. Es gab so viel, was er sagen wollte. Er wollte sie anflehen zu bleiben, Whitneys Jobvorschläge auszuprobieren, aber es musste ihre Entscheidung sein zu bleiben. Er wollte auf keinen Fall, dass sie ihm etwas übel nahm, aus welchem Grund auch immer.

»Genieße dein Bad«, erklärte er ihr und zwang sich dazu zurückzuweichen.

»Das werde ich. Danke, dass du es für mich eingelassen hast.«

»Keine Ursache. Wir sprechen uns später.«

Sie nickte.

Ethan warf einen letzten Blick auf sie, bevor er sich umdrehte und aus dem Bad trat. Er schloss die Tür und durchquerte das Zimmer. Der Anblick, wie sie da stand, mit leicht geschwollenen Lippen, mit Brustwarzen, die sich unter ihrem T-Shirt abzeichneten, und mit zerzaustem Haar um die Schultern, würde ihm noch lange in Erinnerung bleiben.

Als er zu seiner Wohnung fuhr, fühlte er sich erstaunlicherweise ziemlich gut. Wenn er daran dachte, was an jenem schicksalhaften Tag vor so langer Zeit geschehen war, bekam er normalerweise eine Gänsehaut und ihm wurde übel. Aber heute Abend schien ihm eine Last von den Schultern gefallen zu sein. Wie lautete das Sprichwort? Eine geteilte Last ist eine halbe Last?

Es hatte sich noch nie so wahr angefühlt wie in diesem Moment.

Das Rätsel, wohin Trent Morrison verschwunden war, würde hoffentlich morgen gelöst sein. Dann konnten er und Lilly sich darauf konzentrieren, wie es mit ihnen weitergehen sollte. Ethan war sich immer noch nicht sicher, wie die Dinge zwischen ihnen funktionieren würden, wenn sie nicht in Fallport war, aber er war fest entschlossen, es herauszufinden. Sie war es wert. Das wusste er ohne jeden Zweifel.

KAPITEL DREIZEHN

Die letzte Woche war eine Reihe von Höhen und Tiefen gewesen. Hochs, wenn Lilly Zeit mit Ethan verbringen konnte. Tiefpunkte, als jeder Tag verging, ohne dass es ein Zeichen dafür gab, wohin Trent verschwunden oder was mit ihm geschehen war.

Heute Morgen hatte Tucker ein Treffen in dem Hotel einberufen, in dem er und die anderen übernachtet hatten. Sie hatten sich alle auf dem Parkplatz versammelt, wo der Produzent ihnen mitteilte, dass es Zeit war weiterzumachen.

Der Zeitplan für die nächste Folge war um eine Woche nach hinten verschoben worden, aber es ließ sich nicht länger hinauszögern. Sie mussten zum Memphremagog-See, um zu versuchen, einen Blick auf Memphre zu erhaschen, das Monster, das angeblich den Süßwasser-Gletschersee zwischen Newport, Vermont und Magog, Quebec in Kanada bewohnte.

»Aber die Bigfoot-Episode wird diejenige sein, die uns die gebührende Aufmerksamkeit verschaffen wird«, erklärte er weiter, während Lilly und alle anderen ihn schockiert anstarrten. »Wir müssen gehen, aber wir müssen auch den

Moment filmen, in dem Trent gefunden wird. Lilly, du bleibst hier und hältst dich an das Such- und Bergungsteam. Ich schicke dir eine Liste mit Leuten, die du befragen sollst, was ihrer Meinung nach mit Trent passiert ist. Wir brauchen Meinungen, dass er von Bigfoot entführt wurde, also sind das die einzigen Leute, mit denen ich sprechen möchte. Ich verhandle gerade mit ein paar Einheimischen. Sobald sie ihre Bezahlung erhalten haben, werde ich dir ihre Informationen zukommen lassen.«

Lilly konnte nicht glauben, was sie da hörte. Sie wollten abreisen? Ohne Trent? Und er bezahlte Leute dafür, dass sie behaupteten, Trent sei von Bigfoot angegriffen worden? Sie sollte eigentlich nicht überrascht sein – und doch war sie es. Tucker hatte bereits bewiesen, dass er sich für nichts und niemanden interessierte, außer für die Einschaltquoten, und all das paranormale Zeug, das sie mit der Kamera aufgenommen hatten, war von einem der Darsteller oder der Crew erfunden worden, aber trotzdem. Das war … abscheulich.

Einen Moment lang fragte sie sich, ob der Produzent in das, was mit Trent passiert war, verwickelt war. Vielleicht hatte er ihn nach Roanoke gefahren und in ein Flugzeug gesetzt oder so etwas, nur um eine gute Story wie diese für die Sendung zu bekommen.

»Du kontaktierst mich, sobald etwas passiert. Wenn ein Fetzen seiner Kleidung auftaucht, solltest du besser da sein, um es auf Film zu bannen«, warnte Tucker sie.

Lilly versteifte sich. Sein drohender Ton gefiel ihr nicht. Aber er ließ ihr keine Zeit für einen Kommentar, bevor er fortfuhr.

»Ich denke, dass diese Folge mindestens zwei Stunden lang sein wird. Vielleicht teilen wir sie in zwei, drei oder sogar vier einzelne Episoden auf. Wir haben bereits eine Menge Filmmaterial und mit dem, was wir nach unserer

Abreise noch entdecken, können wir es sicher in die Länge ziehen. Wenn wir Trents Lagerplatz finden, wird hoffentlich seine Handkamera dabei sein und gutes Material liefern. Und natürlich können die anderen ihre Trauer und ihren Stress darüber, was mit dem armen Trent passiert ist, dafür verantwortlich machen, dass sie die Memphre in Kanada nicht gefunden haben. Merkt euch meine Worte, das wird die Erfolgssendung schlechthin. Ich garantiere es!«

Lilly schaute sich bei ihren Kamerakollegen und den Darstellern um und musste zu ihrem Entsetzen feststellen, dass sie nicht angewidert waren von dem, was Tucker sagte, sondern nur gelangweilt wirkten. Als wäre nicht einer ihrer Freunde spurlos verschwunden. Und als sollte er nicht als Quotenbringer missbraucht werden. Sie hatte das Gefühl, dass sie alle immer noch glaubten, dass Trent eine Art Spiel spielte, dass er irgendwo am Leben war und dass er oder Tucker die ganze Sache geplant hatte.

»Gut, also packt alle eure Sachen zusammen und wir machen uns gegen elf Uhr auf den Weg. Ich muss mit dem Polizeichef sprechen und ihm meine Kontaktinformationen geben, damit er mich über die Geschehnisse hier auf dem Laufenden halten kann. Er sagte, dass wir gehen können, da es keine Beweise gibt, dass einer von uns etwas mit Trents Verschwinden zu tun hat.«

Er lachte, wie die meisten anderen auch, aber ihr Lachen war etwas nervöser als das des Produzenten.

»Brechen wir auf. Lilly, warte kurz, ich möchte mit dir reden.«

Lilly wollte nicht wirklich hören, was er zu sagen hatte – aber das war ihre Chance, ihm zu sagen, was sie davon hielt, dass er Trents Verschwinden als Aufhänger benutzte, um Zuschauer zu gewinnen. Sie blieb, wo sie war, während die anderen alle zurück in die Eingangshalle des Hotels gingen. Es war bezeichnend, dass sich keiner von ihnen die Mühe machte, ihr Lebewohl zu sagen. Sie fiel ihnen nicht auf, es sei denn, sie brauchten etwas von ihr. Lilly erkannte, dass das zum Teil ihre Schuld war. Dass sie nicht in denselben Hotels wohnten, hatte eine gewisse Distanz zwischen ihnen geschaffen, aber sie hatte gehofft, dass das Verschwinden von Trent sie mehr zu einem Team machen würde. Sie hatte sich offensichtlich geirrt.

»Ich verlasse mich also darauf, dass du ein paar gute Aufnahmen machst, während wir alle weg sind«, erklärte Tucker. »Ich weiß, dass du nicht überall gleichzeitig sein kannst, aber es ist wichtig, dass du zur Stelle bist, wenn Trents Leiche gefunden wird.«

Lilly starrte ihn schockiert an. »Hast du gerade gesagt, wenn seine *Leiche* gefunden wird?«, fragte sie ihn ungläubig.

»Ja, natürlich. Du bist doch nicht so naiv zu glauben, dass er nach all dieser Zeit noch immer am Leben ist, oder?«, fragte Tucker und schnaubte verächtlich.

»Sehr viele Leute haben sich schon im Wald verirrt und länger als eine Woche überlebt«, gab sie zu bedenken.

»Ja, aber diese Leute waren nicht Trent. Wir wissen beide, dass er in der Wildnis hoffnungslos verloren ist. Ich sage nur, dass wir das Filmmaterial für die Sendung brauchen. Also vermassle es nicht. Ich habe dich ausgewählt zu bleiben, weil mir aufgefallen ist, wie gut du dich mit dem Typen vom Bergungsteam verstehst. Das kannst du zu deinem Vorteil nutzen. Wenn du kannst, bring ihn dazu, mit dir über die Suche zu reden und was vor sich geht. Ich bin mir sicher, dass er eher bereit ist zu reden, wenn er nicht weiß, dass du ihn aufnimmst. Videomaterial wäre am besten, aber wenn du glaubst, dass du das nicht bekommst, kann ich mich mit Tonmaterial begnügen. Wir können es mit dem Material unterlegen, das wir bereits von ihm haben, wie er durch den Wald geht.«

»Ich werde ihn nicht heimlich aufnehmen«, erklärte Lilly wütend.

Tucker trat näher und drang in ihren persönlichen Bereich ein. Er sprach in einem Ton, den Lilly noch nie von ihm gehört hatte. Zumindest hatte er noch nie so mit ihr geredet. »Du tust, was ich dir sage, oder ich lasse dich so schnell feuern, dass dir schwindelig wird. Ich habe vergessen, wer es gesagt hat, aber er hatte recht. Diese Sendung ist genau wie alle anderen. Wir machen den gleichen Mist, untersuchen die gleichen Dinge, die andere vor uns gemacht haben. Aber es ist noch niemand *jemals* bei den Dreharbeiten von der paranormalen Sache, in der er ermittelte, verschwunden oder getötet worden. Die Leute werden diese Sendung verschlingen.

Das ist meine Gelegenheit, aus diesem verdammten Kleinkram auszubrechen und eine Chance auf Sendungen und Filme mit echten *Stars* zu bekommen. Also lass die verdammte Kamera die ganze Zeit laufen. Lade deine Videos jeden Tag auf den Server hoch, damit ich sie mir ansehen kann. Versau das nicht, Lilly. Wenn du deine Beine für den Typen vom Suchtrupp breitmachen musst, *dann tu es*. Besorg mir nur diese Geschichte.«

Damit drehte Tucker ihr den Rücken zu und machte sich auf den Weg zur Eingangshalle.

Lilly war buchstäblich sprachlos. Selbst wenn sie es gewollt hätte, wäre sie nicht in der Lage gewesen, Worte herauszubekommen. Und jetzt wollte sie eigentlich nur noch duschen gehen. Sie konnte nicht glauben, dass er ihr gerade gesagt hatte, sie solle mit Ethan schlafen, um gutes Filmmaterial für seine Sendung zu bekommen. Das war …

Sie wusste nicht, was das war. Außer ekelhaft und empörend.

Zum zweiten Mal in weniger als zwanzig Minuten fragte sich Lilly, ob Tucker hinter Trents Verschwinden steckte. Es machte Sinn ... und der Gedanke bereitete ihr Bauch-schmerzen.

Wie auf Autopilot ging sie zurück zu ihrem Wagen und setzte sich hinter das Steuer, immer noch schockiert von den Dingen, die Tucker zu ihr gesagt hatte.

Sie fuhr zurück nach Fallport, ohne ein wirkliches Ziel vor Augen zu haben. Zum ersten Mal seit einer Woche diktierte ihr niemand, wo und wann sie zu sein hatte. Nach dem Mittagessen wollten Ethan und Brock in einen Teil des Waldes gehen, den sie noch nicht erkundet hatten, und sie würde sie begleiten, aber im Moment musste sie nirgendwo hin.

Und das war auch gut so. In Lillys Kopf drehte sich alles. Sie war angewidert von Tucker, ihren Kollegen und der gesamten Unterhaltungsindustrie. Die Arbeit an einer Sendung, die paranormale Aktivitäten untersuchte, schien harmlos genug zu sein. Aber das war, bevor sie genau wusste, was hinter den Kulissen vor sich ging. Die Tricks und Lügen, die den Zuschauern aufgetischt wurden. Es war alles Schwachsinn, und Lilly hatte das Gefühl, dass ihr *Job* Schwachsinn war.

Kein Job war es wert, sich so zu fühlen. Sie wollte am liebsten kündigen. Das war ihr erster Instinkt gewesen, als Tucker ihr gesagt hatte, sie solle Ethan heimlich filmen.

Das Einzige, was sie zurückhielt, war Trent. Sie hatte das Gefühl, dass sie die Einzige war, die sich ernsthaft um sein Verschwinden sorgte. Wenn sie kündigte, würde Tucker einfach einen der anderen Kameraleute in Fallport zurück-lassen, und wer wusste schon, was der tun würde, um das Material zu bekommen, das der Produzent so verzweifelt haben wollte?

Aber konnte sie weitermachen, wenn es gegen alles ging, was sie für richtig hielt?

Als sie zur Pension zurückkam, ging sie nicht ins Haus,

sondern zur Hängematte im Garten. Sie war zwischen zwei Bäumen aufgespannt, deren Äste einen Baldachin bildeten, sodass die Gäste sie im Sommer benutzen konnten und sich nicht in der heißen Sonne zu Tode schwitzten.

Lilly stieg hinein, zückte ihr Handy und wählte die Nummer des einzigen Menschen, von dem sie wusste, dass er sie aufmuntern konnte.

Wie immer ging ihr Vater nach zweimal klingeln dran.

»Hey, meine Kleine«, begrüßte er sie.

Als sie seine Stimme hörte, stiegen Lilly die Tränen in die Augen. »Daddy«, sagte sie mit bebender Stimme.

»Wem muss ich in den Hintern treten?«, knurrte er, da ihm offensichtlich nicht entgangen war, wie traurig sie wirkte.

»Niemandem. Hast du Zeit zu reden?«

»Für dich immer.« Und selbst am anderen Ende der Leitung konnte sie spüren, wie sehr er sie liebte. »Was ist denn los?«

»Es ist schön, deine Stimme zu hören.«

Als wüsste ihr Vater, dass sie etwas Zeit brauchte, bevor sie zu dem Thema kam, welches sie bedrückte, begann er, sie über den Klatsch und Tratsch ihrer Heimatstadt zu informieren. Als sie seinen Erzählungen zuhörte, wurde ihr wieder einmal klar, dass Fallport genauso war wie der Ort, in dem sie aufgewachsen war. Ihr Vater klang ganz ähnlich wie Otto, Silas und Art. Er schimpfte über die Neuankömmlinge in der Stadt und erzählte ihr, wer krank war und wer heiraten wollte.

»Du fehlst mir«, sagte sie, als er innehielt, um Luft zu holen.

»Und du fehlst mir auch. Bist du jetzt bereit dazu, mir zu sagen, was los ist?«

Lilly konnte nicht umhin, leise zu lachen. »Du kennst mich gut.«

»Natürlich tue ich das. Und jetzt raus mit der Sprache.«

Also tat sie, wie geheißen. Sie erzählte ihm alles über Fallport und die schrulligen Bewohner, die sie inzwischen zu schätzen gelernt hatte. Darüber, wie Whitney sich Mühe gab, sie wie einen Truthahn zu füllen. Wie schön die Gegend sei und wie sehr sie jede Sekunde in der Natur genieße, obwohl sie für die Arbeit durch den Wald wanderte.

Sie muss Ethans Namen ein paarmal zu oft erwähnt haben, denn als sie schließlich verstummte, sagte ihr Vater: »Sieht so aus ... als würdest du diesen Ethan mögen.«

»Er ist anders als andere Männer«, entgegnete Lilly.

»Inwiefern?«

Das war noch etwas, was Lilly an ihrem Vater liebte. Er war zwar beschützend und wollte immer nur das Beste für sie, aber er war nicht die Art von Vater, der jeden Mann, an dem sie interessiert war, aus Prinzip hasste. Er predigte immer, dass Taten lauter sprachen als Worte, und er richtete seine Meinung danach, was die Leute taten, und nicht danach, was sie zu tun *vorgaben*.

»Er bringt mich zum Lachen. Und er ist intensiv, aber auf eine gute Art.«

»Ich weiß nicht, was das heißt«, erklärte ihr Vater geradeheraus.

Lilly lachte leise. »Ich weiß auch nicht, wie ich es erklären soll.«

»Versuch's.«

»Also, er war beim Militär. Er war ein Navy SEAL. Er ist ein wahnsinnig guter Beobachter. Er kann dir die Namen von jedem sagen, der in einem Raum war, selbst wenn wir nur zehn Sekunden dort waren. Wenn ich hungrig bin, scheint er es zu wissen. Wenn ich müde bin, hat er kein Problem damit, unsere Pläne zu ändern, damit ich etwas schlafen kann. Und ich weiß, dass dir das gefallen wird – er hat sich sogar für mich eingesetzt, als ein Typ etwas Abfälliges über die Sendung, die wir in der Stadt machen, gesagt hat.«

»Hört sich an, als wäre er ein guter Mann«, bemerkte ihr Vater.

»Das ist er wirklich«, entgegnete Lilly leise.

»Wenn die Stadt so toll ist und du mit diesem Ethan zusammen bist, den du wirklich zu mögen scheinst ... muss es der Job sein, der dich stresst.«

Lilly war nicht überrascht, dass ihr Vater das erkannt hatte. Es war kein Geheimnis, dass sie sich immer weniger für ihre Arbeit begeistern konnte. Sie hatte den Job bei dieser Serie unter anderem deshalb angenommen, weil sie dadurch aus Hollywood herauskam. Sie hatte gehofft, dass dies ihre Liebe zu dem, was sie für ihren Traumberuf hielt, wiederaufleben lassen würde.

»Ja. Die Dinge ... stehen nicht sonderlich gut, Daddy.«

»Sprich mit mir, meine Kleine.«

»Einer der Darsteller der Sendung ist verschwunden.«

»Was? Wie das? Was war denn los?«

Lilly konnte sich gut vorstellen, wie ihr Vater sich aufrichtete und einen wütenden Blick hatte, als er die Frage stellte. »Er beschloss, auf eigene Faust eine Untersuchung durchzuführen. Ich habe ihm ein Zelt, einen Schlafsack und ein paar andere grundlegende Campingutensilien gekauft, und der Plan war, dass er ein paar Tage irgendwo in den Wäldern bleibt. Er sollte seine Suche nach Bigfoot filmen und sich dann wieder mit dem Rest der Gruppe treffen. Wir wollten die Dreharbeiten abschließen und nach Kanada fahren. Aber er ist nicht mehr aus den Wäldern zurückgekommen. Ethan und sein Such- und Bergungsteam suchen schon seit einer Woche, konnten ihn aber bis jetzt nicht finden, nicht einmal den Ort, an dem er gezeltet hat.«

»Verdammt noch mal.«

»Ja, das stimmt. Wir haben die nächsten Dreharbeiten so lange wie möglich hinausgezögert, aber jetzt geht es nicht mehr. Also fahren Tucker und der Rest der Besetzung und der Crew nach Kanada, und ich bleibe hier, um die weitere Suche zu filmen.«

»Und er giert geradezu danach, den Moment, in dem er gefunden wird, auf Film festzuhalten, nicht wahr?«, fragte ihr Vater.

»Ja. Er hat davon gesprochen, seine *Leiche* zu filmen, Daddy. Und er sagte mir, ich solle Ethan heimlich aufnehmen, wie er über die Suche spricht. Ich bin so angewidert von ihm, von der Serie, von allem. Das ist alles Mist. Tucker hat Andre tatsächlich durch den Wald stapfen lassen, mit verdammten falschen Bigfoot-Füßen. Es ist einfach ...« Sie sprach nicht weiter.

»Du hasst es.«

»Ja.«

»Dann kündige«, sagte er mit Nachdruck.

»Ich habe allen Ernstes darüber nachgedacht.«

»Und?«

»Ich habe das Gefühl, wenn ich jetzt aussteige, überlasse ich Trent sozusagen den Wölfen. Im Moment bin ich praktisch sein einziger Fürsprecher in der Serie. Wenn ich nicht hier bin, wer weiß, was jemand anderes tun würde, um eine gute Geschichte zu bekommen, ob sie nun wahr ist oder nicht?«

»Glaubst du, er ist wirklich verschwunden? Oder ist das nur ein Trick für eine höhere Einschaltquote?«, wollte ihr Vater wissen.

»Ich weiß es ehrlich gesagt nicht, aber ich fühle mich nicht wohl dabei, einfach abzuhauen.«

»Und du hast hart gearbeitet, um diesen Job zu bekommen«, entgegnete ihr Vater.

Lilly fühlte sich schrecklich, auch nur an sich selbst zu denken, während Trent vermisst wurde, aber sie sagte: »Ja.«

»Du kannst jederzeit einen anderen Job finden, mein Schatz. Du bist verdammt gut in dem, was du tust. Es ist mir nicht entgangen, dass du in letzter Zeit nicht ganz in Form bist.«

Lilly schnaubte. Nicht ganz in Form. Das war die Untertreibung des Jahrhunderts.

»Ich sehe, wie du deine Nichten und Neffen ansiehst. Du wünschst dir das für dich selbst. Kinder. Ein eigenes Zuhause. Jemanden zum Lieben. Und das wirst du nicht finden können, wenn du für diese Dreharbeiten ständig von einem Ort zum anderen ziehst.«

Er hatte nicht unrecht. Lilly war letztes Thanksgiving zu demselben Schluss gekommen. Sie hatte ihre Familie so sehr vermisst und es war so schwer gewesen, am Freitag wieder zur Arbeit zurückzukehren, anstatt das ganze Wochenende mit allen zu verbringen. Seitdem fragte sie sich, was sie mit ihrem Leben anfangen sollte.

»Ich will damit nur sagen, dass das vielleicht ein Segen ist. Nicht dass dein Kollege vermisst wird oder dein Mistkerl von einem Chef ... sondern dass du eine Ausrede hast, um zu kündigen. Ich höre an deiner Stimme, wie sehr du die kleine Stadt liebst, in der du dich gerade aufhältst. Ganz zu schweigen davon, dass dein junger Mann dort ist.«

»Er ist nicht *mein* junger Mann«, widersprach Lilly.

»Aber das hättest du gern.«

Das wollte sie. Genauso wie sie ihren Job aufgeben wollte. So wie sie in Fallport bleiben wollte. Aber sie hatte keine Ahnung, wie sie das alles in die Tat umsetzen sollte.

»Ein Tag nach dem anderen«, sagte ihr Vater, als könne er ihre Gedanken lesen. »Du musst ja nicht all deine Probleme genau in diesem Augenblick lösen.«

»Ich weiß.«

»Das ist gut. Sobald Trent gefunden ist, kannst du die Sache neu überdenken. Und nur fürs Protokoll ... du wärst in allem, was du als Nächstes in Angriff nimmst, eine Wucht. Seit du ein Baby warst, warst du immer entschlossen, erfolgreich zu sein. Du hast schon lange vor den meisten Babys in deinem Alter angefangen zu laufen, einfach weil du mit deinen Brüdern mithalten wolltest.«

»Danke, Daddy.«

»Ich will dir nicht schmeicheln, ich sage nur, wie es ist. Und denk immer daran: Wenn dieser Ethan dich nicht weiterhin wie eine Prinzessin behandelt, schmeißt du ihn raus. Mach dich nicht klein, Baby. Du verdienst einen Mann, der deinen Wert erkennt. Und wenn Ethan klug ist, wird er erkennen, wie toll du bist, und sich mit beiden Händen an dich klammern.«

»Ja, klar, Dad«, sagte Lilly und verdrehte die Augen.

»Ich bin vielleicht voreingenommen, aber ich finde, du bist die beste Tochter der Welt«, erklärte er.

»Und ich finde, du bist der beste Daddy der Welt«, erwiderte Lilly. Diese Worte sagten sie sich schon, als sie noch in der Grundschule war. Sie fand Trost in den vertrauten Worten.

»Ich liebe dich, meine Kleine.«

»Ich liebe dich auch, Daddy.«

»Sag mir Bescheid, wie es weitergeht. Ich hoffe, Trent wird bald gefunden.«

»Das mache ich und ich hoffe es auch. Danke für die aufmunternden Worte.«

»Gern geschehen.«

»Bis bald.«

»Ja, bis bald. Tschüss.«

»Tschüss, Dad.«

Lilly beendete das Gespräch und starrte mit einem

kleinen Lächeln zu den Blättern über ihrem Kopf hinauf. Ihr Vater sorgte immer dafür, dass sie sich besser fühlte.

»Hey.«

Lilly zuckte vor Überraschung zusammen und wäre fast aus der Hängematte gefallen. Sie blickte zum Haus und sah Ethan, der nicht weit von ihr entfernt an einem Baum lehnte. »Verdammt, Ethan, du hast mich zu Tode erschreckt«, sagte sie und legte sich eine Hand aufs Herz.

»Es tut mir leid«, sagte er, stieß sich vom Baum ab und kam auf sie zu. »Whit hat mir gesagt, ich würde dich hier draußen finden, und ich wollte dich nicht während deines Telefonats unterbrechen. Alles okay?«

»Ja.« Sie hätte nur allzu gern mit ihm über alles gesprochen, was vor sich ging.

»Wie ich gehört habe, werden die anderen aufbrechen«, sagte er.

Lilly blinzelte ihn an. Dann sah sie auf die Uhr und schüttelte den Kopf. »Du meine Güte, das Klatsch-und-Tratsch-Netzwerk von Fallport ist sogar noch effektiver als das bei mir zu Hause. Innerhalb einer halben Stunde hat es sich bereits herumgesprochen.«

Ethan lachte leise. »Nun ja, die meisten Leute sind nicht gerade traurig, dass das Fernsehteam wieder verschwindet. Anfangs haben sie sich geschmeichelt gefühlt, dass sie im Mittelpunkt einer Fernsehsendung stehen, die auf der Suche nach Bigfoot ist, aber das hat sich wohl mittlerweile auch erledigt.«

»Warte nur, bis die Sendung ausgestrahlt wird. Dann werden sie es erst recht hassen.«

»Ich weiß. Und zweitens, als alle gleichzeitig abgereist sind, hat das die Informationsautobahn in der Stadt in Gang gesetzt. Mein Telefon klingelt ununterbrochen, um mir mitzuteilen, dass die ›Fernsehleute‹ abreisen. Ich bin sofort hergekommen, um zu versuchen, dich zu erwischen, bevor du weg bist. Aber Whitney sagte, du hättest ihr nicht gesagt, dass du abreist ... und du scheinst auch nicht hektisch zu packen.«

Lilly richtete sich auf und schwang ihre Beine aus der Hängematte. »Ich wurde beauftragt, hierzubleiben und die Suche nach Trent zu filmen«, erklärte sie ihm. »Außerdem würde ich nicht einfach abhauen, ohne vorher mit dir zu reden.«

Ethan nickte. »Freut mich, das zu hören, Lil. Ich muss zugeben, ich habe befürchtet, dass die ganze Sache zwischen uns nur einseitig war.« Und als er das sagte, zeigte er zwischen ihnen beiden hin und her.

»Dem ist nicht so«, erklärte Lilly leise. Und dann platzte sie heraus, weil sie es einfach nicht aushielt, Geheimnisse vor ihm zu haben: »Tucker will, dass ich heimlich die Gespräche zwischen dir und deinem Team aufzeichne, während ihr nach Trent sucht.«

»Wie bitte?«, fragte Ethan und runzelte die Stirn.

»Er ist davon überzeugt, dass diese Folge episch wird und die Einschaltquoten in die Höhe treibt, denn er kann sich nicht erinnern, dass jemals zuvor ein Hauptmoderator einer Sendung verletzt oder getötet wurde. Er will es so aussehen lassen, als hätte Bigfoot den armen Trent verschleppt, und er hat vor, sein Verschwinden nach allen Regeln der Kunst auszuschlachten. Ich wurde angewiesen, so viel pikantes Filmmaterial wie möglich zu bekommen, und er sagte mir, wenn ich geheimes Filmmaterial oder Tonaufnahmen von dir und deinem Team bekommen könnte, wie ihr irgendetwas Skandalöses über die Suche besprecht, würde es die Sendung nur um so besser machen.«

Lilly wusste, dass sie zu schnell sprach, aber sie konnte es nicht ändern. Schon allein der Gedanke, Ethan zu hintergehen, war ihr zuwider. Und die Tatsache, dass sie bei

Tuckers Plan mitmachte, aus dem, was Trent zugestoßen war, Kapital zu schlagen, sorgte dafür, dass sie sich innerlich schleimig und krank fühlte.

Ethan kam zu ihr. Er ging in die Hocke, sodass er auf Augenhöhe mit ihr war, da sie immer noch in der Hängematte saß. Er legte eine Hand auf ihre Taille, um sie zu stützen, während er ihr direkt in die Augen sah.

»Ich war ein bisschen sauer, als ich hörte, dass alle gehen wollen. Ich hatte mir in den Kopf gesetzt, hierherzustürmen und einen kleinen Wutanfall zu bekommen, weil du mir nicht gesagt hast, dass du wegfährst. Aber in der Sekunde, in der ich dich hier draußen liegen sah und es offensichtlich war, dass du nicht abreist, wurde mir klar, wie ungehalten ich mich benahm.« Er stieß einen großen Seufzer aus. »Du hast auch einen Job zu erledigen, und ich wäre ein Mistkerl, wenn ich dich davon abhalten würde, ihn zu machen. Auch wenn Tuckers Methoden mies sind, bin ich nicht verärgert, dass du bleibst. Ganz im Gegenteil. Ich bin erleichtert. Erfreut. Verdammt ekstatisch.«

»Bist du wütend?«

»Dass dir aufgetragen wurde, mich heimlich aufzunehmen?«

»Ja.«

»Stinkwütend«, entgegnete Ethan.

Lilly wurde ganz flau im Magen.

»Aber nicht auf dich, Lil. Du hast nicht einmal drei Minuten gewartet, bevor du mit allem herausgeplatzt bist. Ich denke, das verheißt Gutes für unsere Beziehung.«

Es gefiel ihr, dass er dieses Wort benutzte. Sie *wollte* eine Beziehung mit diesem Mann. Sie war begeistert, dass er dasselbe zu empfinden schien.

»Es gefällt mir, dass du zu ehrlich bist, um so was mit mir zu machen.«

Trotz seiner Worte fühlte Lilly sich schrecklich. Denn so

ehrlich kam sie sich gar nicht vor. Nicht, nachdem sie dabei-
gestanden und ohne Protest den Mist gefilmt hatte, den sie
bereits im Kasten hatte.

Ethan legte seinen Finger unter ihr Kinn, und sie sah auf
und begegnete seinem besorgten Blick. »Was geht hinter
deinen wunderschönen Augen vor?«, fragte er.

»Ich bin nicht so ehrlich, wie du denkst. Diese ganze
Episode war nichts als Täuschung. Ich habe bereits
erwähnt, dass die Rufe und das Klopfen im Wald von Crew-
mitgliedern stammen. Tucker hat auch diese riesigen
Bigfoot-Schuhe ergattert und Andre ist mit ihnen überall
herumgelaufen, damit die Schauspieler die Spuren ›finden‹
konnten. Er verteilte sogar ein paar Haarbüschel, die die
Schauspieler finden sollten. Und ich will gar nicht damit
anfangen, wie viel Geld Tucker verwendet hat, um Leute für
ihre ›Berichte‹ über irgendwelche paranormalen Dinge zu
bezahlen, die wir untersuchen. Angefangen bei Außerirdischen über den Chupacabra bis hin zu Bigfoot. Es war alles
ein Haufen Lügen. Und ich habe zu all dem geschwiegen«,
erklärte Lilly ihm.

Doch anstatt wütend zu werden, zuckte Ethan einfach
nur mit den Achseln. »Das ist alles harmloser Schabernack
fürs Fernsehen«, erklärte er.

»Aber jetzt ist Trent verschwunden! Das ist kein harmloser Schabernack.«

»Da hast du recht. Das ist es nicht. Es ist wirklich
schlimm. Aber du machst nur deinen Job.«

»So sehr gefällt mir mein Job nicht mehr«, erklärte Lilly
ihm. »Ich würde Tucker gern zum Teufel schicken und
kündigen.«

»Dann tu das.«

»Es ist so schrecklich, dass alle einfach abhauen und
zum nächsten Dreh gehen, als wäre nichts. Trent wird
vermisst. Wenn ich jetzt kündige, habe ich irgendwie das

Gefühl, dass ich ihn im Stich lasse. Dass es niemanden interessiert, was mit ihm passiert ist. Und Tucker wird einfach jemand anderen herschicken, um die Sensationsstory zu bekommen, die er haben will. Wenn ich es bin, kann ich vielleicht wenigstens die Wahrheit über sein Verschwinden herausfinden.«

Er musterte sie und sie konnte nicht einschätzen, was er dachte. Dann kniete er sich hin und führte seine andere Hand zu ihrem Gesicht. Er äußerte sich nicht zu ihrer Arbeit und versuchte auch nicht, sie zum Bleiben zu überreden, wie Whitney es getan hatte. Zumindest nicht mit Worten. Er benutzte seine Lippen, um seine Argumente vorzubringen.

Und das war ein verdammt überzeugendes Argument.

Lilly verlor sich in seiner Berührung. In der Art, wie sich seine Lippen auf ihren bewegten. In der Art, wie er mit seiner Zunge eine Gänsehaut auf ihrer Haut erzeugte. Sie atmete seinen leichten Duft ein – wahrscheinlich von der Seife, die er benutzte, denn Ethan war kein Mann, der Eau de Cologne trug – und erinnerte sich an den Tag, an dem sie in seinem Bett geschlafen hatte.

Er fuhr fort, sie zu verführen, bis er sich schließlich zurückzog. »Danke, dass du mir gesagt hast, was Tucker von dir verlangt hat. Ich vertraue dir, Lilly. Ich will das Beste für dich. Und dass du Trent zuliebe nicht sofort aufgibst, sagt viel über dich als Mensch aus. Alles an diesem Fall stinkt zum Himmel. Ich muss nicht bei der Polizei sein, um ein Verbrechen zu vermuten. Wenn das der Fall ist, möchte ich nicht, dass du mit Tucker und den anderen in Kanada herumläufst ... wer weiß, was sie noch alles planen, um gute Einschaltquoten zu bekommen. Hier bis du sicherer.«

Lilly hatte auch schon darüber nachgedacht. »Du denkst also, ich sollte tun, was Tucker von mir verlangt?«

»Ich denke, du solltest hier in Fallport bleiben. Bleib in

meiner Nähe. Filme mein Team und mich bei der Suche nach Trent. Du machst deinen Job, nur ohne das ganze Theater.«

»Er weiß, dass ich dich mag. Er hat mir sogar gesagt, dass ich mit dir schlafen soll, um besseres Filmmaterial zu bekommen«, platzte sie heraus. Lilly vermutete, dass Ethans Küsse irgendwie einen Kurzschluss in ihrem Gehirn verursacht haben mussten.

»Er ist ein Mistkerl«, erwiderte er. »Ich bin überrascht, dass er noch nicht wegen sexueller Belästigung angezeigt wurde. Sobald wir Trent gefunden haben, kannst du mit gutem Gewissen kündigen und zu Tucker sagen, dass er sich verpissen soll, falls du das immer noch tun willst.«

Lilly dachte lange darüber nach. Sie kämpfte immer noch damit, überhaupt weiterzumachen, weil es sich so falsch anfühlte, Trents Verschwinden als Aufhänger zu benutzen, um Zuschauer zu gewinnen.

Aber sie *konnte* Tucker hinhalten und ihn glauben machen, dass sie genau das tat, was er wollte, während sie sich tatsächlich für Trent einsetzte ... und verhinderte, dass irgendjemand aus der Filmcrew zurückkehrte, um die Sendung noch reißerischer zu machen.

»Nur, damit du es weißt ... ich möchte, dass du in Fallport bleibst, sobald alles überstanden ist. Ich weiß, es ist viel verlangt, besonders wenn man bedenkt, dass du beruflich viel unterwegs bist. Aber ich habe mich noch nie zu jemandem so hingezogen gefühlt wie zu dir. Wenn ich dich gehen lasse, ohne wenigstens zu *versuchen*, dich zum Bleiben zu überreden, werde ich mir wohl den Rest meines Lebens Vorwürfe machen. Ich weiß nicht, ob du mit dem, was du jetzt tust, weitermachen könntest, wenn du bleibst, aber ich habe das Gefühl, dass du in allem, was du tun willst, hervorragend sein wirst.«

Lilly konnte nicht glauben, was sie da hörte. Dieser

Mann war ... verdammt, er war *alles*, was sie sich immer von einem Partner erträumt hatte. Jemand, der sie unterstützen würde, egal was sie tat.

Sie stürzte sich auf ihn und er fing sie mit einem kleinen *Uff* auf. Er verlor das Gleichgewicht und fiel zurück auf das Gras. Lilly landete auf seinem Bauch. Er hatte seine Hände um ihre Taille geklammert, damit sie sich nicht verletzte, und sie spürte, wie er unter ihr lachte.

»Also ... bleibst du und filmst weiter?«, fragte er.

Lilly nickte. »Ich bleibe. Aber ich werde niemanden heimlich filmen.«

»Das ist gut. Jetzt, wo wir uns einig sind ... Brock und ich werden in einer Stunde wieder auf die Suche gehen. Willst du immer noch mitkommen?«

»Ja. Habt ihr neue Hinweise?«

»Nein. Wir suchen nur methodisch alle Orte ab, von denen wir glauben, dass Trent dort gewesen sein könnte. Die Orte, zu denen man ohne allzu große Schwierigkeiten gelangen könnte. Er könnte von jemandem vor Ort eine Empfehlung für eine Stelle abseits der Touristenpfade erhalten haben und dorthin gegangen sein.«

»Warum hat sich dann nicmand gcmcldct und gcsagt, dass er mit ihm gesprochen hat?«, fragte Lilly.

»Keine Ahnung.«

»Hey! Alles gut, ihr beiden?«, rief Whitney von der Haustür aus.

Ethan lachte, drehte den Kopf und rief: »Vielleicht halten wir nur ein Nickerchen!«

»Auf dem Boden? So ein Blödsinn«, sagte sie. »Da ihr wieder auf die Suche geht, habe ich euch einen kleinen Imbiss zubereitet, um euch über die Runden zu bringen. Kommt rein und esst, bevor ihr geht!«

»Wetten, dass sie genügend Gerichte als ›Snack‹ gemacht hat, dass sich der Tisch durchbiegt?«, sagte Lilly leise.

»Darum wette ich nicht mit dir«, entgegnete Ethan und setzte sich hin.

Lilly hielt sich an seinen Armen fest, damit sie nicht von seinem Schoß fiel, doch sie hätte sich keine Sorgen machen müssen. Ethan hielt sie an der Taille fest. Sie sah ihm in die Augen.

»Ich bin froh, dass du bleibst«, sagte er leise. »Es tut mir leid, dass du bleibst, weil Trent vermisst wird, aber trotzdem freut es mich.«

»Mich auch«, sagte Lilly.

Er starrte sie noch einen Moment lang an, bevor er tief durchatmete und aufstand. Er nahm ihre Hand in seine und ging ohne ein weiteres Wort zum Haus.

»Den Segen meines Vaters hast du«, bemerkte Lilly.

Ethans Lippen zuckten amüsiert. »Tatsächlich?«

»Mh-hm. Ich habe gerade mit ihm telefoniert, als du aufgetaucht bist. Ich habe ihm von dir erzählt.«

»Wenn es mit uns klappt ... kann ich es kaum erwarten, ihn kennenzulernen.«

»Wirklich? Ich dachte, die meisten Männer hätten Angst, den Vater einer Frau kennenzulernen.«

»Vor jemandem, der so einen tollen Menschen wie dich großgezogen hat, habe ich keine Angst«, sagte Ethan. »Ich respektiere und bewundere ihn bereits jetzt. Und hoffe, dass es ihm auch so geht.«

Sie hatten inzwischen das Haus erreicht und Lilly hatte keine Gelegenheit mehr zu antworten, weil Whitney sie in die Küche führte, wo sie einen Imbiss aus übrig gebliebenen Speisen vom Vortag und eine Kasserolle auftischte, die sie spontan gezaubert hatte. Aber Lilly war der Meinung, dass ihr Vater Ethan zweifellos respektieren und bewundern würde.

Er hatte nicht damit gerechnet, dass er abreisen würde, bevor Trent gefunden wurde.

Aber vielleicht war das auch besser so.

Lilly blieb, und sie würde das Filmmaterial bekommen, das die Sendung für ihren Erfolg brauchte.

Ja, es war besser, dass er nicht da war. So war er in keiner Weise involviert. Der blöde Polizeichef verdächtigte ihn nicht, also war er aus dem Schneider. Sie brauchten nur noch das letzte Video, in dem Trent gefunden wurde, und den emotionalen Aufruhr, den das verursachen würde.

Trent hätte ihn nicht übergehen sollen. Er hätte ihn besser behandeln sollen. Wenn er das getan hätte ... wäre er vielleicht noch am Leben.

Sie hätten zusammenarbeiten können, um die Serie zu einem Erfolg zu machen, aber Trent wollte den Ruhm ganz für sich allein. Er hätte ihn nie geteilt. Er hatte nicht einmal zugegeben, wie die Serie überhaupt zustande gekommen war.

Er hatte nie zugegeben, dass *alles* Joeys Idee gewesen war.

Er saß auf dem Rücksitz des Wagens und schäumte vor Wut. Er hatte gedacht, er und Trent seien Freunde. Aber wenn es hart auf hart kam, behandelte Trent ihn genauso schlecht wie alle anderen. Joey und Trent sollten gemeinsam die Sendung moderieren, die sie ins Leben gerufen hatten. Stattdessen hatte Trent nicht einmal protestiert, als man Tucker an Bord holte, und die Idee sofort verworfen, stattdessen Michelle wegen ihrer Brüste und die anderen wegen ihres Aussehens eingestellt.

Was sollte es also, wenn Joey nicht umwerfend gut aussah? Die meisten anderen Moderatoren ähnlicher Sendungen waren auch keine Models. Sie hätten es schaffen können. Aber Trent hatte sich auf alles eingelassen, was Tucker wollte, und Joey versichert, dass er, auch wenn er nicht zu den Gesichtern der Serie gehörte, trotzdem davon profitieren würde.

Trent hatte dafür gesorgt, dass Joey als einer der Kameraleute eingestellt wurde, aber mit der Zeit hatte Joey die Vorzeichen erkannt. Trent begann, ihn anders zu behandeln. Als wäre er nicht so wichtig. Und als Joey Vorschläge für die Sendung machte, hatte Trent ihn vor allen Leuten abgeschmettert.

Nun, Joey wusste, dass er das jetzt bedauerte.

Er hielt sein Gesicht sorgfältig ausdruckslos, aber innerlich verwandelte sich seine Wut in Freude. Trent hatte recht, die Serie würde ein Erfolg werden.

Und das alles nur wegen Joey.

Wenn er nicht getan hätte, was er getan hatte, wäre die Serie von Anfang an zum Scheitern verurteilt gewesen. Sie war langweilig, kitschig und unoriginell. Aber das hier? Ein Mann, der verschwindet und von Bigfoot zerfleischt wird? Das bedeutete sofortigen Ruhm für alle Beteiligten.

Er würde tun, was er konnte, um sich an Trents Platz ins Rampenlicht zu schleichen. Die zweite Staffel würde Joeys Chance sein zu beweisen, dass er das Zeug zum Fernsehstar hat.

Er wünschte, er könnte dabei sein, wenn Trent endlich gefunden wurde, aber er würde sich die Aufnahmen mit Freude ansehen. Geduld war der Schlüssel – und die hatte Joey in Hülle und Fülle.

KAPITEL VIERZEHN

Die letzte Woche war lang gewesen. Lilly war froh, mehr Zeit mit Ethan zu verbringen und ihn besser kennenzulernen, aber ihre Freude wurde durch das Verschwinden von Trent getrübt. Sie wollte sich der Freude über ihre aufkeimende Beziehung zu Ethan hingeben, aber das Wissen, dass sie nur deshalb noch in der Stadt war, weil es immer noch kein Zeichen von Trent gab, war entmutigend.

Sie war jeden Tag mit dem Such- und Bergungsteam von Eagle Point unterwegs gewesen. Die Männer wechselten sich ab und suchten nach Anzeichen des vermissten Darstellers. Der Tag, an dem Lilly Raid und Duke folgte, war einer der schwierigsten. Der Bluthund hielt seine Nase während der gesamten fünf Stunden, die sie unterwegs waren, auf dem Boden, und es fühlte sich an, als wäre sie die ganze Zeit gelaufen.

Aber egal, wie sehr sie suchten oder wo sie suchten, niemand hatte Glück. Am Ende der Woche trafen sich Ethan und das Team mit dem Polizeichef, und alle waren sich einig, dass Trent entweder das Gebiet verlassen und woanders gezeltet hatte oder dass er gar nicht im Wald übernachtet hatte.

Oder jemand hatte sein Lager aufgelöst, um keine Spuren von ihm zu hinterlassen.

Und wenn es schon schwierig war herauszufinden, wo er gezeltet haben könnte, war es fast unmöglich, eine Person oder eine Leiche in den riesigen Appalachen zu finden, ohne einen Ausgangspunkt zu haben. Es gab einfach zu viele Orte, an denen man suchen musste. Ganz zu schweigen von den Schäden, die aasfressende Tiere an einer Leiche anrichten konnten.

Aber solange Trent nicht gefunden worden war – entweder im Wald oder wohlbehalten irgendwo –, würde das Eagle Point Such- und Bergungsteam nicht aufgeben.

Nur abends fühlte Lilly sich einigermaßen zufrieden. Da sie nicht mehr nachts arbeitete, konnten sie diese Stunden gemeinsam verbringen. Sie aßen zu Abend, sahen sich Filme an und lernten sich einfach kennen, ohne dass ihr Job oder irgendetwas anderes über ihnen schwebte.

Natürlich wurde von ihr erwartet, dass sie sich dem Rest der Crew anschloss, sobald Trent gefunden worden war, tot oder lebendig. Aber mit jedem Tag, der verging, kamen sie dem Ende der Dreharbeiten in Kanada näher und die Serie würde ohne sie zu Ende gehen, was Lilly nicht gerade störte. Nicht jetzt, da die Dinge zwischen ihr und Ethan so gut liefen.

Obwohl sie zugeben musste, dass sie in letzter Zeit durch die gemischten Botschaften, die er ihr schickte, ein wenig verwirrt war.

Ethan kümmerte sich immer um sie, wenn sie im Wald auf der Suche waren. Er vergewisserte sich, dass sie aß, Pausen machte, keine Blasen hatte, und warf ihr immer wieder Blicke zu, die ihr geradezu schwindelig werden ließen. Aber abends, nachdem sie gegessen, ferngesehen und dann auf seinem Sofa gekuschelt und rumgeknutscht hatten ... löste er sich von ihr, verkündete, dass es schon spät sei, und bot ihr an, sie nach Hause zu bringen.

Lilly wollte darauf bestehen, dass sie sich nicht auf den Heimweg machen musste. Dass sie es vorziehen würde, ihn weiter zu küssen und zu berühren ... in seinem Schlafzimmer. Aber sie war zu feige.

Es wurde immer deutlicher, dass ihn etwas bedrückte, und sie hatte Todesangst, dass *sie* es war. Dass er nicht mit ihr Liebe machen *wollte*. Dass er seine Meinung über eine Beziehung geändert hatte, sobald sie hier fertig war.

Wenn das der Fall war, dann war es wohl tatsächlich besser, die Dinge zu stoppen, bevor sie zu weit gingen, als dass Ethan sie für Sex benutzte und dann fröhlich winkte, wenn die Zeit gekommen war.

Lilly war erwachsen. Sie sollte kein Problem damit haben, mit ihm darüber zu reden, was sie wollte. Aber sie machte sich Sorgen, dass er sich entschieden hatte, dass er nicht in sie verliebt war. Was lächerlich war, wenn man bedachte, dass sie seit Wochen jeden Moment ihrer Freizeit miteinander verbrachten. Wenn Ethan sie nicht mochte, würde er das doch nicht weiterhin tun, oder?

Sie war verwirrt, und sie hasste es. Beziehungen waren schon immer schwierig für sie gewesen, und das war nicht schön. Es war schwieriger für sie, ehrlich zu sein und einfach mit Jungs zu reden, als es sein sollte.

Sie schwor sich, dass sie Ethan heute Abend einfach fragen würde, warum er ihre Beziehung nicht auf die nächste Stufe bringen wollte.

Es war bezeichnend für Lilly, dass sie das, was sie hatten, als Beziehung einordnete. Die Dinge hatten sich zwischen ihnen schnell entwickelt, aber mit Ethan zusammen zu sein fühlte sich richtig an. Mehr als mit jedem anderen, mit dem sie je zusammen gewesen war.

Deshalb war es auch so verwirrend, dass er sie küsste, während seine Hand unter ihrer Bluse steckte, und dann kurz darauf auf der anderen Seite des Zimmers stand und seine Schuhe anzog, um sie nach Hause zu bringen.

Heute Abend würde sie den Mut aufbringen, ihn zu fragen, was los war.

Aber vorher musste sie noch den Rest des Tages überstehen. Sie war von einer weiteren Suche mit Tal und Brock nach Hause gekommen, hatte geduscht, das Filmmaterial an den Server geschickt, damit Tucker es sich ansehen konnte, und Ethan würde sie in Kürze abholen. Dann würde sie endlich Zeit mit Elsie und Tony verbringen können. Sie hatte Anfang der Woche im *On the Rocks* vorbeigeschaut, um sie zu sehen, aber das Lokal war überfüllt gewesen und die Kellnerin hatte keine Zeit für ein Gespräch gehabt.

Heute war Tonys Geburtstag und er gab eine Geburtstagsparty im Schwimmbecken des Mangree Motel und Wohnmobilparks. Elsie hatte sie und Ethan eingeladen, und Lilly freute sich schon darauf. Das Becken des Motels war nicht sehr groß und lag mitten auf dem Parkplatz, umgeben von Beton und einem fadenscheinigen Zaun, aber Tony war trotzdem aufgeregt und freute sich darauf, mit seinen Freunden aus der Schule zu feiern.

Sie unterhielt sich gerade mit Whitney im großen Wohnzimmer der Pension und wartete auf Ethan, als sie das Rauschen des Wassers über ihren Köpfen hörte.

»Was ist das?«, fragte Whitney und blickte alarmiert zur Decke.

Aber Lilly war schon in Bewegung. Sie hatte das Gefühl, dass das, was sie hörte, nichts Gutes bedeutete, zumal sie im Moment die einzigen beiden Menschen im Haus waren. Sie nahm zwei Treppenstufen auf einmal und ging auf das Rauschen des Wassers zu, das aus dem Schlafzimmer neben dem Zimmer kam, in dem sie wohnte.

Sie betrat das Zimmer und sah einen Wassergeysir, der unter der Toilette hervorspritzte. Das Wasser sammelte sich im Raum und war dabei, sich rasch bis zum Teppich im Schlafzimmer auszubreiten.

»Oh mein Gott!«, rief Whitney. »Was machen wir denn jetzt?«, fragte sie und ihre Stimme war vor Panik ganz hoch.

Glücklicherweise – oder unglücklicherweise – hatte Lilly das Gleiche schon im Haus ihres Vaters gesehen. Schnell eilte sie ins Badezimmer und drehte den Hahn hinter der Toilette ab, womit auch der Wasserstrom abbrach. »Hast du ein paar alte Handtücher?«, fragte sie Whitney. »Wir können versuchen, einen Großteil des Wassers aufzuwischen, bevor es unter die Fliesen dringen kann.«

Ohne ein weiteres Wort drehte Whitney sich um und eilte aus dem Raum.

Lilly beeilte sich, den völlig durchweichten Badezimmerteppich hochzuheben und schnell in die Wanne zu legen. Sie hob auch das durchnässte Toilettenpapier auf, das in einem dekorativen Halter neben der Toilette gestanden hatte, und warf es ebenfalls in die Badewanne. Dann war Whitney auch schon wieder da und sie wischten zusammen so viel Wasser vom Boden auf wie möglich.

»Gibt es irgendwo einen Hahn, wo wir das Wasser für das gesamte Haus abdrehen können?«, wollte Lilly wissen, nachdem sie all die nassen Handtücher auf einen Haufen geworfen hatten. Sie war zwar keine Expertin für Bodenbeläge, aber es sah so aus, als hätten sie das Wasser in den Griff bekommen, bevor es allzu viel Schaden angerichtet hatte.

»Ähm ...«, machte Whitney, die offensichtlich keine Ahnung hatte, wo sich der Haupthahn befinden könnte.

»Ist schon okay. Ich werde ihn schon finden«, versicherte Lilly ihr lächelnd. Sie wollte die Toilette nicht auseinandernehmen, um die Gummidichtungen zu überprüfen, ohne sich davon zu überzeugen, dass sie nicht versehentlich eine weitere Überschwemmung verursachen würde. Normalerweise reichte es, das Wasser an der Toilette abzudrehen, aber auch hier wollte sie kein Risiko eingehen.

Es dauerte zehn Minuten, bis sie den Hauptwasserhahn des Hauses gefunden hatte, und als das Wasser abgestellt war, machte Lilly sich sofort an die Arbeit, um die Ursache für das Leck zu finden.

Aus der einfachen Überprüfung der Gummidichtungen im Tank wurde die Demontage der gesamten Toilette und die Entdeckung, dass sie sich auf ihrem Sockel verschoben hatte und schon viel länger als nur an diesem Morgen Wasser unter den Fliesen ausgelaufen war.

Sie wischte sich über die Stirn und machte sich eine mentale Liste mit Dingen, die sie im Baumarkt kaufen musste, um die Toilette zu reparieren, und fragte sich, wie sie Whitney beibringen sollte, dass wahrscheinlich der gesamte Boden des Badezimmers wegen des Lecks ausgetauscht werden musste, als Ethan in der Tür erschien.

»Ähm ...«, machte er mit kleinem Lächeln. »Was hat dir die Toilette denn getan?«, scherzte er.

Lilly grinste. »Wir hatten gerade ein kleines Problem mit dem Wasser.«

»Das hat Whitney auch gesagt. Sie hat mir auch erzählt, dass du nicht einmal gezögert hast, dich direkt ins tiefe Wasser zu werfen, wenn ich mal so sagen darf. Dass du das Wasser abgestellt hast und genau wusstest, was zu tun war, um die Situation unter Kontrolle zu bringen.«

»Wie gesagt, ich habe vier Brüder«, entgegnete Lilly achselzuckend.

Ethan sah sich schnell über die Schulter um und trat dann ins Badezimmer. Er drückte sie ans Waschbecken. »Findest du es schlimm, dass ich es wahnsinnig sexy finde, wie du mit einem Schraubenschlüssel in der Hand hier stehst und die Toilette ausgebaut hast?«, fragte er.

Lilly verdrehte die Augen. »Ja«, erklärte sie ihm.

»Schon klar«, erwiderte er und senkte den Kopf.

Lilly kam ihm auf halbem Weg entgegen. Wenn Ethan ihre rudimentären Fähigkeiten als Klempner für sexy hielt, würde sie sich nicht darüber beschweren. Sie knutschten wie Jugendliche in Whitneys Badezimmer herum, bis sie hörten, wie diese den Flur entlangkam.

Ethan löste sich von ihr und starrte sie mit einem Blick an, den Lilly nicht deuten konnte. Allerdings bekam sie nicht die Möglichkeit, ihn zu fragen, was er dachte, weil Whitney auftauchte.

»Oh, du meine Güte«, sagte sie, als sie den Zustand des Badezimmers sah.

»Das Gute ist, dass der Wasserschwall nicht den Teppich im Schlafzimmer erreicht hat«, erklärte Lilly ihr. Sie war sich der Hand, die Ethan, der neben ihr stand, auf ihre Taille gelegt hatte, ausgesprochen bewusst. »Aber es gibt auch schlechte Neuigkeiten. Die Toilette hatte genau dort ein Leck, wo sie am Boden festgemacht war. Ich weiß nicht, wie lange schon, aber das Holz unter der Toilette und wahrscheinlich im gesamten Badezimmer hat sich mit Wasser vollgesogen und ist wahrscheinlich verrottet. Man wird den Boden austauschen müssen.«

»Gibt es Schimmel?«, wollte Ethan wissen.

»Ich habe nicht viel gesehen, aber ich bin auch kein Experte«, erklärte Lilly.

»Ich weiß nicht, was ich getan hätte, wenn du nicht hier gewesen wärst«, sagte Whitney. »Ich hätte jemanden anrufen müssen und in all der Zeit wäre das Wasser weitergelaufen.«

»Jeder, den du angerufen hättest, hätte dir gesagt, dass

du den Hahn hinter der Toilette zudrehen sollst«, versicherte Lilly ihr.

»Trotzdem bin ich froh, dass du da warst.«

»Rocky kann dabei helfen, das zu richten«, erklärte Ethan Whitney.

»Gott sei Dank«, sagte sie seufzend.

»Ich rufe ihn auf unserem Weg ins Mangree an«, sagte Ethan.

»Oh, das hatte ich ja ganz vergessen! Ihr müsst ja los!«, rief Whitney. »Sonst kommt ihr noch zu spät.«

»Ist schon in Ordnung«, beruhigte Ethan sie. »Ich bin mir sicher, dass die Feier auch ohne uns losgeht. Du weißt ja, wie Neunjährige sind.«

»Bevor wir gehen, müssen wir aber das Wasser wieder anstellen«, sagte Lilly und trat von Ethan weg.

»Ich kümmere mich darum. Du kannst dich inzwischen schon mal umziehen.«

Lilly sah an sich herunter und rümpfte die Nase. Ihre Jeans war von den Knien abwärts durchnässt, weil sie auf dem Boden gekniet hatte, und ihrem T-Shirt war es auch nicht viel besser ergangen. Sie wollte gar nicht erst wissen, wie ihr Haar aussah. Wahrscheinlich war es ein wildes Durcheinander.

»Ist es denn in Ordnung, das Wasser wieder anzustellen?«, fragte Whitney besorgt.

»Problemlos«, versicherte Ethan ihr. »Lilly hat das Wasser im Zimmer abgestellt. Ist dieses Zimmer irgendwann nächste Woche vermietet?«

»Da müsste ich nachsehen«, sagte Whitney. »Aber wenn ja, kann ich den Leuten ein anderes Zimmer geben.«

»Falls du mein Zimmer brauchst, lasse ich mir was einfallen«, bot Lilly an.

Whitney sah bestürzt aus. »Wenn du denkst, dass ich dich rausschmeiße, nachdem du mir heute so sehr geholfen hast, bist du verrückt«, erklärte sie. »Du warst der perfekte Gast. Ich wünschte, dass alle, die hier ein Zimmer mieten, so wären wie du. Nein, nein, *ich* lasse mir was einfallen.«

»Na gut. Dann kümmere ich mich mal um das Wasser. Lilly, treffen wir uns unten?«, fragte Ethan.

»Ja. Ich komme gleich runter.«

Sie ging in ihr Zimmer und schaffte es, nicht zu lachen, als sie sich im Spiegel sah. Die Luftfeuchtigkeit in dem kleinen Badezimmer und die Anstrengung beim Auseinandernehmen der Toilette hatten dafür gesorgt, dass ihr Haar jetzt so aussah, als hätte sie gerade vierzehn Stunden darauf geschlafen. Sie bürstete es schnell aus und beschloss, es zu einem unordentlichen Dutt hochzustecken. Sie würde gleich sowieso ein paar Stunden draußen stehen; es offen zu lassen war von vornherein keine gute Entscheidung gewesen. Aber sie trug es immer hochgesteckt, und sie wollte für Ethan hübsch aussehen.

Sie zog sich eine andere Jeans an und ein T-Shirt, das sie in New Mexico gekauft hatte und auf dem eine Kuh abgebildet war, die in ein außerirdisches Schiff gesaugt wurde. Dann eilte sie die Treppe hinunter. Sie nahm das Geschenk, das sie am Vortag für Tony eingepackt hatte, und wandte sich an Ethan. »Ich bin bereit.«

Er starrte sie lächelnd an.

»Was ist?«, fragte sie, als er nicht zur Tür ging und auch nichts sagte.

»Du wirst mich immer wieder überraschen, nicht wahr?«, fragte er.

Lilly runzelte verwirrt die Stirn. »Was meinst du?«

»Gibt es irgendwas, das du nicht kannst?«

»Da gibt es haufenweise Dinge«, entgegnete sie, ohne zu zögern. »Wenn du dich auf die Toilette beziehst, ich habe meinem Vater schon oft geholfen, eine Toilette auszutauschen, die eine schlechte Dichtung hatte. Auch meine

Brüder bitten mich normalerweise um Hilfe, wenn sie etwas in ihrem Haus machen wollen. Aber wenn du willst, dass ich dekoriere oder irgendeine Art von Gourmet-Mahlzeit koche, hast du Pech.«

»Komm mal her«, sagte er rau und zog sie in seine Arme.

Er umarmte sie fest, und Lilly hielt sich an ihm fest, atmete tief ein und genoss Ethans Duft.

Sie standen immer noch so da, als Whitney in der Tür erschien. »Jetzt reicht es aber mal mit dem Geturtele«, schimpfte sie. »Ihr seid auch so schon zu spät dran.«

Lilly und Ethan sahen einander an und lächelten über das Wort Geturtele, traten dann aber gehorsam auseinander.

»Kommt ihr zum Abendessen zurück?«, wollte sie wissen.

Lilly sah Ethan fragend an.

Er nahm das Geschenk und schüttelte den Kopf. »Ich glaube nicht, Whit. Wahrscheinlich gibt es auf der Feier Kuchen und Snacks und anschließend fahren wir zu mir. Ich habe ein paar Steaks geholt, die ich grillen möchte.«

»Alles klar. Dann bis morgen. Sagst du mir noch wegen Rocky Bescheid?«

»Natürlich«, erwiderte Ethan. »Aber wahrscheinlich kommt er morgen, um sich den Schaden selbst anzusehen und herauszufinden, was er alles besorgen muss. Er wird das Ganze in Nullkommanichts repariert haben.«

»Das weiß ich wirklich zu schätzen.«

»Das mache ich doch gern. Bist du bereit?«, fragte Ethan an Lilly gewandt.

Sie nickte und daraufhin nahm Ethan ihre Hand und führte sie aus der Tür.

Drei Stunden später beobachtete Ethan von einem Stuhl neben dem kleinen Schwimmbecken des Mangree Motel und Wohnmobilparks aus, wie acht kleine Jungen kreischten und schrien, um zu sehen, wer den größten Spritzer machen konnte.

Das Wasser im Becken war eiskalt, aber das schien Tony und seine Freunde nicht zu stören. Was Ethan jedoch zum Lächeln brachte, war Lilly. Elsie war aufgeregt und fast überwältigt gewesen, als sie ankamen, und Lilly hatte sofort das Kommando übernommen. Sie konnte so gut mit den Kindern umgehen. Auf dem Weg zur Party hatte sie ihm gesagt, dass sie es liebte, mit ihren Nichten und Neffen zusammen zu sein, und es war offensichtlich, dass sie Erfahrung darin hatte, sich etwas einfallen zu lassen, um sie zu unterhalten.

Tony hatte sie seinen Freunden als die Frau vorgestellt, die ihm beigebracht hatte, wie man einen Reifen wechselt, und als sie ihm nicht glaubten, dass er das wirklich konnte, hatte Lilly Ethan irgendwie davon überzeugt, ihn einen Reifen von seinem Wagen ab- und wieder aufziehen zu lassen ... natürlich unter ihrer Aufsicht.

Dann hatte Tony die Geschenke geöffnet, sie hatten alle Kuchen und Eis gegessen, und es war Lillys Idee gewesen, einen Platscher-Wettbewerb zu veranstalten. Sie hatte sogar etwas Zeit gefunden, um mit Elsie und ein paar anderen Müttern zu plaudern, die geblieben waren. Elsie hatte während des Festes ein paar Fotos gemacht, aber irgendwie war die Kamera bei Lilly gelandet, und sie hielt nun jeden Moment dieses Nachmittags mit Spiel und Spaß fest.

Ethan entging nicht, dass sie auch viele Fotos von Elsie und ihrem Sohn machte, die die alleinerziehende Mutter später sicher zu schätzen wissen würde. Es war schwer, Fotos von sich selbst mit seinem Kind zu machen, wenn man immer diejenige war, die die Fotos machte.

»Sieht so aus, als würde sie sich prima einfügen«, bemerkte Rocky. Ethans Zwillingsbruder war aufgetaucht, um mit ihm über die Reparaturarbeiten an Whitneys Pension zu sprechen, und war geblieben.

»Allerdings«, stimmte Ethan ihm zu.

»Ich habe heute Morgen von Simon gehört«, bemerkte Rocky.

Ethan zwang sich dazu, die Aufmerksamkeit von Lilly und dem Gelächter, das von der anderen Seite des Schwimmbeckens von ihnen hinüberschallte, wo die Jungs einander zu übertrumpfen versuchten, abzuwenden. »Tatsächlich?«

»Ja. Er ist heute Morgen losgezogen, um mit Clyde zu reden. Wie du weißt, befindet sich seine Schwarzbrennerei ganz in der Nähe des Pfades, den wir zuerst überprüft haben.«

»Und?«, fragte Ethan, als sein Bruder nicht sofort weitersprach.

»Und Clyde sagte, er wisse ›nie nichts über keinen vermissten Mann‹. Das ist ein Zitat, nebenbei bemerkt. Mom würde mich umbringen, wenn ich eine doppelte Verneinung benutze. Jedenfalls sah Simon, als er ging, einen Haufen Zeug aus einem Müllcontainer ragen, den Clyde auf dem Grundstück hat. Als er genauer hinsah, waren es ein Zelt, ein Schlafsack und eine Kühlbox.«

Ethan sah Rocky ungehalten an. »Im Ernst?«

»Allerdings. Er besorgt sich gerade einen Durchsuchungsbefehl, aber so wie es aussieht, gehört das Zeug dem Typen, den wir vermissen.«

»Was zum Teufel? Warum hat Clyde es?«

»Er hat Simon etwas über den Kerl erzählt, der im Wald so viel Lärm gemacht hat, und wie sauer Clyde darüber war. Er schwört, dass er Trent nichts angetan hat. Als er hörte, dass Trent vermisst wird, ging er hin und sah nach, woher die Geräusche zwei Nächte zuvor gekommen waren, und fand den Campingplatz. Er nahm alles mit, weil er nicht wollte, dass jemand zu nahe an seiner Schwarzbrennerei herumschnüffelt.«

»Verdammt«, fluchte Ethan.

»Ja. Damit ist jede Chance vernichtet, dass Duke eine Fährte aufnehmen kann.«

»Ganz abgesehen davon, dass jeder forensische Hinweis, den Simon und seine Leute vielleicht an der Zeltstelle gefunden hätten, wahrscheinlich zerstört ist.«

»Sie werden das Zelt und die anderen Sachen mitnehmen und sehen, was sie finden können, aber ja, die Chance, dass sie etwas Brauchbares finden werden, ist gering.«

»Glaubst du, Clyde hat ihn getötet?«, fragte Ethan seinen Bruder.

Rocky zuckte mit den Achseln. »Schon möglich. Wenn Trent ihm da draußen genügend auf die Nerven gegangen ist, vielleicht. Und Clyde ist ein paranoider Mistkerl. Jeder weiß, dass er da draußen in den Wäldern Brennereien hat, das ist also kein Geheimnis. Aber er denkt gern, dass er unter dem Radar fliegt, und will nicht, dass jemand ihm nachspioniert und sein Geheimrezept für den gepanschten Mist herausfindet, den er braut.«

»Also kehren wir zum Fallport Creek Wanderweg zurück und suchen dort erneut?«, fragte Ethan.

»Ich glaube, dort haben wir die besten Chancen«, pflichtete Rocky ihm bei.

»Verdammt. Wir haben Wochen damit verschwendet, an der falschen Stelle zu suchen.«

»Vielleicht. Vielleicht auch nicht. Vielleicht hat Trent auch einfach beschlossen, woanders nach Bigfoot zu suchen.«

»Das ist durchaus möglich«, entgegnete Ethan.

»Willst du wissen, was ich denke?«, fragte Rocky.

»Natürlich.«

»Ich glaube, dass jemand von der Sendung dahintersteckt. Schließlich hat sich Trent Morrison nicht einfach in Luft aufgelöst. Ich glaube, dass jemand von dem Fernsehteam oder den Darstellern genau weiß, was passiert ist, aber nicht darüber spricht.«

Ethan nickte, denn er hatte Lilly gegenüber bereits denselben Gedanken geäußert. Er sah zu ihr hinüber, als sie gerade in Lachen ausbrach. Sie war so voller Leben, so vertrauensselig. Ihm gefiel der Gedanke nicht, dass irgendjemand in ihrer Nähe in das verwickelt war, was auch immer da vor sich ging.

»Sei vorsichtig, Bruderherz«, sagte Rocky leise.

Ethan wandte die Aufmerksamkeit wieder seinem Bruder zu. »Bittest du mich, mich von ihr fernzuhalten?«

»Auf keinen Fall. Meiner Meinung nach ist sie das Beste, was dir seit Langem passiert ist. Du scheinst mehr ... Energie zu haben ... und das war schon lange nicht mehr der Fall. Aber ich werde das Gefühl nicht los, dass die Kacke am Dampfen ist, wenn Trent gefunden wird. Und wenn jemand aus der Sendung dahintersteckt, könnte es für dein Mädchen gefährlich werden.«

Ethan konnte nicht umhin, erneut zu Lilly zu sehen. »Das ist nicht gut«, sagte er und machte sich plötzlich noch mehr Sorgen um ihre Sicherheit.

»Nein. Aber du weißt, dass wir alle hinter dir stehen. Wir müssen nur Bescheid geben, dass die Leute alles Ungewöhnliche im Auge behalten sollen, und schon wird sich das Klatsch-und-Tratsch-Netzwerk ganz von alleine in Bewegung setzen. Sie wird nicht mal mehr niesen können, ohne dass jemand es uns erzählt.«

Ethan nickte. Er hasste es, im Mittelpunkt der Aufmerksamkeit der Stadt zu stehen, und er hatte das Gefühl, dass

Lilly das auch tun würde, aber in diesem Fall würde er sich nicht beschweren, wenn jemand, den sie kannte, etwas mit dem zu tun hatte, was Trent zugestoßen war.

»Kommt schon, ihr beiden, wir brauchen noch ein paar Leute für die Jury!«, rief Lilly ihnen zu.

»Die Pflicht ruft«, erklärte Rocky grinsend.

»Vielen Dank, dass du mir Bescheid gesagt hast«, sagte Ethan.

»Ist doch klar. Wirst du Lilly sagen, dass Trents Zeltausrüstung gefunden wurde?«

»Ja. Später. Ihr Chef ist sonst stinksauer, wenn sie das Zeug nicht für die Sendung filmt.«

»Ich bin mir nicht sicher, ob Simon damit einverstanden ist.«

»Ich mir auch nicht«, erklärte Ethan und stand auf.

»Allerdings würde er sie bestimmt das Zelt und die anderen Sachen filmen lassen, nachdem alles untersucht wurde«, schlug Rocky vor.

»Ich hasse Hollywood, verdammt noch mal«, murmelte Ethan.

»Das tun wir beide«, stimmte Rocky ihm zu.

Sie gingen hinüber, wo die Kinder spielten, und Ethan verbrachte die nächste halbe Stunde damit, den Jungs beim Planschen im Schwimmbecken zuzusehen und jedes Kind zu loben ... und dabei immer ein Auge auf Lilly zu haben, die er noch nie so viel lächeln gesehen hatte wie jetzt, wo sie ein Foto nach dem anderen machte.

Später in der Nacht kuschelte sich Lilly an Ethan. Sie war satt von dem köstlichen Abendessen, das er zubereitet hatte, und immer noch beschwingt von dem lustigen Nachmittag. Elsie hatte sie herzlich empfangen, ebenso wie die anderen

Mütter. Zeke war sogar gegen Ende der Party aufgetaucht – und ihr waren die Blicke nicht entgangen, die er und Elsie sich zuwarfen, wenn sie dachten, der andere würde nicht hinsehen. Da war etwas zwischen den beiden und sie hoffte, dass einer von ihnen den ersten Schritt zu einer Beziehung machte, die mehr war als nur Chef und Angestellte.

Zum ersten Mal seit Jahren hatte Lilly das Gefühl, dass sie irgendwo hingehörte. Sie hatte neue Freunde, und mit der Kamera in der Hand Fotos von Tony und seinen Kumpels zu machen war ein Riesenspaß gewesen. Es war schon sehr lange her, dass der Blick durch den Sucher mehr als nur ein Job gewesen war.

Sie wollte den ersten wirklich entspannten Tag seit Trents Verschwinden damit krönen, dass sie ihre körperliche Beziehung zu Ethan ausbaute … aber er schien den ganzen Abend über angespannt zu sein.

»Alles okay?«, fragte sie.

Er seufzte – und Lilly wappnete sich.

»Ich muss dir etwas sagen, das Rocky mir heute erzählt hat.«

Lilly richtete sich auf, aber Ethan behielt seinen Arm um ihre Taille. »Was ist denn los?«

»Simon hat Trents Campingausrüstung und das Zelt gefunden.«

»Was?«, keuchte sie. »Wo denn?«

»Es gibt einen Einheimischen, er heißt Clyde Thomas. Er betreibt eine Schwarzbrennerei. Er ist stolz darauf, den besten Schnaps in der Gegend zu haben. Er ist außerdem paranoid und verdammt mürrisch. Er lebt schon sein ganzes Leben hier in Fallport. War nie verheiratet. Lebt allein in einem baufälligen Wohnwagen am Rande der Stadt. Anscheinend hat Trent in der Nähe einer der Brennereien gezeltet, die Clyde im Wald versteckt hat. Das machte ihn wütend und beunruhigte ihn, weil er wahrscheinlich dachte, Trent würde sein Versteck finden. Als Trent verschwand, ging Clyde zu seinem Zeltplatz und nahm Trents Sachen mit. Er hat alles auf seinem Grundstück in den Müll geschmissen.«

»Oh mein Gott. Weiß er, wo Trent steckt? Hat er ihm etwas angetan?«, wollte Lilly wissen.

»Der Polizeichef arbeitet an der Beantwortung dieser Fragen.«

»Und wo hat er gezeltet?«, wollte sie wissen.

»Weißt du noch, auf welchem Wanderweg wir ihn an unserem ersten Tag gesucht haben?«, fragte Ethan.

Lilly überlegte. »Am Fallport Creek Wanderweg.«

»Jawohl. Trent hat sein Lager etwa drei Kilometer den Weg hinunter aufgeschlagen, den wir abgesucht hatten. Etwa dreißig Meter abseits des Weges.«

»Also hätten wir ihn am ersten Tag gefunden, wenn dieser Clyde nicht all seine Sachen geholt hätte«, schloss Lilly daraus.

»Möglicherweise«, sagte Ethan und nickte.

Lilly schmiegte sich an Ethan und die Gedanken rasten in ihrem Kopf.

»Alles okay?«, fragte er sanft.

»Ich kann nur nicht glauben, dass dieser Typ nichts gesagt hat. Schließlich war es ja kein Geheimnis, dass Trent vermisst wird oder dass du und dein Team nach ihm und seinem Zeltplatz gesucht habt.«

»Du hast gehört, wie ich gesagt habe, dass er paranoid ist, richtig?«, fragte Ethan.

»Schon. Aber trotzdem«, entgegnete Lilly. Dann blickte sie wieder zu ihm auf. »Und wie geht es jetzt weiter?«

»Jetzt gehen wir zurück zu dem Ort, an dem er gezeltet hat, und weiten unsere Suche von dort aus.«

Lilly nickte. Sie nahm an, dass sie, wenn sie wirklich tun wollte, was Tucker angeordnet hatte, versuchen würde herauszufinden, wie sie das Zelt und die Sachen von Trents Zeltplatz filmen könnte. Oder sehen, ob sie den Schwarzbrenner zu einem Interview überreden könnte. Aber da sie sich mehr dafür interessierte, Trent zu finden, wollte sie Ethan nicht einmal nach der Möglichkeit fragen, mit Clyde zu sprechen.

Sie saßen schweigend da, jeder in seine eigenen Gedanken versunken, bis sie gähnte und die Strapazen des Tages sie schließlich einholten.

»Du bist müde«, sagte Ethan. Es war keine Frage, sondern eine Feststellung. Er stand auf und Lilly seufzte innerlich. Sie hatte gehofft, heute Abend mit ihm reden zu können. Sie wollte in seinen Armen schlafen, in seinem Bett. Aber es sah so aus, als würde das nicht passieren.

Sie ließ sich von ihm auf die Beine helfen und fühlte sich ein wenig besser, als er seine Arme um sie schlang. »Wir werden ihn finden«, flüsterte er in ihr Haar.

Lilly nickte. Erneut überkamen sie Schuldgefühle. Sie wollte Trent finden, das wollte sie wirklich. Aber ihn zu finden bedeutete, dass ihre Zeit hier in Fallport zu Ende war. Es sei denn, sie war bereit, ihr Leben grundlegend zu ändern, was wirklich beängstigend war, vor allem, wenn sie nicht herausfinden konnte, was Ethan wollte, und wenn sie zu feige war, ihn verdammt noch mal zu fragen.

In der Pension war es still, als sie eintrat. Ethan hatte sie heute Abend zur Tür begleitet und sie so leidenschaftlich geküsst, dass Lilly keuchte, als er sich zurückzog und sich abrupt umdrehte, um zu seinem Wagen zu gehen. Sie hatte seine Erektion an ihrem Bauch gespürt und wieder einmal hatte sie die Verwirrung übermannt.

Männer. Sie waren manchmal so verwirrend.

Lilly straffte die Schultern und ging die Treppe hinauf in ihr Zimmer. Morgen würde sie sich mit Tucker auseinandersetzen und ihn über den Fund von Trents Campingausrüstung informieren müssen. Ethan und seine Kameraden würden sicher gern noch einmal in den Wald gehen, um zu suchen, jetzt, da sie die Bestätigung hatten, wo Trent gewesen war, zumindest in der ersten Nacht. Und sie wollte sich die Fotos ansehen, die sie heute auf der Party gemacht hatte, und einige der besseren für Elsie und die anderen Mütter bearbeiten.

Sie brauchte etwas Ruhe ... aber so sehr sie auch versuchte, Ethan aus ihren Gedanken zu verdrängen, es gelang ihr nicht. Als sie in der Dunkelheit im Bett lag, konnte sie nicht anders, als die Augen zu schließen und eine Hand zwischen ihre Beine zu schieben. Sie war scharf. Mit Ethan zusammen zu sein, aber nicht mit ihm zu schlafen, wurde von Tag zu Tag schwieriger. Aber sie hatte das Gefühl, dass sich das Warten auf ihn lohnte.

KAPITEL FÜNFZEHN

Die Tage vergingen für Ethan wie im Flug. Es war eine Woche her, dass Lilly in aller Ruhe die »explodierende Toilette«, wie sie es nannte, repariert hatte. Eine Woche, seit sie herausgefunden hatten, wo Trent gezeltet hatte.

Morgens arbeitete er entweder mit Rocky oder erledigte Gelegenheitsarbeiten in der Stadt für Leute, die Elektroarbeiten benötigten. Nachmittags suchte das Team weiter nach dem immer noch vermissten Trent. Er suchte abwechselnd mit seinen Teamkameraden, aber sie waren ehrlich gesagt in einer Sackgasse. Sie wussten zwar, wo sein Lagerplatz gewesen war, zumindest anfangs, aber sie konnten keine Hinweise darauf finden, wohin er von dort aus gegangen sein mochte. Der Mann war buchstäblich spurlos verschwunden, und das war ebenso verwirrend wie frustrierend.

Ethan begann zu glauben, dass Trent die Gegend *wirklich* verlassen hatte und wahrscheinlich irgendwo fett und glücklich saß und an einem Martini nippte. Er erinnerte sich an Rockys Verdacht, dass jemand von der Sendung darin verwickelt sein könnte – ein Gedanke, der Ethan bereits gekommen war –, und fragte sich erneut, ob Trent die ganze Sache mit Tucker wegen der Einschaltquoten geplant hatte.

Der Produzent war wütend darüber gewesen, dass Lilly nicht in der Lage war, Aufnahmen von dem Zelt und anderen Campingutensilien in Clydes Müllcontainer zu machen. Er war sogar noch verärgerter darüber gewesen, dass sie den Schwarzbrenner nicht interviewt hatte. Dieser Teil war Ethans Schuld. Als sie ihm gesagt hatte, was ihr Chef von ihr wollte, hatte er ein Machtwort gesprochen. Clyde würde es nicht gut finden, wenn sie vor seiner Tür auftauchte, und noch weniger würde es ihm gefallen, wenn er in einer verdammten Fernsehsendung landete.

Während die Suche nach Trent verdammt frustrierend war, lief Ethans Beziehung zu Lilly gut. Er war beeindruckt von ihrer Ausdauer und davon, dass sie kein Problem damit hatte, mit ihm und seinen Teamkameraden mitzuhalten, als sie den Wald um Fallport durchsuchten. Sie waren Schluchten hinauf- und hinabgestiegen, und sie war problemlos mitgekommen.

Seit sie Elsies Reifen am Straßenrand gewechselt hatte, war Lilly bei den Einheimischen beliebt. Als sich die Fotos herumgesprochen hatten, die sie auf Tonys Party gemacht und kostenlos bearbeitet hatte, waren die wenigen, die sie noch *nicht* mochten, endlich auch aufgetaut. Wahrscheinlich half es auch, dass Rocky und die anderen Jungs nie aufhörten, sie zu loben.

Sie und Ethan setzten ihre Routine fort, in seine Wohnung zu gehen und den Abend gemeinsam zu verbringen. Sie lud alle Aufnahmen, die sie jeden Tag machte, auf den Server hoch – Tucker rief etwa alle zwei Tage an, um sich über den Stand der Suche zu informieren – und dann verbrachten sie den Abend mit Reden, Kuscheln und Knutschen.

Ethan war begeistert von der Art und Weise, wie sich seine Beziehung zu Lilly entwickelte – bis auf einen Teil.

Er wollte sie einladen, bei ihm zu übernachten, war schon mehrmals kurz davor gewesen, genau das zu tun … aber er hatte immer gekniffen.

Es war nicht so, dass er sie nicht wieder in seinem Bett haben wollte. Das wollte er. Mehr als er jemals etwas gewollt hatte, soweit er sich erinnern konnte. Ihr Duft war noch tagelang auf seinem Laken geblieben, nachdem sie dort geschlafen hatte. Allein der Gedanke, sie die ganze Nacht im Arm zu halten, mit ihr Liebe zu machen, sorgte dafür, dass er in Sekundenschnelle einen Steifen hatte.

Aber er hatte Angst.

Er. Ein verdammter ehemaliger Navy SEAL. Ein Mann, der kein Problem damit hatte, nachts allein in die Wildnis zu gehen, mit nichts weiter als einem alten Kompass, der ihm den Weg zeigte, hatte Angst.

In letzter Zeit waren seine Albträume schlimmer geworden. Er schlief ein, fühlte sich entspannt und glücklich, und wachte schweißgebadet auf und würgte sein Kopfkissen. Er war *buchstäblich* auf den Knien, mit dem verdammten Kissen unter sich, und seine Knöchel waren weiß von dem Druck, den er ausübte, um die Füllung zu zerquetschen.

Der Traum war immer derselbe. Das Baby schrie. Ethan konnte irgendwie die Gedanken des Säuglings lesen. Das Mädchen wusste, dass es gleich sterben würde, und es hatte große Angst. Wenn er sich im Traum umschaute, sah er einen Mann, ihren Vater, mit einem Grinsen im Gesicht im Zimmer stehen. Eigentlich hatte er keine Ahnung, wer der Vater des Kindes war, aber in seinem Albtraum wusste er es einfach.

Ethan stürzte sich auf den Mann und schaffte es immer, ihn zu erwischen, bevor er fliehen konnte. Er packte ihn und legte ihm die Hände um die Kehle, um ihn zu töten, bevor er den Sprengstoff mit einer Fernbedienung zünden konnte. Aber jedes Mal gelang es dem Mann, einen riesigen roten Knopf auf dem Gerät in seiner Hand zu drücken und die Bombe zu zünden.

Ethan wachte auf, als er durch die Luft flog, die Hände immer noch um die Kehle des Terroristen geschlungen.

Die Schreie des Babys hallten noch immer in seinem Kopf wider.

Seit diesem Vorfall waren Jahre vergangen. Er hatte mit Therapeuten gesprochen, hatte gedacht, die Albträume wären für immer verschwunden. Aber kurz nachdem er Lilly kennengelernt hatte, hatten sie wieder angefangen.

Das war bei keiner anderen Frau, mit der er zusammen gewesen war, der Fall gewesen ... nicht dass es viele gegeben hätte. Und in seinen letzten Albträumen waren nicht nur seine SEAL-Kameraden in dem Haus, das in die Luft gesprengt werden sollte – Lilly war auch da. Sie stand in einer Ecke, eine Kamera auf der Schulter, und filmte das Ganze. Er wusste genau, wenn er den Mann nicht daran hinderte, die Explosion auszulösen, würden nicht nur seine Freunde verletzt oder getötet werden, sondern auch das unschuldige Baby, und Lilly würde ebenfalls sterben.

Die Albträume waren schon schlimm genug. Aber seine *schlimmste* Angst war, dass er mit Lilly in seinen Armen einschlief ... und mit ihrem Hals in seinen Händen aufwachte anstatt mit einem Kissen.

Also fuhr er sie jeden Abend zurück zur Pension und wartete, bis sie sicher und wohlbehalten drinnen war, bevor er zurück in seine Wohnung fuhr und allein einschlief.

Er wusste, dass er Lilly mit seiner Weigerung, sie zu fragen, ob sie bleiben wollte, verletzte. Sie war verwirrt und er konnte es ihr nicht verdenken. Sie knutschten auf seinem Sofa und jedes Mal, wenn sie fast an dem Punkt ange-kommen waren, an dem es kein Zurück mehr gegeben hätte, bot er ihr etwas zu trinken oder zu essen an, oder er stand auf, um auf die Toilette zu gehen. Nicht lange danach, da er sich nicht zutraute, die Dinge zu stoppen, bevor sie zu weit gingen, sagte er ihr, dass es schon spät sei, und nutzte die Suche am nächsten Tag als Ausrede, indem er behauptete, es sei besser, etwas Schlaf abzubekommen.

Er hasste es, so wischiwaschi zu sein, und wollte ihr seine Ängste erklären, aber irgendetwas hielt ihn immer davon ab.

Selbst jetzt, wieder in seiner Wohnung, wo Lilly darauf wartete, dass er sich nach einem weiteren gemeinsamen Abendessen zu ihr setzte und mit ihr kuschelte, zögerte er. Er wollte *unbedingt*, dass sie blieb, aber er hatte Angst davor, was passieren würde, wenn sie es tat.

»Wir müssen uns unterhalten«, sagte Lilly – und Ethan rutschte das Herz in die Hose. Diese Worte hießen nie etwas Gutes. Und er wollte auf keinen Fall hören, dass es zwischen ihnen nicht funktionierte. Ehrlich gesagt, er würde es ihr nicht verübeln, wenn sie das sagen würde. Er hielt sie auf Distanz, und das hasste er.

Er hatte wie ein Idiot in der Küche herumhantiert, um nicht auf dem Sofa sitzen zu müssen. Er wusste, dass er nicht genügend Selbstbeherrschung hatte, um sich nicht auf sie zu stürzen. Und eins würde zum anderen führen ... und er würde sie nach Hause bringen müssen, um nicht zu weit zu gehen, um sie nicht zu bitten zu bleiben. Aber er wollte sie noch nicht nach Hause bringen. Er war gern mit ihr zusammen. Sie war lustig, klug und ihnen ging nie der Gesprächsstoff aus.

Also versteckte er sich in seiner Küche wie ein verdammter Trottel.

Er atmete tief durch, trug die Schüssel Popcorn, mit der er sich befasst hatte, in den kleinen Wohnbereich und stellte sie auf den Sofatisch, den ihm jemand geschenkt hatte, als er gerade in die Stadt gezogen war. Er atmete tief durch und drehte sich zu Lilly um.

Er war erleichtert, dass sie nicht wütend aussah. Nur besorgt.

»Was ist los?«, fragte sie ihn.

»Inwiefern?«

Bei seiner Frage wurde ihr Ausdruck traurig. Als wäre sie von ihm enttäuscht. Verdammt, Ethan war von sich selbst enttäuscht. Das war so ganz und gar nicht seine Art. Er mochte es nicht, wenn Leute Spielchen spielten, und das war genau das, was er gerade tat.

»Rede mit mir, Ethan. Gehe ich dir auf die Nerven? Hast du die Nase voll von mir? Ich meine, ich kann es dir nicht verübeln, wir haben während der letzten Wochen so gut wie jede freie Minute miteinander verbracht. Ich kann mich wahrscheinlich zurückhalten, dich bei jeder Suche zu begleiten. Es ist ja nicht so, dass Tucker nicht schon eine Million Stunden Filmmaterial mit deinem Rücken darauf hat, wie du durch die Wälder läufst.«

»Nein!«, schrie Ethan fast. »Das ist es nicht.«

»Was dann? Willst du, dass wir einfach nur Freunde sind? Mir ist aufgefallen, dass du erst dann richtig ange-spannt bist, wenn wir abends wieder hier sind. Wenn das der Fall ist, sag es mir einfach. Ich will dich nicht zwingen, mich zu küssen, wenn deine Gefühle sich geändert haben.«

Ethan schüttelte schnell den Kopf, entsetzt darüber, dass sie das denken konnte. Aber was sollte sie sonst denken? Gerade wenn die Dinge zwischen ihnen heiß wurden, war er derjenige, der sie stoppte. »Ich will dich«, platzte er fast verzweifelt heraus.

Lilly starrte ihn an.

»Ich will dir nur nicht wehtun.«

Sie schnaubte. »Falls du jetzt gleich sagst: ›Es ist meine

Schuld, nicht deine‹, will ich es nicht hören«, sagte sie. Ethan konnte hören, wie irritiert und verletzt sie war.

»Das ist es nicht!«, rief er. »Verdammt.« Er fuhr sich mit der Hand durch die Haare und atmete tief ein. »In letzter Zeit ... hatte ich ziemlich viel mit meiner PTBS zu tun.«

Sofort wurde ihre Verärgerung zu Sorge. Und dadurch wollte er sie nur noch mehr. »Was kann ich tun, um dir zu helfen?«

Er schüttelte den Kopf. Das war wieder typisch Lilly. »Hab Geduld mit mir«, erwiderte er. »Wie gesagt, ich will dich. Es gibt *nichts*, was ich lieber tun würde, als dich mit in mein Schlafzimmer zu nehmen und dich unter mir zu spüren.«

»Aber?«, hakte sie nach.

»Ich habe Albträume«, gab er zu. »Und dann wache ich auf, habe die Hände um mein Kissen gelegt und würge es, weil ich überzeugt davon bin, dass es der Mann aus meinen Träumen ist, der gerade die Bombe zünden will, die mein gesamtes Team in die Luft gejagt hat.«

Lilly nickte langsam. »Und du hast Angst, dass du mir wehtust.«

»Ja«, sagte Ethan, erleichtert, dass er ihr diesen Teil nicht erklären musste.

»Und was ist für die Albträume verantwortlich?«, fragte sie und neigte den Kopf zur Seite, während sie ihn ansah.

»Wie bitte?«

»Warum jetzt? Ich habe den Eindruck, dass du vorher keine hattest. Warum also haben deiner Meinung nach die Albträume wieder angefangen?«

»Ich weiß es nicht.« Dann schüttelte er den Kopf. »Nein, das ist eine Lüge. Es ist deinetwegen.«

Sie sah bestürzt aus. »Meinetwegen?«

Ethan griff nach ihrer Hand, damit sie nicht zurückweichen konnte. »Ich habe das nicht so gemeint, wie du es verstanden hast. Ich meine ... du bist da, Lilly. In meinem Albtraum. Du stehst in einer Ecke mit deiner Kamera auf der Schulter. Ich versuche verzweifelt, den Mann davon abzuhalten, den Detonator zu betätigen, nicht weil es mir oder meinen Freunden oder sogar dem Baby schaden würde. Sondern weil *du* da bist. Ich sorge mich um dich. Verdammt, Lilly, du bist mir so leicht unter die Haut gegangen, es ist, als wärst du für mich bestimmt. Aber ich will dir nicht wehtun. Eher würde ich mir den Arm abhacken, als dir etwas anzutun. Und wenn ich dich einlade zu bleiben und diesen Traum habe, könnte ich genau das tun. Wenn ich mit deinem Hals in meinen Händen aufwachen würde, könnte ich es nicht ertragen.«

Er wusste es sehr zu schätzen, dass sie nicht augenblicklich sagte: »Das wirst du nicht«, denn das konnte sie nicht garantieren und so sehr ihm das auch missfiel, er auch nicht.

»Also frage ich dich erneut: Was kann ich tun, um dir zu helfen? Hast du schon mit einem deiner Freunde darüber gesprochen? Sie werden es wahrscheinlich verstehen. Ganz besonders dein Bruder.«

»Nein, habe ich nicht. Aber es wird langsam mal Zeit.«

Lilly nickte. Er glaubte nicht, dass sie merkte, dass ihre Finger leicht über seinen Arm strichen. Es war beruhigend und es gefiel ihm ausgesprochen gut, dass sie diese Verbindung zu ihm suchte, auch wenn sie über ein schwieriges Thema sprachen.

»Ich kann nicht verstehen, was du durchmachst, aber ich bin für dich da, Ethan. Ich hasse es, dass du so zu kämpfen hast, aber ich bewundere dich so sehr dafür.«

»Du bewunderst mich?«, fragte er skeptisch. »Weil ich nachts aufwache, um jemanden zu ermorden, den ich in meinen Träumen gesehen habe?«

»Ja. Die Alternative wäre, dass das, was passiert ist, dich

kaltlässt. Dass es dir egal ist, ob deine Freunde verletzt werden oder das Baby gestorben ist. Dass du mich in deinen Träumen siehst und es dir egal ist, dass ich in das Kreuzfeuer der Explosion gerate.

Du bist ein erstaunlicher Mann, Ethan. Ich werde dir das so oft sagen, wie es nötig ist, damit du anfängst, es zu glauben. Du bist nicht perfekt. Du machst Fehler. Du versagst bei Dingen. Ich weiß nicht was, aber ich bin sicher, es gibt Dinge, in denen du nicht gut bist.« Sie lächelte, um ihm zu verdeutlichen, dass sie Spaß machte. »Und damit das klar ist: Ich will dich auch. Ich schlafe nicht herum. Habe ich nie und werde ich nie. Ich fühle gern eine Verbindung mit jemandem, bevor ich mit ihm intim werde. Ich glaube, ich habe diese Verbindung mit dir vom ersten Tag an gespürt. Es ist seltsam und es ist mir etwas unangenehm, aber wie mein Vater sagt, das Leben ist zu kurz, um etwas zu bereuen.«

Sie atmete tief durch, wappnete sich und sagte dann: »Ich verstehe jetzt, warum du mich immer dann rausgeschmissen hast, wenn die Dinge gerade gut liefen. Und ich verstehe, warum du nicht willst, dass ich in deinem Bett schlafe ... aber wir könnten uns auch lieben, ohne dass ich über Nacht bleibe. Ich meine ja nur.« Sie lächelte ihn verlegen an.

Ethan starrte sie an. Er hatte diese Frau nicht verdient. Wirklich nicht. »Ich möchte nicht, dass du denkst, dass ich dich nur für Sex benutze«, entgegnete er. »Und dich rauszuschmeißen, nachdem wir uns geliebt haben, fühlt sich für mich schrecklich an.«

»Wie wäre es also, wenn du mich einfach *nicht* rausschmeißt?«, fragte sie. »Jetzt, wo ich verstehe, was das Problem ist, wäre es kein Schock, wenn du aufstehst und woanders schläfst. Oder ich kann auf dem Sofa schlafen. Ich sage nicht, dass ich, wenn wir uns weiterhin sehen, danach immer dein Bett verlassen will, aber ich habe Vertrauen, dass du dieses Problem überwinden wirst. Dass du dir selbst so sehr vertraust, wie ich es tue.«

Ethan konnte sich nicht zurückhalten, nach ihr zu greifen. Er ließ seine Finger in ihr Haar gleiten und hielt sie fest, während er sich dicht an sie heranzog. Er lehnte seine Stirn an ihre und tat sein Bestes, um seine Gefühle unter Kontrolle zu bringen. »Würdest du das für mich tun? Du lässt mich dich lieben und gibst mir den Raum, den ich brauche, damit ich dich nicht verletze?«

»Ich glaube, ich würde so ziemlich alles für dich tun, Ethan«, erwiderte Lilly einfach.

»Noch heute Abend? Jetzt?«, fragte er und wusste, dass er sich übereifrig anhörte, doch er konnte das Bild einer nackten Lilly einfach nicht aus dem Kopf bekommen.

»Ja. Auf jeden Fall.«

Ethan hatte das nicht erwartet. Er hatte gewollt, dass ihr erstes Mal romantisch und die Nacht perfekt war. Aber so ein großzügiges Angebot konnte er auf keinen Fall ablehnen. Nicht, wenn er schon seit Wochen an nichts anderes mehr dachte.

Er schob seine freie Hand nach oben und unter die Rückseite ihrer Bluse und legte sie auf ihre Wirbelsäule. Sie wölbte sich ihm entgegen und hielt sich an seinem Bizeps fest, während seine Lippen die ihren in Besitz nahmen. Er küsste sie, als wäre es das letzte Mal, dass er sie jemals berühren würde. Er legte all seine Liebe und Erleichterung in diesen Kuss. Erleichterung darüber, dass sie ihm nicht gesagt hatte, er sei albern, oder ihn rundheraus zurückgewiesen hatte.

Es gab nicht viele Frauen wie Lilly, und das wusste er. Ethan hatte nicht vor, sie kampflos gehen zu lassen. Er vermutete sogar, dass er ihr ohne Zögern folgen würde, sollte sie woanders leben wollen. Er hatte Fallport und das

Eagle Point Such- und Bergungsteam nie verlassen wollen, aber in diesem Moment ging seine Hingabe zu dieser Frau tiefer als sein Job.

Aber vielleicht fühlte er so, weil er genau wusste, dass Lilly dieses Opfer nie von ihm verlangen würde. Er war kein Wahrsager, aber er hatte eine Vision von den beiden, wie sie in der Nähe des *Circle* in der Innenstadt standen und Händchen haltend eine Parade beobachteten, während sie ihren beiden Kindern zuwinkten, die auf einem vorbeiziehenden Wagen saßen. Es war übertrieben und wie in einem romantischen Film, aber das war ihm egal.

»Wieso grinst du so?«, wollte sie wissen.

Ethan war gar nicht klar gewesen, dass er sich ein wenig von ihr weggedrückt hatte und sie angrinste wie ein Verrückter. »Ich bin einfach nur glücklich«, erklärte er ihr. »Und erleichtert, dass du mir noch eine Chance gibst. Ich war wirklich ein Idiot und es tut mir leid. Ich hätte gleich mit dir darüber reden sollen, was in meinem Kopf vorgeht. Ich mag mir gar nicht vorstellen, was du gedacht hast, als ich dich jeden Abend hier rausbugsiert habe.«

»Ich habe gedacht, dass irgendetwas nicht stimmt und dass du es mir schon sagen wirst, wenn du kannst«, erwiderte Lilly. »Du bist kein Mann, der Spielchen spielt, also ist mir nie der Gedanke gekommen, dass du mich plötzlich irgendwie ausnutzen würdest.«

Und damit war es um seine Selbstbeherrschung geschehen. Ethan brauchte sie nackt. Sofort.

Er stand auf, ergriff dabei ihre Hand und zog sie quasi in den Flur.

Lilly kicherte hinter ihm und Ethan prägte sich das Geräusch ein. Es war süß und sexy und fröhlich, und er wollte es jeden Tag für den Rest seines Lebens hören.

Das hätte ihn eigentlich erschrecken müssen, aber andererseits hatte er sich gerade vorgestellt, wie sie ihre beiden nicht existierenden Kinder bei der Parade zum vierten Juli in Fallport beobachteten.

Er blieb an seinem Bett stehen und ärgerte sich im Geiste darüber, dass er es an diesem Morgen nicht gemacht hatte, aber da sie nicht angewidert auf seine Bettdecke starrte, sondern ihn einfach nur ansah, als wolle sie ihn verschlingen, vergaß er den Gedanken.

Dann, als hätten sie es vorher besprochen, griffen sie beide nach ihren Oberteilen. Sie zog ihres zuerst aus und griff hinter sich nach dem Verschluss ihres BHs.

Ethan konnte seine Hände nicht bei sich behalten, er berührte ihre Brüste, als diese durch den zu Boden fallenden BH entblößt wurden.

Lilly stöhnte, wölbte den Rücken und presste sich an ihn. »Sie sind nicht sonderlich groß«, sagte sie entschuldigend.

»Du bist perfekt«, entgegnete Ethan, der nicht wollte, dass sie sich in irgendeiner Weise klein machte. Ihre Brüste waren nicht groß, aber sie passten zu ihrer Größe. Ihre Brustwarzen waren lang und als er sie streichelte, wurden sie hart, was wiederum dazu führte, dass sein Schwanz ebenfalls steif wurde.

Er wusste bereits, dass dieses erste Mal nicht so lange dauern würde, wie er wollte. Es war zu lange her, dass er in einer Frau gewesen war, und hier handelte es sich um Lilly. Die Frau, die er begehrt hatte, seit er sie zum ersten Mal gesehen hatte. Eine Frau, die er respektierte und bewunderte. Er wollte *unbedingt* in ihr sein.

Aber bevor er das tun konnte, musste er sich vergewissern, dass sie ihn leicht in sich aufnehmen konnte. Er deutete auf das Bett und sie kletterte sofort auf seine Matratze.

»Hose runter!« Er hatte Schwierigkeiten, einen vollständigen Satz zu formulieren, aber das schien sie nicht zu interessieren. Sie entledigte sich ihrer Hose, Unterwäsche und Socken und legte sich völlig nackt auf sein Bett, wobei sie nichts weiter trug als das Lächeln auf ihrem Gesicht.

Ethan entledigte sich schnell seiner restlichen Kleidung und setzte sich zu ihr. In dem Moment, in dem seine Haut die ihre berührte, atmete er tief ein und griff nach seinem Schwanz, um ihn am Ansatz zusammenzudrücken. Und zwar heftig. Er war kurz davor, auf ihrem Bauch zu explodieren, und er hatte nicht mehr getan, als ihre weiche Haut an seinem harten Körper zu spüren.

Lilly kicherte wieder.

Ethan lächelte und griff ihr zwischen die Beine.

Ihr Lachen endete abrupt, als sie bei der ersten Berührung ihrer Falten mit seinen Fingern keuchte.

»Mein Gott, Lilly ... du bist schon ganz feucht.«

»So geht es mir schon seit Wochen«, gab sie zu.

Er fühlte sich von dieser Frau gedemütigt und wollte ihr erstes gemeinsames Mal unvergesslich machen, also suchte er ihre Klitoris und berührte sie sanft. Sie zuckte in seinen Armen.

»Du bist empfindlich«, murmelte er.

»Ja.«

»Das wird ein Spaß«, sagte er lächelnd und dann machte er sich daran herauszufinden, ob er seine Frau mit den Fingern zum Orgasmus bringen konnte.

Ethan war nicht einmal erschrocken, dass er an sie als »seine Frau« dachte. Soweit es ihn betraf, *gehörte* sie ihm. Sie passte perfekt zu ihm. Sowohl körperlich als auch in seinen Lebensstil. Sie mochte Fallport und die Bewohner mochten sie auch. Sie liebte es, draußen im Wald zu sein, und zuckte nicht einmal mit der Wimper, wenn er Zeit mit seinem Bruder oder seinen Freunden verbrachte. Das war in letzter Zeit nicht oft der Fall gewesen. Ethan verbrachte so viel Zeit mit Lilly, wie es ihm möglich war.

»Ethan!«, rief sie, spreizte die Beine weiter und drückte den Rücken durch. Er streichelte weiter ihre Klitoris und spielte mit der anderen Hand mit ihren Schamlippen. Er drang mit einem Finger in ihre feuchte Muschi ein und stöhnte, als ihre Muskeln sich sofort um den Finger zusammenzogen.

»Mehr«, flüsterte sie. »Schneller.«

Ethan zögerte nicht, ihren Forderungen nachzukommen. Er führte einen weiteren Finger in sie ein und besorgte es ihr damit, während er ihre Klitoris fester und schneller rieb. Innerhalb von Sekunden ritt sie auf seinen Fingern, ihre Augen waren geschlossen und sie grub die Finger einer Hand in seinen Arm, während sie sich mit der anderen in die Decke unter sich krallte.

Sie war so verdammt schön. Ethan konnte den Blick nicht von ihr abwenden. Ihre Brüste zitterten und bebten, während sie seine Hand ritt, und er liebte die Röte, die sich auf ihrer Brust ausbreitete, als sie sich dem Höhepunkt näherte.

Ihre Schenkel begannen zu zittern, was ihn darauf aufmerksam machte, dass sie kurz vor dem Orgasmus stand.

»Genau so, Lil. Komm für mich zum Höhepunkt.«

Sie stieß ein bezauberndes, hohes Stöhnen aus, bevor sie sich nach oben bog. Sie schloss ihre Schenkel um die Hand zwischen ihren Beinen und zitterte am ganzen Körper.

Nichts berührte ihn so sehr wie die Lust dieser Frau. Seine Hand war vollkommen nass und sein Schwanz war so hart, dass es schmerzte, aber er konnte sich nicht bewegen, während Lilly unter ihm weiter bebte. Als sie sich schließlich zurücklehnte und zu ihm aufsah, forderte sie: »*Sofort. Ich will dich jetzt in mir spüren.*« Und Ethan konnte nur gehorchen.

Er zog seine Finger aus ihrer feuchten Muschi und hob

sie an seinen Mund. Er leckte sie sauber und stöhnte über ihren moschusartigen Geschmack, während er über sie stieg, seinen Schwanz in der anderen Hand. Er war kurz davor, in sie einzudringen, als er sich zwang aufzuhören. Er schloss die Augen, biss die Zähne zusammen und kämpfte um Selbstbeherrschung.

»Ethan?«, fragte sie.

Er spürte, wie sie mit den Händen an seinen Oberschenkeln auf und ab fuhr, und ein Lusttropfen quoll aus seinem Schwanz.

»Ich habe kein Kondom«, stieß er zwischen zusammengebissenen Zähnen hervor. »Ich meine, ich *habe* welche. Aber die sind im Badezimmer. Warte kurz und ...«

»Ich nehme die Pille«, unterbrach sie ihn.

Ethan riss die Augen auf und starrte die Frau unter sich an. Sie war völlig entspannt und sah weder verärgert noch gestresst aus.

»Wie bitte?«

»Ich nehme die Pille«, wiederholte sie. »Als ich sechzehn war, ist mein Vater mit mir zu einer Gynäkologin gegangen, und seitdem nehme ich sie. Es war mir so wahnsinnig peinlich, meinem Vater auch, aber er wollte nicht, dass ich als Jugendliche schwanger werde. Er wollte, dass ich studiere und mich erst einmal selbst verwirkliche, bevor ich Kinder bekomme.« Sie grinste. »Dabei hatte ich damals noch nicht mal Sex, das wusste er allerdings nicht. Entschuldige ... das ist wohl gerade etwas zu viel Information. Aber ich bin geschützt. Und es ist schon sehr lange her, seit ich das letzte Mal Sex hatte. Ich bin gesund.«

»Ich auch«, erwiderte Ethan. »Es ist ein Jahr her, seit ich das letzte Mal mit jemandem geschlafen habe.«

»Ich vertraue dir«, entgegnete sie. »Aber ich könnte verstehen, wenn du mir nicht vertraust. Frauen tricksen Männer ständig aus, um schwanger zu werden, aber das würde ich dir nie antun. Wenn du lieber aufstehen und ins Badezimmer gehen möchtest, bleibe ich hier liegen ...«

Sie brach abrupt ab, als Ethan seinen Schwanz zwischen ihren Beinen positionierte und mit einem langsamen, langen Stoß in sie eindrang.

KAPITEL SECHZEHN

Lilly atmete scharf ein, als sie spürte, wie Ethan in sie eindrang, und tat ihr Bestes, um entspannt zu bleiben. Sein Schwanz war groß und es war wirklich lange her, dass sie jemanden in sich gehabt hatte.

Als er bis zum Anschlag in ihr steckte und seine Hoden gegen ihren Hintern drückte, beugte er sich zu ihr hinunter und umschloss sie mit seinen Armen. Er sah ihr in die Augen und sagte: »Ich vertraue dir.«

Seine Worte schossen direkt in ihr Herz. Lilly schluckte schwer und nickte. Sie konnte nicht sprechen, weil ihre Kehle von Tränen zugeschnürt war, die sie nicht vergießen wollte. Jetzt war nicht der richtige Zeitpunkt zum Weinen. Nicht, wenn Ethan in ihr war. Nicht, nachdem er ihr gerade den intensivsten Orgasmus seit Ewigkeiten beschert hatte und sie dabei noch nicht einmal richtig gevögelt hatte.

Er bewegte seine Hüften zurück und sie stöhnte auf, als sie ihn nicht mehr in sich spürte. Aber er sank sofort wieder in sie und Lilly drückte den Rücken bei dieser köstlichen Reibung durch. Sie hatte sich noch nie so voll gefühlt wie in diesem Moment. Er drang bis zum Anschlag in sie ein und berührte ihre immer noch extrem empfindliche Klitoris und sie erschauerte.

Er grinste. »Gefällt dir das?«

»Allerdings«, flüsterte sie.

Sein Lächeln wurde breiter und er bewegte wieder seine Hüften. Er vögelte sie so langsam. Rein und raus. Ohne den Blickkontakt abzubrechen, während er mit ihr Liebe machte.

Lilly würde diesen Moment nie vergessen. Sie fühlte sich, als wäre sie vorher durch das Leben getaumelt, und mit Ethan machte plötzlich alles einen Sinn. Sie stellte ihre Füße flach auf die Matratze und als er das nächste Mal in sie eindrang, drückte sie ihre Hüften nach oben, um ihm entgegenzukommen. Ihre Haut klatschte aneinander, was in dem sonst so ruhigen Raum laut zu hören war.

»Halt still«, befahl Ethan ihr.

»Nein«, widersprach Lilly und schüttelte den Kopf. »Mach schneller.«

»Ich will, dass das erste Mal länger dauert«, erklärte er.

»Und ich will sehen, wie du die Kontrolle verlierst«, entgegnete sie.

»Ich will dir nicht wehtun.«

»Das wirst du nicht.«

»Im Ernst, Lil. Du fühlst dich so gut an. Du bist total feucht. Und so heiß, dass mir schon fast der Schwanz verbrennt, und du bist so verdammt – *Gott*, ja ... das fühlt sich so gut an«, stöhnte er, als sie ihre inneren Muskeln anspannte.

Lilly konnte sich ein Grinsen nicht verkneifen. Ethan mochte oben sein, aber sie hatte die Kontrolle.

Der Gedanke, dass sie das Sagen hatte, war schnell verflogen, als Ethan sich noch einmal zurückzog und in sie stieß. Mit voller Wucht.

»Oh mein Gott! Ja«, stöhnte sie. »Mach das noch mal.«

Das tat er. Und es fühlte sich beim zweiten Mal genauso gut an. Er legte eine Hand unter ihren Hintern, kippte ihr Becken nach oben und tat es noch einmal. Diesmal rieb er ihre Klitoris so, dass sie vor Lust zuckte.

Lilly tat ihr Bestes, um seine Stöße zu erwidern, aber bald konnte sie nur noch daliegen und hinnehmen, was er ihr gab. Und was er ihr gab, war der beste Sex, den sie in ihrem Leben je hatte. Es fühlte sich an, als kribbelte ihr ganzer Körper. Ihre Brüste bebten bei jedem von Ethans Stößen, ebenso wie die Matratze. Er schwitzte, seine Haut glitt schweißnass über die ihre, was sie vielleicht angeekelt hätte, wenn es jemand anderes als er gewesen wäre.

Bei all dem verließ sein Blick nie den ihren. Er war intensiv. Fast zu intensiv.

Lilly schloss die Augen, sie brauchte eine Pause.

»Nein. Wende den Blick nicht ab. Mach die Augen auf, Lil.«

Das tat sie und musste bei der Leidenschaft, die sie in seinem Blick sah, schlucken.

»So. Etwas. Habe. Ich. Noch. Nie. Empfunden«, stieß er zwischen den einzelnen Stößen hervor. »Ich. Lass. Dich. Nie. Wieder. Gehen.«

»Gut«, hauchte Lilly.

Sie beobachtete, wie Ethans Orgasmus ihn überkam. Sein Kiefer war angespannt und die Adern in seinem Hals traten hervor, als er noch einmal in sie stieß und stöhnte.

Lilly schlang ihre Beine um ihn und führte eine Hand zu seinem Gesicht. Sie hielt sich an ihm fest, als er sich in ihr ergoss und sie bis zum Rand füllte.

Aber wenn sie glaubte, sie seien fertig, hatte sie sich getäuscht. Er zog sich nicht zurück, verlagerte nur sein Gewicht auf einen Arm und fuhr mit der anderen Hand an ihrem Körper hinunter. Er tauchte seinen Finger zwischen ihren Körpern in das Gemisch aus ihren Säften und begann erneut, ihre Klitoris zu streicheln.

»Ethan!«, schrie sie.

»Ich will, dass du an meinem Schwanz zum Orgasmus kommst«, knurrte er.

Lilly war immer noch extrem empfindlich von ihrem vorherigen Orgasmus, aber sie konnte kein Wort hervorbringen, um sich zu beklagen. Sie öffnete die Beine und versuchte, sich gegen ihn zu stemmen, aber er presste sie mit seinem Körper fest nach unten. Sie bewegte ihre Hüften weiter, so gut es ihr unter ihm möglich war, während sie schnell auf einen zweiten Orgasmus zusteuerte.

»So ist es richtig, Lil. Diesmal will ich es spüren.«

Dieser Orgasmus fühlte sich anders an, da er immer noch in ihr war und sie ausfüllte, obwohl sein Schwanz nur noch halb hart war. Sie schrie auf und kam, während er sie weiter liebkoste.

»Verdammt, das ist unglaublich«, stöhnte Ethan, doch Lilly konnte nicht mehr antworten. Es war, als ob ihr Gehirn geschrumpft wäre und sie nur noch fühlen konnte. Ihre Brustwarzen waren steif und fühlten sich besonders empfindlich an, als sie gegen Ethans Brust stießen, als er sich über sie beugte.

Erleichtert seufzend, als die intensiven Gefühle nachließen, öffnete Lilly die Augen. Ethan starrte sie wieder an, sein Gesicht war nur wenige Zentimeter von ihrem entfernt. Sie atmete, als wäre sie gerade einen Halbmarathon gelaufen, und sie wollte sich nur noch an ihm festhalten.

Als könnte er ihre Gedanken lesen, senkte Ethan sich noch mehr, sodass ein Teil seines Gewichts von ihr genommen wurde, während er sie immer noch leicht auf die Matratze drückte. Er vergrub seine Nase in der Lücke zwischen ihrer Schulter und ihrem Hals, und so lagen sie einen langen Moment da.

Es gefiel ihr, ihn von den Schultern bis zu den Oberschenkeln zu spüren. Sogar, dass er noch in ihr war, fühlte sich richtig an. Lilly machte sich Vorwürfe, weil sie nicht früher mit ihm gesprochen hatte. Das hätten sie schon die ganze letzte Woche tun können.

Jetzt, wo sie von ihrem sexuellen Hochgefühl herunterkam, musste sie daran denken, was er ihr vorhin gesagt hatte. Sie hasste es, dass Ethan Albträume hatte. Und noch mehr hasste sie es, dass sie ein Teil davon war. Sie wusste nicht, wie sie ihm helfen konnte, und das war schrecklich.

Sie streichelte sein Haar, seinen Rücken, sogar seinen Hintern. Erst als sein Schwanz schließlich aus ihrem Körper glitt, hob er den Kopf. »Der Teil gefällt mir nicht«, murmelte er.

Lilly musste grinsen.

»Bleib liegen«, befahl er ihr, während er sich von ihr hochstemmte.

Lilly wollte protestieren, doch da sie nun seinen nackten Körper sah, beschwerte sie sich nicht, als er zum Badezimmer ging. Einen Moment später kam er mit einem Waschlappen zurück.

»Ich hoffe, der ist warm«, warnte sie ihn, als er zu ihr kam.

»Würde ich es wagen, dich mit einem kalten Waschlappen zu säubern?«, fragte er sie grinsend.

»Nicht, wenn du irgendwann noch mal mit mir schlafen möchtest.«

Er antwortete nicht mit Worten, sondern drückte den zum Glück warmen Stoff zwischen ihre Beine. Aus irgendeinem Grund fühlte sich das nicht seltsam an, obwohl sie noch nie jemand so gewaschen hatte. Noch nie. Sie fühlte sich so wohl bei Ethan, dass sie einfach nur daliegen und zu ihm hochlächeln konnte. Es half, dass er mit ihrer Nacktheit vollkommen zufrieden zu sein schien. Und der zärtliche

Ausdruck in seinem Gesicht versicherte ihr, dass ihm gefiel, was er tat.

Seine freie Hand ruhte auf ihrer Wange, und er beugte sich hinunter und küsste sie. Der Kuss war lang, langsam und zärtlich, und bevor er sich zurückzog, wand Lilly sich unter ihm. Seine Hand bewegte sich weiter und wischte sein Sperma zwischen ihren Beinen weg, und jedes Mal, wenn der Stoff ihre Klitoris berührte, blühte das Verlangen erneut auf.

Bevor sie seinen nächsten Schritt vorhersehen konnte, war Ethan zwischen ihre Beine gerutscht und hatte sie weit gespreizt.

»Ethan?«, fragte sie und stützte sich auf ihren Ellbogen ab.

»Pssst. Mein Mädchen braucht noch mehr.«

Erschrocken darüber, wie heiß sie immer noch war, ließ Lilly sich mit einem Seufzer zurückfallen. Er hatte nicht unrecht. Sie war noch nie so erregt gewesen. Sie konnte nicht genug von diesem Mann bekommen.

Zum Glück spielte er nicht mit ihr. Er schloss sofort seinen Mund über ihrer Klitoris und Lilly stöhnte auf, wie gut sich seine Zunge auf dem extrem empfindlichen Nervenbündel anfühlte.

Er leckte, saugte und benutzte seine Finger, um sie noch einmal zum Höhepunkt zu bringen. Lilly würde morgen wund sein, aber das kümmerte sie nicht. Nicht, wenn Ethans Zärtlichkeiten sich so gut anfühlten.

Ethan machte sich Vorwürfe, weil er nicht schon vor heute Abend mit Lilly geredet hatte. Er hätte wissen müssen, dass sie verständnisvoll sein würde. Er hatte es vermasselt. Er hätte sie die ganze letzte Woche schon so unter sich haben können. Vielleicht sogar länger. Stattdessen war er zu feige gewesen.

Lilly war so sinnlich wie keine andere Frau, die er je kennengelernt hatte. Sie war schon zweimal gekommen, und als er sie gewaschen hatte, war es offensichtlich, dass sie mehr brauchte. Er war noch nicht bereit, es ihr noch einmal zu besorgen, aber er hatte kein Problem damit, sich anders um sie zu kümmern. Es war ihm ein Vergnügen. Und eine Ehre.

Die Decke unter ihrem Hintern war mit den Säften ihrer und seiner Lust getränkt, und er konnte nicht genug bekommen. Er liebte es, wie sie feucht wurde, wie sie sich unter ihm bewegte und ihrer Lust nachging. Er legte eine Hand auf ihren Bauch, um sie ruhig zu halten, und benutzte die andere, um es ihr langsam zu besorgen. Seine Finger gaben schmatzende Geräusche von sich, als sie in ihren Körper eindrangen und sich wieder zurückzogen, und er hatte noch nie in seinem Leben etwas so Erotisches gehört.

Mit seinem Mund umschloss er ihre Klitoris und tat sein Bestes, um sie noch einmal zum Höhepunkt zu bringen. Sie wölbte unter ihm den Rücken und er konnte nur mit Mühe seine Lippen auf ihr halten. Doch dann erstarrte sie und er wusste, dass sie nur noch wenige Augenblicke von einem weiteren Höhepunkt entfernt war. Er saugte fester und lächelte, als sie wimmerte und zu zittern begann.

Er hob den Kopf und sah zu, wie sie noch einmal zum Orgasmus kam. Verdammt, sie war umwerfend.

Ein weiterer Schwall ihrer Säfte benetzte seine Finger und er lächelte. Er konnte sie riechen. Sie beide. Er wollte sich am liebsten herumwälzen und in ihrem Duft baden. Sein Schwanz zuckte, aber als er zu Lillys Gesicht aufblickte, konnte er erkennen, dass sie endlich völlig befriedigt war.

Als er den Waschlappen testete und feststellte, dass er in

der Zeit, die er gebraucht hatte, um sie wieder zum Orgasmus zu bringen, abgekühlt war, stand Ethan auf und ging zurück ins Bad. Er ließ das Wasser laufen, bis es wieder warm war, und spülte dann den Lappen aus. Als er zum Bett zurückkehrte, lag Lilly genauso da, wie er sie verlassen hatte. Ihre Glieder waren ausgestreckt und ihre Augen geschlossen.

Lächelnd und stolz auf sich selbst – und auf sie – wusch Ethan sie noch einmal zwischen ihren Beinen. Sie murmelte ihren Dank, kam aber nicht ganz zu sich. Er säuberte sich selbst mit dem Waschlappen und warf ihn dann quer durch den Raum, wobei er lächelte, als er mit einem Plumps auf dem Kachelboden im Badezimmer landete. Er würde sich morgen früh darum kümmern.

Dann schob er Lillys Körper unter die Decke, wobei er den feuchten Fleck, den sie gemacht hatten, vermied, und zog sie an sich. Sie schmiegte sich an ihn, schlang ein Bein um seins und klammerte sich an ihn, als wollte sie mit ihm verschmelzen.

Es fühlte sich ... erstaunlich an.

Ethan hatte diesen Teil des Sex noch nie wirklich gemocht. Er fühlte sich immer ein wenig unbeholfen an. Aber mit Lilly fühlte es sich an, als sei sie dazu bestimmt. Als gehörte *er* genau hierher.

»Lass es mich für zehn Minuten genießen, dann stehe ich auf und gehe«, murmelte sie an seinem Hals.

Alles in Ethan sträubte sich bei dem Gedanken, dass sie ihn verlassen würde. Aber er war auch gerührt, dass sie es ihm angeboten hatte. Sie hatte seine Ängste nicht einfach beiseitegeschoben. Seine Befürchtungen nicht missachtet. Sie versuchte, das zu tun, was das Beste für ihn war.

»Bleib einfach liegen«, entgegnete er und küsste sie auf die Stirn.

»Aber ...«

»Ich stehe gleich auf und werde auf dem Sofa schlafen.«

Bei diesen Worten wurde sie wach genug, um den Kopf zu heben. »Ethan, nein. Das ist nicht fair.«

»Es ist nicht fair, dass du aufstehen und dich anziehen musst, und dass ich dich quer durch die Stadt fahre, um in einem Bett zu schlafen, das nicht meines ist. Ich will dich hierhaben, Lilly. Ich will, dass mein Bett nach dir riecht. Ich will, dass du nach *mir* riechst. Und ich will dich halten, bis du in meinen Armen einschläfst.«

»Ich hasse diese Mistkerle«, sagte sie und klang wütender, als er sie jemals zuvor erlebt hatte.

»Wen?«, fragte er, weil er wirklich keine Ahnung hatte, von wem sie sprach.

»Die Mistkerle, die dafür verantwortlich sind, dass du so leidest«, erwiderte sie und legte ihren Kopf wieder an seinen Oberkörper. Mit den Fingern zeichnete sie langsam die Tätowierung auf seiner Brust nach. »Aber du kommst darüber hinweg. Daran habe ich keinen Zweifel.«

Die Zuversicht, mit der sie das sagte, brachte Ethans Herz zum Rasen. »Das werde ich«, versicherte er ihr. Er hatte jetzt einen zusätzlichen Anreiz. Er wollte die ganze Nacht mit Lilly in den Armen schlafen. Aber der Gedanke, ihr wehzutun, war immer noch zu real. Zu groß, um ihn zu ignorieren.

Sie drehte den Kopf, küsste seine Brust und schmiegte sich mit einem Seufzer noch einmal an ihn.

Wenig später schlief sie ein und Ethan lag noch lange Zeit bei ihr. Er fühlte sich erfüllt und dankte seinen Glückssternen, dass diese Frau irgendwie ihren Weg zu ihm gefunden hatte. Es war so unwahrscheinlich, genauso wie die Tatsache, dass er die Bombe vor all den Jahren überlebt hatte, aber hier war er.

Hier waren *sie*.

Schließlich, als er wusste, dass er nicht länger so liegen

bleiben konnte, ohne einzuschlafen und das kostbare Geschenk in seinen Armen zu gefährden, rutschte Ethan unter Lilly hervor. Sie murrte, als er sich bewegte, und gab erst Ruhe, als er sein Kissen in ihre Arme legte. Sie drehte den Kopf, atmete tief ein und schlief dann sofort wieder ein.

Ethan beugte sich vor, küsste sie auf die Stirn, vergewisserte sich, dass sie zugedeckt war, und ging dann zu seiner Kommode. Er schnappte sich eine Jogginghose und verließ das Schlafzimmer. Er blickte nicht zurück, denn er wusste, dass er sie sonst nicht verlassen könnte.

Er machte es sich auf seinem Sofa bequem, eine Hand unter dem Kopf, die andere auf dem Bauch, und starrte lächelnd an die Decke. Er schlief ein ... und träumte von seinen beiden Kindern, die lachend und hüpfend einen Waldweg entlangliefen, während er und Lilly Händchen haltend und lächelnd hinter ihnen hergingen.

KAPITEL SIEBZEHN

Lilly stand in der Tür zu Ethans Wohnzimmer und starrte den Mann an, der tief und fest auf dem Sofa schlief. Es war sechs Tage her, dass sie angefangen hatten, miteinander zu schlafen, obwohl er immer noch nicht die ganze Nacht mit ihr in seinem Bett schlief.

Sie verstand seine Bedenken. Aber sie hasste es auch, nicht in seinen Armen aufwachen zu können. Denn sie wusste, wenn es schon so schön war, an ihn gekuschelt einzuschlafen, dann würde es einfach unglaublich toll sein, die Augen zu öffnen und einen nackten Ethan zu sehen.

Er dachte, sie hätte schon geschlafen, als er das Bett verließ, aber das hatte sie nicht. Sie hatte es nicht getan. Kein einziges Mal. Wie sollte sie auch, wenn sie an ihn gepresst war, warm und gesättigt von ihrem Liebesspiel, und dann ihr menschliches Kissen verlor?

Eigentlich schlief sie überhaupt nicht gut. Einfach, weil sie sich Sorgen um Ethan machte. Aber jeden Morgen fragte sie ihn, ob er einen Albtraum gehabt hatte, und jeden Morgen schien er überrascht zu sein, dass er keinen gehabt hatte. Lilly entschied, dass er das zumindest teilweise ihr zu verdanken hatte. Die Erschöpfung durch die Arbeit, die Tatsache, dass sie den ganzen Tag herumliefen, und mindestens ein Monsterorgasmus am Abend schienen ihm zu helfen, sich zu entspannen und die Albträume in Schach zu halten.

Aber ... hatte er vielleicht Albträume und sagte es ihr nur nicht? Schlief er deshalb weiter auf dem Sofa? Sie hatte nichts gehört. Und wenn doch, sollte sie rausgehen und ihn aufwecken? Sollte sie ihn ignorieren? Es machte sie fertig, dass sie nicht wusste, wie sie ihm helfen konnte.

Heute Morgen beschloss sie, etwas zu versuchen. Ethan würde wahrscheinlich sauer auf sie sein, aber das war ihr egal. Lilly wusste ohne den geringsten Zweifel, dass dieser Mann ihr nicht wehtun würde ... nicht einmal im Schlaf.

Sie schlich auf Zehenspitzen näher, ohne ein Geräusch zu machen, und kniete sich neben das Sofa. Sie wollte ihm zeigen, was er verpasst hatte, weil er nicht neben ihr aufgewacht war. Ethan lag auf dem Rücken, einen Arm über dem Kopf, der andere ruhte auf seinem nackten Bauch. Die Decke, die er benutzt hatte, lag auf dem Boden, offensichtlich war sie irgendwann in der Nacht runtergerutscht. Er atmete tief und gleichmäßig.

Lilly konnte nicht anders, als einen Moment lang zu bewundern, wie gut er aussah. Die Boxershorts, die er trug, saßen tief auf seinen Hüften, so tief, dass sie den Ansatz seiner Schamhaare sehen konnte. Sein Schwanz war zwar nicht hart, aber sie konnte seine Umrisse unter der Baumwolle seiner Unterwäsche deutlich erkennen. Ihr lief das Wasser im Mund zusammen, als sie sich daran erinnerte, wie gut sie sich in der Nacht zuvor mit diesem Schwanz gefühlt hatte.

Einem Mann einen zu blasen war etwas, das sie bisher

nicht allzu oft getan hatte. Aber sie fand, dass sie Ethan etwas schuldete, nachdem er sie so oft mit seinem Mund zum Orgasmus gebracht hatte. Sie atmete tief durch, schob den Bund seiner Boxershorts nach unten und griff gleichzeitig nach seinem Schwanz, hob ihn an und umschloss ihn mit ihren Lippen.

Lilly war überrascht, wie schnell er steif wurde. Sie nahm an, dass es daran lag, dass er bereits eine Morgenlatte hatte, aber noch bevor sie dreimal mit dem Kopf gewippt hatte, war er auf das Doppelte seiner normalen Größe angeschwollen.

Sie gab alles, was sie hatte, um ihm einen zu blasen, streichelte mit ihrer Hand seinen gesamten Schaft, wenn sie nach oben ging, und saugte fest, während sie ihn so tief wie möglich in sich aufnahm.

»Verdammt, Lil«, murmelte er.

Sie konnte sich ein Lächeln nicht verkneifen, als sie seine Hand in ihrem Haar spürte. Er drückte sie nicht nach unten, um sie zu zwingen, mehr von ihm in den Mund zu nehmen, er hielt sie einfach fest. Lilly wusste, dass ihre Leistung nicht rekordverdächtig war, aber Ethan schien das nicht im Geringsten zu stören.

Lange bevor sie bereit war, setzte er sich plötzlich auf. Er packte sie um die Taille und zog sie mit sich auf das Sofa. Er fuhr mit den Fingern zwischen ihre Beine und beide stöhnten, wie feucht sie war.

Ohne Zeit zu verschwenden, zog Ethan den Schritt ihrer Schlafshorts zur Seite und setzte die Spitze seines Schwanzes an ihrer Öffnung an.

»Fick mich«, befahl er ihr.

Ohne zu zögern, ließ Lilly sich auf ihn sinken. Sie warf den Kopf zurück, als sie merkte, wie gut sich diese Stellung anfühlte, und stützte sich auf seiner Brust ab. Immer noch mit seinem übergroßen T-Shirt bekleidet, begann sie, ihn heftig zu reiten.

»So ist es richtig. Du hast die Sache angefangen, jetzt bringe sie auch zu Ende«, knurrte er.

Der Sex war schnell und heiß. Keiner von beiden hatte sich ausgezogen, zu sehr waren sie in den Gefühlen versunken. Lilly wippte fast wie wild von Sinnen auf seinem Schwanz. Aber erst als er seinen Daumen auf ihre Klitoris legte, war sie kurz davor zu kommen.

Sie konnte nicht anders, als ihre Stöße zu unterbrechen, als sie kurz vor ihrem Höhepunkt stand, und presste sich fest an seinen Schwanz, als sie kurz davor war zu kommen. Als Ethan sie in die Klitoris kniff, zitterte sie unkontrolliert und kam zum Höhepunkt.

Während sie sich noch mitten in ihrem Orgasmus befand, hob er sie ein paar Zentimeter von seinen Hüften und besorgte es ihr von unten, wobei er mit den Hüften zustieß, während er seinem eigenen Höhepunkt nachjagte. Er kam nur Momente später und hielt sie an seinem pochenden Schwanz fest, während er ein langes Stöhnen aus seiner Kehle ausstieß.

Lilly ließ sich gegen ihn fallen, völlig kraftlos und so schwer atmend, als wäre sie gerade einen der Berge außerhalb der Stadt hinauf- und wieder hinuntermarschiert. Als sie wieder zu Atem gekommen war, murmelte sie: »Guten Morgen.«

»Verdammt, Lilly«, sagte Ethan keuchend. »Was hat mir denn diese Ehre verschafft?«

Sie hob den Kopf und genoss das Gefühl seines Schwanzes in ihr. »Was? Darf ich nicht mal mehr mit meinem Mann Liebe machen?«

Er starrte sie einen Moment lang an und fragte dann: »Mehr steckt nicht dahinter?«

Sie zuckte mit den Achseln. »Ich habe dich aus einem

tiefen Schlaf aufgeweckt ... und du hast mir nicht wehgetan.«

Er sah sie unverwandt an und sie konnte seine Miene nicht lesen. Also redete Lilly weiter.

»So wie ich das sehe, muss ich dir nur beweisen, dass du mich nie verletzen würdest. Du hattest seit fast einer Woche keine Albträume mehr. Ich hoffe, dass sie vielleicht nur ein Nebenprodukt deiner Lust waren. Jetzt, wo du regelmäßig Sex hast, haben sich deine Hormone eingependelt und dein Verstand ist nicht mehr so überaktiv.«

»Du hast keine Ahnung, wovon du redest, oder?«, sagte er mit kleinem Lächeln.

»Nein. Aber hört sich gut an, oder?« Sie grinste und wurde dann wieder ernst. »Ethan, du wirst mir nicht wehtun. Ich hasse es, dass du hierher kommst, um zu schlafen. Es ist Mist. Für uns beide. Ich vertraue dir. Jetzt musst du dir selbst vertrauen.«

»Wenn ich dir auch nur ein Haar krümme, würde ich mir das nie verzeihen«, erklärte Ethan ihr.

Lilly streichelte seine Wange. Sie war kratzig und sie liebte es, wie sich seine Bartstoppeln auf ihrer Haut anfühlten, wenn sie sich küssten.

»Gib mir bitte einfach noch ein bisschen mehr Zeit, Lil. Ich lass dich auch nicht gern allein in meinem Bett zurück, aber die Alternative ist einfach vollkommen inakzeptabel.«

»Na gut. Aber nur damit du es weißt ... ich vertraue dir.«

»Das bedeutet mir sehr viel.«

»Und ich werde einfach weiterhin kreative Wege finden, um dir zu beweisen, dass du mir nicht unbewusst wehtun wirst«, erklärte sie ihm.

Ethan grinste. »Ich habe überhaupt nichts dagegen, dass du kreativ wirst, wenn dieser Morgen ein Hinweis auf das war, was da noch kommen mag.«

»Und auch darin werde ich mit der Zeit besser werden«, sagte sie ein wenig verlegen.

Er starrte sie einen Moment lang an, bevor er leise lachte. »Lilly, wenn du noch besser darin wirst, mir einen zu blasen, halte ich es anschließend nicht mehr sonderlich lange in dir aus.«

Lilly spürte, wie ihre Wangen sich röteten, doch sie lächelte den Mann, in den sie sich bis über beide Ohren verliebt hatte, einfach nur an.

»Was hast du heute vor?«, wollte er wissen.

Bei diesem plötzlichen Themenwechsel musste sie blinzeln. »Ähm, das hängt von dir und deinem Team ab. Ich hatte eigentlich vor, euch bei eurer Suche zu begleiten. Und dann habe ich Tony versprochen, dass ich ihm zeige, wie eine Toilette funktioniert. Ich weiß, ich weiß«, sagte sie, bevor Ethan etwas erwidern konnte. »Es ist schon seltsam. Aber nachdem er von der Wasserexplosion in Whitneys Haus gehört hatte, fragte er mich, ob ich ihm zeigen könnte, was zu tun ist, wenn so etwas jemals in dem Zimmer passiert, in dem er und seine Mutter wohnen. Ich habe versucht, ihm zu erklären, dass es sich um eine Ausnahmesituation handelt, aber er war hartnäckig. Ich glaube, da er keine Vaterfigur um sich hat, ist er sehr daran interessiert, alles zu lernen, was er als ›männlich‹ betrachtet.« Da ihr klar war, dass sie drauflos plapperte, fragte Lilly schließlich: »Warum? Was hast du denn vor?«

»Ich habe mich gerade gefragt, wie lange wir heute Morgen Zeit haben, bevor du die Bewohner von Fallport beeindrucken wirst.«

Lilly verdrehte die Augen. »So ein Blödsinn.«

»Ich meine es ernst. Überall, wo ich hingehe, sagen mir die Leute, wie sehr sie dich mögen. Und wie charmant du bist. Und Otto hat mir gesagt, wenn er zwanzig Jahre jünger wäre, würde er dich mir ausspannen.«

Lilly lachte. »Äh, wenn er zwanzig Jahre jünger wäre, wäre er sechzig. Da wäre er immer noch ein bisschen zu alt für mich.«

Ethan verzog unter ihr das Gesicht.

»Was? Was ist los?«, fragte Lilly. »Bin ich zu schwer?« Sie wollte ihr Gewicht auf die Knie verlagern, aber er packte sie an der Taille und hielt sie auf ihm fest.

»Es ist alles in Ordnung. Aber als du gelacht hast, konnte ich es an meinem Schwanz spüren«, erklärte er so beiläufig, als würde er über das Wetter reden.

»Oh.«

»Da ich heute für die Suche zuständig bin – und wann wir aufbrechen –, habe ich dich heute Morgen noch eine Weile bei mir«, erklärte er ihr grinsend. Dann setzte er sich auf, drückte sie an seine Brust und stand in einer einzigen fließenden Bewegung auf.

Lilly widerstand dem Drang zu kreischen und hielt sich fest, als er in Richtung Schlafzimmer ging. Er hatte schon einmal bewiesen, dass er stark genug war, sie zu tragen, als er sie gegen die Wand gedrückt und sie genommen hatte.

Er ließ sie vorsichtig in seinem Bett auf den Rücken fallen und schaffte es irgendwie, die ganze Zeit in ihr zu bleiben. Erstaunlicherweise hatte er wieder einen Steifen bekommen.

»Nur damit du es weißt ... ich liebe es aufzuwachen, während du mir einen bläst, Lil.«

Sie lächelte.

»Aber ich bin viel zu schnell zum Höhepunkt gekommen. Jetzt, da die Dringlichkeit weg ist, werde ich viel länger durchhalten. Wollen wir sehen, wie oft ich dich zum Orgasmus bringe, bevor du mich dazu bringst, die Kontrolle zu verlieren?«

Lillys Lächeln wurde unsicher. »Ich bin mir nicht so sicher ...«

»Ich schon. Das wird lustig.«

Lilly hatte natürlich gern multiple Orgasmen, aber aus eigener Erfahrung wusste sie, dass Ethan, wenn er sich etwas in den Kopf gesetzt hatte – zum Beispiel, sie zum Orgasmus zu bringen –, nicht innehalten würde, bis er es zu hundert Prozent erledigt hatte.

Es war gut, dass keiner von ihnen an diesem Morgen irgendwo hinmusste ... denn als Ethan damit fertig war, seine Fähigkeiten zu beweisen, sie zu befriedigen und selbst wieder zu kommen, konnte Lilly sich kaum noch bewegen.

Am Nachmittag folgte Lilly Ethan und Tal durch den Wald auf einer weiteren enttäuschend erfolglosen Suche nach Trent oder seiner Leiche. Danach zeigte sie Tony, wie man das Wasser in der Toilette in ihrem Zimmer in der Pension abstellt, erklärte ihm die rudimentären physikalischen Zusammenhänge und baute eine neue Toilette ein, alles mit der Zustimmung von Whitney, die beschlossen hatte, vorsichtshalber alle Toiletten im Haus auszutauschen.

Jetzt saß Lilly im Wohnzimmer und entspannte sich mit der älteren Frau nach dem Abendessen.

Ethan traf sich mit seinem Team. Sie mussten bei ihrer Suche nach Trent einen anderen Ansatz verfolgen. Er war nicht in der Nähe des Ortes, an dem Clyde behauptet hatte, seine Campingausrüstung gefunden zu haben, und alle waren frustriert, weil sie keine Fortschritte machten. Es war wie die Suche nach einer Nadel im Heuhaufen, denn sie hatten keine Ahnung, in welche Richtung der Mann gegangen sein könnte. Es gab Hunderttausende von Hektar Wald zu durchsuchen, und wenn man nicht in der Lage war, das Gebiet einzugrenzen, in dem er sich aufhalten könnte, war es fast unmöglich, ihn zu finden.

Heute Abend aß Lilly also mit Whitney zu Abend und Ethan wollte nach seinem Treffen vorbeikommen.

»Du weißt, es wäre kein Problem, wenn Ethan hier übernachtet«, erklärte Whitney ihr.

Lilly hätte sich fast an dem Tee verschluckt, von dem sie gerade einen Schluck genommen hatte. »Wie bitte?«

»Es gibt keinen Grund, verlegen zu werden«, erklärte sie mit kleinem Lächeln. »Ich war selbst auch einmal jung, weißt du. Und es ist offensichtlich, dass Ethan dein Verehrer ist.«

Lilly tat ihr Bestes, um nicht rot zu werden. Es war nicht so, dass sie sich schämte oder es ihr peinlich war, dass sie und Ethan Sex hatten, aber es erschien ihr falsch, es in Whitneys Haus zu tun. Als wäre sie de facto ihre Mutter oder so. »Ich weiß noch nicht, was wir vorhaben, aber danke«, sagte sie schließlich.

Whitney strahlte.

Lilly wurde von weiteren Kommentaren verschont, weil ihr Handy klingelte. Es war Ethan.

»Das ist er«, erklärte sie Whitney und stand auf. »Ich nehme das Gespräch in einem anderen Zimmer an.«

»Okay, Liebes«, erklärte die Frau.

»Hey«, sagte Lilly, nachdem sie auf den Weg in ein anderes Zimmer abgenommen hatte. Als sie dort ankam, stellte sie fest, dass sie auch hier nicht sonderlich viel Privatsphäre hatte, also ging sie zur Tür, die in den Garten führte.

»Bist du in der Pension?«, fragte Ethan.

Lilly runzelte die Stirn, als sie die Tür hinter sich zumachte. »Ja, warum?«

»Trent wurde gefunden.«

Bei diesen Worten setzte Lillys Herz einen Moment lang aus. Dann begann es zu rasen. »Wirklich? Das ist sehr großartig! Wo ist er? Geht es ihm gut? Was ist passiert? Kann ich mit ihm reden?«

»Er ist tot, Lil«, entgegnete Ethan sanft. »Es tut mir so leid.«

Einen Moment lang erstarrte Lilly vor Verwirrung. Sie war schockiert über Ethans Unverblümtheit, aber sie wusste sie auch zu schätzen. Sie war der Meinung, dass schlechte Nachrichten immer am besten kurz und bündig überbracht werden sollten, um keinen Raum für Zweifel zu lassen. Aber ihr erster Gedanke, als sie hörte, dass Trent gefunden worden war, bestand darin, dass er am Leben war. Trotz der langen Zeit, die er vermisst worden war, hatte sie immer noch die Hoffnung, dass er am Leben und wohlauf war und das alles nur ein Schwindel war, um die Einschaltquoten in die Höhe zu treiben.

»Oh mein Gott«, flüsterte sie.

»Ein Touristen-Pärchen war in einem Gebirgsabschnitt etwa fünfzig Kilometer außerhalb von Fallport wandern und zelten. Tief in den Wäldern. Der Weg ist schwierig und führt zum Eagle Point ... dem Gipfel, nach dem wir unser Such- und Bergungsteam benannt haben. Wir hatten unsere Suche noch nicht so weit ausgedehnt, weil wir dachten, dass er näher an der Stadt sein würde, aber das war eines der Dinge, die das Team und ich heute Abend besprochen haben.«

Lilly konnte immer noch nicht begreifen, dass Trent tot war. »Was ist passiert?«

»Wir wissen es nicht. Und wir werden es auch nicht erfahren, bis die Autopsie durchgeführt worden ist. Das wird etwas dauern. Aber ... es war wohl ziemlich schlimm, Lil.«

Sie schluckte. Wenn Ethan fand, dass Trents Zustand ziemlich schlimm war, bedeutete das, dass er *wirklich* schlimm war.

»Ich kann mich heute Abend nicht mit dir treffen. Ich hoffe, das ist kein Problem?«

»Nein«, flüsterte sie. »Kann ich irgendwie helfen?«

»Nein. Es gibt nicht viel, was man tun kann. Wir werden mit Simon und dem Kriminalbeamten dorthin gehen, wo er gefunden wurde, um den Tatort zu bewachen. Morgen früh, wenn es heller ist, werden sie Fotos machen und versuchen, alle Beweise zu finden, die noch da sein könnten. Das staatliche Spurensicherungsteam wird morgen eintreffen, aber wir müssen sicherstellen, dass der Tatort bis dahin gesichert bleibt.«

»Okay. Hast du Netz dort?«, wollte Lilly wissen.

»Ich bezweifle es. Aber ich werde mich so schnell wie möglich wieder bei dir melden.«

»Danke, dass du angerufen hast«, sagte sie.

»Ist doch selbstverständlich. Lil?«

»Ja?«

»Es tut mir leid.«

»Mir auch.«

»Versuche, heute Nacht ein bisschen zu schlafen.«

Ja, klar. Das wäre so gut wie unmöglich. Sie hatte sich nämlich nicht nur daran gewöhnt, mit Ethan einzuschlafen, sondern musste jetzt auch an den armen Trent denken und an Ethan und sein Team, die die ganze Nacht im Wald verbringen mussten, um seine Leiche zu bewachen. Nichts daran war bei einer entspannten Nachtruhe sonderlich förderlich. Doch anstatt ihm das zu sagen, antwortete sie einfach: »Ich werde es versuchen.«

»Verdammt. Ich wünschte, ich könnte bei dir sein, Liebes.«

Und schon die Tatsache, dass er das sagte, sorgte dafür, dass Lilly sich ein bisschen besser fühlte. »Du hast einen Job zu erledigen. Ich komme schon zurecht.«

»Na gut. Falls du irgendetwas brauchst, melde dich einfach bei Raid.«

»Er geht nicht mit euch?«

»Nein. Er hat Duke in letzter Zeit sehr viel abverlangt und er braucht eine Pause. Der Hund, nicht Raid. Aber wenn du etwas brauchst, wird er dir gern helfen. Und wenn es sein muss, kann er mir Bescheid sagen.«

»Es geht mir gut. Mach dir um mich keine Sorgen«, erklärte Lilly ihm.

»Dazu ist es schon zu spät, mein Schatz«, erklärte er trocken. »Wir sehen uns morgen.«

»Okay. Pass auf dich auf.«

»Natürlich. Tschüss.«

»Tschüss.«

Lilly legte auf und stand ein paar Minuten lang im Garten. Sie fühlte sich schrecklich wegen Trents Familie. Sie fragte sich, ob jemand dem Rest der Besetzung und der Crew Bescheid gesagt hatte, und wenn ja, wie sie die Nachricht aufgenommen hatten.

Seufzend ging Lilly zurück ins Haus. Sie erzählte Whitney die traurige Nachricht und sie verbrachten ein paar Stunden damit, über die Sendung zu reden und über ein paar gute Erinnerungen, die Lilly an Trent hatte.

Schließlich ging Lilly nach oben, weil sie etwas Zeit für sich haben wollte. Sie legte sich auf ihr Bett und erst nach ein paar Stunden, in denen sie ausdruckslos an die Decke starrte, dachte sie an Tucker. Sie zuckte innerlich zusammen. Er würde nicht glücklich darüber sein, dass sie nicht da gewesen war, als Trent gefunden wurde. Aber er würde verstehen müssen, dass sie wenig hätte tun können, nicht, wenn ein paar x-beliebige Wanderer seine Leiche gefunden hatten anstatt des Suchteams.

Zu diesem Gedanken gesellte sich die Gewissheit, dass Tucker bestimmt nicht glücklich darüber wäre, dass sie *jetzt* nicht mehr in den Wäldern unterwegs war. Aber selbst er musste akzeptieren, dass die Polizeibeamten sie auf keinen Fall mit einer Kamera in die Nähe des Tatorts lassen würden. Selbst *wenn* sie es erlauben würden, würde sie Trents Andenken nicht beschmutzen, indem sie ihn für alle sichtbar auf Film bannte.

Tucker würde damit einverstanden sein müssen. Und wenn er es nicht war? Pech gehabt.

KAPITEL ACHTZEHN

»Du bist gefeuert.«

Lilly versteifte sich. »Nein. Ich *kündige*«, entgegnete sie.

Drei Tage waren vergangen, seit Trents Leiche gefunden worden war, und der Fund hatte bisher mehr Fragen als Antworten aufgeworfen. Er befand sich in der Nähe eines sehr anspruchsvollen Wanderweges, von dem Lilly zugab, dass sie nicht glaubte, dass er ihn jemals freiwillig gegangen wäre. Ganz zu schweigen davon, dass er kilometerweit von dem Ort entfernt war, an dem seine Campingausrüstung gefunden worden war. Niemand wusste, wie er in diese Gegend gekommen war, denn er war die fünfunddreißig Kilometer sicher nicht zu Fuß gegangen.

Außerdem hatte Ethan ihr vor zwei Nächten, nachdem Trents Leiche abtransportiert und zur Autopsie und Untersuchung durch Kriminaltechniker nach Roanoke gebracht worden war, erzählt, dass die Handkamera, die er bei sich gehabt hatte, unter seiner Leiche gefunden worden war. Sie war nicht nur durch die Verwesung stark beschädigt, sondern sah auch so aus, als wäre sie von irgendeinem Tier angeknabbert worden.

Simon erzählte Ethan, er hege große Hoffnungen, dass die Computerfachleute des staatlichen Kriminallabors in der Lage wären, das Filmmaterial wiederherzustellen. Lilly hatte Tucker alles berichtet, was sie konnte, und ihn über den Stand der Dinge auf dem Laufenden gehalten. Sie hatte erwartet, am Tag, nachdem sie ihm eine E-Mail über den Fund von Trent geschickt hatte, von ihm zu hören, aber dies war das erste Mal, dass er seitdem angerufen hatte.

»Ich kann nicht glauben, dass du dich wie ein Mistkerl aufführst, weil ich Trents *Leiche* nicht gefilmt habe. Das hier ist die reale Welt, Tucker!«, rief Lilly aufgebracht. »Keine Fantasiewelt, in der sich jeder nach dem Abschalten der Kameras auf den Heimweg macht.«

»Ich hätte dich nie dortlassen sollen! Du bist zu sehr daran interessiert, deine Beine für diesen Typen vom Bergungsteam zu spreizen. Ich habe dir gesagt, du sollst dabei sein, wenn Trent gefunden wird. Du hast nicht nur versagt, du hast auch kein Bildmaterial von der Leiche bekommen. Du hattest genügend Zeit, um dorthin zu fahren, während die Spurensicherung in diese blöde Stadt unterwegs war, aber du hast dir nicht die Mühe gemacht. Du hast die Folge versaut und wir müssen kreativ werden, um sie zu beenden! Ich bete nur, dass es etwas Schmackhaftes auf seiner Handkamera gibt.«

»Viel Glück damit, sie in die Finger zu bekommen. Es handelt sich nämlich um Beweismaterial, Tucker.«

»Das ist nicht länger dein Problem. Ich schicke Joey da raus, um deinen Platz einzunehmen. Gib ihm deine Kamera und alles andere, wofür die Sendung bezahlt hat. Das Gehalt, das du bisher bekommen hast, endet heute. Du bist auf dich allein gestellt und musst für deine Unterkunft selbst aufkommen.«

Bevor Lilly ihm sagen konnte, was für ein mieser Mistkerl er war, sprach er weiter.

»Denke nicht einmal daran, dich mit mir anzulegen, Lilly. Ich habe genügend Mist gegen dich in der Hand, sodass du *nie wieder* einen Job in Hollywood bekommst. Das Entscheidende ist, dass du es uns versaut hast. Wir hatten ein tolles Ende für die Serie geplant und dank dir müssen wir es zusammenschustern, statt Filmmaterial aus erster Hand zu verwenden. Und erzähl Joey keinen Blödsinn. Er wird sich bei mir melden, wenn du noch etwas tust, um die Sendung zu sabotieren. Und ich garantiere, dass ich bessere Anwälte zur Verfügung habe, als du sie dir *jemals* leisten könntest.«

Lilly hatte keine Lust mehr, sich Tuckers Drohungen anzuhören. »Pass auf, du Mistkerl, erstens hast du *nichts* gegen mich in der Hand, weil ich eine verdammt gute Angestellte bin und wir beide das wissen. Aber ich bin sicher, dass die Schauspieler-Gewerkschaft sehr daran interessiert wäre, alles über die persönlichen Besorgungen zu erfahren, die du die Kameraleute für dich machen lässt. Diese Art von Arbeit steht nicht in unserem Vertrag. Außerdem, wenn es darum geht, meinen Ruf in der Branche mit deinem zu vergleichen, wissen wir beide, wer am Ende die Nase vorn haben wird – nämlich *ich*, falls du dir nicht sicher bist. Nach einem Jahrzehnt in meinem Beruf habe ich einen ausgezeichneten Ruf. Regisseure fragen ausdrücklich nach mir. Und was hast du vorzuweisen? Vetternwirtschaft? Den Ruf deines Großvaters? Mach dir nichts vor, Tucker. Wenn sie dazu gedrängt werden, werden mehr Leute zu *mir* stehen als zu dir.

Ich kann nicht glauben, dass du mich überhaupt darum *gebeten* hast, Filmmaterial von einem toten Mann zu besorgen. Das ist mies, selbst für jemanden wie dich. Und du kannst mich nicht verklagen, weil ich Joey einen Dreck erzählt habe – was ich sowieso nie tun würde. Mit jemandem zu reden ist nicht illegal. Und sich zu weigern,

Fotos von einer verdammten Leiche zu machen oder jemanden ohne sein Wissen aufzunehmen, ist keine Sabotage, sondern dadurch beweist man, dass man ein anständiger Mensch ist. Du hast keinerlei rechtliche Handhabe, und das wissen wir beide. Ich bin fertig mit deinen Beschimpfungen, Tucker. Ich kündige, und zwar genau in diesem Moment. Ich wünsche dir und den anderen viel Glück mit der Sendung, aber ich bin fertig. Und wenn du *irgendetwas* versuchst, um meiner Karriere zu schaden, dann denk daran, dass ich eine Menge darüber weiß, wie diese ganze Show falsch dargestellt wurde. Ich muss nur ein Interview geben, in dem ich alles über die Fälschungen erzähle, die gemacht wurden, um die Sendung interessanter zu machen, und deine Karriere ist beendet, bevor sie überhaupt begonnen hat. Leg dich nicht mit mir an, Tucker. Es ist nicht in deinem eigenen Interesse.«

Und damit legte Lilly auf. Sie wollte keine weiteren leeren Drohungen von Tucker hören. Sie war so fertig mit ihm und seiner verdammten Sendung.

»Bravo«, sagte Ethan leise von der Tür aus.

Lilly wandte sich zu ihm um. Sie hatte weder gehört noch gespürt, dass er dort stand.

Sie waren in Ethans Wohnung. Er hatte während der letzten drei Tage zusammen etwa zehn Stunden Schlaf bekommen, und er war definitiv nicht gut gelaunt. Die Tatsache, dass an diesem Morgen eine Pressekonferenz stattfand, war nicht gerade hilfreich. Als Gründer des Eagle Point Such- und Bergungsteams war es seine Aufgabe, die Einzelheiten ihrer Suche zu erläutern. Simon würde dort Fragen beantworten und über die Ermittlungen zu Trents Tod berichten, aber Lilly wusste, dass Ethan sich nicht auf die Pressekonferenz freute.

»Das war Tucker«, erklärte sie ihm seufzend. »Er hat versucht, mich zu feuern, weil ich kein Filmmaterial von

Trents Leiche im Wald gemacht habe und weil ich nicht dabei war, als er gefunden wurde.«

»Der Typ hat sie doch nicht alle«, erklärte Ethan angespannt.

»Ich weiß«, erwiderte Lilly. Sie zuckte mit den Achseln und atmete tief durch. »Also habe ich stattdessen gesagt, dass ich kündige. Und weißt du was? Das ist in Ordnung. Mehr als nur in Ordnung.«

»Dieser Mistkerl«, bemerkte Ethan aufgebracht. »Bist du Mitglied in einer Gewerkschaft? Er kann dich nicht feuern, weil du nicht da warst, wenn außer den beiden Wanderern verdammt noch mal niemand da war. Und die sind wahrscheinlich für den Rest ihres Lebens geschädigt. Dass er wollte, dass du den Dreck filmst, damit er ins Fernsehen kommt, ist so verdammt falsch, dass es nicht mal lustig ist. Wie würde sich seine Familie fühlen, wenn seine Leiche dazu benutzt würde, die Einschaltquoten in die Höhe zu treiben?«

Lilly trat nahe an Ethan heran und legte ihm die Hände auf die Brust. Er hörte auf, sich zu beschweren, und atmete tief durch.

»Ich bin so wütend, dass ich kaum klar denken kann«, presste er zwischen zusammengebissenen Zähnen hervor.

»Es ist in Ordnung, Ethan. Ehrlich gesagt bin ich erleichtert. Ich habe meinen Job gehasst. Nicht die Zeit, die ich mit dir und deinen Freunden verbracht habe, oder das Wandern, sondern alle anzulügen, die sich diese Sendung ansehen wollten. Ich habe mich zurückgehalten und zugelassen, dass Tucker und die anderen alle anlügen, und ich habe kein Wort gesagt. Ich habe zugesehen, wie Tucker Leute manipulierte, wie er sie dafür bezahlte, das zu sagen, von dem er dachte, dass die Zuschauer es hören wollten. Ich habe die gefälschten Interviews gefilmt, habe zugesehen, wie die Darsteller nach Strich und Faden gelogen haben, als sie sagten, sie hätten Dinge gehört oder gesehen. Ich musste sogar bei einigen der gefälschten ›Beweise‹ mitmachen. Das Wissen, dass er Trents Verschwinden ausnutzte, ist der Tropfen, der das Fass zum Überlaufen bringt.

Ich habe keine Ahnung, was ich jetzt tun soll. Ich bin sicher, dass Tucker versuchen wird, mich in der Branche anzuschwärzen, wie er es angedroht hat, aber er ist ein Idiot, wenn er glaubt, dass das funktioniert. Ich habe einen ausgezeichneten Ruf unter meinen Kollegen und bei den Regisseuren. Keiner wird auf ihn hören.

Die größte Sorge, die ich im Moment habe, ist, dass ich keine Bleibe habe, da er Whitney nicht mehr für mein Zimmer in ihrer Pension bezahlen wird. Ich will eigentlich nicht zurück nach West Virginia in das Haus meines Vaters, obwohl ich das tun würde, wenn ich es müsste. Aber alles in allem habe ich das Gefühl, dass mir eine große Last von den Schultern genommen wurde. Ich hätte schon lange vorher kündigen sollen, und es fühlt sich gut an, endlich das Richtige getan zu haben.«

»Komm mal her«, sagte Ethan und zog sie in seine Arme.

Lilly tat nur allzu gern, wie geheißen, und schmiegte sich an ihn.

»Bleib hier. In Fallport. Alle lieben dich bereits.«

»Ich bin mir nicht sicher, ob *alle* mich lieben«, murmelte Lilly und erinnerte sich an einige der bösen Blicke, die man ihr zugeworfen hatte, als sie in den ersten Wochen hier unterwegs gewesen war. Ja, die meisten Leute schienen ihr gegenüber aufgetaut zu sein, nachdem sie Elsie und ihrem Sohn geholfen hatte, aber trotzdem.

»Alle, die wichtig sind, lieben dich«, sagte Ethan. »Ich zum Beispiel.«

Lilly hielt den Atem an. Wollte er damit etwa sagen, was sie *dachte*? Sie hob den Kopf und sah ihn an.

»Ich liebe dich«, bestätigte er leise. »Ich weiß nicht, wie

es passiert ist, aber es ist passiert. Du hast dich unter meinen Radar geschlichen, Lil. Ich habe es während der letzten Wochen genossen, Zeit mit dir zu verbringen. Ich habe so viel gelächelt wie seit Jahren nicht mehr. Ich freue mich sogar darauf, in meine Bruchbude von Wohnung zurückzukommen, während ich in der Vergangenheit immer Ausreden gefunden habe, um wegzubleiben. Um nicht allein zu sein.« Er hielt inne. »Du kennst doch das Haus, an dem Rocky gerade arbeitet?«

Lilly nickte, überwältigt von allem, was er gerade gesagt hatte.

»Der Besitzer lässt es herrichten, um es zu verkaufen ... und ich will es kaufen. Für uns, Lilly. Es ist nicht weit von der Stadt und meinem Bruder entfernt. Ich kann mir nicht vorstellen, nicht in seiner Nähe zu wohnen. Das Haus wird erst in ein paar Monaten fertig sein, aber wenn du meinst, dass du es aushältst, kannst du hier bei mir in der Wohnung bleiben, bis es fertig ist. Ich muss mit dem Eigentümer sprechen, um herauszufinden, ob er bereit ist, mich das Haus kaufen zu lassen, ohne es auf den Markt zu bringen – ich will nämlich auf keinen Fall mit jemandem in einen Preiskampf verwickelt werden –, und wenn du es dir einmal ansehen willst, um dich davon zu überzeugen, dass es dir gefällt, können wir das auf jeden Fall tun.«

»Willst du mich tatsächlich bitten, bei dir einzuziehen? Und sagst du mir, dass du ein *Haus* für uns kaufen wirst, in dem wir leben können?«, fragte sie schockiert.

»Ja, ich liebe dich, Lilly. Ich möchte den Rest meines Lebens mit dir verbringen. Hier in Fallport. Mein Job ist flexibel. Ich verdiene nicht viel, aber der Geldbetrag, den ich von meiner Krankenversorgung bei der Navy bekomme, ist ziemlich hoch. Ich werde nie ein Millionär sein, aber ich habe genügend zum Leben für uns beide.«

Lilly fiel es schwer zu begreifen, was da passierte. Sie war mal empört, mal erleichtert, mal verblüfft.

»Lilly?«, fragte er unsicher.

»Ich liebe dich auch!«, platzte sie heraus.

Ethan lächelte. »Das ist gut«, sagte er leise.

»Wir sind noch nicht so lange zusammen. Vielleicht sollten wir, bevor ich einziehe und du ein Haus kaufst, sicherstellen, dass diese Beziehung von Dauer ist.«

»Das ist sie«, erwiderte Ethan sofort.

»Das kannst du nicht wissen«, sagte sie kopfschüttelnd. »Ethan, du hast noch nicht mal eine ganze Nacht mit mir verbracht. Und du hast noch nicht gesehen, wie ich Frühstücksflocken esse.«

Er lachte. »Frühstücksflocken?«

»Ja. Oder Suppe. Ich bin ein Schlürfer. Ich kann nicht anders. Das macht meinen Vater und meine Brüder verrückt. Dann werde ich mit dem Löffel ungeduldig und trinke die Milch oder Brühe meist direkt aus der Schüssel. Das ist irgendwie eklig.«

Daraufhin musste Ethan laut lachen. Als er sich wieder unter Kontrolle hatte, sagte er kopfschüttelnd: »Es ist mir völlig egal, ob du schlürfst, Lil. Ich schätze, ich werde es verdammt süß finden. Deine Brüder hassen es, weil sie deine *Brüder* sind. Es liegt in ihrer DNA, von dir genervt zu sein. Und wenn ein Schlürfer zu sein das Schlimmste ist, was dir einfällt, dann habe ich mehr Glück, als ich dachte ... und glaub mir, ich habe viel darüber nachgedacht, wie viel Glück ich habe, dass du mit mir zusammen bist.«

»Ich will dir nicht zur Last fallen«, sagte sie.

»Du fällst mir niemals zur Last«, entgegnete er, nahm ihr Gesicht in beide Hände und zwang sie dazu, ihn anzusehen. »Tucker ist ein Mistkerl. Er hat keine Ahnung, was für eine gute Mitarbeiterin er verloren hat. Du wirst hier etwas zu tun finden, ich weiß es. Diese Stadt braucht dich, Lil. Ich brauche dich. Wirst du bleiben? Wenn es dir unangenehm ist, bei mir einzuziehen – und ich würde es dir nicht verübeln; diese Wohnung ist eine Bruchbude. Es ist ein Dach über dem Kopf und ich habe keine Probleme mit den anderen Mietern, aber ich schwöre, ich wache auf und fühle mich wie in den Achtzigern oder so. Wie auch immer, ich schätze, Whitney würde dich gern in der Pension behalten, bis das Haus, das ich kaufen will, fertig ist und mir gehört.«

Sie liebte es, wenn Ethan sie berührte. Dann fühlte sie sich wertgeschätzt und nahe bei ihm. Sie umklammerte seine Handgelenke und hielt sich fest, während er mit dem Daumen über ihre Wangen strich. »Ich kann mir aber nicht leisten, was Tucker für das Zimmer zahlt«, erwiderte Lilly ehrlich. »Ich meine, ich habe ein bisschen Geld gespart, aber nicht genügend, um das Zimmer in der Pension lang- fristig zu mieten.«

»Whitney würde dich wahrscheinlich fast umsonst bei ihr wohnen lassen«, erklärte er ihr. »Sie ist einsam. Sie würde es zwar nie zugeben, aber sie hat nicht sonderlich viele Gäste. Schließlich ist Fallport nicht gerade eine Touris- tenhochburg und viele der Wanderer, die wir hier haben, bleiben in einem der Hotels der großen Ketten, genau wie die Darsteller und Filmcrew der Sendung. Es gefällt ihr, dich bei ihr zu haben. Sie erscheint mir jetzt viel glücklicher und hat mir auch gesagt, wie sehr sie es mag, jemanden um sich zu haben, mit dem sie Zeit verbringen und dem sie etwas zu essen machen kann. Rede mit ihr. Ich bin mir sicher, dass sie dir eine Langzeitmiete abknöpfen würde, die du dir leisten kannst.«

»Und ich liebe sie. Sie ist fast wie die Mutter, die ich nie hatte«, gab Lilly zu.

»Also wirst du bleiben? Abwarten, wie die Dinge mit uns weitergehen? Darüber nachdenken, mit mir zusammenzu- ziehen, wenn ich das Haus kaufe?«

Lillys Herz begann zu rasen. Das wollte sie unbedingt. Sie wollte Ethan. Wollte in dem Haus leben, das er gemeinsam mit seinem Bruder renovierte. Sie wollte Fallport zu ihrem Zuhause machen.

Sie lächelte. »Ja.«

»Gott sei Dank, verdammt!«, sagte Ethan und atmete hörbar auf.

Lilly lachte leise. »Hast du dir deswegen wirklich solche Sorgen gemacht?«, fragte sie ihn.

»Seit mir klar ist, wie viel du mir bedeutest, habe ich Angst vor dem Moment, in dem du mich verlässt«, gestand er ihr. »Und ich werde mich auch um die Albträume kümmern. Obwohl ich keinen mehr gehabt habe, seit du bei mir bist.«

»Es gefällt mir nicht, dass du mich mitten in der Nacht allein lässt.«

»Mir gefällt es auch nicht«, entgegnete Ethan. »Es gibt nichts, was ich lieber möchte, als mit dir in meinen Armen aufzuwachen. Und damit das klar ist: Selbst wenn du nicht offiziell einziehst, möchte ich nicht, dass sich die Dinge zwischen uns ändern. Du bist herzlich eingeladen, in meinem Bett zu schlafen, wann immer du willst. Ich werde dir im Laufe des Tages einen Schlüssel für die Wohnung besorgen. Du hast bereits einige deiner Sachen in meinem Badezimmer, und wenn du anfangen willst, mehr Klamotten hier unterzubringen, ist das auch okay.«

Lilly lachte leise. »Ist das nicht genau die Definition von *bei jemandem einziehen*?«, fragte sie.

Ethan bewegte sich, schob eine Hand hinter ihren Kopf und die zweite auf ihren Rücken, unter ihr Hemd und drückte sie noch enger an sich. Lilly konnte seinen Schwanz an ihrem Bauch spüren, während sie ihre Arme um ihn schlang.

»Also, wir leben hier immerhin in einer Stadt im Süden.

Wahrscheinlich ist es das Beste, wenn wir warten, bis wir uns verlobt haben, bevor du offiziell bei mir einziehst.«

Lilly verschluckte sich fast an seiner beiläufigen Erwähnung, sie zu heiraten. Sie stellte sich vor, wie sie beide Jahre später darüber stritten, wer von ihnen aufstehen und sich um das schreiende Baby kümmern sollte. Sie zwang sich, sich auf das eigentliche Gespräch zu konzentrieren. »Bei dir einzuziehen wäre also verpönt, aber jede Nacht im selben Bett zu schlafen nicht? Was ist der Unterschied?«

Ethan lächelte. »Keine Ahnung. Aber wie dem auch sei, es ist mir egal. Solange ich dich im Arm halten kann, bin ich glücklich.«

»Das war einer der seltsamsten Tage meines Lebens und es ist noch nicht einmal zehn Uhr«, sagte Lilly.

»Ich will nicht lügen, als ich heute Morgen aufgewacht bin, habe ich diesen Tag gefürchtet. Ich freue mich nicht auf diese verdammte Pressekonferenz und darauf, mich mit dämlichen Fragen zu beschäftigen, warum wir Trent nicht gefunden haben. Als wäre es einfach, einen Menschen auf Hunderttausenden von Hektar zu finden.« Er verdrehte die Augen. Dann wurde sein Griff an ihrem Hinterkopf fester. »Aber wenn ich höre, dass mein Mädchen mir sagt, dass es mich liebt, und zustimmt, in Fallport zu bleiben, dann denke ich, dass *nichts*, was diese Reporter mir vorwerfen, mir etwas ausmachen und meine Schutzschilde durchstoßen wird.«

»Und meiner Meinung nach kann ein bisschen Stoßen vor der Pressekonferenz nicht schaden«, sagte Lilly. Der Vorschlag war verdammt plump, erzielte aber die gewünschte Wirkung. Sein Schwanz zuckte an ihrem Bauch.

»Oh ja«, murmelte er. Dann legte er seine Stirn an ihre. »Findest du es wirklich nicht schlimm, was mit Tucker passiert ist?«

»Es ist nicht gerade toll, aber ja, ist schon in Ordnung.«

»Trent?«

»Nun, das finde ich natürlich schlimm, aber ich bin froh, dass er gefunden wurde und alle einen gewissen Schlussstrich ziehen können.«

»Simon ist wild entschlossen herauszufinden, was passiert ist und wer ihn umgebracht hat. In der Geschichte von Fallport gibt es keine ungelösten Fälle. Keinen einzigen. Alle Überfälle wurden aufgeklärt und in den wenigen Mordfällen, die es hier gab, wurden die Schuldigen zur Rechenschaft gezogen und ins Gefängnis gesteckt. Simon wird es nicht zulassen, dass der Mord an Trent lange ungeklärt bleibt.«

»Gut«, sagte Lilly.

»Und ich hasse es, das zur Sprache zu bringen ... aber die Wahrscheinlichkeit, dass jemand aus der Besetzung oder der Filmcrew involviert ist, ist ziemlich hoch«, warnte Ethan.

»Ich weiß. Ich wurde schon ziemlich heftig von dem Ermittler in dem Fall verhört, wie du weißt, aber ich war's nicht«, erklärte sie nachdrücklich. »Also macht es mir nichts aus, dass sie eine DNA-Probe von mir nehmen und Fragen stellen. Ich werde helfen, wo ich kann. Ihnen alles sagen, was sie wissen wollen.«

»Ich liebe dich«, sagte Ethan erneut.

Lilly grinste. Sie würde es nie müde werden, das zu hören. »Und ich liebe dich.«

»Wie wäre es, wenn wir eine Zeit lang alle Mörder, Journalisten und Produzenten vergessen und einfach die Tatsache feiern, dass du bleiben willst?«

»Abgemacht«, entgegnete Lilly leise.

Ethan bewegte sich, dann küsste er sie. Einige Minuten später, ohne seine Lippen von ihren zu nehmen, hob er sie hoch und trug sie in Richtung Schlafzimmer. Lillys Beine stießen gegen seine, aber sie bemerkte es kaum. Alles, was sie interessierte, war das Gefühl seiner Lippen, die ihre eroberten. Als er sie neben dem Bett absetzte, das sie an diesem Morgen noch nicht gemacht hatte, gab es einen Wettstreit darum, wer sich zuerst ausziehen konnte. Dann waren sie nackt und auf der Matratze.

Ihr Liebesspiel war schnell und intensiv, aber nicht weniger befriedigend als die langen und gemächlichen Stunden, die sie in der Vergangenheit hatten. Wie immer sorgte Ethan dafür, dass sie einen Orgasmus hatte, bevor er selbst zum Höhepunkt kam. Danach lagen sie zusammen in einem verschwitzten Haufen, und Lilly konnte nicht aufhören zu lächeln.

»Also ... was hast du heute vor, jetzt, da du die Pressekonferenz nicht filmen musst?«, wollte Ethan wissen.

Lilly runzelte die Stirn. Daran hatte sie noch nicht mal gedacht. »Würde es dir etwas ausmachen, wenn ich trotzdem mitkomme? Ich würde dich gern unterstützen.«

»Ob es mir etwas ausmacht?«, fragte er kopfschüttelnd. »Natürlich fände ich es großartig, wenn du mitkommst, weil du da sein *willst*, und nicht, weil du da sein musst.«

»Dann bin ich da. Irgendwann muss ich mich mit Joey treffen. Ich habe keine Ahnung, wann er ankommen wird. Soweit ich weiß, ist er schon hier. Und wenn er hier ist und von dem Treffen weiß, wird er sicher mit seiner Kamera dabei sein.«

»Warum musst du dich mit ihm treffen?«, fragte Ethan und streichelte ihren Rücken.

Sie hatte ihren Kopf auf seine Brust gelegt und ein Bein über seins geschlungen. Mit ihrem Zeigefinger zeichnete sie Muster auf seiner Brust, während sie sprachen. »Ich muss ihm meine Kamera und andere Dinge geben, die die Sendung gekauft hat. Den Computer, mit dem ich das Material hochgeladen habe, die Batterieladegeräte und solche

Dinge. Das erinnert mich daran, dass ich auch den Mietwagen zurückgeben muss.«

»Das stimmt. Ich kann das für dich arrangieren. Ich glaube, ich habe gehört, wie Drew gemeckert hat, dass er nach Christiansburg fahren muss, um sich mit einem Kunden zu treffen. Normalerweise würde er das nicht tun, aber der betreffende Typ ist wohlhabend und möchte sich persönlich mit ihm treffen, um seine Steuern zu besprechen. Ich bin sicher, er hätte kein Problem damit, deinen Wagen zu fahren und ihn dort der Autovermietung zurückzugeben.«

»Und wie kommt er dann zurück nach Fallport?«, wollte Lilly besorgt wissen.

»Ich werde Rocky bitten, ihn abzuholen.«

»Das kann ich nicht von ihm verlangen«, entgegnete Lilly kopfschüttelnd.

»Ist schon in Ordnung. Es wird Rocky nichts ausmachen. Besonders, wenn es für dich ist.«

Lilly betrachtete Ethan. »Wirklich?«

»Er weiß, wie glücklich du mich gemacht hast, Lil. Und er hat nicht gezögert, mich wissen zu lassen, dass ich ein Narr wäre, wenn ich dich gehen ließe. Also wird er überglücklich sein, dass du bleibst.«

»Ich fühle mich schlecht. Vielleicht sollte ich mit dem Wagen hinfahren und nach dem Treffen mit Drew zurückkommen.«

»Nein, Rocky wird sich darum kümmern.«

»Aber ich habe sowieso nichts anderes zu tun«, protestierte Lilly.

»Willst du dich wirklich mit mir darüber streiten?«, fragte Ethan. Aber er lächelte, als er das sagte.

»Anscheinend schon, ja.«

»Da fallen mir aber ein paar bessere Dinge ein, die wir

tun könnten, während wir nackt im Bett liegen«, erklärte er ihr.

»Das ist wieder typisch Mann.« Lilly grinste und versuchte, von ihm runterzurutschen, um duschen zu gehen.

Aber Ethan packte sie um die Hüfte und zog sie zurück. »Die Wahrheit ist, dass Rocky immer mehr zu einem Einzelgänger wird, und das gefällt mir nicht. Er redet nicht mit vielen Leuten außer dem Team, er bleibt einfach für sich. Ich mache mir Sorgen um ihn. Ich denke, es wird ihm guttun, dir einen Gefallen zu tun und rauszukommen, auch wenn es nur nach Christiansburg ist. Vielleicht kann Drew auf dem Rückweg mit ihm reden und herausfinden, ob etwas nicht stimmt oder ob Rocky nur eine Phase durchmacht und wieder der freundliche Typ wird, der er immer war.«

Und sofort war Lillys Verärgerung verschwunden. »Ist irgendwas passiert? Geht es deinem Bruder gut?«

»Nicht dass ich wüsste, aber ich habe im letzten Jahr oder so eine langsame Veränderung bei ihm bemerkt. Ich habe versucht, mit ihm darüber zu sprechen, aber er sagt mir immer, dass es ihm gut ginge, dass alles in Ordnung sei.«

»Okay. Er kann meinen Wagen für mich zurückbringen«, erklärte Lilly sofort.

»Danke.«

Sie lachte leise. »Das ist wirklich zu merkwürdig. Du dankst mir dafür, dass *du* mir einen riesigen Gefallen tust.« Sie schüttelte den Kopf. »Das verheißt nichts Gutes für alle zukünftigen Streite, die wir haben werden.«

»Ich finde es großartig«, erwiderte Ethan.

»Das war ja klar«, erklärte Lilly ihm und verdrehte die Augen. »So gern ich auch den Rest des Tages nackt mit dir herumliegen würde, wir haben noch ein paar Dinge zu erledigen.«

»Ja. Das nervt.«

»Würde es dir beim Aufstehen helfen, wenn ich dir sage, dass wir zusammen duschen können?«

»Ja. Und nur damit du es weißt, ich werde den Typen, dem das Haus gehört, das Rocky renoviert, davon überzeugen, ein tolles Badezimmer einzubauen. Komplett mit einer dieser riesigen Duschkabinen, die wie Autowaschanlagen aussehen. Du weißt schon, die, wo man reinkommt und ein großer Duschkopf aus der Decke kommt und Düsen auf beiden Seiten der Wand. Auf diese Weise muss keiner von uns frieren, wenn wir zusammen duschen.«

»Das ist großartig«, entgegnete Lilly. Und das war es wirklich. So sehr sie Ethan auch liebte und gern bei ihm übernachtete, das Badezimmer ließ einiges zu wünschen übrig. Die Dusch-/Wannenkombination war nicht für zwei Personen gedacht und war erotischen Momenten nicht gerade förderlich.

»Und weil ich weiß, dass du mir aus reiner Herzensgüte angeboten hast, mit mir zu duschen, und nicht, weil es dir Spaß macht, dir den Hintern abzufrieren, während ich unter der Dusche stehe, darfst du zuerst.«

»Du liebst mich *wirklich*«, platzte sie lachend heraus.

»Ja, das tue ich«, sagte er ernst.

Daraufhin küsste Lilly ihn. Wie sollte sie das auch nicht tun? Ein Kuss führte zum nächsten, doch bevor die Dinge zu weit gehen konnten, löste sie sich widerwillig von ihm. »Wir sollten uns wirklich fertig machen.«

»Ich weiß«, entgegnete er seufzend. »Geh ruhig schon mal. Ich mache uns einen Kaffee. Ich habe das Gefühl, dass wir ihn brauchen werden.«

»Also, *du* auf jeden Fall. Du hast während der letzten drei Tage nicht sonderlich viel geschlafen. Geht es dir gut?«

»Als ich noch bei den SEALs war, bin ich mit viel weniger Schlaf ausgekommen«, erklärte er ihr.

»Aber das war nicht meine Frage. Und du bist kein SEAL mehr.«

»Und ich kann mich nicht entscheiden, ob das jetzt gegen mein Alter ging oder die Tatsache, dass ich nicht mehr so fit bin wie mit zwanzig«, erklärte er grinsend.

»Das ging überhaupt nicht gegen dich und du weißt doch ganz genau, dass du unglaublich fit bist«, versicherte Lilly ihm. »Ich will damit nur sagen, dass du es vielleicht nicht mehr gewohnt bist. Und dass du keine übermenschlichen Kräfte hast. Du brauchst Schlaf genauso wie jeder andere auch.«

»Ich weiß. Ich wollte dich nur ärgern«, erklärte Ethan. »Du hast recht. Ich bin müde und ich bin am Ende meiner Kräfte. Aber nach dieser Pressekonferenz habe ich vor, hierher zurückzukehren und etwas zu schlafen. Bist du jetzt glücklich?«

»Ja.«

»Lil?«

»Ja?«

»Ich bin einfach so froh, dass ich dich kennengelernt habe. Mir ist klar, dass sich die Dinge zwischen uns schnell entwickelt haben und dass wir noch viel übereinander lernen müssen, aber meine Gefühle für dich werden sich nicht ändern. Du bist mir unter die Haut gegangen, und das gefällt mir. Sehr sogar.«

»Es geht mir genauso«, erklärte Lilly. Besser hätte sie es auch nicht ausdrücken können.

»Mach schon. Geh duschen. Und ich gehe nach dir, du brauchst also das Wasser nicht auszumachen.«

»Okay. Du wirst heute großartig sein. Das weiß ich einfach.«

»Vielen Dank für dein Vertrauen in mich.«

Lilly kletterte aus dem Bett und fühlte nur einen kleinen Stich von Unsicherheit, als sie nackt in Richtung Badezimmer ging. Es war schwer, sich schlecht zu fühlen, weil ihr Körper nicht perfekt war, wenn Ethan so viel Zeit damit verbracht hatte, jeden Teil, den sie für fehlerhaft hielt, aus der Nähe zu betrachten ... und jeden Zentimeter gelobt hatte.

Joey konnte sich nicht entscheiden, ob er froh oder sauer darüber war, dass er nach Fallport zurückgeschickt worden war. Ein Teil von ihm wollte unbedingt herausfinden, welche Informationen die Polizei über Trent hatte. Aber er wusste auch, dass es nicht klug war, in der Nähe zu sein, wenn man bedachte, dass er derjenige war, der den Mann getötet hatte.

Trent hatte *verdient*, was mit ihm passiert war.

Er hätte Joey in dieser Nacht niemals um Hilfe bitten sollen. Er war ein Egoist, wenn er im Mittelpunkt stand und die Leute ihm den Hintern küssten – und wenn er Joeys Ideen über die Sendung als seine eigenen ausgab. Aber wenn er allein im Wald war und sich etwas einfallen lassen musste, um die Zuschauer zu unterhalten, war er hilflos.

Er hatte nicht gezögert, Joey anzurufen. Er brauchte jemanden, der ihm aus der Patsche hilft, wie immer.

Nun, Trent hatte bekommen, was er wollte. Er würde mit Sicherheit berühmt werden ... nur würde er nicht mehr da sein, um den Ruhm zu genießen.

Jetzt musste er nur noch sicherstellen, dass nichts dem Erfolg der Sendung im Weg stand. Joey würde *alles* tun, damit sie ein Erfolg wurde.

Er beschloss, dass es gut war, dass Tucker ihn nach Fallport geschickt hatte, um zu retten, was zu retten war. Er hatte keine Skrupel, Menschen ohne ihr Wissen aufzunehmen, im Gegensatz zu Lilly.

Allein der Gedanke an sie ließ Joeys Blut in Wallung geraten. Sie war so was von nutzlos. Sie hatte *keine einzige* Aufnahme von Trents Leiche bekommen. Selbst eine Aufnahme aus dem Leichensack wäre besser gewesen als nichts. Sie hatte behauptet, sie hätte sich aus Respekt vor seiner Familie von dem Wanderweg ferngehalten, während Trents Leiche abtransportiert wurde.

Scheiß drauf. Und scheiß auf Lilly. Joey war ein zehnmal besserer Kameramann als sie.

Diese Sendung war *sein* Baby, auch wenn das niemand anerkannte. Und Lilly hatte die ganze Sache ruiniert, weil sie zu sehr damit beschäftigt war, einen Hinterwäldler zu vögeln!

Aber Joey würde das bis zum Ende durchziehen, und in der nächsten Staffel würde er auf der anderen Seite der Kamera stehen ...

Plötzlich kam ihm eine Idee.

Eine furchtbare, wunderbare Idee.

Jeder wusste, dass Lilly und Tucker nicht miteinander auskamen. Dass sie gekündigt hatte. Was, wenn die Leute dachten, dass Tucker so wütend war, dass Lilly kein Filmmaterial von Trent bekommen hatte, so sauer, dass sie gekündigt hatte ... dass er durchgedreht war?

Was, wenn am Ende *zwei* Menschen tot wären?

Die brillante Idee schwirrte in Joeys Kopf herum, konkrete Bilder und Pläne zeichneten sich ab.

Die Sendung würde noch berühmter werden. Nicht nur, dass die Leute unbedingt *Paranormal Investigations* sehen wollten, um zu erfahren, was zum Teufel passiert war, es könnte auch irgendwann in einer dieser Krimiserien gezeigt werden.

Sie würden *alle* berühmt werden. Er würde sich nie

wieder um Geld Gedanken machen müssen! Und dieser Idiot Tucker würde bekommen, was er verdient hatte.

Lilly hätte tun sollen, was man von ihr verlangte. Dann würde sie vielleicht nicht so enden wie Trent.

Es war ziemlich einfach gewesen, seinen Freund auszuschalten; es würde noch einfacher sein, diese Schlampe zu töten.

KAPITEL NEUNZEHN

Zwei Tage später saß Ethan Simon Hill gegenüber, während der andere ihn über den Fall Trent Morrison informierte.

Sie warteten immer noch auf den forensischen Bericht aus dem staatlichen Kriminallabor, was leider Monate dauern konnte. Es gab einen riesigen Rückstau an Fällen, und obwohl das Labor so zügig wie möglich arbeitete, gab es einfach zu viele Beweise aus zu vielen Fällen und nicht genügend Arbeitskräfte, um sie alle schnell zu bearbeiten.

Aber die Autopsie war gerade zurückgegeben worden. Ethan war kein Polizeibeamter, aber er und Simon hatten schon so viele Vermisstenfälle gemeinsam bearbeitet, dass sie sich ziemlich nahegekommen waren. Zumindest beruflich. Er war dankbar, dass der Polizeichef bereit war, ihm Einzelheiten mitzuteilen, vor allem weil das, was mit Trent geschehen war, der Frau, die er liebte, ein wenig zu naheging.

Auch wenn Lilly nicht mehr für die Sendung arbeitete, war Ethan immer noch vorsichtig. Jemand hatte Trent getötet und er wollte auf keinen Fall, dass dieser Mensch die Aufmerksamkeit auf jemand anderen von der Sendung lenkte ... zum Beispiel auf eine Kamerafrau. Oder eine ehemalige Kamerafrau.

»Wir hatten recht. Morrison wurde definitiv ermordet«, sagte Simon.

Ethan nickte. Das hatten sie sich schon gedacht.

»Aufgrund der Verwesung war es schwer, bei der Autopsie Einzelheiten festzustellen, aber sein Zungenbein war gebrochen.«

Das überraschte Ethan. »Er wurde erwürgt?«

»Sieht so aus. Es gab keine Anzeichen von Blutergüssen, aber das lag vor allem daran, dass die Haut zu sehr beschädigt war, um so etwas feststellen zu können. Er hatte auch ein gebrochenes Wadenbein am rechten Bein. Es ist schwer zu sagen, ob das durch einen Sturz oder etwas anderes verursacht wurde.«

»Was hältst du von der Sache?«, fragte Ethan.

»Es ist schwer, das mit Sicherheit zu sagen. Ich hoffe, dass die Kamera, die er hatte, uns mehr sagen wird. Aber ich denke, er ist entweder gestürzt oder wurde von etwas extrem heftig getroffen, das ihn außer Gefecht setzte. Es ist schwierig, jemanden abzuwehren, wenn man ein gebrochenes Bein hat. Die Schmerzen müssen immens gewesen sein und es wäre ein Leichtes gewesen, ihn zu überwältigen, würde ich sagen.«

»Wie ist er dann da gelandet, wo er gefunden wurde? Er ist sicher nicht den ganzen Weg mit einem gebrochenen Bein gelaufen«, bemerkte Ethan.

»Nein, ist er nicht. Er war schließlich hier, um Beweise für die Existenz von Bigfoot zu finden, nicht wahr?«, fragte Simon.

Ethan nickte.

»Vielleicht hatte er einen Zusammenstoß mit Clyde in der Nähe seines Zeltplatzes. Er hat immer noch nicht zugegeben, dass er Trent überhaupt getroffen hat, aber ich weiß nicht, wie er das nicht hätte tun können. Vielleicht kam er rüber, weil Trent mit seinem Geschrei und dem Mist, Bigfoot zu rufen, Krawall gemacht hat. Sie hatten einen Streit, Clyde drohte Trent, und wir beide wissen, dass es nicht gut ist, sich mit Clyde anzulegen.

Oder ... vielleicht hat er einen der Fernsehleute um Hilfe beim Zelten gebeten. Sie stritten sich, der Mörder wurde wütend auf Trent und verprügelte ihn mit einem Ast. Dann erdrosselte er ihn.«

»Wie können wir also herausfinden, wer es war?«, fragte Ethan.

»Wir warten darauf, dass die Forensiker sich etwas einfallen lassen. Und hoffen, dass die Technik-Gurus, die an der Kamera arbeiten, bald fertig werden. Ich will, dass dieser Mistkerl gefasst wird«, erklärte Simon hitzig. »Niemand kommt in meine Stadt und tut so etwas und kommt damit davon.«

Ethan nickte. Er war auch alles andere als erfreut darüber, was passiert war. »Glaubst du, er hat vorher schon einmal getötet? Oder dass er es erneut tun wird?«, fragte er.

Simon zuckte mit den Achseln. »Ich denke, für beides steht die Chance fifty-fifty. Entweder hatte er es geplant oder es war ein Verbrechen aus Leidenschaft, weil irgendetwas ihn dazu gebracht hat durchzudrehen.«

»Ihn?«, fragte Ethan, obwohl er bereits wusste, was der andere Mann sagen würde, aber er wollte sichergehen.

»Ja, das stimmt. Nach allem, was ich über Morrison gehört habe, kann ich mir nicht vorstellen, dass er eine Frau um Hilfe bittet. Nicht nur das, es braucht eine Menge Kraft, um jemanden zu erwürgen. Und selbst wenn er verletzt wäre, hätte er jemanden abwehren können, der kleiner und leichter war als er.«

»Die Person könnte etwas benutzt haben, um ihn zu erwürgen. Einen Gürtel. Ein Seil. Das würde nicht so viel

Kraft erfordern«, erklärte Ethan und spielte des Teufels Anwalt.

»Ja, aber der Mörder hätte es trotzdem schaffen müssen, ihm etwas um den Hals zu legen. Und ich denke, Trent hätte sich wie wild gewehrt, um das zu verhindern. Michelle, die andere Frau in der Serie, ist nur einen Meter siebenundsechzig groß und wiegt nicht viel mehr als sechzig Kilo. Sie hätte Morrison auf keinen Fall überwältigen können. Kate, die Kamerafrau, ist ein bisschen größer und schwerer, aber es ist trotzdem unwahrscheinlich.«

»Und Lilly?« Ethan hasste es, ihm diese Frage zu stellen, doch er musste es tun.

»Wir haben bereits mit Whitney gesprochen, die sich für die genauen Zeiten, an denen sie in der Pension war, verbürgt und die außerdem bestätigt hat, dass sie an jenem Tag die Pension nicht verlassen hat, bis du gekommen bist, um sie abzuholen. Sie steht also nicht auf der Verdächtigenliste.«

»Wisst ihr denn schon, wann er ungefähr getötet wurde?«, fragte Ethan überrascht. Soweit er wusste, gab es immer noch einen Zeitraum von zwei Tagen, seit jemand das letzte Mal von ihm gehört hatte und dem Tag, an dem er gefunden wurde.

»Nein. Wir wissen noch nicht, in welcher Nacht er getötet wurde, aber wir kennen Whitney. Sie schläft nicht gut. Die quietschenden Dielen, der Parkplatz direkt unter ihrem Fenster und das Geräusch des Wassers, das durch ihre alten Rohre rauscht, wenn jemand die Toilette spült oder das Waschbecken benutzt ... nichts entgeht ihr.

Ganz zu schweigen davon, dass sie vor ein paar Monaten meinen Rat beherzigt und für den Fall der Fälle Sicherheitskameras in der Umgebung ihres Hauses installiert hat. Die Kameras sind zwar nicht gerade hochwertig und das Video ist nicht das beste. Verdammt, es ist total körnig. Aber es ist immer noch deutlich genug, um zu sehen, wie Lilly auf den Parkplatz fährt, dann in ihrem Wagen sitzt und ein paar Minuten an ihrem Telefon herumspielt, bevor sie reingeht. Deine Frau ist sauber, Ethan, du kannst dich also entspannen.«

Er hatte nicht bemerkt, wie angespannt er geworden war. Ethan zwang sich, die Schultern zu entspannen, und atmete tief durch. »Dann glaubst du also, dass einer der anderen es war?«

Simon presste die Lippen zusammen und nickte. »Ich arbeite daran, die Alibis zu überprüfen, und es gibt Stunden um Stunden von Filmmaterial von den Sicherheitskameras aus dem Hotel. Die Darsteller und die Crew kamen und gingen ständig, buchstäblich rund um die Uhr, wegen ihres seltsamen Drehplans. Aber immer, wenn sie nicht im Hotel waren, ist es extrem schwierig zu überprüfen, wo sie gewesen sein könnten. Einige schliefen lange aus, andere hatten morgens oder tagsüber Dreharbeiten. Sie wurden hier und da gesehen, als sie auswärts aßen, tankten und so weiter. Fazit ist, dass jeder von ihnen genügend Zeit hatte, um sich mit Morrison zu treffen und ihn zu töten. Wir konnten noch niemanden ausschließen. Roger, Chris, Brodie, Tucker, Joey und Andre sind alle noch Verdächtige.«

»Joey ist in der Stadt«, sagte Ethan und war sich sicher, dass der Polizeichef es schon wusste.

»Ach was«, sagte Simon genervt. »Der Mistkerl bettelt mich um ein Interview an. Egal wie oft ich ihm absage, er lässt sich nicht abwimmeln. Ich habe gehört, er hat mit jedem in der Stadt gesprochen. Er ist auch verdammt unverschämt. Ich wünschte, er würde einfach verschwinden. Warum ist er immer noch hier?«

»Wahrscheinlich aus genau dem Grund, den du gerade genannt hast«, sagte Ethan.

»Er versucht, von den Einheimischen zu erfahren, was passiert ist.«

»Er möchte auch wissen, wo Morrison gefunden wurde«, sagte Simon. »Er möchte, dass einer meiner Beamten ihn dorthin bringt, damit er Aufnahmen von dem Gebiet machen kann.«

»Das überrascht mich nicht«, sagte Ethan. »Tucker war nicht glücklich darüber, dass Lilly kein Video vom Fundort seiner Leiche bekommen hat. Wahrscheinlich hat er Joey gedroht, dass er auch gefeuert würde, wenn er den Fundort nicht filmen würde.«

»Der Mistkerl tut mir fast leid«, murmelte Simon. »Aber es spielt keine Rolle, ob er den Ort findet oder nicht. Wir haben das Gebiet komplett abgesucht. Alles, was auch nur im Entferntesten nach Beweisen aussah, wurde an das Kriminallabor geschickt.«

»Ich bin sicher, dass er den Weg kennt, auf dem er gefunden wurde, aber nicht genau weiß wo«, erklärte Ethan achselzuckend. »Er könnte zu einem x-beliebigen Grundstück im Wald gehen und behaupten, dass es dort passiert ist. Die Zuschauer wüssten es nicht. Ich vermute, das wird er am Ende auch tun. Es ist ja nicht so, als würde irgendjemand in dieser Sendung es mit den Fakten genau nehmen.«

Simon lachte zum ersten Mal. »Verfluchter Bigfoot. Ich bitte dich. Selbst wenn ich glauben würde, dass die Legenden und Geschichten wahr wären, würde ich dem Affen die Daumen drücken. Wenn die Spezies so gut darin ist, unter dem Radar zu bleiben und nicht erwischt zu werden, dann nur zu. Ich hoffe, es bleibt so.«

Ethan nickte. »Verdächtigst du bereits jemand Bestimmten? Ich frage als der Mann, der Lilly liebt und sicherstellen will, dass sie in Sicherheit ist.«

»Das kann ich verstehen. Und ganz unter uns, ich denke, es ist dieser miese Produzent. Er ist so schmierig, dass er alles tun würde, um die Serie zu einem Erfolg zu machen. Wenn einer seiner Stars während der Dreharbeiten stirbt, würde das die Einschaltquoten enorm in die Höhe treiben. Ich bin sicher, er wird es so drehen, dass es so aussieht, als hätte der verdammte Bigfoot Morrison getötet. Aber wir alle wissen, dass es keine sagenumwobene Kreatur war, die ihn erwürgt hat. Es war ein Mann aus Fleisch und Blut, und ich werde diesen Mistkerl erwischen.«

»Gut. Falls mein Team und ich irgendwie helfen können, musst du uns nur Bescheid sagen.«

»Das weiß ich zu schätzen. Und vielen Dank für all die Zeit, die ihr euch genommen habt, um ihn zu suchen. Ich sage es euch nicht oft genug, aber Fallport kann sich so verdammt glücklich schätzen, dass ihr hier seid. Ich arbeite mit der Stadtverwaltung daran, euch nächstes Jahr ein größeres Budget zukommen zu lassen. Ich weiß, dass andere Städte ganz heiß darauf sind, euch abzuwerben, wenn das möglich wäre. Und ich will auf keinen Fall, dass ihr euch dazu entschließt, weil ihr hier nicht genügend Geld bekommt.«

»Wir gehen nirgendwohin«, versicherte Ethan ihm.

»Gut.«

Das Gespräch wandte sich anderen Themen zu und nach weiteren zehn Minuten oder so stand Ethan auf. Er schüttelte Simon die Hand. »Danke, dass du mich auf dem Laufenden hältst.«

»Selbstverständlich. Und falls Lilly irgendetwas von ihren früheren Kollegen oder diesem Mistkerl von Chef hört, das ihr Sorge bereitet, bring sie zu mir und ich rede mit ihr, abgemacht?«

»Auf jeden Fall.«

»Eigentlich erwarte ich keine Schwierigkeiten, aber behalte sie im Auge«, warnte Simon ihn.

»Das habe ich auch vor. Im Moment ist sie im *On the*

Rocks. Sie und Elsie haben sich angefreundet und wollen in ihrer Pause gemeinsam zu Mittag essen. Zeke behält sie für mich im Auge. Sie hat gesagt, dass sie nach dem Mittagessen eine Runde mit Otto, Silas und Art Schach spielen möchte.«

»Möge Gott uns helfen«, sagte Simon und verdrehte die Augen.

Ethan lachte leise. »Sie werden sie nach Informationen ausquetschen und im Gegenzug den neuesten Klatsch und Tratsch verbreiten, was Lilly liebt, aber nicht zugeben will. Danach geht sie zurück zu Whit und hilft ihr mit ein paar Kleinigkeiten im Haus. Sie hat ein schlechtes Gewissen wegen des winzigen Betrags, den sie für ihr Zimmer zahlen muss, obwohl sie die meisten Nächte bei mir verbringt, und hat sich deshalb angeboten, im Haus zu helfen. Heute staubt sie die Deckenventilatoren ab und wechselt einige der Glühbirnen aus, die für Whitney zu hoch sind. Ich bin nicht begeistert, dass sie auf einer Leiter steht, aber da sie bei mir bleibt, ist das wohl das kleinere Übel.«

Simon lächelte. »Da hast du wirklich eine gute Frau erwischt.«

»Glaub mir, das weiß ich. Aber trotzdem lasse ich sie den ganzen Tag über beobachten und sorge dafür, dass das so bleibt, bis wir diesen Mistkerl geschnappt haben, der Morrison getötet hat.«

»Gut. Und ich tue mein Möglichstes, damit die Beweise schneller gesichtet werden. Hoffentlich weiß ich bald mehr. Die DNA-Analyse wird etwas länger dauern, aber mit ein bisschen Glück bekommen wir das Material von der Kamera noch heute.«

»Falls die Möglichkeit dazu besteht, hätte ich nichts dagegen einzuwenden, wenn du mir sagst, was du herausfindest.«

»Darauf kannst du zählen.«

»Danke. Bis später.« Ethan nickte dem Polizeichef zu und ging zur Tür. Nichts, was er heute erfahren hatte, überraschte ihn sonderlich.

Ethan zog sein Handy heraus und wählte Lillys Nummer, da er unbedingt mit ihr reden musste, nun, da er herausgefunden hatte, dass jemand aus ihrem Bekanntenkreis wahrscheinlich der Mörder war. Nach dem ersten Klingeln nahm sie sofort ab.

»Hi!«, begrüßte sie ihn fröhlich.

Ethan entspannte sich sofort und ihre fröhliche Stimme versicherte ihm, dass es ihr gut ging. »Hey«, erwiderte er.

»Wie war dein Treffen mit dem Polizeichef?«

»Nicht schlecht. Ich erzähle dir später davon. Wie geht es Elsie?«

»Sie ist ziemlich beschäftigt«, erklärte Lilly lachend. »Aber es ist offensichtlich, wie sehr sie hier von allen gemocht wird. Wir hatten uns noch keine drei Sekunden hingesetzt, als jemand uns unterbrach, um Hallo zu sagen ... und enttäuscht aussah, dass sie gerade Pause hatte und ihn nicht bedienen würde.«

Ethan lachte leise. »Ja, sie ist eine der besten Kräfte, die Zeke jemals angestellt hat. Ich wollte mich nur kurz bei dir melden und mich versichern, dass alles in Ordnung ist.«

»Gibt es einen speziellen Grund, warum das nicht so sein sollte?«, wollte sie wissen.

»Nein. Eigentlich nicht. Ich mache mir nur Sorgen um dich, da die Person, die Trent umgebracht hat, noch irgendwo dort draußen ist.«

»Es geht mir gut, ehrlich.«

»Und das soll so bleiben, okay?«

Sie lachte. »Okay. Soll ich Art und die anderen irgendwas fragen?«, wollte sie wissen.

»Ähm ... nein?«

Er würde nie genug von ihrem Lachen bekommen. »Na

schön. Ich bringe dich heute Abend auf den neuesten Stand, was den Klatsch und Tratsch in Fallport betrifft, wenn du mich abholst. Apropos ... willst du mitkommen, wenn ich mir einen Wagen kaufe? Keinen schicken oder teuren, aber ich brauche etwas, damit du mich nicht ständig überall hinfahren musst.«

»Das macht mir nichts aus«, erwiderte er.

»Das weiß ich und ich weiß es zu schätzen, trotzdem hätte ich gern einen eigenen Wagen.«

»Dann komme ich gern mit.«

»Oh, und ich habe heute Morgen mit meinem Vater geredet ... und ich glaube, er will herkommen.«

»Ach ja?«

»Ja. Ich hoffe, das macht dich nicht nervös.«

»Kein bisschen. Wie ich dir schon gesagt habe, ich freue mich darauf, ihn kennenzulernen. Das hat sich nicht geändert.«

»Ich glaube, er will herkommen, um sich zu versichern, dass du wirklich so großartig bist, wie ich dich dargestellt habe. So ärgerlich das auch ist, er ist mein Vater, also verstehe ich es.«

»Ich verstehe es auch. Es ist kein Problem, Lil.«

»Okay. Aber wenn meine Brüder auch mitkommen wollen, werde ich mich dagegen durchsetzen. Ich will dich ihnen noch nicht aussetzen.«

Ethan lachte leise. »Bist du sicher, dass Whitney dich später abholen kann?«

»Ja. Sie macht eine Liste mit all den Dingen, die sie im Haus noch nicht erledigen konnte ... aber sie ist nicht glücklich darüber. Ich habe ihr gesagt, dass sie nichts auslassen darf, sonst ... ich weiß gar nicht, was ich getan hätte, wenn sie es nicht getan hätte, aber meine Drohung hat gewirkt«, sagte Lilly glücklich. »Sie tut mir einen großen Gefallen, indem sie mir so wenig für mein Zimmer berechnet. Sie hat auch gesagt, dass sie mich gern hinfährt, wo immer ich hinwill, und mich abholt. Das ist ein weiterer Grund, warum ich ein eigenes Fahrzeug brauche.«

»Ja, das ist logisch. Ich fahre jetzt zum Haus. Falls irgendetwas passiert und sie dich nicht mitnehmen kann, ruf mich an. Dann mache ich Pause und hole dich.«

»Okay.«

»Ich leg jetzt auf, damit du den Rest deines Mittagessens mit Elsie genießen kannst. Bitte grüße sie von mir.«

»Das werde ich.«

»Ich liebe dich, Lil.«

»Ich liebe dich auch. Bis später.«

»Tschüss.«

»Tschüss.«

Als Ethan auflegte, war er glücklich darüber, dass Lilly an diesem Nachmittag in Sicherheit sein würde. Doch trotzdem presste er die Lippen aufeinander und hoffte gegen jede Logik, dass Simon möglichst schnell herausfinden würde, wer Trent getötet hatte. Er wollte sicher sein, dass seine Lilly in Sicherheit war. Und damit das der Fall war, musste der Mörder geschnappt werden. Je eher, desto besser.

KAPITEL ZWANZIG

»Es war schön, ein wenig Zeit mit dir zu verbringen«, erklärte Lilly Elsie.

»Geht mir auch so. Obwohl ich hier gern lebe, gibt es nicht viele Frauen in meinem Alter, die ich bisher kennengelernt habe.« Sie senkte den Blick. »Oder mit denen ich mich anfreunden kann aufgrund meiner Situation.«

Lilly streckte den Arm aus und griff nach der Hand der anderen Frau. »Aufgrund deiner Situation? Meinst du damit, weil du eine alleinerziehende Mutter bist, dich zu Tode schuftest und dein Bestes gibst, um deinen Sohn großzuziehen?«, fragte sie.

Elsie zuckte ein wenig verlegen mit den Achseln. »Ich lebe in einem Motel, ich bin Kellnerin und neu in der Stadt.«

»Ihr habt ein Dach über dem Kopf und du arbeitest hart. Daran ist nichts verkehrt, Elsie.«

Sie zuckte mit den Achseln. »Ich wünsche mir ein besseres Leben für Tony.«

»Ich finde, er ist glücklich, schlau und freundlich. Was solltest du dir noch wünschen.«

»Danke«, erwiderte sie.

Lilly nickte und drückte die Hand ihrer neuen Freundin. »Ich weiß es wirklich zu schätzen, dass du dir die Zeit nimmst, ihm Dinge zu zeigen, über die ich nichts weiß. Er braucht wirklich eine Vaterfigur in seinem Leben, aber ich bin noch nicht bereit für eine neue Beziehung.«

Lilly fühlte sich von dieser Aussage nicht beleidigt. Sie konnte Tony zeigen, wie man einen Reifen wechselt und grundlegende Wartungsarbeiten durchführt, aber sie war kein Ersatz für ein positives männliches Vorbild.

Sie schaute zur Theke hinüber und sah, dass Zeke wieder einmal in ihre Richtung starrte. Und sie wusste, dass er das nicht tat, weil sie da war. Sie hatte schnell bemerkt, dass er immer ein Auge auf Elsie hatte. »Weißt du«, sagte sie so unbefangen wie möglich, »Zeke ist ein netter Kerl. Ich bin mir sicher, es würde ihm nichts ausmachen, Zeit mit Tony zu verbringen.«

Elsie errötete und schüttelte den Kopf. »Oh nein, das könnte ich nicht von ihm verlangen. Er ist schon so großzügig, was meinen Arbeitsplan betrifft.«

»Für mich sieht es nicht so aus, als würde ihm das auch nur das Geringste ausmachen«, bemerkte Lilly.

Elsie blickte hinüber zur Theke und ihre Wangen röteten sich ein wenig, als sie bemerkte, dass Zeke sie ansah.

»Danke, dass du mit mir zu Mittag gegessen hast«, sagte sie in dem verzweifelten Versuch, das Thema zu wechseln.

Lilly lachte leise. »Okay, reden wir über etwas anderes. Aber weißt du, ich habe während der letzten Wochen viel mit ihm und seinen Freunden zu tun gehabt, und ich kann dir sagen, dass sie alle fantastisch sind. Rücksichtsvoll, witzig und zuvorkommend.«

»Du hast intensiv vergessen«, erwiderte Elsie trocken.

»Ja, das auch«, pflichtete Lilly ihr bei. »Aber sie haben

alle in ihren vorherigen Jobs viel durchgemacht, das ist also zu erwarten.«

»Zeke war bei den Green Berets«, erklärte Elsie voller Ehrfurcht.

Das wusste Lilly bereits von Ethan, trotzdem sagte sie: »Wirklich?«

»Ja. Er redet mit mir nicht über seine Zeit beim Militär, aber ich habe einmal mitbekommen, wie er mit Tal Geschichten ausgetauscht hat.« Elsie schauderte. »Er hat ein paar ziemlich schreckliche Dinge gesehen.«

»Ethan auch. Er hat davon immer noch manchmal Albträume.« Die beiden Frauen sahen einander einen Moment lang an, bevor Lilly hinzufügte: »Ich glaube, es würde Zeke guttun, Zeit mit Tony zu verbringen. Vielleicht hilft es ihm, ein paar der schrecklichen Dinge zu vergessen, die er gesehen und getan hat.«

Sie konnte sehen, dass Elsie darüber nachdachte. Lilly wusste, dass sie sich für heute genügend ins Zeug gelegt hatte, und stand auf. Elsie schloss sich ihr an und sie umarmte ihre neue Freundin. »Arbeite heute nicht zu viel«, sagte sie.

»Das werde ich nicht. Ich freue mich, dass du bleibst«, entgegnete Elsie.

»Ich mich auch. Und vielleicht werde ich Zeke um einen Job bitten, wenn mir nicht bald etwas anderes einfällt«, scherzte Lilly.

»Das fände ich toll, aber dir würde es wahrscheinlich nicht sonderlich gefallen. Die Bilder, die du von Tony gemacht hast, waren großartig. Mit so was solltest du unbedingt weitermachen.«

Lilly nickte. Sie hatte auch schon darüber nachgedacht. Whitney hatte vor einer Weile so etwas in der Art erwähnt und je mehr sie darüber nachdachte, desto besser gefiel ihr der Gedanke. Es hatte ihr großen Spaß gemacht, bei Tonys

Geburtstagsparty mitten im Geschehen zu sein, und es gab in ganz Fallport keinen professionellen Fotografen oder Videografen. Sie würde wahrscheinlich nicht damit reich werden, aber es würde ihr sehr viel besser gefallen als der Job, den sie in letzter Zeit gemacht hatte, das stand schon mal fest. »Das ist etwas, worüber ich nachdenke.«

»Bitte grüß Otto und die anderen von mir«, sagte Elsie und brachte Lilly zur Tür.

»Das werde ich. Bis später!« Lilly umarmte Elsie noch ein letztes Mal und trat dann hinaus in den wunderschönen Frühlingstag.

Sie ging um den Platz herum in Richtung Postamt, genoss das Wetter und grüßte jeden, dem sie auf ihrem Weg begegnete. Es fühlte sich gut an, von den meisten Einheimischen so schnell akzeptiert worden zu sein ... vor allem, weil der Grund, warum sie nach Fallport gekommen war, nicht sehr beliebt gewesen war.

Es gab einige Leute, wie zum Beispiel Harry Grogan, die sich voll und ganz auf die Sendung einließen. Er war damit beschäftigt, alle möglichen Waren herzustellen, um sich auf die Menschenmassen vorzubereiten, die er nach der Ausstrahlung der Bigfoot-Folge erwartete. Lilly hoffte um seinetwillen, dass er schließlich viel Geld verdienen würde. Aber die allgemeine Meinung war, dass die Sendung ein Ärgernis war, und die Leute fürchteten einen möglichen Zustrom von Leuten, die nach Bigfoot suchen wollten.

Sie winkte Davis zu, der auf der Wiese in der Mitte des Platzes saß, und freute sich, als er zurückwinkte. Ruth und Clara waren wie immer im *A Cut Above* und obwohl sie nicht winkten, lächelten sie durch das Fenster, als sie vorbeiging. Lilly betrachtete das als einen Sieg. Der Weg, den sie einschlug, hielt sie von der Billardhalle fern, vor der Ethan sie gewarnt hatte, und sie war froh darüber, denn sie konnte ein paar schmierig aussehende Kerle vor den Türen stehen sehen.

Sie lächelte, als sie Silas, Otto und Art an ihren üblichen Plätzen vor dem Postamt über etwas streiten hörte.

»Hi«, sagte sie, als sie sich ihnen näherte.

»Es wird aber auch langsam mal Zeit, dass du hier auftauchst«, grummelte Art.

Lilly nahm es ihm nicht übel. Art war immer wegen irgendetwas mürrisch. Sie beugte sich herunter und küsste ihn auf die Wange. Auch darüber beschwerte er sich, aber es war offensichtlich, dass es ihn nicht wirklich störte.

Sie begrüßte Otto auf die gleiche Weise und als sie Silas auf die Wange küssen wollte, drehte er in letzter Sekunde den Kopf, sodass sie ihn stattdessen auf die Lippen küsste.

Er grinste und legte eine Hand auf sein Herz. »Habt ihr das gesehen, Jungs? Sie hat mich geküsst!«

Lilly konnte über seine Mätzchen nur lachen. Wenn es jemand anderes gewesen wäre, wäre sie sauer gewesen. Aber sie konnte einem fast siebzigjährigen, glatzköpfigen Mann nicht böse sein, der seine Tage damit verbrachte, zu tratschen und mit seinen Kumpels herumzuhängen.

»Das war ungehörig«, schalt Otto ihn.

»Nicht nett«, entgegnete Art.

Silas runzelte die Stirn und wandte sich an Lilly. »Ich wollte dich nicht beleidigen.«

»Ich weiß, ist schon okay«, erwiderte Lilly. »Aber wenn Ethan hier auftaucht und dich zu einem Duell auffordert, komm nicht heulend zu mir gelaufen.«

Alle lachten. Silas streckte den Arm aus und drückte ihre Hand. »Es wird nicht wieder vorkommen.«

Sie lächelte ihn an. »Also ... wer von euch bringt mir jetzt das Spiel bei?«, fragte sie. Ihr war klar, dass sie das totale Chaos auslöste, indem sie die drei Männer darum bat, ihr Schachspielen beizubringen, aber das war auf jeden Fall unglaublich unterhaltsam.

Dreißig Minuten nach Beginn des Unterrichts war Lilly noch genauso verwirrt wie am Anfang. Sobald Art ihr etwas erzählte, widersprachen Otto oder Silas ihm. Dann stritten sich die drei über die Regeln des Spiels. Es war urkomisch – und Lilly amüsierte sich prächtig.

Während sie versuchten zu erklären, welche Spielzüge erlaubt waren und wie man Punkte sammelte, erzählten die Männer ihr den neuesten Klatsch und Tratsch. Alles, was sie erzählten, war ziemlich harmlos, und Lilly war überrascht, dass sie einige der Leute, über die sie sprachen, tatsächlich kannte.

Als das Thema auf Davis, den einzigen Obdachlosen in Fallport, kam, fragte Lilly leise: »Gibt es denn nichts, was wir für ihn tun können?«

»Er nimmt keine Hilfe an«, entgegnete Silas.

»Ich wünschte, er würde es tun«, erklärte sie seufzend.

»Ich auch. Er sagt, er sei zu verkorkst, um drinnen zu leben. Er sagt, er fühle sich eingeengt. Die Ladenbesitzer lassen ihm immer etwas zu essen übrig, damit er nicht hungern muss, und hinter der Polizeiwache gibt es einen Schuppen, den er bei schlechtem Wetter benutzt.«

Das mit dem Essen wusste sie aus einem Gespräch mit Ethan, aber nicht das mit dem Schuppen. »Und was ist im Winter, wenn es kalt ist?«, fragte Lilly besorgt.

»Old Town Auto lässt ihn in den Garagen übernachten«, mischte sich Otto ein.

»Oh, das ist gut«, sagte Lilly. Sie machte sich immer noch Sorgen um den Veteranen, war aber froh, dass die Einheimischen alles taten, um sich um ihn zu kümmern.

»Ich habe gehört, dass dieser andere Kameramann gestern mit ihm gesprochen hat. Er hat ihm Geld angeboten, damit er über Bigfoot spricht und behauptet, er hätte ihn in der Stadt gesehen«, sagte Otto.

Lilly drehte sich um und starrte den älteren Mann an. »Ernsthaft? Joey hat ihm Geld angeboten, um mit ihm zu reden?«

Otto zuckte mit den Schultern. »Das habe ich jedenfalls gehört.«

»Ich auch«, fügte Silas hinzu. »Und er hat sich auch in der Nähe der Highschool herumgetrieben und versucht, mit den Schülern zu reden, wenn sie aus dem Unterricht kamen. Der Kameramann, nicht Davis, meine ich.«

Lilly sah rot. Es war eine Sache, wenn Tucker ein Mistkerl war, und sie vermutete, dass Joey nur tat, was ihm aufgetragen wurde, aber das war zu viel. Sie hatten mehr als genügend Material, um die verdammte Folge fertigzustellen; Joey war einfach nur nervtötend.

»Verzeihen Sie, meine Herren, ich habe vergessen, dass ich noch etwas erledigen muss«, entschuldigte sie sich, als sie aufstand.

»In Ordnung, Mädchen«, sagte Art. Lilly hatte das Gefühl, dass es ihm nichts ausmachen würde, zu seiner normalen Routine zurückzukehren.

»Alles in Ordnung?«, fragte Otto.

»Alles in Ordnung«, versicherte Lilly ihm und gab sich Mühe, nicht so sauer auszusehen, wie sie sich fühlte. »Danke für die Schachstunde. Wir machen das bald wieder, okay?«

»Gern«, erwiderte Silas und wandte die Aufmerksamkeit wieder dem Schachbrett zu. »Otto, du bist dran.«

Lilly winkte noch einmal, dann ging sie schnell die Straße entlang. Als sie um die Ecke gebogen war, wählte sie Joeys Nummer und stellte sich mit dem Rücken an die Mauer hinter sich, um sich davon zu überzeugen, dass sie

von den neugierigen Blicken der Kunden und Geschäftsinhaber auf dem Platz nicht gesehen wurde.

»Hallo?«

»Joey, ich bin's, Lilly. Wir müssen reden.« Sie redete nicht
lange um den heißen Brei herum und versuchte nicht
einmal, ihre Verärgerung zu verbergen.

»Was ist los?«

»Du musst aufhören, die Leute zu belästigen und um
Informationen über Trent und Bigfoot zu bitten. Tucker hat
mehr als genügend Filmmaterial für diese idiotische
Episode. Ich habe dir erst neulich meine Kamera gegeben.
Warum bist du noch hier?«

»Tucker will mehr«, sagte Joey entschuldigend.

»Die Highschool-Schüler und den armen Davis zu
stalken ist nicht cool. Was kommt als Nächstes? Willst du
einen Drittklässler dazu bringen, mit dir darüber zu reden,
wie er gesehen hat, wie Bigfoot das Haustier der Familie
gefressen hat?«

»So ist es nicht«, protestierte Joey.

Sein Tonfall ging Lilly gehörig auf die Nerven. »Wie ist
es dann, Joey?«

»Du weißt doch, wie Tucker ist. Er ist besessen.«

»Ich weiß«, sagte Lilly und ein Teil ihrer Wut verrauchte,
jetzt, da Joey bestätigt hatte, was sie vermutet hatte – das
war alles Tuckers Werk.

»Ich sollte nicht mehr allzu lange hier sein. Und es tut
mir leid, wenn ich jemanden verärgert habe, aber ich weiß
nicht, mit wem ich reden soll und mit wem nicht. Würdest
du dich mit mir treffen und mir ein paar Ideen geben? Du
kennst diese Stadt und die Leute viel besser als ich.«

Lilly seufzte. Sie wollte nicht länger in die Serie involviert sein. Aber wenn sie ihn davon abhalten konnte, alle zu
belästigen, und ihm helfen konnte, das zu bekommen, was

er brauchte, damit er früher wieder verschwinden konnte, sollte sie es dann nicht tun? »Von mir aus.«

»Ich kann dir gar nicht genug danken«, sagte Joey. »Jetzt gleich?«

»Was?«

»Kannst du dich jetzt gleich mit mir treffen? Ich würde das Ganze gern zu Ende bringen. Tucker redet bereits über die zweite Staffel der Serie und ich möchte bei diesen Gesprächen dabei sein. Je schneller ich also Material besorgen kann, um ihn zufriedenzustellen, desto eher kann ich nach Kalifornien zurückkehren und dafür sorgen, dass ich für die nächste Staffel ins Team aufgenommen werde.«

Lilly schaute auf die Uhr. Sie hatte noch etwa eine Stunde Zeit, bevor Whitney sie abholen sollte. »In Ordnung«, sagte sie. »Aber ich habe nicht den ganzen Nachmittag Zeit. Ich habe schon etwas vor.«

»Wirklich?«

Sie richtete sich auf, als sie seinen ungläubigen Tonfall hörte. »Ja, Joey. Ich habe auch ein Leben außerhalb der Dreharbeiten.«

»Tut mir leid, ich habe es nicht so gemeint, wie es geklungen hat. Ich bin nur überrascht. Es klingt, als hättest du beschlossen hierzubleiben. Wie auch immer, ich denke, es wird nicht lange dauern. Wo steckst du denn? Kann ich dich abholen? Hast du schon einen neuen Mietwagen?«

»Nein. Und ja, du kannst mich abholen. Wie wäre es beim Hundepark hinter den Gebäuden an der Main Street?«

»Das wird gehen. Ich weiß, wo das ist. Hinter der Bäckerei und dem Café. Vielen Dank, Lilly. Ganz im Ernst. Ich bin schon auf dem Weg.«

»Bis gleich«, entgegnete Lilly.

»Tschüss.«

Sie legte auf und schüttelte den Kopf. Sie hatte eigentlich keine Lust, Zeit mit Joey zu verbringen. Erstens hatte sie die Nase voll von diesem ganzen paranormalen Ermittlungsmist. Zweitens ... tat es irgendwie weh, ihn zu sehen. Bis zu diesem letzten Job hatte sie alles in ihre Karriere gesteckt. Aber vielleicht würde dies eine Art Abschluss sein. Eine Möglichkeit, ihr Leben als Kamerafrau ein für alle Mal hinter sich zu lassen. Und dabei könnte sie versuchen, Trents Andenken zu ehren. Sie hatten sich nicht sonderlich nahegestanden, aber es missfiel ihr zutiefst, dass sein Tod dazu benutzt wurde, die Einschaltquoten in die Höhe zu treiben.

Wenn sie Joey überzeugen könnte, mit den Leuten über ihre Gedanken zu *Trent* zu sprechen, würde sie sich vielleicht besser fühlen. Das sollte nicht allzu schwer sein. Trent war kein Einheimischer, aber er wusste, wie man Fremde bezirzt. Es *musste* doch ein paar Leute geben, mit denen er zu tun gehabt hatte und die vielleicht etwas Nettes über ihn zu sagen hatten. Sie würde Joey ermutigen, mit den Angestellten des Hotels und der Restaurants in der Gegend zu sprechen.

Als sie mit ihrem Plan zufrieden war, machte sie sich auf den Weg zum Hundepark. Er war nicht allzu weit entfernt, aber Lilly freute sich trotzdem darauf, einen Wagen zu kaufen. Sie hasste Autokäufe, aber mit Ethans Hilfe würde es vielleicht nicht so schlimm werden.

Bei dem Gedanken an Ethan wurde ihr klar, dass sie ihm von ihrer Planänderung erzählen sollte. Sie klickte auf seinen Namen auf ihrem Handy und wartete darauf, dass er sich meldete, aber das Telefon klingelte nur und die Mailbox ging an. Sie hinterließ ihm eine kurze Nachricht über das Treffen mit Joey und versprach, ihn anzurufen, sobald sie fertig war. Sie steckte das Telefon wieder in ihre Tasche und wartete.

Joey fuhr Minuten später in einem unscheinbaren

schwarzen Mietwagen vor. Sie stieg auf den Beifahrersitz und lächelte ihren ehemaligen Kollegen an. »Hey.«

»Danke noch mal, dass du mir hilfst, Lilly. Ich weiß es zu schätzen«, sagte Joey mit einem breiten Lächeln.

»Klar doch.«

Er fuhr vom Hundepark weg und bog rechts ab. Dann bog er erneut rechts in die Main Street ein und fuhr nach Westen, aus der Stadt hinaus.

»Wohin fahren wir?«, fragte Lilly.

»Ich dachte, wir fahren irgendwo hin, wo wir ungestörter sind. Nach deiner Reaktion zu urteilen bin ich hier in der Gegend wohl nicht gerade sehr beliebt. Ich kann dich absetzen, wo immer du willst, sobald wir mit dem Gespräch fertig sind.«

Unbehagen durchfuhr Lilly. »Okay. Nicht weit von hier gibt es einen Rastplatz, den wir benutzen können.«

Doch als sie sich der Stelle näherten, an die Lilly dachte, wurde Joey nicht langsamer.

»Joey? Du hast den Rastplatz verpasst.«

»Ich weiß.« Diesmal war seine Stimme tonlos.

Das Unbehagen, das sie noch vor einem Moment verspürt hatte, wurde zu etwas Größerem. »Halt an«, befahl sie. »Und zwar sofort.«

»Nein.«

»Joey. Ich mache keine Witze. Ich habe nicht zugestimmt, die Stadt zu verlassen.« Er war auf dem Weg weg von der Zivilisation. Tatsächlich fuhr er zu den Wanderwegen in den Bergen, wo sie den größten Teil ihrer Dreharbeiten durchgeführt hatten.

Er antwortete nicht, sondern starrte einfach geradeaus, während er fuhr.

Lilly hatte jetzt wirklich Angst, sie wusste nicht, was los war, aber sie wusste, dass es nichts Gutes war. Sie dachte an das Gespräch, das sie mit Ethan darüber geführt hatte, dass der Mörder von Trent wahrscheinlich einer der Typen war, mit denen sie an der Serie gearbeitet hatte. Sie war sich nicht sicher, ob sie zu jenem Zeitpunkt wirklich davon überzeugt gewesen war, aber jetzt konnte sie nicht mehr aufhören, daran zu denken.

Schnell zog sie ihr Handy aus der Tasche, doch bevor sie auf Ethans Namen drücken konnte, wurde ihr das Telefon aus der Hand geschlagen.

Als sie zu Joey hinüberblickte, bemerkte sie einen Ausdruck in seinem Gesicht, den sie noch nie gesehen hatte. Der freundliche Kameramann, den sie während der letzten Monate kennengelernt hatte, war verschwunden.

Er sah absolut wütend aus.

»Denk nicht mal dran«, entgegnete er höhnisch.

Lilly öffnete den Mund, um etwas zu sagen – was, das wusste sie nicht. Sie wusste nur instinktiv, dass sie diesen Mann beschwichtigen musste, damit er nicht etwas Verrücktes tat.

Doch sie kam nicht dazu. Seine Faust sauste auf ihr Gesicht zu und er schlug sie. Heftig.

Ihr Kopf flog zur Seite und knallte gegen die Scheibe neben ihr, und der Wagen schwankte durch Joeys Schlag ein wenig.

Lilly sah Sterne und Dunkelheit drohte sie zu übermannen. Sie kämpfte dagegen an. Sie wusste nicht, was Joey tun würde, wenn sie bewusstlos war.

Bevor sie ihr Gleichgewicht wiedererlangen konnte, schlug er sie erneut.

Diesmal wurde sie sofort ohnmächtig, als ihr Kopf gegen das Fenster schlug.

KAPITEL EINUNDZWANZIG

Ethan wischte sich über die Stirn, Er und Rocky hatten gerade die letzten zwanzig Minuten damit verbracht, mit einem schweren Stützbalken im Haus zu ringen. Der alte war nicht richtig eingebaut worden und es war ein Wunder, dass das Haus nicht in sich zusammengefallen war. Er hatte sein Telefon ein paarmal klingeln hören, war aber nicht in der Lage gewesen abzunehmen.

Als er sein Handy herausholte, sah er, dass sowohl Lilly als auch Simon angerufen hatten. Keiner von beiden hatte eine Nachricht hinterlassen, also klickte er zuerst auf Simons Namen, in der Hoffnung auf weitere Neuigkeiten in dem Fall. Der Polizeichef nahm nach nur einem Klingeln ab.

»Was gibt's?«, fragte Ethan.

»Die Mitarbeiter des staatliche Labors haben uns die Aufnahmen geschickt, die sie von Morrisons Kamera wiederherstellen konnten«, sagte Simon, ohne um den heißen Brei herumzureden. »Es zeigt hauptsächlich ihn, wie er im Wald in der Nähe seines Campingplatzes umherwandert. Dann wird das Video unterbrochen und als es wieder läuft, ist er in dem Teil des Waldes, in dem er von den Wanderern gefunden wurde. Er geht weiter und scheint mit sich selbst darüber zu sprechen, dass er Zeichen von Bigfoot gesehen hat und glaubt, dass er nahe dran ist, als er plötzlich schreit und fällt. Wie du weißt, lag die Kamera unter ihm, also gibt es kein Video ... aber es gibt Ton.«

»Von was?«, fragte Ethan, als Simon nicht weitersprach.

»Seinem Tod. Der Ton ist gedämpft, wahrscheinlich, weil Trent auf die Kamera gefallen ist, aber man kann hören, wie er nach dem Grund fragt und jemanden anfleht aufzuhören. Dann gibt es eine Menge Röcheln und Kampfgeräusche.«

»Und?«, fragte Ethan ungeduldig. Er wusste, dass Simon nicht angerufen hätte, um ihm das zu sagen, wenn er nicht noch etwas anderes hätte.

»Der Mörder ist natürlich nicht auf dem Film zu sehen. Aber er sagt: ›Danke für den Emmy‹, bevor er weggeht. Ich kann nur vermuten, dass er es eilig hatte, da rauszukommen, und Trents Handkamera vergessen hat, aber obwohl die Kamera unter ihm war, ist die Stimme deutlich zu hören. Morrison hatte die Lautstärke voll aufgedreht. Wahrscheinlich wollte er sichergehen, dass er Bigfoot erwischt, wie er durch den Wald wandert, oder so einen Blödsinn.«

»Und wer ist es?«, fragte Ethan.

»Das wird dir nicht gefallen«, warnte Simon.

»Wer?«

»Joey Richards. Ich habe Stimmproben von allen Leuten, die an der Serie arbeiten, an den Staat geschickt, von den Interviews, die wir gemacht haben. Sie stimmten überein. Sie sind sich zu fünfundneunzig Prozent sicher, dass er es war.«

»Mist«, fluchte Ethan. »Ich muss Lilly anrufen.«

»Ja, deshalb melde ich mich ja. Ich habe ein paar Leute losgeschickt, um Richards aufzuspüren. Bis jetzt hatten sie kein Glück.«

»Danke für die Vorwarnung. Lilly hat sich vor ein paar Tagen mit ihm getroffen, um ihm ihre Kamera und so zu geben. Ich war dabei. Ich habe ihn nicht für verdächtig gehalten.«

»Wir untersuchen ihn noch, aber offenbar kennen er und Morrison sich schon lange. Sie haben die Idee für die Serie gemeinsam entwickelt. Wusstest du, dass Richards seine Karriere in Hollywood vor der Kamera begonnen hat?«

»Nein, wusste ich nicht.«

»Das war aber so. Er hat in ein paar Seifenopern mitgespielt, hatte ein paar kleine Rollen in Filmen. Aber als nichts daraus wurde, hat er auf die Sache mit den Kameras umgeschult. Anscheinend hat er das auf dem College gemacht, bevor er beschloss, ein Star zu werden. Ich vermute, dass ihn die Eifersucht auf den möglichen Erfolg der Serie überwältigt hat. Morrison war einer der Stars, und wenn jemand berühmt werden würde, dann wahrscheinlich er. Vielleicht hat das Richards verärgert.«

Ethan hörte nur mit halbem Ohr zu. Er musste unbedingt mit Lilly sprechen. Und zwar sofort. Er musste ihr sagen, dass sie auf keinen Fall auch nur in die Nähe von Joey gehen sollte, bevor er nicht festgenommen war. »Ich muss auflegen.«

»In Ordnung.«

»Halt mich auf dem Laufenden.«

»Das mache ich.«

Ethan legte auf und drückte sofort auf Lillys Namen auf dem Bildschirm.

»Was ist denn los?«, wollte Rocky wissen.

»Joey ist der Täter«, erklärte er nachdrücklich.

»Mist«, entgegnete Rocky.

Ethans Anspannung wuchs, als sein Anruf bei Lilly sofort auf die Mailbox umgeleitet wurde. Sie hatte ihr Handy eigentlich immer an. Immer. Er hinterließ ihr eine kurze Nachricht, in der er sie bat, ihn so bald wie möglich anzurufen, und rief dann Zeke an.

»Hallo. Was ist los?«, entgegnete Zeke.

»Ist Lilly bei dir?«

»Nein. Warum?« Alle Heiterkeit war aus dem Tonfall seines Freundes verschwunden.

»Simon glaubt, dass Joey der Mörder von Trent ist. Und ich kann Lilly nicht erreichen«, sagte Ethan.

»Sie war vorhin hier. Hat mit Elsie zu Mittag gegessen. Sie ist kurz nach halb zwei gegangen. Warte mal ...«

Ethan hörte, wie sein Freund ging und die Glocke über dem Eingang zur Kneipe bimmelte, als er die Tür öffnete.

»Elsie sagte, sie wolle mit den Jungs vom Postamt abhängen, aber ich sehe sie dort nicht. Soll ich sie fragen, ob sie sie gesehen haben?«

»Ja.«

Ethan hörte Zeke über den Platz joggen. In weniger als dreißig Sekunden konnte er sein Gespräch mit den drei älteren Männern belauschen.

»Habt ihr Lilly heute gesehen?«, fragte Zeke.

»Sie war vorhin hier«, bestätigte Otto ihm.

»Wann ist sie gegangen? Und warum?«, fragte Zeke.

»So ungefähr vor einer halben Stunde«, sagte Art.

»Sie sagte, sie hätte etwas zu erledigen«, meldete sich Silas zu Wort.

»Und was?«, fragte Zeke.

»Das hat sie nicht gesagt«, versicherte Silas.

»Denkt nach. Es ist wirklich wichtig«, drängte Zeke barsch. »Hat sie einen Anruf bekommen oder so?«

Einen Moment lang herrschte Schweigen und Ethan hielt den Atem an.

»Nein, kein Telefonanruf«, sagte Otto. »Aber wir haben über Davis geredet. Und sie hat sich wirklich Sorgen um ihn gemacht. Ich habe ihr erzählt, dass er, wenn es kalt wird, bei Old Town Auto unterkommt.«

»Das stimmt, und so kamen wir auf den Fernsehmann zu sprechen. Und wie er Davis Fragen gestellt hat«, warf Silas ein. »Und ich habe ihr erzählt, dass er sich auch vor der Highschool herumgetrieben und versucht hat, mit einigen der Schüler zu reden.«

»Da fiel ihr ein, dass sie noch etwas zu tun hatte«, erklärte Art. »Das passiert mir auch. Ich bin gerade dabei, etwas anderes zu tun, zum Beispiel mir die Zähne zu putzen, und plötzlich fällt mir ein, dass ich vergessen habe, die Milchtüte wieder in den Kühlschrank zu stellen.«

»Alles klar. Danke, Jungs«, sagte Zeke. »Hast du das gehört, Ethan?«

»Ja, ich habe es gehört. Ich habe kein gutes Gefühl dabei.«

»Ich auch nicht.« Ein paar Momente vergingen, dann sagte Zeke: »Ich kann sie nirgends sehen.«

In diesem Moment vibrierte Ethans Handy in seiner Hand. Er nahm es lange genug vom Ohr weg, um zu sehen, dass eine Sprachmitteilung auf seinem Telefon eingegangen war.

»Moment, Zeke, ich habe eine Nachricht.«

»Ruf mich zurück«, befahl Zeke.

»Mache ich.« Ethan legte auf und klickte sofort auf das Nachrichtensymbol. Als er auf die Uhr sah, stellte er fest, dass die Nachricht schon vor fast vierzig Minuten hinterlassen worden war. Er presste verärgert die Lippen zusammen. Er *hasste* es, wie lückenhaft der Empfang außerhalb des Stadtzentrums sein konnte.

Er hörte Lillys Stimme und Erleichterung überkam ihn – bis er ihre Nachricht verstand. Sie hatte vor, sich mit Joey zu treffen. Der einzige Mensch auf der Welt, dem sie im Moment aus dem Weg gehen musste.

»Mist!«, fluchte er und rief Zeke zurück.

Er verlor keine Zeit mit Nettigkeiten, als sein Freund antwortete. »Er hat sie«, erklärte Ethan.

»Das wissen wir doch gar nicht.«

»Doch, das weiß ich. Die Nachricht auf meinem Handy war von *ihr*, und sie sagt mir darin, dass sie sich mit Joey treffen will und mich anruft, wenn sie fertig ist. Das verdammte Ding ist erst jetzt bei mir angekommen. Wo könnten sie hingefahren sein?«

Ethan war bereits auf dem Weg zu seinem Wagen, sein Bruder dicht an seiner Seite. Sein Zwillingsbruder wusste vielleicht nicht, was los war, aber er würde Ethan auf jeden Fall unterstützen.

»Zum Hotel? Oder vielleicht sind sie auf dem Weg nach Roanoke?«, schlug Zeke vor.

Ethan wandte sich an Rocky, als sie in seinem Wagen saßen. Er verband das Telefon mit dem Bluetooth des Wagens, damit alle drei miteinander sprechen konnten. »Wo würde Joey Lilly hinbringen, wenn er ihr etwas antun wollte?«

Rocky dachte einen Moment darüber nach. »In die Berge.«

Ethan wurde flau im Magen. Er war derselben Meinung. »Aber wohin genau?«

»Glaubst du, er wäre so dumm, sie an den Ort zu bringen, an dem er Trent getötet hat?«, fragte Rocky.

»Vielleicht«, entgegnete Zeke. »Wenn er will, dass die Leute denken, dass dieselbe Person sowohl Trent als auch Lilly getötet hat ... dann könnte es sein, dass er sie in dieselbe Gegend bringt.«

Ethan presste die Lippen zusammen, ließ den Motor an und fuhr schnell aus der Einfahrt des alten Hauses. Für einen Moment durchlebte Ethan seinen Albtraum. Er stellte sich vor, wie das Baby sich die Seele aus dem Leib schrie, weil er wusste, dass etwas Schlimmes passieren würde.

Sobald sich das Bild formte, schob er es beiseite.

Nein. Sie würden rechtzeitig zu Lilly kommen. Sie mussten es.

Aber wenn sie sich mit ihrer Vermutung, wohin Joey sie bringen würde, irrten, konnte das Lilly buchstäblich das Leben kosten.

»Wir sind auf dem Weg«, sagte Rocky zu Zeke.

»Ich werde die anderen anrufen. Und Simon. Wir treffen euch dann dort. Wartet nicht auf uns«, erwiderte Zeke.

»Verstanden«, entgegnete Rocky und beendete dann die Verbindung.

Sie fuhren, ohne zu sprechen. Es gab nichts zu sagen. Beide Männer waren in ihre Gedanken versunken. Ethan dachte an Lilly. An ihr süßes Lächeln. An ihr Lachen. Wie sie sich in seinen Armen anfühlte. Er konnte sie nicht verlieren, nachdem er sie gerade erst gefunden hatte. Er konnte es einfach nicht.

Entschlossenheit stieg in ihm auf. Heute war nicht der Tag, an dem Lilly sterben würde. Das kam nicht infrage. Und dafür würde er alles tun, was getan werden musste.

Lilly kam langsam wieder zu sich, ohne zu wissen, wo sie war oder warum ihr Kopf so wehtat. Sie hob eine Hand zu ihrem Kopf – und etwas um ihren Hals zog sich so sehr zusammen, dass sie nicht mehr atmen konnte.

»Hände weg vom Seil«, sagte eine Stimme über ihr, gerade als der Druck um ihren Hals nachließ.

Lilly öffnete die Augen und sah Joeys Gesicht. Er saß auf ihrer Hüfte, grinste sie an und hielt ein Seil in seinen Händen.

»Joey? Was ist hier los?«

Er erhob sich. »Steh auf«, befahl er, anstatt auf ihre Frage zu antworten.

Als sie sich nicht schnell genug bewegte, zog er an dem Seil.

Erst jetzt bemerkte Lilly, dass das Seil in seinen Händen mit einer Schlinge um ihren Hals verbunden war.

Einer Schlinge, die sich verdammt noch mal zuzog.

Sie steckte tief in der Patsche.

Da sie keine andere Wahl hatte, rutschte sie auf die Knie und dann auf die Füße. Sie schwankte ein wenig und starrte Joey bestürzt an, als ihre Erinnerungen zurückkamen.

Das Gespräch mit den Tratschbolden. Der Anruf bei Joey. Wie sie zugestimmt hatte, ihm zu helfen, und sei es nur, um ihn schneller dazu zu bringen, Fallport zu verlassen. Wie er sie ins Gesicht geschlagen hatte.

Reflexartig griff sie nach ihrer Tasche, nur um festzustellen, dass sie leer war.

Joey hatte es bemerkt. Natürlich hatte er das. »Wenn du dein Handy suchst, es liegt in hundert Scherben am Straßenrand. Du hast doch nicht geglaubt, dass ich dir eine Chance gebe, jemanden anzurufen, oder? Oder zulasse, dass jemand das Signal aufspürt? Außerdem funktioniert dein Handy hier draußen sowieso nicht. Und jetzt lauf los.«

Er ruckte wieder an dem Seil und sie keuchte auf, als sich die Schlinge erneut um ihren Hals schloss. Lilly konnte nicht anders, als danach zu greifen und zu versuchen, das raue Material um ihren Hals zu lockern. Aber Joey zog so fest an seinem Ende, dass sie erneut in die Knie ging.

»Ich habe gesagt, du sollst *das Seil nicht anfassen*!«, schrie er und seine Stimme hallte durch die Bäume. Sie befanden sich auf einem Schotterparkplatz, der wie einer der vielen Wanderwege in der Gegend um Fallport aussah, und es gab keine anderen Fahrzeuge. Sie war allein. »Jedes Mal wenn du das Seil berührst, wirst du es bereuen. Steh auf und geh los, verdammt noch mal!«

Lilly tat, wie geheißen. Sie wusste nicht, wo sie waren, aber sie wusste definitiv, warum er sie in den Wald gebracht hatte – Joey hatte Trent getötet. Sie war sich nicht sicher warum, aber das war im Moment auch egal. Die große Frage war jetzt: Warum tat er ihr das an? Hatte er tatsächlich vor, auch sie zu töten? Das ergab keinen Sinn.

Aber Lilly behielt ihre Fragen für sich und begann, in die von Joey angegebene Richtung zu gehen. Der Weg war schmal und überwuchert, und je weiter sie gingen, desto mehr Angst bekam sie.

Joey blieb hinter ihr und ihr wurde klar, dass er nicht scherzte, dass sie es bereuen würde, das Seil berührt zu haben, als sie ihren Kopf an der Seite abtastete, wo sie gegen das Beifahrerfenster geknallt war, als er sie geschlagen hatte.

Er musste gedacht haben, dass sie versuchte, das Seil zu entfernen, denn er riss von hinten daran. Sie flog rückwärts, landete auf ihrem Hintern und hatte Mühe, Luft in ihre Lunge zu bekommen, weil die Schlinge so eng geworden war.

»Ich habe dich gewarnt«, zischte er. »Jetzt geh schneller. Wir haben noch einen weiten Weg vor uns.«

Seine Worte machten es ihr nicht leichter, aber sie hatte ihre Lektion gelernt. Sie würde ihre Hände nicht mehr in die Nähe ihres Kopfes oder des Seils bringen. Joey würde ihr das Genick brechen, wenn er zu fest daran zog.

Sie konnte es für Ethan und seine Freunde nur so offensichtlich wie möglich machen, wo sie entlanggegangen waren, damit sie ihnen folgen konnten. Sie hatte sie oft genug bei der Arbeit beobachtet, um zu wissen, wonach sie suchten, wenn sie eine vermisste Person aufspürten. Abdrücke auf dem Waldboden. Abgebrochene Pflanzenteile. Also schlurfte sie so oft wie möglich mit den Füßen und tat so, als würde sie stolpern. Sie achtete darauf, im Vorbeigehen Blätter und Äste zu streifen. Sie wollte ihren Geruch auf so vielen Gegenständen wie möglich hinterlassen, damit Duke ihre Spur verfolgen konnte.

Sie hatte keinen Zweifel daran, dass das Such- und Bergungsteam vom Eagle Point nach ihr suchen würde. Aber wann? Das war die große Frage. Zum Glück hatte sie Ethan genau gesagt, wo sie wann sein sollte, und sie hatten eigentlich ständig Kontakt zueinander.

Sie hatte ihm auch eine Nachricht über das Treffen mit Joey hinterlassen. Aber würde er darauf kommen, wohin er sie gebracht hatte?

Sie wusste es nicht, aber es war unwahrscheinlich, dass sie entkommen konnte, also musste sie fest daran glauben, dass Ethan sie retten würde. Ihr Leben hing buchstäblich davon ab.

Als sie durch den friedlichen und ruhigen Wald gingen, begann Joey zu reden. »Ich wette, du fragst dich, worum es hier geht, was?«, fragte er, ohne Lilly Zeit zu lassen zu antworten. »Ich habe Trent getötet. Er hat es verdient. Wusstest du, dass die Serie *meine* Idee war? Trent und ich haben uns eines Abends unterhalten und uns über die ganzen paranormalen Sendungen im Fernsehen lustig gemacht. Ich erwähnte, wie profitabel sie wahrscheinlich waren, wie es schien, dass sich die meisten auf die eine oder andere Sache konzentrierten. Entweder Geister, Bigfoot oder Außerirdische. Wir fingen an, über eine Sendung zu reden, die sich mit *all* diesen Phänomenen beschäftigte. Wir planten sogar die einzelnen Episoden. Wir beide würden die Moderatoren sein, und wir würden uns von allen anderen unterscheiden, weil wir in jeder Sendung *tatsächlich* etwas finden würden. Nicht nur einen Haufen Nichts, der die Zuschauer enttäuscht zurücklässt. Wir würden mehr sehen und hören als nur flüchtige Schatten oder leise Stimmen. Wir würden echte *Erscheinungen* sehen. Wir würden sie filmen, Interviews mit Menschen, die das Paranormale aus erster Hand erlebt haben.

Als wir einen Investor fanden, sollte das unser großer Durchbruch werden. Dann wurde *Tucker* eingestellt, und anstatt dass Trent und ich die Stars waren, entschied Tucker, dass wir eine Frau brauchen, um die Diversität zu erhöhen und um weibliche Zuschauer anzulocken. Plötzlich war ich außen vor und Trent hatte nicht den Mut, sich für mich einzusetzen. Für unsere Ideen. Ich wurde in die Rolle hinter der Kamera gedrängt. *Wieder einmal.*

Zuerst war es mir egal, ich war einfach nur froh, dass die Serie weiterlief. Bis mir klar wurde, dass sie ein Riesenhit werden würde. Und anstatt dass Trent sein Bestes tat, um mich vor die Kamera zu bekommen, behandelte er mich wie Scheiße. Wie jedes andere Crewmitglied auch. Er hat mich *verraten*«, wetterte Joey und klang dabei völlig verrückt.

»Ich hatte nicht vor, ihn zu töten«, sagte er fast beiläufig. »Aber er rief mich nach der ersten Nacht, in der er allein kampierte, an und bat um Hilfe. Er hasste es, allein da draußen zu sein, und ihm fiel nichts ein, was er hätte tun können, um gute Aufnahmen zu bekommen. Also ging ich raus, stapfte herum und ließ ihn die Büsche und die Geräusche, die ich machte, filmen. Er war so verdammt aufgeregt.« Joey schnaubte spöttisch. »Es war seine Idee hierherzukommen. Der Schwarzbrenner hat ihn beschimpft, weil er in der Nähe seines Hauses gefilmt hat, also wollte Trent weiter rausfahren, um sich davon zu überzeugen, dass wir ungestört filmen konnten.

Ich habe ihn in der zweiten Nacht hierhergefahren. Als wir den Pfad entlanggingen, um einen guten Platz zu finden, sagte ich ihm, dass ich in der Sendung in Kanada ein Gaststar sein wollte. Ich wollte vor der Kamera stehen, wie wir es von Anfang an abgemacht hatten. Er hat über mich gelacht. Er hat verdammt noch mal *gelacht*«, zischte Joey. »Er sagte, ich sei kein Star. Und da bin ich so wahnsinnig wütend geworden! Ich hob einen Ast auf und schlug ihn, so fest ich konnte. Hab sein Bein erwischt. Hab's gebrochen. Ich habe es knacken hören. Aber das war mir egal. Er ging zu Boden und ich hatte meine Hände um seinen Hals, bevor er merkte, was los war. Weißt du, wie lange es dauert, jemanden zu erwürgen?«

Lilly wurde schlecht. Sie konnte nicht antworten.

»Ich habe dich *gefragt*, ob du weißt, wie lange es dauert, jemanden zu erwürgen«, wiederholte Joey und zerrte an dem Seil.

Lilly schaffte es, sich nicht an den Hals zu fassen. »Nein«, flüsterte sie.

»Vier bis fünf Minuten. Oh, er wurde schon viel früher bewusstlos, aber es hat eine ganze Weile gedauert, während ich ihm die Kehle zugedrückt habe, bevor er tatsächlich gestorben ist.«

Lilly war erneut völlig entsetzt.

»Es hat sich so *verdammt gut* angefühlt!«, rief Joey und lachte, als sie weitergingen. »Wenn ich in der Sendung, die *ich* mir ausgedacht habe, nicht groß rauskomme, wird er es auch nicht.«

Lilly konnte nicht glauben, was sie da hörte.

»Aber jetzt versuchst *du*, die Serie zu untergraben«, sagte Joey düster. »Und das kann ich nicht zulassen. Tucker weiß, was er tut. Dies wird die Sendung sein, über die im ganzen Land am meisten gesprochen wird. Der arme Trent wurde von Bigfoot angegriffen und getötet. Alle sind so aufgebracht und wir haben eine ganze Gedenk-Episode geplant. Aber *du* hast es versaut und nicht die Aufnahmen gemacht, die wir für das dramatische Ende brauchten. Der Moment, in dem Trents Leiche gefunden wurde. Zerstückelt und gefressen von Bigfoot in den Bergen. Du hast meine Serie ruiniert! Aber jetzt ... wo *zwei* Menschen tot sein werden ... wird jeder darüber reden. Wir werden auf jedem Nachrichtensender und in allen Talkshows zu sehen sein. Ich werde endlich die Anerkennung bekommen, die ich verdiene, die Trent mir *gestohlen* hat.«

Das war nicht der Mensch, den Lilly zu kennen geglaubt hatte. Joey hatte den Verstand verloren, war völlig wahnhaft. Er war ein *Monster*. Und wenn sie überleben wollte, musste sie schnell denken. Sie musste sich etwas einfallen lassen.

Während Joey ihr vorhielt, dass sie nicht genau wusste, wann und wo ein paar Wanderer Trents Leiche finden würden, überlegte Lilly krampfhaft, wie sie entkommen konnte. Wenn sie Joey das Seil aus den Händen reißen könnte, könnte sie in den Wald rennen. Sie war in besserer Form als Joey, obwohl er größer und stärker war. Aber in dem Moment, in dem sie eine Hand in Richtung des Seils hob, würde er daran zerren und ihr möglicherweise das Genick brechen.

Nein, sie musste abwarten und ihr Bestes geben, um zu entkommen, wenn Joey seine Deckung fallen ließ. Alles, was sie brauchte, war ein günstiger Moment, und sie war weg. Vorerst würde sie ihr Bestes tun, um gefügig zu bleiben und Joey nicht zu unüberlegten Handlungen zu verleiten.

Sie hatte keine Ahnung, wie lange sie schon gelaufen waren, als er sie schließlich mit einem Ruck zum Stehen brachte. Sie hielt den Atem an, bereit, um ihr Leben zu kämpfen, falls Joey versuchte, sie zu erwürgen, wie er es mit Trent getan hatte.

Aber er lächelte nur. Und das sah so unheimlich aus, dass Lilly eine Gänsehaut bekam.

»Jetzt kommt der lustige Teil.«

»Joey, tu das nicht«, flehte sie zu Tode verängstigt.

»Ich werde nichts tun«, entgegnete er ruhig. »Du bist so verzweifelt über den Verlust deiner Karriere und darüber, dass die Serie ohne dich ein Riesenerfolg wird, dass du damit nicht fertig wirst. Du bist hergekommen, um dich umzubringen.«

Lilly starrte ihn ungläubig an. Wollte er sie auf den Arm nehmen?

Nein, das wollte er ganz bestimmt nicht.

»Wenn Tucker nicht zulässt, dass ich Trents Platz einnehme, muss man ihm natürlich auch eine Lektion erteilen. Vielleicht bekommt die Polizei einen Tipp, dass er dich in einem Wutanfall getötet hat, weil du ihm die Serie versaut hast. So oder so ... werden wir etwas Spaß haben. Dreh dich um.«

Sie starrte ihn entsetzt an. Sie wollte Joey nicht den Rücken kehren. Das war nicht der Mann, mit dem sie über etwas Dummes gelacht hatte, das Tucker in der Serie machen wollte. Nicht der Typ, mit dem sie zu Abend gegessen hatte. Mit dem sie darüber gemeckert hatte, dass sie kilometerweit wandern oder stundenlang in der Sonne von New Mexico schwitzen musste. Dies war ein Fremder. Jemand, den sie nicht kannte.

»Ich *sagte:* Umdrehen. Sofort«, knurrte Joey, seine Stimme tief und rau.

Lilly wusste nicht, was sie sonst tun sollte, und drehte sich um. Sie zitterte so heftig, dass sie sich wunderte, dass sie noch stehen konnte. Sie hörte, wie Joey hinter ihr herumschlurfte, aber sie kniff die Augen zu und fragte sich, ob es wehtun würde zu sterben.

Lilly hasste sich in diesem Moment. Sie sollte kämpfen. Fliehen. Joey angreifen. Buchstäblich *irgendetwas* tun. Aber sie war wie erstarrt vor Angst. Ihre Brüder hatten ihr beigebracht zu kämpfen, aber sie waren nie in einer Situation wie dieser gewesen. Sie schluckte die Galle hinunter, die ihr in der Kehle aufgestiegen war, und wartete.

»In Ordnung. Zeit anzufangen«, sagte Joey schließlich in einem freundlichen und unbeschwerten Ton.

Lilly öffnete die Augen, aber sie hatte keine Gelegenheit, sich umzudrehen, bevor sich das Seil straffte. Sie wurde ein paar Schritte zurückgerissen.

Dann, zu ihrem Entsetzen, hoben sich ihre Füße vom Boden ab.

Verzweifelt drehte sie den Kopf zur Seite und sah, wie Joey lachte, als er an dem Seil zog. Er hatte es über einen dicken Ast geworfen und hievte ihren Körper nach oben.

Sie hob instinktiv die Hände und zerrte verzweifelt an dem Strang um ihre Kehle, aber er war zu fest. Ihr wurde die Luft komplett abgeschnitten. Sie konnte nicht atmen.

Einen Moment lang geriet Lilly in Panik. Das war's – sie würde sterben.

Dann griff sie instinktiv über ihren Kopf nach dem Seil. Sie zog sich hoch und nahm ihr Gewicht von dem Seil um ihren Hals. Sie schnappte nach Luft, hustete und atmete tief ein.

Ein seltsames Geräusch hallte durch die Bäume. Es dauerte einen Moment, bis sie erkannte, dass es Joey war, der wahnsinnig lachte, während er sie beobachtete.

»Ja, richtig so. Du kannst dich für eine Weile retten. Aber wie lange schaffst du es, dein eigenes Gewicht zu halten? Nicht ewig, schätze ich. Irgendwann wirst du den Halt verlieren und das Seil wird dir die Luft abschneiden.

Dann ziehst du dich wieder hoch ... aber jedes Mal wirst du schwächer und schwächer, bis du es nicht mehr schaffst. Arme Lilly, sie bringt sich um, weil sie eine Versagerin ist.«

Voller Angst wurde Lilly klar, dass er recht hatte. Sie war gut in Form, und da er ihre Arme nicht gefesselt hatte, konnte sie sich an dem Seil hochziehen, aber sie war nicht stark genug, um das auf Dauer zu tun. Das Seil war zu lang, als dass sie bis zum Ast hätte klettern können. Sie war zu weit vom Stamm des Baumes entfernt, um ihn als Hebel benutzen zu können.

Sie konnte nur am Ende des Seils schwingen und versuchen, sich so lange wie möglich oben zu halten, damit sie sich nicht selbst strangulierte.

Sie würde sterben – und Joey würde unter ihr sitzen und zusehen.

Sie wollte am liebsten weinen. Wollte schreien, dass das nicht fair war. Aber nichts von beidem würde ihr helfen. Und Lilly hatte nicht vor aufzugeben. Auf keinen Fall. Je länger sie die Sache hinauszögerte, desto größer war die Chance, dass Ethan sie finden würde.

Joey band das Ende des Seils um einen weiteren Baum und starrte dann mit verschränkten Armen und einem breiten Grinsen zu ihr auf.

Lillys Arme brannten, während sie ihr Gewicht hielt. Das einzig Gute an dieser Situation war, dass niemand, der bei klarem Verstand war, jemals glauben würde, dass sie es geschafft hatte, das alles selbst zu arrangieren. Niemand würde denken, sie hätte sich umgebracht. Ethan würde wissen, dass sie es nicht getan hatte.

Es schien fast albern zu hoffen, dass Ethan irgendwie wissen würde, wo sie war, und ihr zu Hilfe kommen würde, aber Lilly hatte Vertrauen in ihn. Whitney sollte sie abholen. Wenn sie Lilly nicht angetroffen hätte, hätte sie Ethan angerufen. Er hätte gemerkt, dass etwas nicht stimmte, und hätte seine Freunde gerufen. Sie waren alle knallharte ehemalige Soldaten. Sie konnten das Signal ihres Handys weit genug zurückverfolgen, um zu wissen, in welche Richtung sie gefahren war. Und Joeys Wagen stand auf dem Parkplatz. Sie würden ihn sehen und nach ihr suchen.

Sie musste nur durchhalten.

Ethan würde sie finden. Die Alternative war undenkbar.

KAPITEL ZWEIUNDZWANZIG

Ethan hielt den Atem an, als sie auf den Parkplatz am Anfang des Eagle Rock Wanderweges fuhren.

»Gott sei Dank«, bemerkte er, als sie Joeys Mietwagen sahen.

»Er ist hier«, fügte Rocky zufrieden hinzu.

Ethan stellte seinen Wagen auf Parken und sprang heraus. Er lief auf den Mietwagen zu – und fluchte, als er Blut am Beifahrerfenster sah. Joey hatte Lilly verletzt. Das würde er büßen müssen.

»Sieh mal«, sagte Rocky und deutete auf den Boden nicht weit vom Anfang des Weges. Im Dreck waren Abdrücke zu sehen, als hätte es irgendeinen Kampf gegeben. Aber es gab kein Blut und auch keine Spur von Joey oder Lilly.

Ethan wollte rufen, wusste aber, dass dies das absolut Schlimmste war, was er tun konnte. Er und Rocky brauchten den Vorteil, den das Schweigen mit sich brachte, um sich an Joey heranzuschleichen. Außerdem mussten sie schnell handeln. Wenn Lilly verletzt war, konnte das Joeys

Vorankommen verlangsamen, aber sie hatten keine Zeit zu verlieren. Es könnte sein, dass der Mann Lilly genau in diesem Moment etwas antat.

Ohne anzuhalten und einen Plan zu besprechen, begannen Ethan und Rocky, den Weg in schnellem Tempo entlangzulaufen. Als Navy SEALs hatten sie das schon oft gemacht, aber dieses Mal waren sie schneller, da sie keine schweren Rucksäcke auf dem Rücken mit sich herumschleppen mussten. Sie waren beide mehr als fähig, mit bloßen Händen zu töten, sodass die Tatsache, dass sie keine Waffen hatten, sie keinesfalls aufhielt.

Sie liefen leise und vorsichtig mindestens drei Kilometer, bevor sie etwas anderes als die Vögel und den Wind in den Bäumen hörten. Ethan blieb kurz stehen, er atmete nicht einmal schwer. Er hob die Hand, um seinem Bruder zu bedeuten, stehen zu bleiben, aber auch Rocky hatte bereits angehalten.

Ethan legte den Kopf schief und versuchte zu begreifen, was er gehört hatte. Dann kam das Geräusch wieder.

Lachen.

Irgendwo vor ihnen lachte ein Mann hysterisch. Sie waren nicht weit von der Stelle entfernt, an der Trents Leiche gefunden worden war, aber sie waren noch nicht ganz da. Entweder war Joey ungeduldig geworden oder er hatte etwas anderes für Lilly geplant. Seiner Freude nach zu urteilen war es Letzteres.

»Immer mit der Ruhe«, sagte er, als Rocky sich vorwärtsbewegte. Er hatte schon genügend Freunde und Kameraden verloren, die gehandelt hatten, bevor sie eine Situation einschätzen konnten, er wollte nicht auch noch seinen Bruder verlieren. Es waren zwei gegen einen, aber weder er noch Rocky wussten, was Joey in petto hatte.

Sie schlichen vorwärts, hielten sich vom Pfad fern und

hofften, außer Sichtweite zu sein. Rocky scherte aus und machte einen großen Bogen, damit sie Joey in die Zange nehmen konnten. Ethan spitzte die Ohren, um Lillys Stimme zu hören, aber er vernahm nur anhaltendes Gelächter.

Als er schließlich nahe genug herankam, um einen Blick auf die Szene vor sich zu erhaschen, erstarrte er vor Entsetzen.

Seine Lilly hing an einer Schlinge, etwa drei Meter über dem Boden. Sie tat alles, was sie konnte, um sich hochzuziehen, damit sie nicht erdrosselt wurde, aber es war offensichtlich, dass es ihr schwerfiel.

Sein erster Gedanke war, zu ihr zu laufen.

Er schloss die Augen und atmete tief durch, um die Kontrolle zu gewinnen. Wenn er ohne Plan zu ihr stürmte, könnte Joey sie umbringen. Im Moment war Lilly noch am Leben. So sehr er es auch hasste, sie leiden zu sehen, so war es doch besser als die Alternative.

Als Ethan über die kleine Lichtung unter dem Baum blickte, entdeckte er Rocky, und der schockierte Blick seines Bruders entsprach seinem eigenen. Sie mussten schnell handeln. Sie hatten keine Ahnung, wie lange Lilly schon dort hing, aber sie konnten beide deutlich sehen, wie ihre Arme zitterten, und die Verzweiflung in ihren Schreien hören.

Sie verständigten sich durch Handzeichen, dann nickte Ethan.

Er holte tief Luft und trat hinter den Bäumen hervor.

»Lass sie runter!«, rief er.

Wie vorhergesagt, drehte Joey sich zu ihm um und ließ Lilly aus den Augen.

Das war genau das, was sie brauchten. Die ganze Aufmerksamkeit des Mannes war auf Ethan konzentriert.

»Verschwinde!«, brüllte Joey, sein Gesicht zu einer Grimasse der Wut verzogen. Schnell bückte er sich, um nach einem großen Ast in der Nähe seiner Füße zu greifen, aber Rocky packte ihn, bevor er die behelfsmäßige Waffe auch nur berühren konnte.

Joey ging zu Boden und landete mit einem hörbaren *Uff* im Dreck.

Ethan wandte die Aufmerksamkeit sofort Lilly zu. Es war ihm total egal, was mit Joey geschah. Sein Bruder würde sich um ihn kümmern.

Lillys Beine schwangen hin und her und Ethan glaubte, seinen Namen verzweifelt aus ihrem Mund kommen zu hören, als er auf sie zustürmte. Instinktiv wusste er, dass die Frau, die er mehr liebte als das Leben selbst, buchstäblich nur Momente davon entfernt war, direkt vor seinen Augen zu sterben.

»Lass mich los!«, schrie Joey. »Ich wurde um etwas betrogen, das mir hätte gehören sollen! Alles war *meine Idee* und ich wurde in den Hintergrund gedrängt! Eine verdammte Zeile im Abspann! Das ist nicht fair! Und sie hat die Serie versaut! Sie hätte dabei sein müssen, als Trent gefunden wurde! Ich dachte, ihr wärt *gut*. Ihr hättet ihn in der ersten Woche finden sollen! Das Material wäre verdammt noch mal fantastisch gewesen! Jetzt wird das Finale *ihretwegen* Mist sein. *Sie muss dafür bezahlen!*«

Ethan hatte keine Ahnung, was zum Teufel Joey da faselte, aber er würdigte ihn keines Blickes. Jetzt fehlte nur, Lilly aus dieser verdammten Schlinge zu befreien. Als er sich näherte, stellte er fest, dass er von unten nicht an sie herankam. Joey hatte sie so hoch gezogen, dass ihre Füße etwa drei Meter über dem Boden baumelten. Sie konnte seine Schultern nicht erreichen, um das Gewicht vom Seil zu nehmen. Die einzige Möglichkeit, sie herunterzuholen, bestand darin, das Seil an der Stelle zu lösen, an der es am Stamm eines Baumes befestigt war.

»Halt durch, Lil! Ich hole dich sofort da runter.«

Ethan konnte sehen, wie nahe sie daran war, den Kampf zu verlieren, ihr Gewicht zu halten. Noch während er zusah, rutschten ihre Hände ab und sie baumelte verzweifelt am Ende der Schlinge.

Sie gab ein ersticktes Geräusch von sich, bevor sie noch einmal nach oben griff.

Verdammt. Er musste sie runterholen.

Er lief zu der Stelle, wo Joey das Seil festgebunden hatte, und versuchte, den Knoten zu lösen. Aber Lillys Gewicht am anderen Ende hatte ihn so fest angezogen, dass er ihn nicht lösen konnte, egal wie sehr er sich auch anstrengte. Jeder Augenblick, den er verschwendete, war ein weiterer Augenblick, in dem Lilly litt.

»Verdammt! Rocky, ich kriege es nicht auf. Ich brauche ein Messer!«, rief er.

Er sah auf und sah, wie sein Bruder Kabelbinder an Joeys Handgelenken festzog – und erkannte den Ausdruck des Bedauerns auf dem Gesicht seines Zwillingsbruders.

»Ich habe keins. Ich habe es zu Hause für irgendetwas benutzt und bin dann so schnell gegangen, dass ich nicht einmal daran gedacht habe, es mitzunehmen.«

Ethan sah sich auf dem Waldboden nach etwas um, irgendetwas, womit er das Seil durchtrennen konnte. Als er nichts entdeckte, wuchs seine Panik – etwas, das ihm in einer Situation, in der es um Leben und Tod ging, noch nie passiert war. Ethan konnte den Angstschrei, der seinen Lippen entwich, nicht unterdrücken.

Rocky erschien an seiner Seite und zog ihn grob zu Lilly hinüber. »Steig auf meine Schultern«, befahl er. »Zusammen sind wir groß genug, sodass sie sich auf deine Schultern stellen kann und das Gewicht von ihrem Hals und ihren Armen genommen wird, damit sie die Schlinge lockern kann.«

Für den Bruchteil einer Sekunde sah Ethan Joey an. Er lag auf dem Boden, die Arme hinter dem Rücken gefesselt, aber die Beine waren frei. Rocky war noch nicht dazu gekommen, ihn vollständig außer Gefecht zu setzen.

Als hätte Joey gleichzeitig begriffen, dass dies seine Chance war zu entkommen, rollte er sich auf die Knie und schaffte es dann, auf die Füße zu kommen, ohne seine Hände zu benutzen, da sie immer noch hinter seinem Rücken gefesselt waren. Er stolperte und lief in Richtung des Weges, der zurück zum Parkplatz führte.

Ethan kümmerte das nicht. Alles, was zählte, war Lilly.

Rocky ging in die Knie und Ethan zögerte nicht, ihm auf die Schultern zu steigen. Als er sich ausbalanciert hatte, stand Rocky auf. Er schwankte einen Moment, um das Gleichgewicht zu finden, aber Ethan zweifelte nicht einen Moment daran, dass sein Bruder ihn festhalten würde.

Rocky hatte recht. Indem er auf seinen Schultern saß, war Ethan groß genug, um Lillys Beine zu erreichen. Er griff nach ihren Knien und legte sie auf seine eigenen Schultern.

»Knie dich auf mich, Lilly«, befahl er. »Entlaste deine Arme.«

Sie tat es sofort und Ethan hörte, wie Rocky stöhnte, als er schwankte und sein Bestes tat, um ruhig zu bleiben, während der Druck auf seine Schultern und Beine zunahm.

Ethan hielt Lillys Oberschenkel fest und tat sein Bestes, um sie zu beruhigen. »Ich habe dich, Lil. Du bist jetzt in Sicherheit. Atme tief ein. So ist es gut. Noch einmal. Du bist jetzt in Sicherheit.«

»Joey ...«, stieß sie hervor.

»Mach dir keine Sorgen um ihn. Deine einzige Aufgabe ist es zu atmen«, sagte Ethan zu ihr.

Aber ihm wurde klar, dass sie tief in der Scheiße stecken

könnten. Joey könnte sich aus den Fesseln befreien und zurückkommen und sie alle umbringen, wenn er eine Waffe in seinem Wagen hatte. Sie hatten noch keinen Weg gefunden, Lilly runterzuholen, und Rocky konnte nicht ewig mit seiner und Lillys Last auf den Schultern dastehen.

Doch in diesem Moment ging es ihm nur darum, dass Lilly atmete und nicht erwürgt wurde.

Ein oder zwei Minuten vergingen, bevor Lilly sagte: »Was jetzt?«

Er war noch nie so stolz auf jemanden gewesen wie in dieser Sekunde auf sie. Es wäre ihr gutes Recht gewesen, völlig auszuflippen. Aber sie blieb ruhig. »Kannst du die Schlinge lockern?«, fragte Ethan.

Er spürte, wie sie sich für wertvolle Augenblicke über ihm bewegte, bevor sie sagte: »Nein. Der Knoten lässt sich nicht lösen!«

Als Ethan aufblickte, erkannte er, dass Joey keinen normalen Seilknoten benutzt hatte, um die Schlinge zu knüpfen. Er hatte keine Ahnung, *was* für einen Knoten er benutzt hatte, aber das war auch egal, wenn Lilly das Seil nicht lösen konnte. »Okay, wie wäre es, wenn ich deine Füße unter meine Hände nehme und dich nach oben hebe. Kannst du den Ast über deinem Kopf erreichen und darauf klettern?«

Er hörte, wie sie tief einatmete. Ethan neigte den Kopf zurück, als sie auf ihn hinunterblickte. Als ihre Blicke sich trafen, schien ihn Kraft zu durchströmen. Er war so kurz davor gewesen, sie zu verlieren. Die Gefahr bestand immer noch, wenn etwas schiefging. Noch waren sie nicht außer Gefahr, aber er würde alles tun, um sie aus dieser Lage zu befreien.

»Vielleicht«, entgegnete sie.

Das reichte ihm.

»Rocky? Was meinst du?«

»Tu es«, erklärte sein Bruder. »Ich halte noch durch.«

Ethan wusste nicht, ob das stimmte oder nicht, aber im Moment musste er sich auf sein Wort verlassen. Sie hatten buchstäblich keine anderen Möglichkeiten. Ethan würde Lilly auf keinen Fall hängen lassen, damit er runterklettern und auf den verdammten Baum klettern konnte oder so was.

Er hob die Hände auf die Schultern und sagte: »Okay, heb jetzt dein rechtes Bein und stelle deinen Fuß auf meine Hand. Gut so. Jetzt den anderen.« Als er Lillys Füße in seinen Händen hatte, holte er tief Luft. »Also gut. Ich zähle bis drei und hebe dich dann hoch. Bist du bereit?«

»Nein. Aber ja«, entgegnete Lilly mit zittriger Stimme.

»Du schaffst das, Lil. Also gut. Eins, zwei …«

Sein Zählen wurde abrupt unterbrochen, als sie einen Schrei hörten, der vom Waldweg kam.

Zum ersten Mal, seit er bemerkt hatte, dass Lilly verschwunden war, stieg Ethans Laune in die Höhe. Er öffnete den Mund, um zu schreien, aber Rocky kam ihm zuvor.

»Wir sind hier!«

»Halt dich fest, Lil, die Kavallerie ist gleich da«, bemerkte Ethan.

Er hörte sie über sich schniefen und ihm war ebenfalls zum Heulen zumute.

Innerhalb einer Minute füllte sich die kleine Lichtung plötzlich mit dem schönsten Anblick, den Ethan je in seinem Leben gesehen hatte. Zeke, Drew, Raid und ein sabbernder Duke, der sofort anfing zu bellen, als er Lilly roch.

»Wo sind Tal und Brock?«, fragte Rocky, während Zeke sich die Szene ansah und sofort zu dem Baum ging, an dem das Seil befestigt war. Er zog ein großes Armeemesser aus der Scheide an seiner Hüfte und begann, das Seil durchzuschneiden.

»Sie kümmern sich um Richards. Der Mistkerl hat uns gesehen, ist vom Weg und fast sofort gegen einen verdammten Baum gelaufen. Er wurde bewusstlos«, erklärte Drew, während er und Raid Rocky packten und ihn festhielten.

»Habt ihr sie?«, fragte Zeke.

»Ja«, erwiderte Ethan und half Lilly, ihre Füße wieder auf seine Schultern zu stellen, dann packte er ihre Waden. »Halt dich fest, Lilly. Zeke wird dich losschneiden. Ich halte dich fest. Bleib noch ein paar Augenblicke stark.«

»Ein Kinderspiel«, murmelte sie.

Ethan wollte lächeln, aber er konnte es nicht. Noch nicht. Nicht, bis sie beim Arzt gewesen war und er sie bei sich zu Hause hatte, sicher in seinem Bett und in seinen Armen.

Das Seil war schnell durchgeschnitten und Drew und Raid halfen Rocky, in die Knie zu gehen. Dann griffen sie nach Ethans Armen und sorgten dafür, dass er nicht fiel, als er von den Schultern seines Bruders kletterte.

Seine Teamkameraden griffen schließlich nach Lilly und hoben sie von ihm herunter.

Der ganze Vorgang dauerte nur wenige Augenblicke, aber es fühlte sich wie eine Ewigkeit an.

Drew und Raid setzten sie sanft auf dem Boden ab – dann kniete Ethan sich hin, umfasste ihr Gesicht und starrte ihr in die Augen.

»*Verdammt noch mal*«, sagte er. Dann fluchte er erneut. Er *konnte* scheinbar keine anderen Worte bilden. Sätze waren völlig jenseits seiner Fähigkeiten.

Er drückte sie an seine Brust und Lilly verschmolz mit ihm. Er schlang seine Arme fest um sie und schloss die Augen, während er sein Gesicht in ihrem Haar vergrub.

Er hätte sie fast verloren. Es war zu knapp gewesen. Viel zu verdammt knapp. Wenn er Simon nicht angerufen hätte ... wenn sie nicht herausgefunden hätten, wohin Joey sie gebracht haben könnte ... wenn er ein bisschen langsamer gejoggt wäre ...

Es gab zu viele Variablen, die dazu hätten führen können, dass sie tot war, als er auf die Lichtung kam. Er hatte Glück gehabt. Sie hatten *beide* Glück gehabt.

Er merkte, dass Lilly zitterte. Von Kopf bis Fuß vibrierte ihr Körper in seinen Armen. Ethan wollte sie nicht loslassen, aber er musste sicherstellen, dass es ihr gut ging. Hatte sie einen Krampfanfall? War ihr Gehirn zu lange nicht mit Sauerstoff versorgt worden?

Ethan zog sich zurück. »Lil?«

»E-es geht mir g-gut«, stotterte sie. »D-das ist jetzt nur die verspätete Reaktion, die einsetzt, d-d-denke ich.«

»Warte, ich nehme das Seil von dir ab«, sagte Zeke sanft.

»Vorsichtig«, warnte Ethan. »Schneide sie nicht.«

»Niemals«, versprach Zeke, während er die Schlinge schnell lockerte und dann entfernte.

Sowohl Lilly als auch Ethan seufzten, als sie befreit war. Ihr Hals war knallrot, aufgescheuert und wund von dem Seil, in ihrem Haar war etwas Blut in der Nähe ihrer Schläfe und sie hatte offensichtlich einen Schlag ins Gesicht bekommen. Sie würde ein paar höllische blaue Flecke haben – und allein ihr Anblick brachte Ethan dazu, Joey jagen und ihn verdammt noch mal töten zu wollen.

»Wir müssen sie untersuchen lassen«, bemerkte Raid. »Wir können sie abwechselnd tragen.«

»Mir geht es gut«, protestierte Lilly.

Alle ignorierten sie.

»Besteht die Möglichkeit, dass wir Luftunterstützung anfordern können?«, fragte Ethan.

»Ich kann zurück zum Parkplatz laufen und sehen, ob ich dort ein Netz habe«, bot Drew an.

»Nein!«, widersprach Lilly mit fester Stimme. Sie war ein wenig rau und als er an den Grund dafür dachte, wäre Ethan am liebsten zehn Minuten in der Zeit zurückgereist, um Joey zu töten. »Ich kann laufen. Mir geht's gut.«

»Nein«, entgegneten alle fünf Männer wie aus einem Mund.

Lilly ließ sich nicht einschüchtern. »Hört mal, das Ganze war wirklich schlimm. Das gebe ich zu. Ich dachte, das war's. Ich würde keinen von euch je wiedersehen. Aber er hat nicht gewonnen. Mein Hals tut weh. Ich werde mindestens eine Woche lang höllischen Muskelkater haben. Aber meine Beine sind nicht gebrochen. Ich kann laufen. Joey hat mich hierher in den Tod geführt, aber er hat verloren. Ich will verdammt sein, wenn ich mich hier raustragen lasse.«

»Deine Entscheidung«, sagte Rocky zu Ethan.

Ethan presste die Lippen aufeinander und starrte Lilly an. Er wollte sie am liebsten sofort in ein Krankenhaus bringen, um sich davon zu überzeugen, dass es ihr gut ging. Aber er verstand auch ihr Bedürfnis, die Kontrolle über eine Situation zu erlangen, in der sie *keine* gehabt hatte.

»Ich habe nicht gekämpft«, flüsterte sie und sah Ethan in die Augen. »Ich wollte es, aber ich hatte solche Angst. Ich war wie erstarrt. Ich hätte ihn nicht einmal in meine Nähe lassen dürfen. Er hat mich im Wagen geschlagen und als ich aufwachte, hatte er das Seil um meinen Hals gelegt. Er zog immer wieder daran und ich hatte Angst, dass er mir das Genick bricht, wenn ich nicht tue, was er sagt. Als wir hier ankamen, sagte er, ich solle mich umdrehen ... und ich ...« Sie zögerte einen Moment und Ethan musste all seine Willenskraft aufbringen, um nicht zusammenzubrechen, als er sah, wie sie kämpfte.

Aber seine Lilly atmete tief durch und straffte die Schultern. »Ich werde zum Arzt gehen. Meine Kehle tut weh, aber ich kann atmen. Und schlucken. Es geht mir gut. Bitte, Ethan, ich muss auf meinen eigenen Füßen gehen.«

Er beugte sich vor und küsste sie auf die Stirn. Er betrachtete noch einmal die schlimmen roten Flecke an ihrem Hals. Dann hob er eine Hand und küsste sanft die rote Haut ihrer Handfläche. Sie hatte buchstäblich ihr eigenes Leben in ihren Händen gehalten. Er nickte. »Okay. Aber wir werden viele Pausen einlegen.«

Sie nickte, dann zuckte sie zusammen.

»Und wir gehen direkt ins Krankenhaus, wenn wir wieder in Fallport sind.«

»Okay.«

»Sie wird auch mit Simon sprechen müssen. Ich nehme an, er hat Tal und Brock inzwischen auf dem Weg eingeholt«, bemerkte Zeke.

»Er ist nicht mit euch gekommen?«, fragte Rocky, sichtlich überrascht.

»Doch, ist er«, erwiderte Raid. »Aber er sagte uns, wir sollten weitergehen, als es offensichtlich war, dass wir schneller waren, sodass er und seine Männer nicht mithalten konnten.«

Ethan schaute Lilly wieder in die Augen. »Ich liebe dich«, erklärte er leise.

»Ich liebe dich auch. Und ich wusste, dass du kommen würdest«, sagte sie zu ihm. »Ich musste nur lange genug durchhalten, bis du kamst.«

Die Tatsache, dass sie so fest an ihn glaubte, sorgte dafür, dass Ethan am liebsten geweint hätte.

»Du hast eine fantastische Duftspur hinterlassen«, bemerkte Raid. »Duke ist wie ein Blitz losgelaufen und ist kein einziges Mal langsamer geworden.«

Lilly sah zu ihm auf. »Ich habe euch beiden oft genug bei der Arbeit zugesehen. Ich habe mein Bestes getan, um gegen alle Blätter und alles andere zu streichen, was ich konnte.«

»Es hat funktioniert«, erklärte Raid und lächelte.

Duke nutzte diesen Moment, um näher an Lilly heranzutreten und ihr mit der langen, schlabberigen Zunge über die Wange zu lecken. Sie kicherte und Ethan wusste, dass er in seinem Leben noch nie ein schöneres Geräusch gehört hatte.

»Ich weiß nicht, wie es euch geht, aber ich bin bereit, von hier zu verschwinden«, erklärte Rocky. Dann wandte er sich an seinen Bruder. »Und du musst etwas abnehmen.«

»Halt die Klappe«, sagte Ethan und verdrehte die Augen, obwohl er es zu schätzen wusste, dass sein Zwillingsbruder versuchte, die Stimmung aufzulockern. Er stand auf und griff nach Lilly. Sobald sie auf den Beinen war, schlang er einen Arm um ihre Taille und zog sie an sich. »Wir gehen es langsam an. Und wenn du dich schwach fühlst oder dir etwas wehtut, sagst du es mir.«

»Das werde ich«, versprach sie, schlang ihren Arm ebenfalls um seine Taille und stützte sich ein wenig auf ihn.

Sie war zwar fest entschlossen, allein zum Parkplatz zurückzugehen, aber es war offensichtlich, dass sie nicht gerade sicher auf den Beinen war. Zähneknirschend und entschlossen, ihr zu geben, was sie brauchte, ging Ethan auf den Weg zu. Er blickte einmal zurück. Er sah das Ende des Seils, das immer noch um den Baum gebunden war, als Zeke die Schlinge aufhob und begann, den Rest des Seils zusammenzusammeln. Es konnte sein, dass es als Beweis gegen Joey gebraucht wurde. Ethan wusste, dass Zeke sich darum kümmern würde, die Beweise zu den Behörden zu bringen.

Das Gefühl von Lilly an seiner Seite trug viel dazu bei, ihn zu beruhigen. Sie hatten heute gegen das Böse gekämpft und waren siegreich daraus hervorgegangen. Und die Ereignisse der letzten Stunde hatten ihn noch mehr von seiner Liebe zu Lilly überzeugt. Er hatte noch nie so viel Angst gehabt. Noch nie im Leben.

Es war schon komisch, wie sich in einer Situation, in der es um Leben und Tod ging, herauskristallisieren konnte, was wirklich wichtig war. Und Lilly war definitiv seine oberste Priorität. Er wollte nicht ohne sie leben und er würde den Rest seines Lebens damit verbringen, dafür zu sorgen, dass sie verstand, wie sehr sie geliebt wurde. Sie gehörte ihm, so wie er ihr gehörte.

Die Anspannung, die Ethan seit dem Moment, als er sie vorhin nicht erreicht hatte, mit sich herumgetragen hatte, fiel endlich von ihm ab und er hatte das Gefühl, wieder frei atmen zu können. Er beugte sich hinunter und küsste Lillys Schläfe, während sie gingen. Er war noch nie so stolz auf jemanden gewesen. Sie hatte sich nicht gewehrt, aber man konnte nicht sagen, was Joey getan hätte, wenn sie es getan hätte. Vielleicht hätte er sie auf dem Parkplatz umgebracht, bevor Ethan sie retten konnte.

Die Quintessenz war, dass sie nicht aufgegeben hatte, als der Tod ihr ins Gesicht starrte. Sie hatte gekämpft wie der Teufel, um am Leben zu bleiben.

»Ethan?«, fragte sie leise.

»Ja?«

»Ich bin nicht dazu gekommen, Whitneys Glühbirnen auszuwechseln, und sie wird wahrscheinlich versuchen, die Leiter hochzuklettern, um es selbst zu tun.«

Das war wieder typisch seine Lilly, dass sie sich in diesem Moment mehr Sorgen um jemand anderen machte.

»Wir kümmern uns darum«, erklärte Rocky hinter ihnen.

Ja, er hatte Glück gehabt, als Lilly in die Stadt gekommen war. Ethan wusste es. Rocky wusste es. Verdammt, jeder im Team wusste es. Sie hatte nicht nur einen Freund gewonnen, sondern ein ganzes Team von Männern, das immer hinter ihr stehen würde.

Der Tag hatte großartig angefangen, war dann in die Hose gegangen, aber er endete mit einer positiven Note. Ethan hätte sich nicht mehr wünschen können.

EPILOG

Lilly war überrascht über den Wirbel, den alle um sie machten. Es kam nicht jeden Tag vor, dass ein Mörder nach Fallport kam, aber sie glaubte nicht, dass sie etwas getan hatte, was nicht auch jeder andere getan hätte, wenn er in der gleichen Situation gewesen wäre.

Und sie hatte Glück gehabt. So viel Glück. Der Arzt hatte ihr da zugestimmt.

Lilly war noch am selben Abend nach Hause entlassen worden und zum ersten Mal war Ethan nicht mitten in der Nacht aufgestanden, um auf dem Sofa zu schlafen. Und seitdem hatte er sie jede Nacht fest im Arm gehalten, voller Angst, sie loszulassen. Jedes Mal wenn er ihren wunden Hals ansah, sah sie den Schmerz in seinen Augen und sie wusste, dass es ihn fast genauso schmerzte wie sie.

Aber seit jenem schrecklichen Tag war ein Monat vergangen und Lilly war mehr als bereit, die Sache hinter sich zu lassen. Seit Wochen war sie das Gesprächsthema in Fallport und es ließ endlich nach. Dank des Skandals, dass der Schulleiter eine Affäre mit nicht nur einer, nicht zwei, sondern gleich drei Lehrerinnen hatte.

Joey saß im Gefängnis und wartete auf seinen Prozess, und Lilly war mehr als bereit, gegen ihn auszusagen. Nichts würde sie davon abhalten, im Gerichtssaal zu erscheinen. Der Mordprozess würde höchstwahrscheinlich Vorrang vor ihrer Entführung und dem Mordversuch haben, aber so oder so war Lilly gern bereit, gegen ihn auszusagen.

Was die Serie anging ... sie würde wahrscheinlich wie geplant weitergehen. Was wirklich schlimm war. Aber Tucker hatte nicht gegen das Gesetz verstoßen, auch wenn sein Verhalten moralisch verwerflich war. Lilly hatte keinen Zweifel daran, dass er das Geschehene ausnutzen würde, so gut es ging. Es würde das Leben in Fallport zur Hölle machen, wenn die Folge ausgestrahlt und die Stadt von Neugierigen und Bigfoot-Jägern überrannt würde, aber sie – und die Stadt – würden mit allem fertigwerden.

Eines Nachmittags hatte sie mit Otto, Silas und Art zusammengesessen, während Ethan an ihrem zukünftigen Haus arbeitete, als Harry Grogan auf sie zukam. Er sah nervös aus und bat sie um ein Gespräch. Lilly konnte sich nicht erklären, was er wollte ... aber dann hatte er ihr das Bigfoot-Motiv gezeigt, das er auf den Waren in seinem Laden anbringen wollte. Als er sie fragte, ob es ihr lieber wäre, wenn er seine Pläne nicht durchziehen würde, war Lilly dahingeschmolzen.

Am Ende hatte sie dreißig Minuten damit verbracht, mit ihm über Marketing zu sprechen und sein Design zu überarbeiten. Sie freute sich schon darauf, ein paar T-Shirts, Hüte und Tassen für sich selbst zu kaufen, wenn sie fertig waren. Und sie war hundertprozentig dafür, die Touristen nach allen Regeln der Kunst auszubeuten. Merchandise, Bigfoot-Wanderungen entlang des Fallport Creek Trails, Benennung von Speisen und Getränken nach der berühmten Kreatur ... sie konnte es kaum erwarten.

Die Stadt konnte vielleicht nicht verhindern, dass die Episode ausgestrahlt wurde, aber jeder konnte sicherlich davon profitieren, wenn er sich nur genügend Mühe gab.

Sie war so gut wie offiziell in Ethans Wohnung eingezogen, auch wenn das nicht geplant gewesen war. Keiner von beiden konnte es ertragen, von dem anderen getrennt zu sein, und da sie ohnehin jede Nacht in seinem Bett schliefen, war es einfach sinnvoller, in den sauren Apfel zu beißen und ihre Sachen in seine Wohnung zu bringen.

Ethan hatte mit dem Besitzer des Hauses, das Rocky gerade renovierte, gesprochen und eine Vereinbarung getroffen, es zu kaufen, bevor es fertig war. Der Papierkram wurde also in die Wege geleitet. Es würde nicht mehr lange dauern, bis sie in das Haus einziehen und offiziell ihr gemeinsames Leben beginnen würden.

Doch bevor es so weit war, musste Ethan ihre Familie kennenlernen. All ihre Brüder und ihr Vater wollten nach Fallport kommen, nachdem Joey sie entführt hatte, aber Lilly wollte auf keinen Fall, dass sie ausflippten, wenn sie ihre Verletzungen sahen. Irgendwie hatte sie es geschafft, sie einen Monat lang zu vertrösten, aber heute war der Tag, an dem sie alle kommen sollten.

Whitneys Pension würde bis auf den letzten Platz gefüllt sein, denn nicht nur ihre Brüder kamen, sondern auch deren Ehefrauen und Familien. Lilly hatte versucht, ihren Brüdern den gemeinsamen Besuch auszureden, aber wenn sich die Rays einmal etwas in den Kopf gesetzt hatten, waren sie nicht mehr umzustimmen.

Obwohl sie nervös war, dass sie ihre neuen Freunde kennenlernen sollten – weil sie wollte, dass sie Fallport genauso liebten wie sie selbst –, regte sie sich mehr über die Tatsache auf, dass Ethan seit ihrer Entführung nicht mehr mit ihr geschlafen hatte.

Zuerst war sie zufrieden damit, wenn er sie einfach nur im Arm hielt. Sie hatte solchen Muskelkater, dass es wehtat, wenn sie ihre Arme belastete oder sie auch nur über ihren Kopf hob. Aber jetzt ging es ihr schon seit Wochen gut und trotzdem behandelte Ethan sie immer noch, als wäre sie aus Glas.

Lilly war fertig mit diesem Quatsch.

Es war noch früh, die Sonne lugte gerade über die Berggipfel, die Fallport umgaben, und Lilly wusste, dass sie noch ein paar Stunden Zeit hatten, bevor ihre Familie eintreffen würde. In der nächsten Woche würde sie viel lachen, ihren Lieben versichern, dass es ihr wirklich gut ging, sie mit ihren Freunden bekannt machen und ihnen den Charme von Fallport präsentieren. Aber im Moment gab es nur sie und Ethan, und sie war fest entschlossen, ihm zu zeigen, wie sehr sie ihn liebte.

Langsam, um ihn nicht zu wecken, ging Lilly auf die Knie und zog ihr T-Shirt über den Kopf. Darunter war sie nackt und ihre Brustwarzen wurden sofort hart, als sie sich auf Ethans Oberschenkel legte. Er bewegte sich unter ihr und Lilly wusste, dass ihr nur ein paar Augenblicke blieben, bevor er völlig wach war und sein Bestes geben würde, um sie zu umsorgen.

Also griff sie nach seinem Hosenbund und zog ihn nach unten, während sie mit der anderen Hand seinen halbharten Schwanz umfasste. Sie hatte das schon einmal gemacht, ihn einfach so aufgeweckt, und es hatte wirklich gut funktioniert, also tat sie das, von dem sie wusste, dass es funktionieren würde. Sie senkte den Kopf und nahm seinen Schwanz zwischen ihre Lippen.

Sie hörte ihn stöhnen, aber sie hörte nicht auf, ihm einen zu blasen. Es erfüllte sie mit Stolz und Genugtuung, dass er in ihrem Mund sofort zu wachsen begann.

»Lilly ... was machst du da?«, fragte Ethan und schob seine Hand in ihr Haar.

Aus Angst, dass er sie von sich wegziehen würde, saugte Lilly noch fester.

Er versuchte nicht, sie aufzuhalten, sondern stöhnte nur noch einmal.

Lilly gab ihr Bestes, um ihm einen zu blasen, sie genoss seinen Geschmack. Das hatte ihr gefehlt. Ja, sie liebte es, mit ihm zu kuscheln, aber zu wissen, dass sie die Einzige war, die das Recht dazu hatte, machte sie heiß. Und zwar unglaublich.

In der Vergangenheit hatte Ethan sie immer aufgehalten, bevor sie ihn zum Orgasmus bringen konnte, aber heute Morgen schien er seine Selbstkontrolle aufgegeben zu haben. Aus seinem Schwanz liefen ständig kleine Lusttropfen und Lilly leckte sie gierig auf.

»Ich komme gleich zum Orgasmus!«, keuchte er.

Lilly zog sich nicht zurück, sondern nahm einfach mehr von seinem Schwanz in ihren Mund und saugte fester.

Wenige Augenblicke später stöhnte er auf, als ein Schwall Sperma ihren Mund füllte. Lilly ließ ihn nicht los und hielt ihn mit einer Hand fest, während sie stöhnte und schluckte, während er seinen Höhepunkt genoss. Es war ein verdammt gutes Gefühl, dass sie das für ihn tun konnte.

Sie hatte gerade den Kopf gehoben, nachdem sie den letzten Tropfen aufgeleckt hatte, als Ethan sich in Bewegung setzte. Er packte ihre Arme, drehte sie um und warf sie auf den Rücken. Dann rutschte er an ihrem Körper hinunter und tauchte zwischen ihre Beine. Lilly konnte sich nur noch festhalten, während er sie praktisch verschlang.

Jedes Lecken, jedes Saugen war dazu gedacht, sie in den Wahnsinn zu treiben. Und das tat es auch. Lilly konnte sich nicht erinnern, dass er jemals zuvor so unersättlich gewesen war, und er war definitiv ein Mann, der es liebte, sie zu lecken.

»Ethan!«, schrie sie, als er seinen Mund an ihre Klitoris legte und zu saugen begann, während er sie mit der Zunge liebkoste.

Er hörte nicht auf. Sein heißer Blick begegnete dem ihren, aber er behielt seinen Mund dort, wo er war.

Die Empfindungen waren zu viel. Sie war schon so heiß davon, dass sie ihm einen geblasen hatte und aufgrund der Tatsache, dass es so lange her war, dass er mit ihr geschlafen hatte. Seine offensive Zuwendung zwischen ihren Beinen machte sie so sehr an. Lilly rollte sich an ihm zusammen und quetschte seinen Kopf zwischen ihren Schenkeln, als sie zum Orgasmus kam. Und zwar mit voller Wucht.

Als sie endlich zu sich kam, bemerkte sie, dass Ethan auf den Knien saß, seinen harten Schwanz in der Hand, bereit, in sie einzudringen. Er wurde nicht immer sofort hart, nachdem er gekommen war, aber sie nahm an, dass er es genau wie sie kaum erwarten konnte. Er zögerte und wartete auf ihre Erlaubnis.

»Bitte, Ethan. Ich will, dass du es mir besorgst.«

Mehr brauchte er nicht. Mit einem harten Stoß glitt er in ihre völlig durchnässte Muschi.

Sie stöhnten beide in Ekstase auf.

»Tue ich dir weh?«, fragte er zwischen zusammengebissenen Zähnen hindurch.

»Du könntest mir nie wehtun«, erwiderte sie. »Jetzt halt die Klappe und besorg es mir ordentlich.«

Ethan grinste und tat genau das.

Danach, als sie beide verschwitzt und völlig außer Atem waren, legte Ethan seinen Kopf zum ersten Mal auf ihre Schulter. Er legte eine Hand auf ihre Brust, der andere Arm lag in ihrem Nacken und er hielt sie an sich gedrückt. Oder er schmiegte *sich selbst* an sie. Es spielte keine Rolle. Lilly hatte sich ihm nie näher gefühlt.

»Ich liebe dich«, erklärte er ihr leise.

»Ich liebe dich auch«, versicherte Lilly ihm.

Ethan hob den Kopf. »Du willst mich doch heiraten, oder?«

Lilly blinzelte ihn an. »Was?«

»Ich habe vor, deinen Vater irgendwann in dieser Woche, nachdem er mich kennengelernt hat, zu fragen, ob er mir die Erlaubnis gibt, dich zu meiner Frau zu machen.«

»Und wenn er Nein sagt?«, fragte Lilly, obwohl sie wusste, dass ihr Vater auf gar keinen Fall Nein sagen würde. Sie hatte keinen Zweifel daran, dass er sie schon nach fünf Minuten in seiner Gegenwart an Ethan übergeben würde.

Ethan zuckte mit den Schultern und lächelte sie an. »Ich werde dich trotzdem heiraten«, sagte er einfach.

»In Ordnung«, entgegnete sie.

Daraufhin hob er den Kopf. »In Ordnung? Ist das alles? Kein Kreischen? Kein Küssen? Keine lustvollen Angriffe auf meinen Körper?«

Lilly kicherte. »Das hebe ich mir alles für den Moment auf, in dem ich den Ring sehe.«

Er grinste sie an, dann wurde er nüchtern. »Meinen Albtraum hatte ich schon seit einem Monat nicht mehr.«

»Ich weiß«, sagte sie mit ernster Miene.

»Ich mache mir immer noch Sorgen, dass er zurückkommt, aber ich mache mir keine Sorgen mehr, dass ich dir wehtun könnte.«

»Warum?«

»Weil mein Bewusstsein für immer geheilt wurde, als ich dich dort am Ende des Seils hängen sah, und ich dich niemals verletzt sehen will. Nur als Warnung, wenn du dir in Zukunft auch nur den Zeh stößt, werde ich wahrscheinlich ausrasten.«

Das war genauso süß, wie es lächerlich war. Und das sagte sie ihm auch.

Ethan zuckte nur mit den Schultern. »Ich liebe dich. Ich kann es nicht ertragen, dich in Schmerzen zu sehen«, erklärte er.

»Was wirst du tun, wenn ich unsere Kinder bekomme?«, fragte sie mit einem Stirnrunzeln. »Ich werde die Schwangerschaft nicht durchmachen, ohne dass du jede Sekunde an meiner Seite bist. Wenn ich das durchleiden muss, musst du das auch.«

Ethans Gesicht wurde ganz rot, aber er wandte den Blick nicht von ihr ab. »Ich bin hin- und hergerissen«, sagte er mit merkwürdigem Gesichtsausdruck.

»Inwiefern?«

»Ich bin hin- und hergerissen zwischen der unglaublichen Freude darüber, dass du von unseren zukünftigen Kindern sprichst, und dem Wunsch, darauf zu bestehen, dass wir keine Kinder bekommen, nur um dir diesen Schmerz zu ersparen.«

Das war süß, aber Lilly ließ das nicht gelten. »Ich sage nicht, dass ich jemals wieder so leiden will wie an diesem Tag. Aber ich werde mich auch nicht in eine Gummizelle sperren lassen. So was kann passieren, Ethan. Aber wenn es so weit ist, weiß ich, dass du da sein wirst, um mir beizustehen, so wie ich für dich da sein werde. Ich werde nicht lügen, Kinder zu bekommen macht mir Angst, aber wenn ich an den Ausdruck in deinen Augen denke, wenn du an deinen Sohn denkst, und an eine Tochter, die dich mit einem Blick um den kleinen Finger wickeln kann, bin ich bereit, alles zu tun, um das zu bekommen. Warte – oder willst du keine Kinder?«

»Doch, will ich. Ich habe sogar schon von ihnen geträumt«, versicherte Ethan ihr. »Ich liebe dich, Lilly. Ich weiß nicht, ob ich jemanden wie dich verdiene, aber ich werde dich niemals aufgeben. Niemals.«

Sie lachte. »Gut, denn ich werde nirgendwo hingehen. Du wirst für immer mit mir zusammen sein.«

»Mit niemandem wäre ich lieber zusammen«, versicherte er ihr. Dann wurde sein Gesichtsausdruck weicher und er beugte sich zu ihr hinunter und küsste sie. Es war ein langer, langsamer, intensiver Kuss. Als er sich zurückzog, wand Lilly sich praktisch unter ihm. »Also, wir haben beschlossen, dass wir heiraten, mindestens zwei Kinder haben und dass ich am liebsten mit deinem Mund um meinen Schwanz aufwache. Ja?«

Sie lächelte zu ihm hoch. »So ziemlich, ja.«

»Ich wollte nur sichergehen. Wir haben noch etwas Zeit, bevor wir uns für das Treffen mit deiner Familie in Whitneys Haus fertig machen müssen, richtig?«

»Ja, warum?«

»Weil ich glaube, dass mein Mädchen noch nicht ganz befriedigt ist.« Mit diesen Worten ließ Ethan seine Hand an ihrem Körper hinunter und zwischen ihre Schamlippen gleiten.

Lilly gab ein leises Keuchen von sich, spreizte aber sofort ihre Beine, um ihm Platz zu machen.

Ja, man konnte mit Sicherheit sagen, dass Lilly so glücklich war, wie sie es noch nie zuvor in ihrem Leben gewesen war.

Zeke stand hinter der Theke und lächelte. Draußen war es wärmer geworden – und im *On the Rocks* war es noch wärmer. Lilly war mit ihrer ganzen Familie da und in der Kneipe herrschte eine fröhliche Stimmung. Brüder, Schwägerinnen,

Nichten und Neffen. Und auch ihr Vater. Nach dem, was Ethan gesagt hatte, hatten sie alle nach Fallport kommen wollen, sobald sie gehört hatten, was mit Lilly passiert war, aber sie hatte es irgendwie geschafft, ihnen das auszureden, und stattdessen in dieser Woche eine Art Familientreffen geplant.

Die sechs anderen Männer des Eagle Point Such- und Bergungsteams waren auch da, lachten mit Lillys Familie und hatten allgemein Spaß. Zeke freute sich, Ethan so glücklich zu sehen. Er hatte es verdient. Er kannte die Details der Einsätze nicht, auf denen er gewesen war und die ihm offensichtlich zugesetzt hatten ... aber er musste sie nicht kennen, um zu verstehen. Er war selbst auf vielen Missionen gewesen, die schiefgelaufen waren, während seiner Zeit bei den Green Berets. Es war schön, hier in Fallport ein entspannteres und normaleres Leben zu führen.

Die Kneipe war auch voll von Einheimischen, die einen Platz in der ersten Reihe haben wollten, um später darüber tratschen zu können. Das gehörte zum Charme des Lebens in einer Kleinstadt. Jeder kannte jeden und hielt es für sein gutes Recht, über ihn zu reden.

Reina, Tiana, Elsie und Valerie, die Kellnerinnen der Kneipe, legten sich mächtig ins Zeug, um mit den Wünschen und Bestellungen der Gäste fertigzuwerden. Er hatte Glück gehabt, als er die Frauen angestellt hatte. Sie beklagten sich nicht und taten ihr Bestes, um alle mit einem Lächeln zu bedienen, weil sie Spaß an ihrer Arbeit hatten und weil sie gutes Trinkgeld wollten. Insgesamt herrschte trotz des Vorfalls mit Lilly eine fröhliche Stimmung.

Jeder in Fallport hatte ihre Entführung irgendwie persönlich genommen und konnte kaum glauben, dass ihnen jemand eine der ihren direkt vor der Nase weggeschnappt hatte. Und obwohl Lilly noch nicht lange in der Stadt war, war sie mittlerweile definitiv eine von ihnen.

Zekes Blick wanderte unweigerlich immer wieder zu

Elsie, wie immer, wenn sie eine Schicht mit ihm hatte. Sie war eine der fleißigsten Angestellten, die er je gehabt hatte. So sehr, dass Zeke sie manchmal sogar zwingen musste, Feierabend zu machen. Er wusste, dass sie das Geld wollte und brauchte, aber er machte sich Sorgen, dass sie sich irgendwann überfordern würde, wenn sie nicht langsamer trat.

Sie war seit eineinhalb Jahren in der Stadt und sie war ihm langsam ans Herz gewachsen. Zeke war sich bewusst, dass sie wegen ihres Sohnes Tony so hart arbeitete. Sie war entschlossen, ihm das bestmögliche Leben zu bieten, auch wenn das im Moment ein Zimmer im Mangree Motel und Wohnmobilpark am Rande der Stadt war. Zeke störte es nicht, dass sie dort wohnte, aber es war offensichtlich, dass es Elsie störte.

Er beobachtete, wie sie einen der Männer am Tisch, an dem sie eine Bestellung aufnahm, freundlich anlächelte, und die Eifersucht überkam ihn so sehr, dass Zeke sich wahnsinnig zusammenreißen musste, um nicht zu ihr zu stürmen und sie besinnungslos zu küssen, damit jeder wusste, dass sie vergeben war.

In letzter Zeit hatte er immer öfter solche Gedanken. Die Tatsache, dass er sich zu ihr hingezogen fühlte, hatte ihn anfangs gestört; er war kein guter Partner, wenn es um Beziehungen ging. Seine Ex-Frau war eine gute Mahnung dafür. Aber je mehr Zeke Elsie kennenlernte, desto schwieriger wurde es, sich von ihr fernzuhalten. Ihr nicht zu sagen, was er fühlte.

Er wusste nicht viel über sie, aber was er wusste, gefiel ihm. Sie liebte ihren Sohn mehr als alles andere auf der Welt und würde alles für ihn tun. Sie trank nicht. Sie war nicht sehr gesellig. Tratschte nicht über jeden in der Stadt. Und sie hatte das schönste Lachen.

Sie hatte auch eine schlechte Beziehung hinter sich, also

hatte Zeke das Gefühl, dass sie derselben Meinung wären, was eine ernste Beziehung betraf.

Er sah auch etwas in ihr, das sie vor anderen verbarg. Ein Schmerz in ihren Augen. Er erkannte ihn, weil er denselben Schmerz in sich trug.

Sie trug eine Fassade, die sie der Welt zeigte. Ihrem Sohn gegenüber hielt sie den Schein aufrecht, damit er sich keine Sorgen machte. Aber er hatte das Gefühl, dass spät nachts, wenn sie im Bett lag, die Vergangenheit sie zu überwältigen drohte ... genau wie ihn.

Zeke sehnte sich danach, diese Wunden zu heilen. Er wollte ihr helfen, ihre Dämonen zu besiegen. Aber ein anderer, größerer Teil von ihm hatte Angst vor ihr.

Es war verrückt. Mit seinen knapp eins neunzig überragte er sie mit ihren eins fünfundsechzig, aber er vermutete, dass sie ihn schlimmer verletzen konnte, als Kugeln oder Fäuste es je könnten.

Er hörte männliches Gelächter, das von dem Tisch kam, an dem Elsie bediente, und Zeke drehte sich gerade noch rechtzeitig um, um zu sehen, wie einer der Männer um sie herumlangte und ihr fest an den Hintern griff.

Elsie stolperte nach vorn und schlug mit der Hüfte gegen die Ecke des Tisches.

Zeke sah rot. *Niemand* fasste seine Kellnerinnen ohne ihre Erlaubnis an. Und es war offensichtlich, dass Elsie sich unwohl fühlte und die Aufmerksamkeit des Mannes nicht wollte.

Er war schon auf halbem Weg zum Tisch, bevor er überhaupt merkte, dass er sich bewegt hatte.

Er blieb hinter Elsie stehen, legte seinen Arm um ihre Taille und zog sie vom Tisch weg – und von dem Mann, der sie berührt hatte. Sie stolperte erneut, verkrampfte sich aber nicht in seinen Armen. Hätte sie das getan, hätte Zeke sie sofort losgelassen. Im Gegenteil, sie schien mit ihm zu verschmelzen und legte ihre warme Handfläche auf seinen Unterarm.

»Behalte deine Hände bei dir, wenn du bleiben willst«, knurrte Zeke. Er knurrte richtiggehend. Er hatte keine Ahnung, was über ihn gekommen war, aber er fühlte sich besitzergreifend und wahnsinnig beschützerisch, wenn es um Elsie ging.

»Sie hat sich nicht beschwert«, entgegnete der Mann mit einem Grinsen.

Es kostete Zeke seine ganze Selbstbeherrschung, um dem Mann nicht die Faust ins Gesicht zu schlagen. Er öffnete den Mund, um ihm zu sagen, dass er sich verdammt noch mal aus seiner Kneipe verpissen sollte, aber Rocky erschien wie aus dem Nichts.

»Ich mach das schon«, sagte er zu Zeke und deutete mit dem Kopf auf den hinteren Gang und das Büro.

Zeke hatte noch nie vor einem Kampf zurückgeschreckt oder davor, jemandem klarzumachen, dass er im *On the Rocks* nicht mehr willkommen war, aber im Moment galt seine ganze Aufmerksamkeit der Frau in seinen Armen. Er drehte sich mit Elsie um und lenkte sie in Richtung seines Büros.

Er nickte Reina zu und war erleichtert, als sie nickte. Sie würde dafür sorgen, dass die Theke bis zu seiner Rückkehr besetzt war.

Elsie sagte kein Wort, als er den Korridor hinunterging und sie in sein Büro führte. Er schloss die Tür hinter ihnen und atmete tief durch. Er sollte sich inzwischen beruhigt haben, aber er war nicht im Geringsten ruhig. Er sah immer noch die Hände dieses Mannes auf Elsies Hintern – und den entsetzten Blick auf ihrem Gesicht.

Er führte seine Hände an ihre Wangen und hob ihr Gesicht zu seinem. Wie immer trug sie kein Make-up. Ihr Gesicht war glatt und makellos, Strähnen ihres braunen

Haares hatten sich aus dem Pferdeschwanz gelöst, den sie normalerweise trug, und mit ihren tiefbraunen Augen musterte sie ihn ohne jede Angst. Er hasste die Ringe unter ihren Augen, die darauf hinwiesen, dass sie nicht genügend Schlaf bekam, aber er verstand, dass sie alles tun musste, um ihrem Sohn ein gutes Leben zu ermöglichen.

Dann traf es Zeke. Wie ein Güterzug.

Er hatte es satt, auf Distanz zu bleiben.

Die Tatsache, dass Ethan in Lilly seine Seelenverwandte gefunden hatte, sorgte dafür, dass Zeke ebenfalls wollte, was sein Freund hatte. Er bewies, dass er es vielleicht auch haben konnte.

»Zeke?«, fragte Elsie behutsam.

Sie wich nicht vor ihm zurück. Sie stand ruhig da und umklammerte mit den Händen seine Handgelenke, sie zog sich nicht zurück ... sie starrte ihn nur an.

»Geht es dir gut?«, fragte Zeke.

Sie nickte. »Ähm ... Ja, und dir?«

»Jetzt schon. *Keiner* darf dich anfassen, Elsie.«

Ihre Lippen zuckten amüsiert. »*Du* fasst mich an«, scherzte sie.

»Tut mir leid. Ich sollte das klarstellen – niemand außer mir fasst dich an.«

Sie blinzelte daraufhin und starrte ihn einen langen Moment an. »Was ist hier los?«, flüsterte sie und die Belustigung war aus ihrem Ton verschwunden.

»Das mit *uns* ist hier los«, informierte er sie, bevor er langsam den Kopf senkte.

Zeke gab ihr die Chance, sich zurückzuziehen. Zu protestieren. Zu schreien. Irgendetwas. Aber sie tat nichts von alledem. Stattdessen schloss sie die Augen und seufzte, während sie ihr Kinn anhob.

Oh ja. Elsie Irlands Leben hatte sich gerade verändert ...

zum Besseren. Sie begriff vielleicht noch nicht, was er gemeint hatte, aber das würde sie.

Zeke hatte sich geschworen, sich nie wieder auf eine ernsthafte Beziehung einzulassen, nicht nach der desaströsen Erfahrung mit seiner Ex-Frau. Aber als er zum ersten Mal seit Jahren Elsies Lippen mit seinen eigenen eroberte, hatte er ein gutes Gefühl bei dem, worauf er sich da einließ.

BÜCHER VON SUSAN STOKER

Die Befreiung von Chloe
Die Befreiung von Morgan
Die Befreiung von Harlow
Die Befreiung von Everly
Die Befreiung von Zara
Die Befreiung von Raven (1 Apr 2022)

Ace Security Reihe:
Anspruch auf Grace
Anspruch auf Alexis
Anspruch auf Bailey
Anspruch auf Felicity
Anspruch auf Sarah

Die Delta Force Heroes:
Die Rettung von Rayne
Die Rettung von Emily
Die Rettung von Harley
Die Hochzeit von Emily
Die Rettung von Kassie
Die Rettung von Bryn
Die Rettung von Casey
Die Rettung von Wendy
Die Rettung von Sadie
Die Rettung von Mary
Die Rettung von Macie
Die Rettung von Annie

Delta Team Zwei
Ein Held für Gillian
Ein Held für Kinley
Ein Held für Aspen
Ein Held für Jayme (1 Mai 2022)
Ein Held für Riley (1 Juni)

Ein Held für Devyn
Ein Held für Ember
Ein Held für Sierra

SEALs of Protection:

Schutz für Caroline
Schutz für Alabama
Schutz für Fiona
Die Hochzeit von Caroline
Schutz für Summer
Schutz für Cheyenne
Schutz für Jessyka
Schutz für Julie
Schutz für Melody
Schutz für die Zukunft
Schutz für Kiera
Schutz für Alabamas Kinder
Schutz für Dakota

BIOGRAFIE

Susan Stoker ist die New York Times, USA Today und Wall Street Journal Bestsellerautorin der Buchreihen »Badge of Honor: Texas Heroes«, »SEAL of Protection«, »Die Delta Force Heroes« und einigen mehr. Stoker ist mit einem pensionierten Unteroffizier der US-Armee verheiratet und hat in ihrem Leben schon überall in den Vereinigten Staaten gelebt – von Missouri über Kalifornien bis hin zu Colorado. Zurzeit nennt sie die Region unter dem großen Himmel von Tennessee ihr Zuhause. Sie glaubt ganz und gar an Happy Ends und hat großen Spaß daran, Geschichten zu schreiben, in denen Romantik zu Liebe wird.

Besuchen Sie Susan im Netz!
www.stokeraces.com
facebook.com/authorsusanstoker
twitter.com/Susan_Stoker
bookbub.com/authors/susan-stoker

instagram.com/authorsusanstoker
Email: Susan@StokerAces.com